스탠드

5

스탠드

The Stand

5

배신자들

스티븐 킹 장편소설

조재형 옮김

황금가지

THE STAND

by Stephen King

나의 아내 태비에게
경이로움으로 가득 찬 이 어둠의 상자를 바친다.

이 책에 쓰인 본문 종이 **E-light**는 국내 기술로 개발된 최신 종이로, 기존에 쓰이던 모조지나 서적지보다 더욱 가볍고 안전하며 눈의 피로를 덜게끔 한 단계 품질을 높인 고급지입니다.

| 차례 |

제2부 한 배를 탄 사람들

제53장 9

제54장 74

제55장 121

제56장 167

제57장 216

제58장 264

제59장 293

제60장 357

제53장

임시 위원회 회의 의사록에서 발췌

1990년 8월 17일

이날 회의는 테이블 메사 지역의 사우스 42번가에 있는 래리 언더우드의 집에서 열렸다. 위원회의 모든 구성원이 참석했으며……

첫 번째 의제는 임시 위원회 위원들을 볼더 상임 위원회 위원으로 선출하는 일에 관한 건이었다. 프랜 골드스미스가 발언권을 얻었다.

프랜: "스튜 의장과 저는 만약 마더 애버게일 님께서 후보자 전원을 추천해 주셨더라면 우리 모두 가장 바람직하고 가장 손쉬운 방법으로 선출되었을 거라는 데에 동감했습니다. 그랬더라면 친한 사람들끼리 20명이나 되는 사람들을 후보로 추천해서 잘못하

면 계획을 망쳐 놓을 수도 있다는 문제점을 피할 수 있었을 겁니다. 그러나 이제는 다른 방식을 취해야 할 것입니다. 저는 전적으로 민주적이지 않은 것이라면 어떤 행위도 제안하지 않을 것이고, 여러분 모두 잘 알고 계시겠지만, 우리가 저마다 자신을 추천하고 지지해 줄 누군가를 확실히 준비해 두어야 한다는 점을 다시 한 번 강력히 주장하고 싶습니다. 우리는 결코 서로를 추천하지는 않을 것입니다. 그랬다간 마피아나 다름없으니까요. 만약 여러분이 자신을 추천해 줄 한 사람과 그 추천을 지지해 줄 또 한 사람을 구할 수 없다면, 포기하는 거나 마찬가지겠지요."

수전: "와우! 거 참 얍삽한 작전인데."

프랜: "예. 좀 그래요."

글렌: "논의가 또다시 위원회의 도덕성 쪽으로 기울어 가는 중이군요. 그것이 한없이 되풀이되는 매혹적인 화제라는 점은 분명합니다. 하지만 적어도 다음 몇 달 동안은 그 주제가 언급되지 않도록 자제했으면 좋겠어요. 우리는 저마다 자유 지대를 위한 최상의 이익을 창출하는 데 이바지하고 있으니 그 문제는 일단 이쯤에서 접어 둡시다."

랠프: "말투가 좀 열 받으신 것 같아요, 교수님."

글렌: "열 좀 받았네. 인정하지. 우리의 본심이 어디에 있는지를 명확하게 보여 주기 위해서 그 기나긴 시간 동안 애간장을 태웠다는 사실 때문에 열 받았단 말일세."

수전: "옛말에 이르기를 지옥으로 가는 길은……"

글렌: "선한 의도들로 포장되어 있다. 그래요. 보아하니 우린 모두 각자의 의도에 관해 무척 염려하는 것 같은데, 그렇다면 다

들 천국으로 가는 고속도로에 있을 게 분명하군요."

그러고 나서 글렌은 정찰대 또는 스파이 또는 명칭을 뭐라 부르건 간에 요원들을 보내는 문제를 위원회 안건으로 제기할 생각이었으나, 이날 대신 19일에 만나 그것을 토의할 것을 제안한다고 말했다. 스튜가 이유를 물었다.

글렌: "왜냐하면 19일에는 현재 위원들 전원이 모이지 못할 수도 있으니까. 누군가 18일 집회의 투표에서 탈락할 수도 있지 않은가. 그럴 가능성은 희박하지만, 어마어마한 숫자의 무리가 한 장소에 모이면 누가 무슨 행동을 할지 아무도 확실히 알 수 없는 노릇이거든. 우리는 가능한 한 조심스럽게 처신해야 할 걸세."

그 말에 잠시 분위기가 고요해졌고, 정찰대…… 또는 스파이, 아니면 뭐라든 간에 그 문제를 19일에 상임 위원회로 바뀌고 나서 토의하자는 발의에 위원회는 투표로 찬성했다. 7 대 0.

스튜가 발언권을 얻어 위원회 모임의 세 번째 의제를 내놓았다. 마너 애버게일에 관한 것이었다.

스튜: "여러분도 알다시피 할머니께서 개인적인 사정으로 떠나셨습니다. 그분께서 남긴 메모에는 '잠시 떠나 있어야겠다.' 라고 적혀 있는데, 무척 애매한 표현입니다. 게다가 '만약 하나님의 의지가 통하면' 돌아오시겠다고 적혀 있습니다. 이제 그 약속은 그리 희망적이지가 않습니다. 지금까지 사흘 동안 수색대를 내보냈지만 아무것도 찾아내지 못했습니다. 우리는 그분을 무조건 다시 끌고 오려는 것이 아닙니다. 만일 할머니께서 복귀를 원치 않으시면 못 하는 거죠. 그러나 만약 다리가 부러진 채 어딘가에 쓰러져 계시는 중이라거나 인사불성 상태가 되신 거라면, 그것은 전혀 별

개의 일이죠. 문제는 이 주변의 모든 황무지를 수색하기에는 인원이 충분하지 않다는 것입니다. 게다가 발전소의 작업 상황과 마찬가지로 수색도 더디게 진행되고 있습니다. 수색이 효율적이고 조직적으로 이루어지지 않으니까요. 그래서 저는 내일 밤의 대집회에서 이 수색대 문제를 의제로 상정할 수 있도록 여러분의 승인을 얻고 싶습니다. 발전소와 시신 매장 작업반 문제와 마찬가지로요. 제 생각엔 해럴드 로더가 수색을 담당했으면 좋겠습니다. 수색은 애당초 해럴드의 아이디어였으니까요."

글렌은 벌써 일주일이나 지났으니 어떠한 수색대라도 좋은 소식을 가져올 것 같진 않다고 말했다. 문제의 당사자는 나이가 무려 108세나 되는 숙녀 분이니까. 위원회는 대체로 그 말에 동의했고, 그런 다음 스튜가 제안한 발의에 찬성으로 투표했다. 7 대 0. 가능한 한 솔직하게 기록하자면 해럴드를 담당자로 정하는 일에 대해 몇 마디 불신의 말이 나왔다는 사실을 덧붙여야 하지만…… 스튜가 지적한 대로, 수색은 해럴드의 아이디어로 시작되었으니 그에게 수색대 지휘권을 주지 않는 것은 대놓고 당사자의 뺨을 후려치는 격이 될 터였다.

닉: "저는 해럴드에 대한 제 반대 의사를 철회합니다. 하지만 제 기본적인 불신의 감정엔 변화가 없습니다. 저는 그냥 그 친구가 너무나 맘에 안 듭니다."

랠프 브렌트너는 수색대에 관한 스튜의 발의를 스튜나 글렌이 글로 적어 달라고 요청했고 그것을 의사일정에 추가하여 오늘 밤 고등학교에서 인쇄하겠노라고 했다. 스튜는 기꺼이 글로 적어 주겠다고 말했다.

래리 언더우드가 폐회를 제의하고 랠프가 동의했으며, 투표로 통과되었다. 7 대 0.

프랜 골드스미스, 서기

다음 날 저녁 집회에는 거의 모든 주민들이 나왔다. 자유 지대에 들어온 지 겨우 일주일밖에 안 된 래리 언더우드는 공동체가 얼마나 거대하게 불어나는 중인지 처음으로 실감했다. 보통 때는 혼자 또는 둘씩 짝을 지어 거리를 오가는 사람들을 보다가, 그들이 모두 한 장소에(셔토쿠어 회관에) 뭉쳐 있는 것을 보니 전혀 다른 생각이 들었던 것이다. 회관이 가득 메워져 모든 좌석이 만원이었으며, 나머지 사람들은 통로에 앉거나 홀 뒤쪽에 서 있었다. 호기심에 차서 숨죽이고 있던 군중은 속삭이기는 했어도 왁자지껄하게 떠들지는 않았다. 래리가 볼더에 도착한 후 처음으로 온종일 비가 내렸는데, 흠뻑 적시는 폭우가 아니라 부옇게 사람을 뒤덮으면서 공기 중에 붕 떠 있는 듯한 온화한 보슬비였다. 600명에 육박하는 군중이 들어찼는데도, 비가 지붕을 때리는 조용한 소리를 들을 수 있었다. 실내에서 가장 요란했던 소리는 사람들이 현관문 바로 안쪽의 카드놀이 탁자 두 개 위에 쌓인 등사된 의사일정표를 살펴보느라 연방 종이를 넘기는 소리였다.

의사일정표의 내용은 다음과 같았다.

볼더 자유 지대

공개 집회 의사일정

1990년 8월 18일

1. 자유 지대가 미합중국 헌법을 낭독하고 비준하는 데 동의할 것인지 결정한다.

2. 자유 지대가 미 합중국 헌법에 부속된 권리 장전을 낭독하고 비준하는 데 동의할 것인지 결정한다.

3. 자유 지대가 운영 위원으로 근무할 7명의 자유 지대 대의원 후보자를 추천하고 선출할 것인지 결정한다.

4. 자유 지대가 자유 지대 대의원들이 합의한 온갖 문제에 관해 애버게일 프리맨틀 님의 거부권을 인정할 것인지 결정한다.

5. 자유 지대가 볼더에서 슈퍼 독감 유행으로 사망한 이들의 품위 있는 매장을 위해 우선 최소 20명으로 구성된 매장 위원회를 두기로 승인할 것인지 결정한다.

6. 자유 지대가 날이 추워지기 전에 전기를 복구하도록 최소 60명으로 구성된 전력 위원회를 두기로 승인할 것인지 결정한다.

7. 자유 지대가 힘닿는 데까지 애버게일 프리맨틀 님의 행방을 찾아내기 위하여 최소 15명으로 구성된 수색 위원회를 두기로 승인할 것인지 결정한다.

래리는 안절부절못하는 자신의 두 손이 한마디 한마디 내용을 소상히 알고 있는 이 의사일정표로 종이비행기를 접느라 바쁘게 움직이고 있음을 깨달았다. 임시 위원회 활동은 그럭저럭 재미있는 경험이었다. 마치 게임 같았다. 어린애들이 거실에 모여 국회의사당 놀이를 하면서, 빙 둘러앉아 코카콜라를 마시면서, 프래니가 만든 케이크 조각을 먹으며 여러 가지 일들을 의논한 것 같았다. 산맥 너머로 스파이를 보내 다크맨의 영토로 침투시키는 일에 관한 논의조차 게임처럼 여겨졌는데, 부분적으로는 자신이 직접 수행하리라고는 상상조차 할 수 없는 일이기 때문이었다. 그토록 강렬한 악몽과 맞닥뜨렸다가는 머리가 돌아 버리기 십상일 터였다. 그러나 비공개회의에서는, 콜맨 기름 램프로 불을 밝힌 안락한 실내에서는, 그런 일이 아무 문제도 없는 듯 여겨졌다. 만약 판사나 데이나 저겐스나 톰 컬런이 붙잡힌다 해도, 적어도 그 비공개회의에서는 체스 게임에서 루크나 퀸 같은 장기 말을 잃는 것이나 다름없는 일처럼 여겨졌다.

하지만 한쪽엔 루시 그리고 다른 쪽엔 레오와 함께 홀 중간쯤에 앉아 있는 지금은(네이딘은 하루 종일 보이지 않았고, 레오도 그녀가 어디 있는지 모르는 듯싶었다.), 임시 위원회에서 무슨 일을 했는지 뚜렷이 느낄 수 있었다. 뱃속에서 마치 성벽을 부수는 큰 망치가 쿵쿵 박치기하는 기분이 들었다. 그것은 게임이 아니었다. 여기에는 580명의 사람이 있었고 그들 대부분은 래리 언더우드가 전혀 좋은 남자가 아니라는 사실을, 또 래리 언더우드가 전염병 유행 후 돌봐 주려 시도했던 첫 번째 사람이 약물 과다 복용으로 죽어 버렸다는 사실을 전혀 모르고 있었다.

두 손이 축축하고 차가웠다. 래리는 또다시 의사일정표로 종이 비행기를 접으려고 애쓰다가 손을 멈췄다. 루시가 그의 손을 잡고 꼭 쥐며 웃음 지었다. 간신히 우거지상이나 다름없는 애매한 표정을 지어 보인 래리는 마음속으로 어머니의 목소리를 들었다. '너한테는 뭔가가 빠져 있다, 래리.'

그 생각이 래리를 공황 상태에 빠뜨렸다. 이 상황에서 벗어날 방법이 있을까, 아니면 일이 이미 지나치게 커져 버린 것일까? 래리는 이 무거운 짐을 원하지 않았다. 패리스 판사를 사지로 보내자고 이미 비공개회의에서 발의해 버렸다. 만약 자신이 이번 투표에서 탈락하여 다른 사람이 위원으로 뽑힌다면, 위원회 사람들은 판사를 보내는 일을 재투표할 것이 틀림없었다. 그렇지 않겠나? 분명히 그럴 것이다. 그래서 다른 사람을 보내기로 결정할 것이다. '로리 컨스터블이 나를 위원 후보로 추천할 때 벌떡 일어나서 추천을 거부하겠다고 말해야겠어. 아무렴, 아무도 나한테 억지로 강요할 순 없잖아. 그렇잖아? 내가 빠지겠다고 하면 강요하지 못하는 거잖아. 도대체 누가 이런 일로 왈가왈부하려 들겠어?'

오래전에 해변에서 웨인 스투키가 했던 말. '너한텐 알루미늄 포일을 씹어 먹는 것 같은 기분 나쁜 느낌이 있어.'

조용히, 루시가 말했다.

"잘해 낼 거야."

래리가 몸을 움찔거렸다.

"어?"

"당신이 잘할 거라고 말했어. 안 그러니, 레오야?"

"어, 그럼요."

레오가 머리를 까딱거리며 말했다. 레오의 시선은 결코 청중한테서 떨어지지 않았다. 눈이 어마어마한 청중의 규모를 뇌에 제대로 전달할 수 없기라도 한 듯.

"잘하겠지."

'너는 이해 못 해, 이 바보 같은 여자야. 너는 내 손을 잡고 있지만, 내가 엉터리 같은 결정을 내려서 너희 둘 모두를 살해하는 일에 휘말릴 수도 있다는 걸 몰라. 나는 분명히 패리스 판사님을 죽이는 일에 앞장섰고, 판사님은 이 지랄 같은 나의 후보 추천을 지지하는 역할까지 맡고 계신다고. 상황은 이미 폴란드 촌놈들의 소방 훈련처럼 병신 주접 떠는 꼴이 돼 버렸어.' 작은 말소리가 래리의 목구멍에서 새 나왔다.

"뭐라고 말했어?"

"아니야."

이윽고 스튜가 무대를 지나 연단으로 걸어갔다. 그의 붉은 스웨터와 청바지가 임시 조명 시설이 쏟아 내는 강한 조명을 받아 눈부시게 선명해 보였다. 조명 시설은 브래드 키치너와 발전소에서 일하는 동료들이 설치한 혼다 발전기로 작동되고 있었다. 박수갈채가 홀 중간 어딘가에서부터 시작되었지만 래리는 정확히 어딘지 전혀 알 수 없었고, 냉소적인 성향 탓에 박수갈채는 대중 통제 기술에 능통한 대민 행정 전문가인 글렌 베이트먼의 각본에 따라 나온 것이었다고 믿었다. 중요한 문제는 아니었다. 처음에는 외로운 손바닥 소리였던 것이 천둥 같은 박수 소리로 커졌다. 연단 옆에 멈춰 선 스튜의 깜짝 놀란 모습이 우스꽝스러워 보였다. 박수에 환호성과 날카로운 휘파람 소리가 더해졌다.

곧이어 청중 전체가 일어났고, 박수 소리가 세찬 빗소리처럼 커지며 사람들이 외쳐 댔다.

"브라보! 브라보!"

스튜가 두 손을 치켜들어 자제를 당부했지만 멈출 기세가 아니었다. 박수 소리는 오히려 더욱 높아졌다. 래리가 곁눈질로 보니 루시는 시선을 스튜한테 고정한 채 격정적으로 박수를 치면서 승리의 미소로 입을 일그러뜨리고 있었다. 루시는 울고 있었다. 반대편의 레오 또한 박수를 치는 중이었고, 두 손이 너무도 강하게 계속 또 계속 맞부딪치는 모양이 만약 더 오래 그러고 있다간 두 손이 뚝 떨어져 버릴 것 같았다. 극도의 기쁨 속에서, 레오가 조심스럽게 되찾았던 어휘력은 다시금 사라져 버렸다. 영어를 제2언어로 익힌 남자나 여자가 이따금 어휘력을 잃어버린 듯한 그런 모습이었다. 아이는 그저 큰 소리로 열광적인 함성을 질러 댈 뿐이었다.

브래드와 랠프는 발전기를 연결하여 확성 장치도 가동시켜 놓았다. 이윽고 스튜가 마이크로 다가가서 말했다.

"신사 숙녀 여러분……"

그러나 박수가 계속 이어졌다.

"신사 숙녀 여러분, 자리에 앉아 주시면……"

그러나 사람들은 자리에 앉을 태세가 아니었다. 끊임없이 박수가 울려 퍼졌고, 손이 아파 아래를 내려다본 래리는 자신도 남들처럼 몹시 흥분하여 손뼉을 치고 있다는 걸 깨달았다.

"신사 숙녀 여러분……."

박수가 천둥이 되어 메아리쳤다. 머리 위에선 전염병이 창궐한 이후로 이 멋지고 은밀한 장소에 거주해 왔던 제비 가족이 미친 듯이 날아다니며 덮치듯 내려와, 사람들이 없는 어딘가로 달아나려고 발버둥쳤다.

래리는 생각했다. '우린 스스로에게 박수를 치고 있는 거야. 우리가 여기에 있다는, 살아 있다는, 함께 있다는 사실 때문에 박수를 치고 있는 거야. 잘은 모르지만 어쩌면 다시 한 번 집단이라는 것을 반갑게 맞이하는 거겠지. 안녕, 볼더. 결국 이날이 왔구나. 여기에 있게 돼서 다행이야. 살아 있어서 행복해.'

"신사 숙녀 여러분, 부디 자리에 앉아 주시면 정말 감사하겠습니다."

박수갈채가 조금씩 조금씩 잦아들었다. 이제는 숙녀들이, 그리고 몇몇 신사들도 코를 훌쩍거리는 소리가 들렸다. 코 푸는 소리도 튀어나왔다. 대화는 작게 속삭이는 정도였다. 사람들이 자리에 앉느라 부스럭대는 소리가 회관 여기저기에서 났다.

스튜가 말했다.

"모두 모여 주셔서 감사합니다. 저 또한 여기에 있을 수 있어서 기쁩니다."

확성 장치에서 나온 전기 신호가 찢어지듯 끼깅거리는 소리를 내자 스튜가 중얼거렸다.

"염병할."

그 말이 또렷하게 방송되었다. 청중석에서 웃음의 물결이 일자 스튜는 얼굴을 붉혔다.

"이제 또다시 우리 모두 이런 말에 익숙해져야 할 것 같네요."

스튜의 말에 또 한 번 박수갈채가 터져 나왔다.

박수가 자연스럽게 잦아들었을 때 스튜가 말했다.

“저를 모르시는 분들을 위해 밝히자면, 저는 스튜어트 레드먼이고, 원래 텍사스 주 아네트 출신입니다. 지금 제가 있는 곳에서 아주 까마득히 멀게 느껴지는 곳이죠. 여러분께 한 말씀 올리고자 합니다.”

스튜가 목을 가다듬자 마이크가 짧게 끼깅거렸고, 스튜는 마이크에서 조심스럽게 한 걸음 뒤로 물러났다.

“여기 올라와 있으려니 몹시 긴장됩니다. 제 말이 지루하더라도 참아 주시면……”

“기꺼이 참겠습니다, 스튜 씨!”

해리 던바튼이 열광적으로 외치자 공감하는 웃음이 터져 나왔다. 래리는 생각했다. ‘꼭 야외 부흥회 광경 같군. 다음번엔 모두 찬송가를 부르고 있을 테지. 만약 마더 애버게일 님께서 여기에 계셨더라면 벌써 그러고 있었을 게 분명해.’

“이렇게 많은 분들 앞에 섰던 적은 제가 다니던 종합고등학교가 풋볼 결승전에 진출했을 때가 마지막이었는데, 그때는 사람들이 다른 스물한 명의 선수도 주시하고 있었습니다. 손바닥만 한 미니스커트를 입은 치어리더들도 주시했다는 사실은 두말하면 잔소리죠.”

떠들썩한 웃음소리.

루시가 래리의 목을 끌어당기고 귀에 속삭였다.

“스튜 씨는 괜히 걱정한 거였네? 아주 자연스러우신걸!”

래리가 끄덕였다.

“그래도 여러분이 제 말을 참고 들어 주신다면, 그럭저럭 무사히 해낼 수 있을 것 같습니다."

더 우렁찬 박수갈채. 래리는 생각했다. '이 사람들은 닉슨 대통령이 사임 연설을 한대도 박수를 치고 피아노 반주에 맞춰 앙코르를 요청할 것 같아.'

"우선, 임시 위원회에 관해서 그리고 제가 어쩌다 이 자리에 섰는지에 관하여 설명해 드려야겠습니다. 함께 모여 이 집회가 결성될 수 있도록 준비해 온 일곱 명이 있습니다. 여러 가지 해야 할 일이 많지만, 저는 여러분께 위원회의 위원들을 한 명 한 명 소개해 드리고 싶습니다. 그리고 여러분께서 그들에게 박수를 보내 주실 힘이 남아 있으면 좋겠습니다. 왜냐하면 그들 모두 바로 지금 여러분이 손에 들고 계시는 의사일정을 마련하려고 함께 열심히 일했기 때문입니다. 첫 번째로, 프랜시스 골드스미스 양. 일어서 주세요, 프래니. 그리고 여러분께 당신의 옷차림새가 어떤지 보여 주시기 바랍니다."

프랜이 일어섰다. 예쁜 연녹색 드레스와 예전 같으면 값이 2,000달러쯤 나갈 법한 기품 있는 진주 목걸이를 걸고 있었다. 프랜은 박수갈채에 휩싸였으며, 그 박수는 늑대들의 훈훈한 휘파람을 동반했다.

프랜이 얼굴을 누르락붉으락 붉히며 자리에 앉았고, 박수가 완전히 사라지기 전에 스튜가 말을 이어 갔다.

"뉴햄프셔 주 우즈빌 출신의 글렌 베이트먼 씨."

글렌이 일어서자 사람들이 박수를 보냈다. 글렌은 굳게 쥔 양쪽 주먹에서 손가락을 세워 한 쌍의 V자 모양을 만들었고, 군중은 이에 호응하듯 함성을 질렀다.

스튜가 마지막에서 두 번째로 래리를 소개했다. 일어서던 래리는 루시가 자신을 향해 활짝 웃음 짓고 있다는 것을 깨달았다. 그 깨달음은 곧이어 밀려든 따스한 박수의 파도 속에 잊히고 말았다. '다른 세상이었다면 콘서트홀에서나 볼 법한 광경이군. 이런 박수갈채는 쇼의 마지막에 「베이비, 당신의 남자를 믿나요?」라는 쓰레기 같은 노래를 위해 아껴 두었을 거야. 이쪽 세상이 더 낫구먼.' 래리는 그저 잠깐 서 있었을 뿐인데도 무척 오랜 시간이 흐른 것 같았다. 그는 자신이 후보 지명을 거절하지 않으리란 것을 알 수 있었다.

스튜는 닉을 마지막으로 소개했다. 가장 길고 가장 요란한 박수갈채가 이어졌다.

박수가 잦아들자 스튜가 말했다.

"의사일정에는 안 나와 있지만, 국가를 부르는 것으로 집회를 시작하면 좋을 것 같습니다. 여러분 모두 가사와 곡조를 기억하실 겁니다."

사람들이 일어서느라 부스럭대며 발을 들썩이는 소리가 났다. 모두들 다른 사람이 선창하길 기다리느라 잠시 침묵이 맴돌았다. 그러자 한 아가씨의 달콤한 목소리가 실내에 떠올라 처음 세 어절을 독창했다.

"오, 말해 주오……"

프래니의 목소리였다. 잠시 동안 래리한테는 그것이 또 다른 목소리에, 그 자신의 목소리에 묻히는 듯싶었고, 장소는 볼더가 아니라 북부 버몬트이며 날짜는 7월 4일, 미국이라는 나라가 214번째 생일을 맞이한 날인 듯싶었고, 리타는 그의 뒤에 있는 텐트 속에 누워 죽어 버렸으며, 그녀의 입은 녹색 토사물로 가득 차고 뻣뻣해진 손 안엔 약병이 들려 있는 듯싶었다.

소름 끼치는 오한이 래리의 전신을 훑고 지나갔다. 그는 문득 이곳에 모인 사람들이 감시당하는 중이라고, 록밴드 '더 후'의 옛날 노래 가사처럼 끝없이 끝없이 끝없이 먼 거리를 꿰뚫어 볼 수 있는 어떤 것한테 감시당한다고 느꼈다. 끔찍하고 암울하고 이질적인 어떤 것한테. 아주 짧은 순간 이 장소에서 뛰쳐나가, 그저 내달리면서 절대 멈추고 싶지 않다는 충동을 느꼈다. 그들이 여기서 벌이고 있는 것은 결코 게임이 아니었다. 진지한 사업이었다. 살인 사업. 어쩌면 더 지독한 것일 수도 있었다.

그때 다른 이들의 목소리가 합세했다.

"……그대 보이는가, 새벽의 여명이 비추는 그것."

루시는 래리의 손을 잡고 노래 부르면서 울고 있었고, 다른 사람들도 울고 있었다. 거의 모두가 울고 있었다. 번쩍거리는 크롬으로 도금한, 최신 연료 분사 방식의, 그러나 차선을 넘어 달아나버린 아메리칸 드림을 위해, 비참하게 잃어버린 그 꿈을 위해 울고 있었다. 문득 래리의 기억은 텐트 속에서 죽은 리타에게서 양키 스타디움에 있던 자신과 어머니에게로 옮겨갔다. 때는 9월 29일이었으며, 양키스 팀은 레드삭스 팀에 딱 한 게임 반 차로 뒤처진 상태였고, 아직은 무엇이든 가능했다. 스타디움 안의 사람들 55,000명이 전부 서 있었고, 선수들은 왼쪽 가슴에 야구 모자를 갖다 댄 상태였으며, 론 기드리는 투수 마운드에, 리키 헨더슨은 깊숙한 외야에 서 있었고("……황혼 녘의 마지막 빛 속에서……"), 조명탑이 자줏빛 황혼 속에 켜져 있었으며, 나방과 밤벌레들이 조명탑에 살살 부딪쳤고, 이 모든 풍경을 간직한 채 뉴욕이 존재했으니, 실로 밤과 불빛의 도시였다.

래리도 노래 부르기에 동참했다. 노래가 끝나고 한 번 더 박수가 쏟아져 나왔을 때 그도 조금은 울고 있었다. 리타는 사라졌다. 앨리스 언더우드는 사라졌다. 뉴욕은 사라졌다. 미국은 사라졌다. 설령 그들이 랜들 플랙을 물리칠 수 있다고 해도, 그들이 만들어 낼 결과물은 어두운 거리와 눈부신 꿈을 간직한 저 세상과는 절대로 전혀 똑같지 않을 것 같았다.

눈부신 임시 조명 아래 땀을 뻘뻘 흘리면서 스튜는 첫 번째 안건을 거명했다. 헌법과 권리 장전의 낭독과 비준. 국가 제창으로 감동받은 사람은 그 혼자만이 아니었다. 청중 과반수가, 그 이상이 눈물에 젖었다.

의회 절차상 정당한 권리였음에도 아무도 헌법이나 권리 장전 문서를 실제로 낭독하라고 요구하지 않았고, 그 점에 대해 스튜는 진심으로 감사하게 여겼다. 그는 솜씨 좋은 낭독자가 아니었으므로. 각각의 안건에 대한 '낭독' 부분은 자유 지대 시민들에게 동의를 받았다. 글렌 베이트먼이 일어나 그 두 가지 문서를 자유 지대 통치 법률로 승인하자고 제안했다.

뒤편에서 한 목소리가 말했다.

"동의합니다!"

"제안이 나왔고 동의가 나왔습니다. 재청하시는 분들은 찬성이라고 말하십시오."

"찬성!"

지붕 꼭대기까지 함성이 울렸다. 글렌의 의자 옆에서 자고 있던 코작이 고개를 들어 눈을 끔뻑거리더니 주둥이를 다시 앞발에 내려놓았다. 잠시 후 군중이 우레와 같은 박수 세례를 퍼붓자 개는 또다시 고개를 들었다. '사람들은 투표하기를 좋아해.' 스튜는 생각했다. '투표를 하면 무언가를 관리하고 감독하는 것 같은 기분이 들지. 그런 기분이 필요할 건 자명한 일이야. 우리는 투표가 필요해.'

예비 절차가 처리되자 스튜는 긴장이 근육 깊숙이 꿈틀대는 것을 느꼈다. '이제 우리가 얼마나 저속한지를 알아보면서 놀랄 차례군.'

"여러분의 의사일정표에 적힌 세 번째 안건."

스튜는 말을 꺼내고 다시 목을 가다듬어야 했다. 마이크 신호음이 스튜를 향해 끼깅거려 더한층 진땀이 빠졌다. 프랜은 침착하게 그를 올려다보며 말을 이어 가라고 고개를 끄덕였다.

"표에는 이렇게 적혀 있습니다. '자유 지대가 운영 위원으로 근무할 7인의 자유 지대 대의원 후보자를 추천하고 선출할 것인지 결정한다.' 그 말의 의미는……"

"의장님? 의장님!"

스튜는 자신이 적어 둔 메모에서 고개를 들며 불길한 예감 비스름한 느낌과 함께 진정한 공포의 전율을 느꼈다. 말을 꺼낸 사람은 해럴드 로더였다. 정장에 넥타이를 매고 깔끔하게 빗질한 해럴드가 중앙 통로 중간쯤에 서 있었다. 언젠가 글렌은 반대파가 해럴드를 중심으로 뭉칠지도 모른다고 말했다. 그런데 이렇게나 빨리? 스튜는 그것이 아니기를 희망했다. 아주 짧은 순간 무작정 해럴드한테 발언권을 주지 말자고 생각했다. 그러나 닉과 글렌은 이번 집회에서 조금이라도 미리 짜맞춘 각본대로 움직이는 것처럼 보였다가는 어떤 위험이 발생할지 모른다고 이미 스튜에게 경고한 적이 있었다. 스튜는 해럴드가 개과천선했다고 여긴 자신의 생각이 잘못이었는지 의아해했다. 바로 이 자리에서 그 답을 알 수 있을 것 같았다.

"의장이 해럴드 로더의 발언권을 인정합니다."

해럴드를 더 잘 보려고 고개들이 돌아갔고, 목들이 길게 뻗어 나왔다.

"저는 임시 위원회 위원 전원을 '인 토토(in toto)' 방식으로 일괄하여 상임 위원회 위원으로 승인할 것을 제안합니다. 만약 위원들이 근무할 의사가 있다면, 계속 위원회가 이어지는 거지요."

해럴드가 자리에 앉았다.

침묵이 흘렀다. 스튜는 미친 듯이 생각했다. '토토? 토토? 그건 오즈의 마법사에 나오는 개 이름 아니었던가?'

그러자 또다시 박수가 터져 나와 실내를 가득 채웠고, 수십 차례 "재청합니다!" 하고 외치는 소리가 울려 퍼졌다. 해럴드는 자리에 차분히 앉아 자신의 등을 두드리는 사람들과 웃으며 이야기하고 있었다.

스튜는 정숙하라는 뜻으로 연설대를 의사봉으로 대여섯 차례 두드렸다.

'해럴드는 미리 계획을 세운 거야. 사람들은 우리를 선출하겠지만, 이들이 앞으로 기억하는 것은 정작 해럴드일 테지. 그렇더라도 이 아이는 우리 중 어느 누구도, 심지어 글렌조차도 생각하지 못한 방식으로 핵심을 꿰뚫었어. 정말이지 기상천외한 일격이군.' 스튜는 생각했다. 그렇다고 해서 스튜가 왜 이다지도 혼란스러워해야 하는가? 혹시 질투를 느낀 것인가? 겨우 그저께 생겨났던 해럴드에 대한 호의가 벌써 삐끗한 것인가?

"발언권을 통해 발의가 나왔습니다."

스튜가 이번에는 마이크가 끼깅거리는 소리를 무시하고 큰 소리로 말했다.

"여러분, 발의가 나왔습니다!"

의사봉을 마구 휘두르자 사람들이 나지막이 재잘거리며 조용해졌다.

"임시 위원회를 그대로 상임 위원회로 삼도록 승인하자는 제안이 나왔고 재청도 나왔습니다. 그 발의를 토론에 부칠 것이냐 투표에 부칠 것이냐를 따지기 전에, 현재 임시 위원회에서 활동하는 사람 중에서 이의가 있거나 사퇴하고 싶은 사람이 있는지 물어보아야겠습니다."

청중석이 잠잠해졌다.

"좋습니다. 토론에 찬성하시는 분?"

"토론이 필요할 것 같진 않습니다, 스튜 씨. 굉장한 아이디어니까요. 바로 투표합시다!"

딕 엘리스가 말했다.

박수갈채가 이 말을 환영했고, 더 이상의 토론 권유는 필요치 않았다. 찰리 임페닝이 발언권을 달라고 손을 흔들고 있었지만 스튜는 무시하고(편향된 인지 능력의 좋은 사례라고 글렌 베이트먼이 말할 법했다.) 표결을 선언했다.

"해럴드 로더의 발의에 동의하시는 분들은 찬성이라고 의사를 표명해 주십시오."

"찬성!!"

사람들의 고함 소리에 제비들이 또 한 차례 광란에 빠졌다.

"반대하시는 분?"

아무도, 심지어 찰리 임페닝조차 반대하지 않았다. 적어도 목소리로는. 회관 안에 반대는 없었다. 스튜는 의사일정의 다음 안건으로 넘어가며 살짝 눈앞이 아찔한 기분을 느꼈다. 누군가가(즉 해럴드 로더가) 자신의 뒤로 살금살금 접근해 물렁 찰흙으로 만든 커다란 망치로 머리를 후려친 것 같았다.

"내려서 잠시 걷는 게 어때?"

프랜이 물었다. 피곤해 보였다.

"좋지."

스튜가 자전거에서 내려와 프랜과 나란히 걸었다.

"괜찮아? 아기가 괴롭혀?"

"아니, 그냥 피곤해서 그래. 새벽 1시 15분이잖아. 오빤 몇 시인지도 몰랐어?"

"그러게. 시간이 꽤 늦었네."

그들은 다정하게 침묵 속에서 나란히 각자의 자전거를 밀었다. 1시간 전까지 계속된 집회에서 토론은 대체로 마더 애버게일 수색대에 집중되었다. 나머지 안건들은 최소한의 토론을 거친 뒤 모두

통과되었다. 패리스 판사가 왜 볼더에는 비교적 적은 수의 시신들이 존재하는지를 설명하는 매혹적인 정보 한 토막을 제공하기도 했지만. 볼더의 일간지 《카메라》의 마지막 나흘치 신문에 따르면 떠들썩한 소문이 그 공동체를 휩쓸었는데, 슈퍼 독감이 브로드웨이에 있는 볼더 기상 관측 대기 실험 연구소에서 비롯되었다는 내용이었다. 연구소의 대변인(소수 인원이 여전히 활동 중이었음)은 그것이 전적으로 터무니없는 소리이고, 그 사실을 못 믿는 사람은 누구든 시설을 자유롭게 견학해도 좋지만, 공기 오염 측정기와 풍향 측정 장치보다 더 위험한 것은 아무것도 발견하지 못할 것이라고 항변했다. 그럼에도 소문은 여전히 기승을 부렸다. 아마도 지난 6월, 그 끔찍스러운 시기에 만연했던 비이성적인 분위기에 영향을 받았을 것이다. 대기 실험 연구소는 폭탄 또는 화재로 파괴되었고, 볼더 인구의 상당수가 피난을 떠났다.

매장 위원회와 전력 위원회의 두 가지 안건은 자유 지대 전체 인구가 100명씩 증가할 때마다 각각의 위원회에 인원을 2명씩 추가해야 한다는 취지를 피력한 해럴드 로더(그 집회를 위해 무섭도록 철저히 준비한 사람 같았다.)의 수정안대로 통과되었다.

수색 위원회 또한 아무런 반대 없이 투표로 가결되었지만, 마더 애버게일의 실종에 대한 토론이 시간을 잡아먹었다. 집회가 열리기 전 글렌은 만약 절대적으로 필요한 상황이 아니라면 이 주제에 관한 토론에는 제한을 두지 말라고 스튜한테 조언했다. 사람들 모두가 걱정하고 있는 사안이고, 특히나 그들의 영적인 지도자가 자신이 어떠한 죄악을 저질렀다고 믿었다는 생각이 걱정스럽기 때문이었다. 사람들이 그런 걱정을 속시원히 털어놓도록 놔두는 것이 최선이었다.

그 할머니는 남겨 놓은 메모지의 뒷면에 성경 구절 두 줄을 휘갈겨 썼다. 잠언 11장 1절부터 3절, 그리고 잠언 21장 28절부터 31절. 패리스 판사는 소송 사건 요약서를 준비하는 변호사인 양 꼼꼼하게 살펴 이 필적들을 발견해 냈고, 토론이 시작할 때 일어나서 늙고 갈라진 예언자적인 목소리로 이 구절을 낭독했다. 잠언 11장의 인용구는 다음과 같았다. "속이는 저울은 주님께서 미워하셔도 정확한 저울추는 주님께서 기뻐하신다. 교만한 사람에게는 수치가 따르지만, 겸손한 사람에게는 지혜가 따른다. 정직한 사람은 성실하게 살아 바른 길로 가지만, 사기꾼은 속임수를 쓰다가 제 꾀에 빠져 멸망한다." 21장의 인용문도 유사한 분위기였다. "위증을 하는 사람의 증언은 사라지지만, 사실대로 말하는 사람의 증언은 채택된다. 악한 사람은 얼굴이 뻔뻔스러우나, 정직한 사람은 자기의 행실을 잘 살핀다. 어떠한 지혜도, 예지도, 계략도, 주님께 대항하지 못한다. 전쟁을 대비하여 군마를 준비해도, 승리는 오직 주님께 달려 있다."

이 두 글귀를 소개하는 판사의 웅변(그밖에 달리 표현할 말이 없다.)에 뒤이어 몇몇 익살스러운 의견이 죽 망라되었다. 인용된 장의 숫자들을 더하면 31이 나오는데, 그것은 요한 계시록을 이루는 장의 숫자라고 한 남자가 불길한 어조로 진술했다. 패리스 판사가 다시 일어나서 요한 계시록은 딱 22장으로만 이루어져 있다고, 적어도 자신의 성경 책에는 그렇게 되어 있다고 말했고, 더군다나 21과 11을 더하면 32이지 31은 아니라고 지적했다. 명성을 열망하던 그 숫자 점술가는 웅얼거리긴 했지만 더 이상 아무 말도 못 했다.

또 다른 사내가 마더 애버게일이 실종되기 전날 밤에 자신이 하늘에서 불빛을 목격했으며 예언자 이사야도 비행접시의 존재를 확인한 적이 있다고 진술했다. 그러니 그 점을 주의 깊게 고려해 보는 것이 신상에 좋지 않겠느냐는 말이었다. 패리스 판사가 한 번 더 일어서서 이번에는 앞서 주장한 신사 양반이 에스겔을 이사야로 착각했다는 점, 성서에 나오는 정확한 표현은 비행접시가 아니라 '바퀴 안에 바퀴가 들어 있는 것처럼 보이는 구조물'이라는 점, 그리고 판사 자신은 여태껏 유일하게 비행접시로 입증되었던 것은 부부 싸움 하는 동안 이따금씩 날아다니던 것들뿐이라는 견해를 갖고 있다는 점을 밝혔다.

나머지 토론은 대체로 누구나 아는 바대로 완전히 사라진 꿈들에 대한 재언급이었고 이제는 꿈을 꾸었다는 사실 자체가 오히려 꿈만 같다는 내용이었다. 사람들이 잇따라 일어나 마더 애버게일이 자신한테 범했다는 교만의 죄악에 이의를 제기했다. 그들은 단 한 단어 또는 단 한 문장으로 사람을 편안하게 하는 할머니의 친절과 능력에 대해 말했다. 청중의 규모에 압도되어 말문이 막혀 버렸지만 자신의 견해를 말해야겠다고 결심한 랠프 브렌트너가 일어나 거의 5분 동안 결의에 찬 어조로 이야기했고, 끄트머리에 자신은 어머니가 돌아가신 이래로 애버게일만큼 훌륭한 여성을 알지 못했다고 덧붙였다. 자리에 앉을 때는 금방이라도 눈물을 쏟을 듯했다.

함께 머리를 맞대고 토론한 끝에 스튜는 한 가지 불편한 사실을 떠올렸다. 사람들은 마음속으로 이미 할머니를 적잖이 포기했던 것이다. 만약 할머니가 지금 돌아온다면 자신이 환영받는다는 사실을, 여전히 사람들이 따르고 여전히 사람들이 경청한다는 사실을 발견할 테지만…… 이와 동시에 자신의 위치가 미묘하게 변했다는 사실도 발견할 것이었다. 만약 할머니와 자유 지대 위원회 사이에 충돌이 생긴다면, 거부권이 있건 없건 할머니가 승리할 것이라는 과거의 결론은 이제 유효하지 않았다. 할머니는 떠나가 버렸지만 공동체는 무사히 존속했다. 공동체는 그 점을 잊지 않을 터였다. 사람들이 잠시나마 그들의 생활을 지배했던 꿈의 힘을 이미 적잖이 잊어버린 것처럼.

집회가 끝난 후, 스무 명도 넘는 사람들이 회관 뒤편의 잔디밭에 한동안 앉아 있었다. 비가 멎고 구름이 흩어지는 중이었으며, 밤공기는 유쾌할 정도로 시원했다. 스튜와 프래니는 래리, 루시, 레오, 해럴드와 함께 앉았다.

"오늘 밤엔 네 덕분에 놀라 자빠질 뻔했어."

래리가 해럴드한테 말했다. 그러면서 팔꿈치로 프래니를 슬쩍 찔렀다.

"끝내 주는 친구라고 내가 말했잖아요, 그렇죠?"

해럴드는 그저 웃으며 겸손하게 어깨를 으쓱했다.

"아이디어 두 개 낸 것뿐인걸요 뭐. 위원회의 일곱 분들이 다시 중요한 일들을 진행하셔야죠. 임시 위원회 활동을 시작부터 끝까지 훌륭히 완수하셨으니까 적어도 그 정도 특권은 마땅히 누리셔야 해요."

이제 두 사람이 잔디밭을 떠난 지 15분이 흐르고 집에 도착하려면 아직 10분이 더 남은 상황에서, 스튜가 거듭 물었다.

"정말 괜찮은 거야?"

"응. 다리가 조금 아파. 그게 다야."

"편하게 쉬고 싶은 거로구나, 프랜시스."

"그렇게 딱딱하게 부르지 마. 싫어하는 거 알잖아."

"미안해. 다시는 안 그럴게, 프랜시스."

"하여간 남자들이란."

"행실을 고치도록 노력할게, 프랜시스. 진심이야."

프랜이 혀를 뾰족하게 말아 쭉 내밀었지만, 스튜는 그녀가 농담을 받아 줄 기분이 아님을 알고 장난을 그만두었다. 수척하고 다소 맥이 풀린 듯한 프래니는 몇 시간 전에 열성적으로 국가를 불렀던 모습과 사뭇 대조적이었다.

"우리 이쁜이가 왜 이렇게 우울해할까?"

프랜은 아니라고 고개를 흔들었지만, 스튜는 그녀 눈에 맺힌 눈물을 보았지 싶었다.

"그게 뭔데? 나한테 말해 봐."

"아무것도 없다는 거. 그게 문제야. 아무것도 없다는 것 때문에 괴로워. 다 끝장났고, 비로소 그것이 실감 났고, 그게 다야. 국가를 부르는 600명이 채 안 되는 사람들. 그 모습을 보니 갑자기 한꺼번에 여러 가지 생각이 떠올랐어. 핫도그 노점은 없어. 오늘 밤엔 코니 아일랜드 유원지의 대회전 관람차가 빙글빙글 돌지도 않아. 시애틀의 스페이스 니들 타워에서 밤술 한잔 걸치는 사람도 없고. 누군가가 마침내 보스턴의 컴뱃 존 환락가와 타임스 스퀘어의 창녀촌에 만연한 마약 문제를 일소할 방법을 찾아낸 결과가 이 꼴이지. 끔찍한 문제들이었지만, 해결책이 훨씬 더 끔찍해. 무슨 말인지 알아?"

"그래, 알아."

"난 일기장에 '기억해 둘 것들' 이라는 작은 항목을 마련해 두었어. 나중에 아기가 알 수 있도록…… 아, 아기가 다 알 수는 없을 테지. 그 생각을 하니까 기분이 우울해져. '사라져 버린 것들' 이라고 이름 붙였어야 했는데."

프랜이 끌고 가던 자전거를 멈추더니 손등으로 입을 가리고 감정을 억누르며 조금씩 흐느꼈다. 스튜가 그녀한테 팔을 두르며 말했다.

"모두들 똑같이 느끼겠지. 수많은 사람들이 오늘 밤 울다가 잠들 거야. 그럴 거야."

"난 오빠가 어떻게 추모할 수 있는지 모르겠어."

프랜은 더 세차게 울었다.

"오빠라면 그럴 수 있겠지. 하지만 난…… 사소한 것들 때문에 마음에 구멍이 뚫리는 것 같아. 자동차 세일즈맨들. 프랭크 시나트라. 7월의 올드 오처드 해변, 우글거리던 사람들, 대개 퀘벡에서 온 사람들이었어. MTV 방송에 나오던 멍청한 남자, 이름이 랜디였을 거야. 그 시절은…… 맙소사, 내가 비, 비, 빌어먹을 로드매, 맥쿠언의 시 같은 소리나 하고 있다니!"

스튜는 그녀를 안고 등을 토닥거리며, 부풀어 오르지 않는 빵 반죽 때문에 왈칵 울음을 터뜨리던 베티 이모를 떠올렸다. 이모는 당시 사촌 동생 래디를 임신한 지 7개월 정도 되어 배가 커다랬다. 이모가 행주 끄트머리로 눈가를 닦으면서 신경 쓰지 말라고, 임신부는 누구나 정신 병원 문턱에 한 발을 걸친 위태위태한 상태이고 그 이유는 임신부의 분비선이 내뿜는 체액이 스튜 요리를 만들 만큼 항상 넘쳐나기 때문이라고 말하던 것을 스튜는 기억했다.

잠시 후 프래니가 말했다.

"괜찮아, 괜찮아. 한결 나아졌어. 가자."

"프래니, 사랑해."

그들은 다시 각자의 자전거를 끌었다.

"오빠가 최고로 꼽는 추억은 뭐야? 하나만 고른다면?"

"음, 너도 알다시피……"

스튜가 웃어 대느라 말이 끊어졌다.

"모르겠는데요, 스튜어트 씨."

"정신 나간 추억이야."

"말해 줘."

"말해도 될지 모르겠네. 이 얘길 들으면 넌 나비 채를 들고 정신병자 잡아가는 남자 간호사들을 찾으러 갈걸."

"말해 봐!"

프랜은 그동안 스튜의 여러 모습을 보아 왔지만, 이토록 궁금하고 답답하게 만드는 그는 처음이었다.

"지금껏 누구한테도 말한 적 없어. 하지만 지난 몇 주 동안 그것에 관해 생각했어. 1982년에 일어났던 일이야. 당시에 나는 빌 햅스콤의 주유소에서 기름 넣는 일을 하고 있었어. 마을 전자계산기 공장 일을 잠시 쉴 때면 빌이 나를 고용해 주곤 했지. 오후 11시부터 폐점 시간인 새벽 3시까지 파트타임 직원으로 일했던 거야. 딕시 제지 공장에서 3시부터 11시까지 오후 근무를 끝마친 사람들이 차에 기름을 넣으러 들르고 난 다음에는 일이 별로 없었어…… 12시부터 3시 사이엔 단 한 대의 차도 들르지 않는 날이 많았단 말이야. 나는 주유소에 앉아 책이나 잡지를 읽거나 긴 밤 내내 꾸벅꾸벅 졸았어. 내 말 알겠어?"

"응."

프랜은 분명히 알아들었다. 마음의 눈으로 스튜를 볼 수 있었으니, 때가 되면 그리고 기이한 사건들을 거치고 나면 자신의 남자가 될 바로 그 떡 벌어진 어깨의 남자가 무릎 위에 펼친 책을 엎어놓은 채 울코 플라스틱 의자에서 자고 있었다. 프랜은 하얀 빛의 섬 안에서, 텍사스 야밤의 광활한 내륙 바다에 에워싸인 섬 안에서 자고 있는 스튜를 보았다. 그녀는 그 풍경 속의 스튜를 사랑했다. 그녀의 마음이 그리는 모든 풍경 속의 그를 사랑했듯이.

"흐음, 그 무렵 어느 날 새벽 2시 15분쯤이었는데, 나는 햅의 책상에 발을 올려놓고 기대앉아서 루이스 라무나, 엘모어 레너드 같은 작가들이 쓴 서부 소설을 읽고 있었어. 그때 크고 낡은 폰티액이 다가와서 창문을 전부 내리자 자동차 오디오에서 행크 윌리엄스의 노래가 우렁차게 울려 나왔어. 노래도 똑똑히 기억나. 제목이 「계속 전진」이었어. 젊지도 늙지도 않은 사내가 차에 혼자 타고 있더군. 잘생겨 보였지만, 보기에 따라선 조금 무섭기도 했어. 내 말은, 별 고민 없이도 무서운 일을 저지를 만한 사람처럼 보였다 이거지. 그는 덥수룩하게 말려 올라간 검은 머리를 하고 있었어. 다리 사이에 포도주 병이 끼워져 있었고 백미러에는 스티로폼 주사위 한 쌍이 매달려 있었어. 그가 말하더군. '고급 휘발유로.' 그래서 나는 알았다고 말했지만 잠시 그 자리에 우두커니 서서 그를 바라보았어. 왜냐하면 얼굴이 낯이 익었거든. 난 그 얼굴을 기억해 내려고 애썼어."

그들은 이제 길모퉁이에 이르렀다. 아파트가 바로 건너편에 있었다. 둘은 그 자리에 멈추었다. 프래니가 스튜를 찬찬히 바라보고 있었다.

"그래서 내가 말했지. '혹시 제가 아는 분 아닌가요? 코베트나 맥신 근방에서 오신 분 아니세요?' 하지만 사실은 그곳 출신 같진 않았어. 그러자 그가 말하더군. '아니오. 하지만 가족과 함께 옛날에 코베트를 지나간 적은 있죠. 내가 아주 어릴 때요. 어릴 땐 온 나라를 돌아다녔어요. 우리 아버지가 공군에 있었거든요.' 그래서 나는 차 뒤로 가서 기름을 채웠고, 그러면서 줄곧 그에 관해 생각하면서 얼굴을 기억해 내려 애썼는데, 순식간에 기억이 났어. 순식간에 알아차렸다고. 그러고는 칠칠하지 못하게 오줌을 지릴 뻔했어. 왜냐하면 그 폰티액 운전석의 남자가 죽은 줄로만 알고 있었거든."

"남자가 누구였는데, 스튜어트? 누구였는데?"

"잠깐만, 내가 얘기하게 놔둬 줘, 프래니. 뭐라고 하든 간에 정신 나간 이야기처럼 들리겠지만. 나는 차창으로 다가가서 말했지. '6달러 30센트 되겠습니다.' 그가 5달러 지폐 두 장을 주고 잔돈은 가지라고 말했어. 나는 이렇게 말했지. '이제 당신 얼굴을 알아볼 수 있을 것 같은데요.' 그러자 그가 그러더군. '글쎄, 어쩌면 그럴지도.' 그리고 내게 기묘하고 으스스한 미소를 던졌고, 그러는 동안 자동차 오디오에선 행크 윌리엄스가 마을을 찾아가는 내용의 노래를 부르는 중인 거야. 내가 말했지. '만약 당신이 내가 생각하는 바로 그 사람이라면, 당신은 죽은 몸일 텐데요.' 그가 말하더군. '이봐요. 신문에서 읽은 것을 모두 믿진 마요.' 내가 물었지.

'행크 윌리엄스를 무지 좋아하나 봐요?' 온 힘을 다해 생각해 낸 말이 고작 그거였어. 왜냐하면 나는 알았거든, 프래니. 만일 내가 아무 말도 하지 않았다면, 그는 차창을 팍 올리고 도로로 차를 몰고 가 버렸을 거야…… 내가 원한 것도 바로 그거였고. 하지만 동시에 그가 떠나지 않기를 원했어. 아직은 안 돼. 내가 확인할 때까진 안 돼. 당시 나는 사람이 아무리 간절히 원하더라도 모든 걸 다 알 수는 없다는 사실을 몰랐어. 그가 말하더군. '행크 윌리엄스는 최고의 가수들 중 한 명이죠. 나는 도로변 술집에서 흥청망청 흘러나오는 음악을 좋아해요.' 그러고 나서 말했어. '뉴올리언스로 갈 겁니다. 밤새 운전해서요. 내일 낮엔 줄곧 잠만 자다가, 긴긴 밤엔 떠들썩한 술집에서 지새는 거죠. 아직도 그대론가요? 뉴올리언스는?' 그리고 난 말하지. '뭐가요?' 그가 말하는 거야. '잘 아실 텐데.' 그래서 난 말했지. '거기야 천생 남부죠, 뭐. 나무들이 상당히 많이 있긴 해도.' 그리고 그 말에 그는 웃었어. 그가 말하더군. '어쩌면 다시 만날지도 모르겠군요.' 그렇지만 나는 그를 두 번 다시 만나고 싶지가 않았어, 프래니. 왜냐하면 그는 아주 오랜 시간 어둠 속을 열심히 들여다보다가 그 속에 무엇이 있는지 깨달은 듯한 사람의 눈을 가졌거든. 만약 언젠가 그 플래이란 남자를 만난다면, 아마도 그 운전자와 비슷한 눈을 하고 있을 거야."

스튜가 고개를 젓는 동안 그들은 도로 건너편으로 자전거를 끌고 가서 세웠다.

"그 일에 관해 오랫동안 생각했어. 그 후로 그 사람 음반을 모아 볼까 했지만, 그러고 싶진 않았어. 그 사람 목소리…… 좋은 목소리지만, 나한테는 전율을 느끼게 해."

"스튜어트, 누구 얘기를 하고 있는 거야?"

"'도어스' 라는 로큰롤 밴드 기억해? 그날 밤 아네트에 기름을 넣으러 들렀던 남자는 그 밴드의 리드 싱어인 짐 모리슨이었어. 나는 확신해."

프랜의 입이 떡 벌어졌다.

"하지만 죽었잖아! 모리슨은 프랑스에서 죽었어! 그는……."

그러고 나서 프랜은 말을 멈추었다. 모리슨의 죽음에는 어떤 수상한 점이 있었기 때문이었다. 그렇지 않던가? 뭔가 비밀스러운 구석이 있었다.

"그랬어? 궁금하군. 어쩌면 그는 정말 죽었을 테고, 내가 봤던 사내는 그저 그를 닮은 사람이었겠지. 하지만……."

"오빠, 정말로 오빠의 경험이 진짜라고 생각하는 거야?"

그들은 이제 아파트 계단에 앉아 어머니가 저녁 먹으러 오라고 부르기를 기다리는 어린아이들처럼 어깨를 맞대고 있었다.

"그래, 난 그렇게 생각해. 그리고 올여름 전까지는 그것이 언제까지나 나한테 일어난 가장 기묘한 일일 거라고 생각했지. 그런데 맙소사, 내 생각이 틀리고 말았어."

"그 얘기를 아무한테도 안 했다니."

프랜은 경탄했다.

"죽었다고 알려지고 나서 수년 후에 짐 모리슨을 보았는데 아무한테도 말하지 않았다, 이거지. 스튜어트 레드먼 씨, 하나님이 오빠를 세상에 내보낼 때 입 대신 다이얼 자물쇠를 붙여 주셨다면 딱 어울렸을 거야."

스튜가 웃음 지었다.

"뭐, 세월이 데굴데굴 굴러 갔지. 책에 흔히 나오는 표현처럼. 난 그날 밤을 생각할 때마다(때때로 생각에 잠기지.) 역시나 모리슨이 아니었다고 점점 더 확신하게 됐어. 그냥 조금 닮은 다른 사람이라고 말이야. 마음을 편하게 정리했지. 그런데 지난 몇 주일 동안 난 그 일 때문에 또다시 혼란스러워졌어. 그리고 점점 더 그 일이 진짜였다고 생각되는 거야. 젠장, 모리슨이 아직도 멀쩡하게 살아 있을지 모른다고 말이야. 참 진짜 웃기는 소리지, 안 그래?"

"만약 모리슨이 살아 있다고 해도 여기에는 없어."

프랜이 말했다.

"없겠지. 여기에 있으리라곤 기대하지 않아. 나는 모리슨의 눈을 봤으니까."

스튜도 동의했다. 프랜이 그의 팔을 잡았다.

"그래도 굉장한 이야기인걸."

"그래, 아마도 비슷한 사연을 가진 사람들이 온 나라에 200만 명은 될 거야…… 엘비스 프레슬리나 하워드 휴스를 본 사람만 해도 말야."

"이젠 아니야."

"맞아. 이젠 아니지. 어쨌든 해럴드는 오늘 참 대단했어, 안 그래?"

"대화의 주제를 딴 데로 돌리는 말 같은데."

"그 말이 맞는 것 같은데."

"그래. 해럴드는 대단했어."

프랜이 말했다. 스튜는 프랜의 근심스러운 어조와 이마에 주름살을 지게 한 살짝 찡그린 표정을 보며 웃음 지었다.

"조금 찜찜했구나?"

"응, 하지만 그런 식으로 말하진 않을게. 오빠는 이제 해럴드 편이잖아."

"이제라니, 그건 적절한 표현이 아니야, 프랜. 나도 찜찜하던 참이었어. 그래, 우리는 두 차례 사전 회의를 열고…… 모든 것을 철저히 논의했지. 적어도 우린 그렇게 생각했어. 그런데 해럴드가 등장한 거야. 등장해서는 여기저기 찰싹찰싹 때리면서 말하는 거지. '이거야말로 여러분이 진정으로 의도한 바가 아니던가요?' 그리고 우리는 대답하지. '맞아, 고맙다, 해럴드. 바로 그거였어.'"

스튜가 고개를 흔들었다.

"모든 임시 위원을 일괄 투표에 부치는 것, 왜 그 생각을 한 번도 못했을까, 프랜? 그렇게 하면 만사형통인데. 그렇게 하자는 논의조차 못 했잖아."

"글쎄, 우린 사람들이 어떤 분위기에 휩싸일지는 몰랐어. 나는 마더 애버게일 님이 떠난 것 때문에 사람들이 침울해할 거라고 생각했어. 어쩌면 막가는 분위기가 될 수도 있고. 임페닝이 죽음의 까마귀처럼 떠들어 대는 꼬락서니를 보면……."

"아무튼 그 사람이 입을 다물 것인지 궁금하군."

스튜가 생각에 잠겨 말했다.

"그런데 현실은 그렇지가 않았어. 사람들은 몹시…… 열의에 넘쳤어. 함께 모여 있다는 사실에 말이야. 오빠도 그걸 느꼈지?"

"그래, 나도 느꼈어."

"천막 부흥회랑 비슷했어. 해럴드가 계획했던 것 같진 않아. 걔는 단지 그 순간을 잘 포착했던 거야."

"그 친구를 어떻게 생각해야 할지 도통 모르겠어. 우리가 마더 애버게일 님을 찾아나섰던 날 밤에, 나는 해럴드 때문에 정말로 기분이 안 좋았어. 랠프 형님과 글렌 교수님이 도착하자 그 아이는 안색이 지독히도 끔찍해 보였어. 졸도한다든가 뭔가 다른 일을 벌일 것처럼 말이야. 그런데 바로 조금 전 잔디밭에 나와 이야기하면서 모든 이들이 축하해 주자 두꺼비처럼 헛배가 불러 우쭐하더군. 겉으로는 웃으면서 속으로는 이렇게 말하고 있는 것 같았어. '거봐, 너희 위원회의 가치란 것이 어느 정도인지 너희도 알겠지. 이 멍청한 바보 집단아.' 해럴드는 내가 어릴 적에 결코 풀 수 없었던 퍼즐처럼 보여. 딱 들어맞게 잡아당겨야 풀어지는 중국식 쇠막대기 퍼즐이나, 쇠고리 세 개나 뭐 그런 거 말이야."

프랜이 자기 발을 쭉 뻗고 내려다 보았다.

"해럴드 얘기가 나와서 말인데, 내 발에서 뭐 재밌는 게 보여, 스튜이트?"

스튜가 프랜의 발을 꼼꼼하게 보았다.

"전혀. 거리에서 구한 우스꽝스러운 어스 슈즈를 신은 것뿐인걸. 그러고 보니 엄청 크네."

프랜이 스튜를 찰싹 때렸다.

"어스 슈즈가 발에 그렇게 좋대. 잡지마다 그렇게 씌어져 있었어. 그리고 내 발 치수는 어쩌다 보니 240인 거야. 참고하도록 해. 실제로는 아담한 편이라고."

"그래서 네 발이 어쨌다는 건데? 얼른 가자, 이쁜아."

스튜가 자전거를 다시 끌기 시작했고 프랜도 따라갔다.

"아무것도 아냐. 그냥 해럴드가 내 발을 계속 쳐다보고 있더라고. 집회 끝나고 풀밭에 앉아 얘기할 때 말이야."

프랜은 얼굴을 살짝 찡그리고 고개를 저었다.

"참 내, 왜 해럴드 로더가 내 발에 관심이 있었을까?"

래리와 루시가 집에 이르렀을 때, 그들은 둘이서 손을 잡고 걷고 있었다. 얼마 전 레오는 '네이딘 엄마'와 같이 사는 집으로 들어갔다.

현관문을 향해 걸어가며 루시가 말했다.

"대단한 집회였어. 난 생각도 못했……"

현관 어두운 곳에서 검은 형체가 모습을 드러내자 루시의 말이 목에 걸렸다. 래리는 목구멍 속에서 움찔하는 짜릿한 공포를 느꼈다. '그 남자구나.' 래리가 무심결에 생각했다. '나를 잡으러 왔어…… 곧 그의 얼굴을 보겠지.'

그러나 이내 자신이 어쩌다 그런 생각을 했는지 어리둥절했다. 왜냐하면 모습을 드러낸 사람은 네이딘 크로스였으니까. 그뿐이었다. 네이딘은 부드러운 청회색 드레스에 머리를 풀어 등 뒤로 내려뜨린 차림이었고, 검은 머리칼은 순백의 새치들과 뒤섞여 있었다.

'이 여자를 보니 루시는 꼭 매물로 나온 중고차처럼 보이는군.' 래리는 스스로 마음을 다잡기도 전에 그렇게 생각해 버렸고, 그러고 나서는 그런 생각을 떠올린 자신을 증오했다. 그런 생각은 옛날의 래리가 이야기할 법한…… 옛날의 래리? 차라리 옛날의 아담이라고 말하는 편이 낫겠다.

"네이딘 씨."

루시가 몸을 떨며 말했다. 한 손으로 가슴을 누르고서.

"너무 놀라 간 떨어질 뻔했어요. 문득 뭔가…… 아니, 내가 뭘 생각했는지도 잘 모르겠네요."

네이딘은 루시를 거들떠보지도 않고 래리한테 물었다.

"얘기 좀 할 수 있을까요?"

"저요? 지금?"

래리가 루시를 곁눈질했다. 어쩌면 했다고 생각했거나. 나중에 래리는 그 순간에 루시의 표정이 어땠는지 전혀 기억할 수 없었다. 루시의 얼굴은 일식 때의 태양처럼 천체에 가려진 것 같았다. 그러나 밝은 별이 아니라 어두운 별이었다.

"지금. 반드시 지금이어야만 해요."

"벌써 새벽인데……"

"반드시 지금 해야 한다니까요, 래리. 아니면 기회는 없어요."

래리는 또다시 루시를 바라보았고 이번에는 분명히 보았다. 자신에게서 네이딘한테로 시선을 옮겼다가 다시 되돌아가는 루시의 얼굴에서 체념을 읽었다. 그녀의 고통을 읽었다.

"금방 들어갈게, 루시."

"아니, 안 그럴걸."

루시가 풀이 죽어 말했다. 눈에서 눈물이 반짝거렸다.

"안 그럴 거야. 당신을 못 믿겠어."

"10분이면 돼."

"10분이 10년이 될지 누가 알아. 이 여자는 당신을 잡으러 온 거야. 혹시 개 목걸이랑 주둥이 마개도 갖고 오셨나요, 네이딘 씨?"

루시가 말했지만 네이딘의 눈앞에 루시 스완은 존재하지도 않았다. 네이딘의 눈은, 그 검고 넓은 눈은 오로지 래리한테만 고정되었다. 래리에게 그것은 언제나 그가 보았던 것 중에 가장 기묘하고도 가장 아름다운 눈이었으며, 아픔을 느끼거나 어려운 곤경에 빠졌을 때 극심한 슬픔으로 제정신을 잃으려는 찰나에 평온하고 차분하게 회복시켜 주는 눈이었다.

"금방 들어갈게, 루시."

래리가 기계적으로 말했다.

"이 여자는……"

"먼저 들어가."

"그래, 그래야지. 그분이 오셨으니 난 차인 거지 뭐."

루시는 계단을 뛰어 올라가다가 꼭대기에서 발이 걸려 휘청거렸지만 곧 균형을 되찾았다. 그러고는 문을 당겨 열고 흐느끼며 울음소리가 묻힐 만큼 난폭하게 문을 닫았다.

마치 무아지경에 빠진 듯 네이딘과 래리는 한참 동안 서로 바라보았다. '이렇게 인연이 맺어지는 거로구나.' 래리는 생각했다. 방을 가로질러 누군가와 눈을 마주쳤는데 그 눈이 결코 잊히지 않을 때, 또는 붐비는 지하철 승강장의 맨 끝에서 자신의 반쪽인 듯한 누군가를 보았을 때, 또는 자신의 첫사랑이었던 여자의 웃음소리와 똑같은 웃음소리를 길거리에서 들었을 때……

하지만 입맛은 매우 씁쓸했다.

"길모퉁이까지만 걸으면 좋겠네요."

네이딘이 나지막한 목소리로 말했다.

"그 정도는 해 줄 테죠?"

"난 루시한테 가 보는 게 좋겠어요. 정말이지 때를 못 맞춰서 찾아오셨네요."

"제발 부탁이거든요? 그냥 모퉁이까지 갔다가 돌아오는 거거든요? 원한다면 무릎이라도 꿇고 빌게요. 당신이 원한다면. 자요. 됐어요?"

그리고 오싹하게도 네이딘은 정말로 무릎을 꿇었으며, 무릎을 굽히느라 치맛단이 위로 올라가 맨다리가 드러나는 바람에 래리는 그 밖에 다른 부위의 맨살도 보고 싶은 호기심이 일었다. 왜 그런 생각을 했던가? 래리는 알지 못했다. 네이딘의 시선이 자신에게 쏠리자 그는 고개를 절레절레 흔들 수밖에 없었으며, 여기가 아닌 특별한 장소를 연상시키는, 그 앞에 무릎 꿇은 네이딘의 입 높이가 그의 어느 부위 높이와 딱 맞는다는 것을 연상시키는 역학 관계에 기분이 메스꺼워졌다.

"일어나요!"

래리가 거칠게 말했다. 네이딘의 두 손을 왈칵 잡아 일으키면서 치맛단이 제자리로 내려가기 전에 한층 더 위로 말려 올라오는 모습을 보지 않으려 애썼다. 그녀의 허벅지는 크림 빛깔이었으며, 그 하얀 색조는 창백하고 시든 것이 아니라 원기 왕성하고 건강하고 유혹적이었다.

"어서 갑시다."

래리는 거의 넋이 나가서 말했다.

그들은 서쪽 산맥을 향해 걸어갔다. 앞쪽으로 비 끝에 나온 별들을 찔러 대는 불길한 삼각형 조각들이 보였다. 밤에 그런 산들을 향해 걷다 보니 불안하면서도 어쩐지 모험에 도전하는 듯한 야릇한 기분이 들었다. 곁에 있는 네이딘이 팔꿈치에 손을 가볍게 얹자 래리는 감정이 한층 더 고조되었다. 래리는 늘 생생한 꿈을 꾸었고, 사나흘 전 밤에도 꿈에 산이 나왔다. 그곳에는 트롤들이 살고 있었다. 밝은 녹색의 눈, 뇌수종에 걸린 듯 비대한 머리통, 짧은 손가락에 강인한 손을 지닌 섬뜩한 괴물들이었다. 상대를 목 졸라 죽이기에 적합한 괴물의 손. 산에 뚫은 통로들을 지키고 있는 얼간이 트롤들. 그 남자의 시대가, 다크맨의 시대가 도래하기를 기다리고 있었다.

부드러운 산들바람이 거리에 굽이쳐 흐르면서 종이 쓰레기들을 흩날렸다. 대형 주차장 안에 쇼핑 카트 몇 개가 보초병 시체처럼 서 있는 킹 슈퍼마켓을 지나갈 때, 래리는 링컨 터널을 떠올렸다. 터널 안에 트롤들이 있었다. 그렇다고 해서 새로운 세상에서 모든 트롤이 죽었다는 뜻은 아니었다.

네이딘이 입을 열었다. 목소리는 여전히 나지막했다.

"난 너무 힘들어요. 루시 말이 옳아요. 나는 지금 당신을 원해요. 하지만 내가 너무 뒤늦게 나선 것은 아닌지 두려워요. 나는 여기에 머물고 싶어요."

"네이딘."

"아뇨!"

네이딘이 사납게 말했다.

"내 말 끝까지 들어요. 나는 여기에 머물고 싶어요, 내 말 이해 못 하겠어요? 우리가 서로 함께한다면, 나는 머무를 수 있을 것 같아요. 당신이 내 마지막 기회라고요."

네이딘의 목소리가 변했다.

"조는 이제 없어요."

래리는 머리가 둔해지고 멍청해지고 어리둥절해진 느낌이 들었다.

"아니, 그렇지 않아요. 집에 오는 길에 그 애를 당신의 거처에 데려다 주었어요. 오지 않았나요?"

"아니오. 레오 록웨이라는 이름의 소년이 자기 침대에서 자고 있을 뿐이에요."

"당신, 무슨 소리를……"

"내 말 들어요. 내 말 들어보라니까요? 조를 데리고 있는 동안은, 참 좋았어요. 난…… 맘먹은 만큼 강인해질 수 있었다고요. 하지만 이제 그 아이한텐 내가 필요하지 않아요. 나는 나를 필요로 하는 사람이 필요해요."

"그 애한텐 당신이 필요해요!"

"물론 그 사람은 그렇지요."

네이딘이 말하자 래리는 또다시 두려움을 느꼈다. 네이딘은 이제 레오에 관해 말하고 있는 것이 아니었다. 누구에 관해 말하고 있는 것인지 알 수 없었다.

"그 사람은 내가 필요하다고 해요. 나는 그것이 두려운 거예요. 그것이 내가 당신을 찾아온 이유이고요."

네이딘이 래리의 정면으로 다가와 고개를 들고 턱을 기울였다. 래리는 그녀의 은밀하고 깨끗한 향내를 맡을 수 있었고, 그녀를 원했다. 그러나 마음 일부가 루시 쪽으로 돌아섰다. 그것은 래리가 여기 볼더에 자리를 잡으려 한다면 꼭 필요한 그의 일부였다. 만약 그 마음을 뿌리치고 네이딘과 관계를 맺으려 한다면, 그들은 오늘 밤 볼더에서 몰래 도망치는 편이 나았다. 어쩌면 그 자신과 절교를 선언하는 것과 같았다. 옛날의 래리가 승리할 터였다.

"난 집에 가 봐야 해요. 미안합니다. 그 문제는 당신 스스로 해결하도록 하세요, 네이딘."

그 문제는 당신 스스로 해결하시라. 그것은 래리가 평생 동안 형식만 바꿔 가며 여러 사람한테 써먹어 온 말이 아니었던가? 이제껏 올바르게 마음을 잘 다스려 왔다고 믿었는데, 왜 그 말이 이런 식으로 불쑥 튀어나와 마음을 비틀고 자신을 믿지 못하게 한단 말인가?

"나를 사랑해 줘요."

네이딘이 래리의 목에 팔을 감았다. 네이딘이 몸을 밀착시키자 래리는 몸의 보드라움과 온기와 탄력을 통해 자신의 느낌이 맞다는 것을, 드레스가 네이딘이 입은 전부라는 것을 알았다. '속은 완전 알몸이야.' 래리는 생각했다. 그리고 그런 사실이 자신을 아득하게 흥분시킨다고 생각했다.

"좋아요. 당신이 느껴져요."

네이딘이 몸을 비벼 대면서 꿈틀거리기 시작했다. 양옆으로, 위아래로, 감미로운 마찰을 일으키면서.

"나를 사랑해 줘요. 그러면 다 해결돼요. 나는 안전해질 거예요. 안전해. 나는 안전해질 거야."

래리는 손을 밀쳐 올렸다. 나중에 그는 당시 네이딘이 원하는 대로 그저 세 번 짧게 한 번 길게 삽입 운동 하는 것으로 그녀의 온기 속으로 빠져 들 수도 있었을 텐데 어떻게 자신이 그런 행동을 할 수 있었는지 영문을 몰랐지만, 어쨌든 손을 밀쳐 올려 네이딘의 손을 풀었고 상당히 세게 밀쳐 내는 바람에 그녀가 비틀거리다 넘어질 뻔했다. 네이딘한테서 나지막한 신음이 흘러나왔다.

"래리, 당신이 모르나 본데……"

"나야 모르죠. 말로 설명해 보지그래요? 나를 강간하려고 하지 말고?"

"강간!"

네이딘이 되뇌면서 날카롭게 웃어 댔다.

"거 참 우습네요! 오, 맙소사! 내가! 당신을 강간한다니! 오, 맙소사!"

"내게서 무엇을 원하든 간에, 당신은 가질 수 있었어요. 지난주만 해도 가질 수 있었어요. 지지난 주에도. 내가 당신한테 받아 달라고 부탁했던 때 말이에요. 난 당신이 받기를 바랐어요."

"그땐 너무 일렀어요."

네이딘이 중얼거렸다.

"그리고 이젠 너무 늦었지."

래리는 자신의 냉혹한 목소리를 혐오했지만 억제할 수가 없었다. 여전히 그녀를 원해서 온몸이 떨리고 있는데 어떻게 그런 음성이 나왔을까?

"이제 어떻게 할 겁니까, 예?"

"잘 알았어요. 안녕, 래리."

네이딘이 돌아서고 있었다. 그 순간 그녀는 네이딘을 초월한 존재가 되어 래리에게 영원히 등을 돌렸다. 그녀는 구강 위생사였다. 그녀는 로스앤젤레스에서 그와 아파트를 함께 썼던 이본이었다. 그 여자는 래리를 신물 나게 했고 그래서 그는 슬그머니 줄행랑 신발을 신고 그 여자한테 집세를 떠넘긴 채 떠났다. 그녀는 리타 블레이크무어였다.

그중에서도 가장 끔찍하게시리 그녀는 래리의 어머니였다.

"네이딘?"

네이딘은 돌아서지 않았다. 네이딘은 거리를 건널 때만 다른 검은 형상들과 구별되는 검은 형상으로 변했다. 이윽고 산맥의 검은 배경과 한데 합쳐져 사라졌다. 래리는 그녀의 이름을 한 번 더 불렀지만 대답은 들려오지 않았다. 그녀가 래리를 떠나가는 모습에는, 검은 배경 속으로 완전히 녹아 들어가는 그 모습에는 무시무시한 무언가가 있었다.

래리는 킹 슈퍼마켓 앞에 서서 주먹을 움켜쥐었다. 밤이 되어 시원했는데도 이마가 진주 같은 땀방울로 뒤덮였다. 이제 래리의 유령들이 그와 함께 있었고, 그는 비로소 나쁜 남자가 되지 못한 것에 대해 어떤 대가를 치르는지 깨달았다. 자신의 속마음을 절대 분명히 드러내지 못하고, 어림짐작으로만 헤아릴 뿐 자신이 주는 것이 도움인지 상처인지 결코 정확히 판단할 수가 없고, 입 안에 감도는 의혹의 시큼한 맛을 결코 지울 수가 없고 그리고……

래리의 고개가 번쩍 쳐들렸다. 두 눈이 휘둥그레져 얼굴에서 불룩 튀어나올 것만 같았다. 바람이 또다시 휘몰아치며 텅 빈 슈퍼 출입구에서 울부짖는 듯한 기묘한 소리를 냈다. 래리는 저 멀리에서 어둠 속을 일정한 속도로 걸어가는 장화 뒤꿈치 소리가 들린다고, 이른 새벽 산들바람의 서늘한 기류를 타고서 구릉지 어딘가에서 자신에게 다가오는 닳아 빠진 장화 뒤꿈치 소리가 들린다고 생각했다.

서쪽의 무덤 속으로 저벅저벅 걸어 들어가는 더러운 장화 뒤꿈치 소리였다.

루시는 래리가 집 안으로 들어오는 소리를 듣고 심장이 격하게 뛰었다. 아마도 래리가 자신의 짐을 챙기러 들른 것뿐일 테니 진정하라고 말했지만, 심장은 진정하려 들지 않았다. '래리가 나를 선택했구나.' 그 생각이 루시의 머릿속을 강타했으며, 승리에 도취된 두뇌가 심장의 고동을 촉진시킨 것이었다. '래리가 나를 선택했어.'

도저히 흥분과 기대를 억누를 수 없었음에도, 루시는 침대에 등을 대고 뻣뻣하게 누워 천장을 멀뚱멀뚱 쳐다보며 기다리고 있었다. 그녀 자신이나 그녀의 친구인 졸린 같은 여자들의 유일한 결점은 너무도 과도하게 사랑을 갈구한 것이었다고 래리에게 말했을 때 루시는 오로지 진실을 이야기한 것이었다. 그래도 루시는 항상 신의를 지켰다. 몰래 바람피우는 여자는 아니었다. 남편 몰래 바람피운 적도 없었고 래리 몰래 바람피운 적도 전혀 없었다. 그들이 만나기 전의 세월을 들춰내자면 딱히 수녀 같은 생활을 한 것은 아니었지만…… 지나간 시간은 지나간 시간일 뿐. 이미 저질러 버린 일을 붙잡아 다시 올바르게 되돌릴 수는 없는 법이다. 그러한 능력은 신들에게 주어진 것이지 남자와 여자한테 주어진 것이 아닌 듯 싶었고, 그래서 다행인 듯싶었다. 만약 사람한테 그런 능력이 있다면 모두들 십 대 시절을 다시 살려고 계속 발버둥치다 늙어 죽을 것이다.

과거는 손이 닿지 않는 영역이라는 것을 깨닫는다면, 누구나 관대해질 수 있으리라.

어느새 눈물이 뺨으로 흘러내리고 있었다.

문이 철컥 열리고 검은 실루엣의 래리가 보였다.

"루시? 깨어 있었어?"

"응."

"램프를 켜도 될까?"

"그러고 싶으면."

미세하게 쉭쉭거리는 가스 소리가 들리고 나서 불이 켜졌고, 빛줄기가 내려와 래리가 모습을 드러냈다. 그는 창백해 보였고 동요하는 듯했다.

"할 말이 있어."

"아니, 그러지 마. 그냥 침대로 들어와."

"난 말해야겠어. 나……."

래리가 손으로 이마를 누르며 머리카락을 쓸었다.

"래리?"

루시가 일어나 앉았다.

"괜찮은 거야?"

래리는 이 말을 못 들은 양, 루시를 보지도 않고 이야기했다.

"나는 너를 사랑해. 만약 네가 원한다면, 나는 네 거야. 너한테 그럴 생각이 있는지 난 모르겠어. 나는 결코 너의 가장 훌륭한 선택이 되지는 못할 거야, 루시."

"난 그 도박에 운을 맡겨 보겠어. 침대로 들어와."

래리는 그렇게 했다. 그리고 그들은 사랑을 했다. 사랑의 행위가 끝났을 때 루시는 사랑한다고 말해 주었고, 그것은 진실이었으며, 하나님도 그것을 분명히 알았고, 그것이 래리가 듣고 싶어 하는, 래리에게 꼭 필요한 말인 듯싶었다. 하지만 루시는 래리가 오랫동안 푹 잤다고는 생각하지 않았다. 밤중에 한 번 잠에서 깼던(또는 깨어나는 꿈을 꿨던) 그녀가 느끼기에 래리는 창가에 서서 밖을 내다보며 무언가에 귀 기울이는 자세로 고개를 꼿꼿이 들고 있었고, 빛과 그림자의 굴곡들이 래리의 얼굴을 초췌한 가면으로 만들어 놓은 것 같았다. 하지만 다음 날 루시는 그것이 틀림없이 꿈이었다고 확신했다. 날이 밝자 래리가 다시 예전의 모습으로 돌아온 듯싶었으므로.

딱 사흘 뒤 그들은 네이딘이 해럴드네 집에 들어가 산다는 소식을 랠프 브렌트너한테서 들었다. 그 말에 래리의 얼굴이 굳어지는 듯했으나, 그저 잠깐일 뿐이었다. 그리고 루시는 래리의 반응에 신경 쓰는 자신의 태도가 마음에 들지 않았지만, 랠프가 전해 준 소식에 숨통이 트이는 것 같았다. 안 좋은 일은 다 끝난 것 같았다.

래리를 만나고 나서 네이딘은 곧바로 집에 왔다. 안으로 들어가 거실로 가서 램프를 켰다. 램프를 높이 들고 안쪽으로 가서 잠시 걸음을 멈추고 소년의 방 안을 비추었다. 자신이 래리한테 진실을 말했던 것인지 확인하고 싶었다. 그녀의 말은 진실이었다.

레오는 침대 시트로 몸을 말고 팔다리를 쭉 뻗은 채 누워 있었고 팬티만 입은 상태였는데…… 베인 상처나 긁힌 자국들이 전체적으로 거의 희미해지거나 사라졌고, 발가벗은 채로 돌아다니느라 온몸이 볕에 그을렸던 자국도 역시 희미해졌다. 하지만 실제로는 그 이상이라고 네이딘은 생각했다. 아이의 얼굴에서 무언가가 변해 버렸다. 잠들었는데도 그 변화를 볼 수 있었다. 침묵과 늘 함께하던 흉포한 표정이 얼굴에서 없어졌다. 이 아이는 이제 조가 아니었다. 바쁜 하루를 보내고 자고 있는 보통 소년이었다.

잠이 들 뻔했다가 깨어나 애가 없어진 것을 발견했던 그 밤이 떠올랐다. 메인 주 노스 버윅에서 생긴 일이었다. 이제는 대륙의 저 반대편이었다. 네이딘은 아이를 따라 래리가 현관에 누워 잠자고 있는 집까지 갔다. 래리는 안에서 잠자고, 조는 바깥에 서서 침묵 속에서 폭력성을 발산하며 칼을 휘둘렀고, 그들 사이에는 얇고 잘 찢어지는 방충망 말고는 아무것도 없었다. 그리고 네이딘은 조를 그곳에서 떼어 놓았다.

부싯돌에서 나온 듯한 눈부신 불꽃들이 튀어 올랐고, 굽이치는 불빛 속에서 증오가 네이딘을 후려쳤다. 콜맨 램프가 손에서 부들부들 떠는 바람에 광란의 그림자들이 방 안에서 날뛰며 춤추었다. 네이딘은 마땅히 그 아이가 칼을 휘두르게 내버려 뒀어야 했다! 마땅히 조를 위해 직접 문을 붙들고 있었어야 했다. 조가 문 안으로 들어가서 찌르고 찢고 베고 구멍 내서 내장을 뽑아내고 죽여버릴 수 있도록. 네이딘은 마땅히……

아이가 몸을 뒤집으며 목에서 끙끙대는 소리를 냈다. 깨어나려는 듯 두 손을 허공에 휘둘렀다. 마치 꿈속에서 검은 형체를 물리치기라도 하듯이. 그러자 네이딘은 뒤로 물러났고 관자놀이에서 맥박이 쉴 새 없이 뛰놀았다. 소년에게는 여전히 이상한 점이 있었고, 바로 지금 몸을 뒤척이는 모습도 영 맘에 들지 않았다. 마치 소년이 그녀의 생각을 알아차려서 그런 것만 같았다.

이제는 일을 진행시켜야 했다. 서둘러야 했다.

네이딘은 자신의 방으로 들어갔다. 바닥에 깔개가 깔려 있었다. 노처녀의 방에 어울리는 폭이 좁은 싱글 침대가 있었다. 그것이 전부였다. 하다못해 그림 한 점 걸려 있지 않았다. 전체적으로 특색이 없는 방이었다. 벽장 문을 열고 걸려 있는 옷가지들 뒤쪽을 샅샅이 뒤졌다. 급기야 무릎까지 꿇고 땀을 뻘뻘 흘렸다. 앞면에 함박웃음을 짓는 어른들 사진이 있는 밝은 색깔의 상자를 꺼냈는데, 상자의 어른들은 파티 게임을 즐기는 중이었다. 적어도 3,000년의 유구한 역사를 지녔음 직한 파티 게임이었다.

네이딘은 도심지의 선물 가게에서 플랑셰트를 우연히 찾아냈지만, 그것을 감히 집 안에서 사용하지는 않았다. 소년과 함께 사는 이 집에서는.(플랑셰트는 삼각형 또는 하트 모양의 판 밑에 바퀴 세 개가 달린 도구로서, 영혼과 대화하며 점치는 용도로 사용한다. 두세 명이 판의 모서리를 잡고 움직이는데, 알파벳과 숫자가 나열된 받침판 위에 굴려서 플랑셰트의 뾰족한 끝이 가리키는 메시지를 읽거나, 플랑셰트에 필기구를 꽂고 움직여 종이에 그려진 글씨나 그림을 해석한다.—옮긴이) 솔직히 네이딘은 그것을 사용할 엄두를 내지 못했다. 이때까지는. 무언가가 네이딘을 선물 가게 안으로 들어가도록 부추겼고, 화사한 파티 상자에 담긴 플랑셰트를 보자 내면에서 소름 끼치는 투쟁이 일어났다. 심리학자들이 혐오/강박이라 부르는 종류의 심적 투쟁이었다. 당시에도 네이딘은 지금처럼 땀을 뻘뻘 흘리면서 동시에 두 가지를 원했다. 뒤도 돌아보지 않고 그냥 그 가게를 서둘러 빠져나가는 것과 그 상자를, 무시무시하고도 화사한 그 상자를 낚아채 집에 가지고 가는 것. 후자에 대한 열망이 네이딘을 더욱 섬뜩하게 했는데, 그 이유는 자발적인 열망이 아닌 것 같았기 때문이었다.

결국, 네이딘은 그 상자를 가지고 왔다.

그것이 나흘 전 일이었다. 매일 밤마다 강한 강박 관념에 사로잡혀 어쩔 줄 모르다가 마침내 자신이 이해하지 못하는 공포감 속에서 반쯤 정신 나간 상태가 되어, 속에 아무것도 걸치지 않은 청회색 드레스 차림으로 래리를 찾아갔던 것이다. 공포를 영원히 종식시키려고 찾아갔던 것이다. 그들이 집회에서 돌아오기를 현관에서 기다리면서, 네이딘은 자신이 마침내 옳은 일을 하는 거라고 확신했다. 마음속에 그런 감정이, 약간 술에 취한 듯한, 스타를 동경하는 듯한, 뒤에서 쫓아오는 소년과 함께 이슬 머금은 풀밭을 내달렸던 때 이래로 네이딘이 온전히 갖지 못했던 감정이 살아났다. 이번에는 오히려 소년이 자신을 붙잡을 것 같았다. 네이딘은 그가 자신을 붙잡게 놔둘 생각이었다. 그것이 방황의 끝일 것 같았다.

그러나 마침내 붙잡았을 때, 그는 그녀를 원치 않았다.

네이딘은 일어서며 상자를 가슴에 안고 램프를 껐다. 래리는 모욕해 버렸는데, 사람들이 말하길 여자가 한을 품으면 오뉴월에도 서리가 내린다고 하지 않았던가……? 모욕당한 여자는 악마와…… 또는 악마의 심복과 내통할지도 모르는 법이었다.

네이딘은 현관 홀에 있는 탁자에서 큰 손전등을 찾느라 꽤 오랫동안 지체했다. 집 안 깊숙한 곳에서 소년이 잠결에 고함을 지르는 바람에 잠시 그녀는 얼어붙었고, 머리칼이 쭈뼛거렸다.

이윽고 네이딘은 밖으로 나왔다.

베스파 스쿠터가 인도 경계석에 서 있었다. 네이딘이 며칠 전 해럴드 로더의 집까지 타고 가는 데 사용했던 것이었다. 왜 그곳에 갔던가? 그녀는 볼더에 도착한 이래로 해럴드와 말도 몇 마디 못 나눈 사이였다. 그러나 플랑셰트에 대한 혼란 속에서, 그리고 다른 모든 이들한테는 중단되었는데도 자신한테는 계속 찾아오는 꿈에 대한 공포 속에서, 꿈에 관해 해럴드와 이야기해야 할 것 같은 기분이 들었다. 그런 충동조차도 두렵기만 했던 네이딘은 베스파의 시동 열쇠를 구멍에 꽂았던 순간을 기억했다. 플랑셰트를 집어 들게 한 그 갑작스러운 자극처럼(상자에는 이렇게 적혀 있었다. '친구들을 놀래 주세요! 모임의 분위기를 띄워 주세요!'), 해럴드와 상담해야겠다는 생각조차도 자신의 외부에서 주입된 것인 듯싶었다. '그 남자'의 생각인지도 몰랐다. 그러나 네이딘이 그 생각에 굴복하여 집으로 찾아갔을 때, 그는 없었다. 집은 잠겨 있었다. 볼더에서 유일하게 만난 문 잠긴 집이었고, 차양도 내려져 있었다. 네이딘은 그런 모습이 오히려 맘에 들었지만 해럴드가 없어서 잠시 씁쓸한 실망감을 느꼈다. 만약 집에 있었더라면 해럴드는 그녀를 안에 들이고 문을 잠글 수도 있었다. 그들은 거실로 가서 대화를 나누거나 사랑을 나누거나 말로 형용하기 어려운 일들을 함께 할 수 있었을 것이고, 아무도 눈치 채지 못했을 것이다.

해럴드의 집은 은밀한 장소였다.

"나한테 무슨 일이 일어나고 있는 거지?"

네이딘이 어둠 속에서 속삭였지만 어둠은 아무 대답도 하지 않았다. 그녀가 베스파에 시동을 걸자, 부단히 꿀럭거리는 엔진 소리가 밤을 모욕하는 듯했다. 기어를 넣어 스쿠터를 출발시켰다. 서쪽으로.

차가운 밤공기가 얼굴에 와 닿자 네이딘은 비로소 한결 기분이 나아진 것을 느꼈다. '내 머릿속의 혼란스러운 생각들을 날려 보내다오, 밤바람아. 너는 알지, 그렇지? 모든 대안이 사라져 버렸을 때, 너라면 어떻게 할래? 남아 있는 것을 잡아야겠지. 어떠한 어둠의 모험이 예정되어 있다 해도 선택해 버리는 거야. 멍청한 래리는 그 여자의 쫄쫄이 팬티와 그 여자의 단세포적 어휘력과 그 여자의 저급한 영화 잡지 같은 성격에 꼬리 치게 내버려 둬. 그들을 뛰어넘는 거야. 위험을 무릅쓰는 거야. 거기에 무엇을 걸어야 하든지 간에.'

대개는 자신의 존재 자체를 걸어야 하는 법이지만.

베스파의 전조등에서 나온 작은 스포트라이트를 받은 도로가 앞에 펼쳐졌다. 오르막길로 접어들자 기어를 2단으로 변경해야 했다. 네이딘은 이제 베이스라인 대로에서 검은 산을 향해 전진했으니까. 그들이 모임을 열게 놔두자. 그들은 전기를 복구하는 데 열중했다. 반면에 그녀의 연인은 세상을 차지하는 데 열중했다.

베스파의 엔진이 무리를 하느라 힘겹게 헐떡였지만 어쨌든 쉬지 않고 움직였다. 무서우면서도 왠지 끈적한 공포가 네이딘을 사로잡기 시작했고, 오토바이의 안장이 진동하면서 네이딘의 거시기를 뜨겁게 달구기 시작했다.('어머, 너 꼴렸구나, 네이딘.' 기분이 짜릿해졌다. '저질이야, 저질이야, 저질이야.') 그녀의 오른편은 수직 절벽이었다. 그 아래로 떨어지면 오직 죽음뿐. 그럼 그 위로 올라가면? 네이딘은 알 것 같았다. 되돌아가기엔 너무 늦었다. 그리고 역설적이게도 오직 그 생각만이 네이딘에게 감미로운 자유를 느끼게 했다.

1시간 후 네이딘은 해돋이 원형 극장에 있었다. 하지만 해돋이는 아직 서너 시간 뒤의 일이었다. 원형 극장은 플랙스태프 산의 정상에 가까웠고, 자유 지대의 거의 모든 사람들은 볼더에 정착하고 나서 오래지 않아 그 정상에 있는 야영장에 들르곤 했다. 청명한 날에는(볼더에서는 대개 날이 맑았다. 적어도 여름철에는.) 볼더를 볼 수 있었고, 남쪽으로 덴버까지 뻗어 가다가 아지랑이 속으로 300킬로미터 거리 너머의 뉴멕시코를 향해 사라지는 25번 주간 고속도로도 볼 수 있었다. 정동을 바라보면 네브래스카를 향해 뻗은 평원에 못 미쳐 볼더 협곡이 있었는데, 소나무와 가문비나무로 둘러싸인 언덕들 사이로 칼자국이 난 것 같았다. 여름철이 오면 글라이더들이 새처럼 해돋이 원형 극장 상공의 상승 기류에 몸을 싣곤 했다.

네이딘은 절벽 근처의 소풍 탁자에 자신이 올려놓은 건전지 여섯 개짜리 손전등의 불빛에 드러난 것만 보고 있었다. 하얀 면을 펼친 커다란 미술용 스케치북 위에 삼각형 거미처럼 세 군데가 모서리 진 플랑셰트가 웅크리고 있었다. 그것의 아랫부분에서 튀어나와 거미의 침처럼 보이는 것은 스케치북 종이 위에 살짝 닿아 있는 연필이었다.

네이딘은 반쯤 황홀하고 반쯤은 무서운 흥분 상태에 빠졌다. 산악 등반용으로 제작된 것이 아닌 게 분명했지만 용맹스럽게 고군

분투해 준 베스파의 등에 앉아 여기로 올라오는 동안 네이딘은 해럴드가 네덜란드에서 느꼈던 것을 똑같이 느꼈다. '그 남자'를 느낄 수 있었다. 그러나 해럴드가 이것을 다소 정밀하고 기술적으로 사고하여 자석에 끌리는 쇠붙이로, 힘을 지향하는 끌림으로 느꼈던 데 반해, 네이딘은 그것을 일종의 신비로운 사건으로, 경계선 넘기로 느꼈다. 겨우 산기슭의 작은 언덕 위에 있으면서도 마치 이 산맥이 위세를 떨치는 두 개의 영역 사이에 낀 곳, 즉 서쪽의 플래과 동쪽의 할머니 사이에 낀 중간 지대인 듯했다. 이곳에서는 양쪽에서 날아들어 뒤섞인 마법들이 하나님에게도 사탄에게도 속하지 않는, 전적으로 이교도적인 이곳만의 독자적인 혼성 마법을 창출했다. 네이딘은 자신이 귀신 들린 장소에 들어와 있다고 느꼈다.

그리고 플랑셰트는…….

네이딘은 '원산지 대만'이라고 찍혀 있는 화려한 모양의 상자를 바람따라 가 버리라고 아무렇게나 내던졌다. 플랑셰트 자체는 그저 섬유판이나 석고 보드를 조잡하게 찍어 만든 판때기였다. 그러나 그것이 문제가 되진 않았다. 그것은 네이딘이 딱 한 번만 사용할, '감히' 딱 한 번만 사용할 도구이자 조잡하게 만들어졌다 해도 본연의 목적을 충실히 달성할 수 있는 것이었다. 문을 부수어 열려고, 창문을 닫으려고, 위대한 자의 이름을 쓰려고.

상자에 적힌 말들이 다시 생각났다. '친구들을 놀래 주세요! 모임의 분위기를 띄워 주세요!'

그들 일행이 이동하는 동안 래리가 이따금 혼다 오토바이 위에서 고래고래 불러 댔던 노래가 뭐였더라? '여보세요, 교환? 전화

선에 무슨 문제가 있나요? 내가 통화하고 싶은 사람은……'

누구와 통화할까? 그것이 문제였다. 그렇지 않던가?

네이딘은 플랑셰트를 사용하던 대학 시절을 떠올렸다. 10년 이상 된 오래전 일이었지만…… 어제 일처럼 생생했다. 네이딘은 레이철 팀스라는 여자 애한테 같이 듣는 독서 치료 강의의 과제물에 관해 물어보러 기숙사 3층으로 올라갔다. 기숙사 방은 일고여덟 명쯤 되는 여자 애들이 모여 낄낄대고 깔깔거리느라 만원이었다. 네이딘이 기억하기에 그들은 무언가에, 담배 또는 어쩌면 마약에 취한 것처럼 행동했다.

레이철이 스스로도 낄낄거리면서 말했다.

"그만 좀 해! 이렇게 당나귀 떼처럼 까불어 대면 혼령들이 어떻게 연락을 하니?"

당나귀를 떠올리고 우스워졌던지 한동안 여학생들의 폭소가 방 안에 휘몰아쳤다. 지금 탁자에 놓인 것과 마찬가지로 당시에도 플랑셰트는 뭉툭한 다리 세 개에 연필이 아래로 꽂혀 있는 삼각형 거미 모양이었다. 그들이 낄낄거리는 동안 네이딘은 미술용 스케치북에서 뜯어낸 종이 뭉치를 집어 들고, 이미 수신된 '저승의 백지에서 온 메시지들'을 뒤적거렸다.

'토미는 말한다 너는 또 딸기향 질 세정제를 사용 중이다.

어머니는 말한다 그녀는 훌륭해.

허접스러워! 허접스러워!

존은 말한다 너는 방귀를 많이 뀌진 않을 것이다 구내식당 콩 반찬만 안 먹으면.'

나머지 메시지들도 유치하긴 마찬가지였다.

낄낄거리던 아이들이 제법 잠잠해져서 다시 게임을 시작할 수 있었다. 세 명이 침대에 앉아 각자 손가락 끝을 플랑셰트의 각기 다른 가장자리에 올려놓았다. 잠시 동안 아무 일도 일어나지 않았다. 그러다가 점 판이 흔들거렸다.

"네가 움직인 거지, 샌디!"

레이철이 면박을 주었다.

"나 안 그랬어!"

"쉿!"

점 판이 또 흔들거리자 여자 애들이 입을 다물었다. 점 판이 움직였다, 멈추었다, 또 움직였다. 문자 F를 만들었다.

"푹……."

샌디라는 여자 애가 말했다.

"그냥 푹 썩으렴."

다른 애가 말했고, 그들은 게임에서 벗어나 또다시 낄낄거렸다.

"쉿!"

레이철이 엄하게 말했다.

플랑셰트가 더욱 신속하게 움직이며 문자들을 그려냈다. A, T, H, E, 그리고 R.

"사랑하는 아버지(FATHER), 당신의 아기가 여기 와 있습니다."

패티 뭐라는 여자 애가 말하며 낄낄거렸다.

"우리 아버지가 틀림없어. 내가 세 살 때 심장 마비로 돌아가셨거든."

"점 판이 뭔가 더 쓰고 있어."

샌디가 말했다.

S, A, Y, S. 플랑셰트가 열심히 철자를 썼다.

"무슨 일이 벌어지는 거지?"

네이딘은 키가 크고 말처럼 얼굴이 길쭉한 처음 보는 여자 애한테 속삭였다. 말상을 한 여자 애는 두 손을 주머니에 넣고 신물 난다는 표정을 지으며 구경 중이었다.

"여자 애들이 떼로 모여서 자기들이 이해 못 하는 무언가와 함께 놀고 있는 중이지. 뭐 그런 거야."

여자 애가 나지막하게 속삭였다.

"아버지는 말한다 패티는."

샌디가 점 판에 적힌 글을 읽었다.

"이거 진짜 너희 아빠가 보다. 얼씨구 잘됐구나, 패티."

또다시 낄낄낄 폭소.

말상을 한 여자 애는 안경을 쓰고 있었다. 그녀는 이윽고 입고 있던 덧옷 주머니에서 손을 빼내 안경을 벗었다. 안경을 닦은 다음 계속 속삭이며 네이딘한테 추가 설명을 했다.

"플랑셰트는 심령술사와 영매가 사용하는 도구야. 운동생리학자들은……"

"무슨 학자들?"

"운동, 근육, 신경의 상호 작용을 연구하는 과학자들."

"오."

"그들은 플랑셰트가 실제로는 미세한 근육 운동에 반응하는 것이라고 주장해. 아마도 의식적인 정신보다는 오히려 잠재의식에 의해 유도된 근육 운동이 주도하는 현상일 거라고 하지. 물론 영매와 심령술사는 플랑셰트가 영혼 세계에서 나온 실체들에 의해 움직이는 것이라고 주장하는데……"

또다시 자지러지는 듯한 폭소가 터져 나왔다. 네이딘은 말상을 한 여자 애의 어깨 너머로 지금까지 적혀 있는 메시지를 똑똑히 보았다. '아버지는 말한다 패티는 중단해야 한다.'

"……화장실에 뻔질나게 들락날락하는 것을."

구경꾼들 가운데 누군가가 말하자 모두 또 한 차례 배꼽이 빠져라 웃어 댔다.

말상을 한 여자 애가 경멸하듯 콧방귀 뀌며 말했다.

"어느 쪽 주장이 맞든 간에 그냥 장난으로 해 보는 거라지만, 매우 분별없는 짓이야. 영매와 과학자 모두 자동적으로 글이 쓰이는 현상은 위험할 수 있다고 인정하니까."

"혼령들이 오늘 밤엔 불친절한가 봐, 그렇지?"

네이딘이 별 뜻 없이 물었다.

"아마도 혼령들은 항상 불친절할걸."

말상이 네이딘한테 날카로운 표정을 지었다.

"아니면 준비가 전혀 안 된 상태에서 자신의 잠재의식으로부터 메시지를 받는 것일 수도 있어. 자동 글쓰기를 하다가 극단적인 통제 불능 상태에 빠지는 경우를 기록한 사례들이 있거든. 사람들이 미쳐 버리고 말았대."

"어머, 그건 좀 심하다. 이건 그냥 게임일 뿐이잖아."

"게임은 때때로 심각하게 돌변하는 경향이 있지."

네이딘이 뭐라 대답하기도 전에 왁자지껄한 웃음소리가 말상의 논평에 종지부를 찍었다. 패티 뭐라는 여자 애가 침대에서 떨어져 바닥에 드러누워, 배를 잡고 웃어 대며 흐느적흐느적 발길질을 했다. 완성된 메시지는 이러했다. '아버지는 말한다 패티는 중단해야 한다 레너드 카츠와 이불 속으로 잠수하는 짓을.'

"일부러 이렇게 쓴 거지!"

패티가 다시 일어나 앉으면서 샌디한테 말했다.

"나 안 그랬어, 패티! 정말이야!"

"네 아버지가 쓰신 것이다! 사후 세계에서 찾아오신 거야! 그 먼 곳에서 찾아오신 거라고!"

또 다른 여자 애가 공포 영화 배우 보리스 카를로프의 목소리를 흉내 내어 말했는데, 네이딘이 보기에는 상당히 흡사했다.

"다음번에 네가 레너드의 닷지 뒷좌석에서 팬티를 벗을 때에는 네 아버지가 지켜보고 있다는 것을 명심하거라."

또다시 요란한 폭소탄이 이 재치 있는 익살을 환영했다. 폭소가 잦아들 무렵, 네이딘은 앞으로 헤치고 나가 레이철의 팔을 잡아당겼다. 과제물만 물어보고 조용히 빠져나갈 생각이었다.

"네이딘!"

레이철이 외쳤다. 그녀의 눈이 쾌활하게 반짝거렸다. 양쪽 뺨이 장밋빛으로 발그레했다.

"여기 앉아. 혼령들이 너한테 할 말이 있는지 알아보자!"

"안 돼. 정말이야, 난 그냥 독서 치료 강의의 과제물을 알아보러 온 거……"

"야, 숙제 따위 집어치워! 이게 더 중요한 거야, 네이딘! 이거 아주 끝내 줘! 너 한 번은 꼭 해 봐야 해. 여기, 내 옆에 앉아. 제이니, 너는 나머지 한쪽을 맡아."

제이니가 네이딘 반대편에 앉았고, 레이철 팀스의 거듭되는 재촉에 네이딘은 자신의 두 손 여덟 손가락을 플랑셰트에 살짝 갖다 대고 말았다. 그러고는 저도 모르게 말상을 한 여자 애를 어깨 너머로 돌아보았다. 그 애는 네이딘한테 고개를 한 번 내저었다, 신중하게. 그러자 머리 위의 형광등 빛이 안경 렌즈에 반사되어 그 애의 두 눈이 한 쌍의 커다란 하얀 섬광으로 바뀌었다.

당시 네이딘은 순간적으로 공포를 느꼈다. 손전등 불빛에 드러난 또 다른 플랑셰트를 내려다보고 서 있자니 그랬던 것 같았다. 그런데 자신이 말상 여자 애한테 했던 말이 다시 생각났다. 어쨌든 그냥 게임일 뿐이었다. 게다가 낄낄거리는 여자 애들 무리의 한복판에서 무슨 무시무시한 일이 벌어질 수 있단 말인가? 혼령을 불러내기에 이보다 더 적대적인 환경은 없지 싶었다.

"이제 모두 조용히 해."

레이철이 명령했다.

"혼령들이여, 당신들은 우리 자매이자 명망 높은 걸스카우트 단원인 네이딘 크로스에게 전해 줄 메시지를 갖고 있습니까?"

플랑셰트는 움직이지 않았다. 네이딘은 조금 무안했다.

"어느-것이-나올-까요-알아-맞춰-보세요."

보리스 카를로프를 흉내 냈던 여자 애가 만화 영화에 나오는 사슴 목소리를 제법 그럴듯하게 흉내 내어 말했다.

"혼령들이 지금 막 이야기하려는 참이네유!"

다시 터져 나오는 낄낄낄 소리.

"쉿!"

레이철이 제지했다.

네이딘은 그들이 바라는 대로 아무리 유치한 메시지라도 적혀 나올 수 있도록 두 여자 애들 중 한 명이 움직이지 않으면, 자신이 직접 움직여야겠다고 결심했다. 직접 점 판을 살살 미끄러뜨려서 짧고 자극적인 말을 적어 낼 생각이었다. '꺄악!' 같은 말을. 그러면 과제물 정보를 얻어서 나갈 수 있을 것 같았다.

막 그렇게 하려던 순간, 플랑셰트가 네이딘의 손가락 아래서 불쑥 움직였다. 연필이 스케치북 종이의 빈 공간에 새까만 대각선 빗금을 그었다.

"이봐요! 너무 무식하게 잡아당겼잖아요, 혼령들이여."

레이철이 멀뚱하니 불안정한 어조로 말했다.

"네가 그랬니, 네이딘?"

"아냐."

"제이니."

"아녀, 아녀. 진짜로."

플랑셰트가 또다시 홱 움직이더니, 갖다 댄 그녀들의 손가락을 끌어당기다시피 하며 종이의 상단 왼쪽 구석으로 잽싸게 나아갔다.

"우와. 너희도 느꼈니? 방금……."

네이딘이 말했다.

그들도 느꼈다. 그들 모두 느꼈다. 비록 레이철과 제인 파궛 둘 다 그것에 관해 나중에 그녀한테 입도 뻥끗하지 않았지만. 그리고 네이딘은 그날 밤 이후로 둘 중 누구의 방에서도 자신을 각별히 반가워하는 느낌을 전혀 받지 못했다. 마치 둘 다 그 일 이후로 그녀를 가까이하기를 무척 꺼리는 것 같았다.

플랑셰트가 그들의 손가락 밑에서 갑자기 이리저리 튕겨 다니기 시작했다. 부드럽게 공회전하고 있는 차의 흙받기에 손을 댄 느낌이었다. 진동은 끊이질 않았고 불안정했다. 사람이 노골적으로 힘을 쓰는 모습을 보이지 않는 한 일으킬 수 없는 움직임이었다.

여자 애들이 조용해졌다. 모두 기묘한 표정을 지었는데, 예기치 못한 현상이 실제로 일어나는 강령회에 참석한 사람들의 얼굴에 (탁자가 흔들거리기 시작하는 순간, 눈에 보이지 않는 손가락 관절들이 벽을 두드리는 순간, 또는 영매가 콧구멍으로 연기처럼 거무튀튀한 심령을 방출하기 시작하는 순간) 공통으로 나타나는 표정이었다. 현상의 정체가 무엇이든 간에 멈추기를 바라면서 한편으론 계속 이어지기를 바라는, 창백한 기다림의 표정이었다. 무시무시한, 갈피를 못 잡는 흥분의 표정이며…… 이럴 때 인간의 얼굴은 피부 바로 밑에 머무는 해골의 모습과 똑같아진다.

"그만둬!"

말상 여자 애가 갑자기 부르짖었다.

"지금 당장 그만두지 않으면 너희는 후회할 거야!"

제인 파굿이 공포에 가득 찬 목소리로 절규했다.

"손가락이 점 판에서 안 떨어져!"

누군가 꺽꺽거리는 비명을 질렀다. 바로 그 순간 네이딘은 자신의 손가락도 역시 점 판에 달라붙었음을 깨달았다. 팔 근육들이 손가락 끝을 플랑셰트에서 잡아당기려고 안간힘을 썼지만, 손가락은 계속 그 상태로 요지부동이었다.

"좋아 좋아, 농담은 끝났어."

레이철이 긴장한 듯 겁먹은 목소리로 말했다.

"누구 짓이……"

그러자 갑자기 플랑셰트가 글을 쓰기 시작했다.

번개 같은 속도로 움직이며, 그들의 손가락을 함께 잡아끌면서. 여자 애들의 얼굴에 나타난 속수무책의 혼비백산한 표정만 아니었다면 보기에 따라서는 우스꽝스러울 법한 모습으로 그들의 팔을 홱 잡아당겼다가 밀쳤다가 빙글빙글 돌렸다. 나중에 네이딘은 자신의 팔이 마치 운동 기계에 붙잡힌 것 같았다고 생각했다. 그 전에 나왔던 필체는 엉성하고, 질질 끌어서 쓴 글씨였다. 일곱 살 아이가 쓴 것 같이 보이는 메시지들이었다. 이번 필체는 부드러웠고 힘이 넘쳤다. 흰 종이를 가로질러 거침없이 써 내려간 크고, 비스듬한 대문자였다. 글자에는 냉혹하고 사악한 분위기도 서려 있었다.

'*네이딘, 네이딘, 네이딘.*' 플랑셰트가 소용돌이치며 써 내려갔다. '*나는 네이딘을 어찌나 사랑하는지 되어 줘 나의 나의 네이딘을 사랑해 나의 왕비가 되어 줘 만약 네가 만약 네가 만약 네가 나에게 순결하다면 만약 네가 나에게 깨끗하다면 만약 네가 그러면 만약 네가 죽는다면 나로서는 죽는다 너는*'

플랑셰트가 급강하하여 아래 줄로 옮겨 계속 써 내려갔다.

'*너는 나머지 사람들과 함께 죽는다 너는 나머지 사람들과 함께 죽음의 책 속에 있다 네이딘은 죽는다 그들과 함께 네이딘은 썩어 없어진다 그들과 함께 그렇게 되지 않으려면 그렇게 되지 않으려면*'

플랑셰트가 멈추었다. 툭툭 튀었다. 네이딘은 생각했다. 아니, 바랐다(오 얼마나 간절히 바랐던지). 움직임이 끝났기를. 그러나 그것은 종이 가장자리로 줄달음쳐 되돌아가 다시 글을 쓰기 시작했다. 제인은 가엾게도 날카로운 비명을 질렀다. 다른 여자 애들은 놀라고 당황하여 정신없이 '아아'를 연발하며 충격을 받아 얼굴이 하얗게 질렸다.

'세상 세상은 곧 세상은 죽는다 그리고 우리 우리 우리 네이딘 네이딘 나 나 나 우리 우리 우리는 우리는 우리'

이제는 글씨들이 종이를 가로질러 비명을 내지르는 듯했다.

'우리는 죽은 자들의 집에 있다 네이딘'

마지막 단어가 3센티미터 높이의 대문자들로 종이를 가로지르며 포효했고, 그러고 나자 플랑셰트가 종이판에서 소용돌이쳐 나가면서 마치 함성처럼 뒤쪽에다 기다란 연필심 선을 남겼다. 점판이 바닥에 떨어지며 두 동강 났다.

충격에 휩싸여 꿈쩍할 수도 없는 침묵의 순간이 지나자, 제인 파긋이 소리 높여 울먹이며 히스테리를 일으켰다. 그 일은 기숙사 여사감이 무슨 사고라도 났나 확인하러 위층에 올라오는 것으로 끝이 났다고 네이딘은 기억했는데, 사감이 의무실에 막 연락하려는 순간 그 여자 애는 가까스로 진정이 되었다.

상황이 정리되는 동안 내내 레이철 팀스는 자기 침대에 앉아 있었다. 고요히, 창백하게. 사감과 나머지 여자 애들이 (틀림없이 자신의 땅에서 별로 대우받지 못하는 여자 예언자의 심정을 느꼈을 말상 여자 애도 함께) 방을 나갔을 때, 레이철이 맥 빠지고 낯선 목소리로 네이딘에게 물었다.

"누구였어, 네이딘?"

"나도 몰라."

네이딘이 진심으로 대답했다. 그녀는 전혀 알지 못했다. 그 당시엔 그랬다.

"누구 글씬지 못 알아보겠니?"

"응."

"저기, 어쩌면 네가 가져가는 게 좋을 것 같아. 저승인지 뭔지에서 날아온 저 메모 말이야…… 가지고 네 방으로 돌아가 줄래?"

"나한테 와서 앉으라고 부탁한 건 너였어!"

네이딘이 레이철에게 쏘아붙였다.

"내가 어떻게 일이…… 그런 일이 생길 줄 알았겠어? 난 네 부탁을 차마 뿌리치지 못했던 것뿐이야. 그런데 왜 이래!"

레이철은 그 말에 얼굴이 빨개질 만큼 미안해했다. 짧은 사과의 말을 건네기까지 했다. 그러나 네이딘은 그 일 이후로 그 애를 자주 만나지 못했다. 레이철 팁스는 네이딘이 대합 입학 후 처음 세 학기 동안 진짜 친하다고 느꼈던 몇 안 되는 여자 애들 중 한 명이었다.

그때 이후로 지금까지 네이딘은 결코 섬유판을 찍어 만든 이 삼각형 거미 모양의 도구에 손을 댄 적이 없었다.

그러나 때가 되었다. 마침내 때가…… 어슬렁거리며 그녀를 찾아온 것이다. 그렇지 않은가?

물론 그러했다.

심장이 요란하게 두근거리는 가운데, 네이딘은 소풍 벤치에 앉아서 플랑셰트의 삼면 중 두 곳에다 양손의 손가락을 가볍게 눌렀다. 네이딘은 점 판이 순식간에 손가락의 볼록한 부분 밑에서 움직이기 시작하는 것을 느꼈고, 공회전하고 있는 자동차 생각이 떠올랐다. 그런데 운전자는 누구였던가? 그 사람이 누구였더라? 누가 차에 올라타고, 차 문을 탕 닫고, 햇볕에 까맣게 탄 두 손을 운전대에 올려놓을 거지? 누구의 발이, 난폭하고 묵직하고 낡은 먼지투성이 카우보이 장화까지 신은 발이 가속 페달을 내리밟아 자신을 데려갈 것인가…… 어디로?

'운전자여, 우리는 어디로 가는 건가요?'

구원으로부터 초연해진 네이딘은 새벽의 검은 참호 속에 잠긴 플랙스태프 산 꼭대기의 벤치에서 눈을 휘둥그렇게 뜬 채 몸을 꼿꼿이 세우고 앉아 있었다. 경계선에 와 있다는 느낌이 어느 때보다 더욱 강렬했다. 동쪽을 주시했으나, 뒤편에서 다가오며 자신을 무겁게 억누르는, 죽은 여인의 발에 묶어 놓은 무거운 쇳덩이처럼 끌어 내리는 '그 남자'의 존재감을 느꼈다. 무자비한 파도가 되어 한결같이 다가오는 플랙의 검은 존재감.

어딘가에서 다크맨은 어둠 속에 흘러들었고, 네이딘은 이제껏 존재했던 모든 암흑의 혼령들한테 주문을 거는 것 같은, 주문을 걸고 초대를 하는 것 같은 세 마디 말을 내뱉었다.

"나에게 말해 줘."

네이딘의 손가락 아래서 플랑셰트가 글을 쓰기 시작했다.

제54장

자유 지대 상임 위원회 회의 의사록에서 발췌

1990년 8월 19일

이번 회의는 스튜 레드먼과 프랜 골드스미스의 아파트에서 열렸다. 위원회 전원이 참석했다.

스튜 레드먼이 상임 위원회 위원으로 선출된 데 대해 자신을 포함하여 모두에게 축하의 인사를 건넸다. 그는 위원 각자의 글과 서명을 담은 감사 편지를 해럴드 로더한테 보내자고 발의했다. 만장일치로 통과되었다.

스튜: "우선 본연의 임무로 돌아가자면, 글렌 베이트먼 교수께서 두 가지 안건을 가지고 있습니다. 제가 당사자보다 그 내용을 더 잘 알지는 못하지만, 그중 하나는 다음번 공개 집회와 관련된 것일 듯싶습니다. 맞습니까, 대머리 아저씨?"

글렌: "내 차례가 되면 얘기하겠네."

스튜: "인간성 한번 맨송맨송하시네요. 늙은 주정뱅이와 늙은 대머리 대학교수가 다른 점이 있다면 대학교수는 귀청이 떨어질 정도로 소리를 지르기 전에 차례를 기다려 준다 이건가요."

글렌: "주옥같은 지혜의 말씀 고맙네, 동부 텍사스 양반."

프랜은 스튜와 글렌이 다정한 시간을 보내는 중인 건 알겠지만, 자신이 무척 좋아하던 9시의 텔레비전 쇼들처럼 내내 본연의 임무에 집중하는 모습을 보고 싶다고 말했다. 이 논평은 예상 밖으로 큰 웃음을 이끌어 내며 환영받았다.

회의의 첫 번째 안건은 서쪽으로 보내는 정찰대였다. 결과를 요약하면, 위원회는 패리스 판사한테 요청해 보기로 결정했다. 톰 컬런과 데이나 저겐스도 보내는 쪽으로. 그들을 추천한 사람이 각각 그 일을 설명하는 장본인이 되어 달라고 스튜가 제안했다. 즉 래리 언더우드가 판사한테 요청하고, 닉은 랠프 브렌트너의 도움을 받아 톰한테 말해야 할 것이고, 수전은 데이나한테 설명해야 했다.

닉은 톰이 준비를 하려면 며칠 걸릴 수도 있다고 했고, 스튜는 정찰대를 파견할 시기에 관해 논의하자고 했다. 래리는 그들을 한꺼번에 보내면 안 될 거라고 했다. 그렇게 하면 한꺼번에 붙잡힐 가능성도 있으므로. 래리가 계속 말하기를, 판사와 데이나는 아마도 우리가 두 명 이상의 스파이를 보냈으리라 짐작하겠지만, 그들이 서로의 실명을 모르는 한 잡혀도 비밀을 누설할 가능성이 없다고 했다. 프랜은 서쪽에 있는 사람(만약 그가 사람이라면)이 그들에게 가할지도 모르는 위해를 고려하면 누설은 별로 적절한 표현이 아니라고 말했다.

글렌: "내가 자네라면 그렇게 비관적으로만 보진 않을 거야, 프랜. 만약 우리 적수가 당연히 어느 정도의 지능을 가졌으리라 가정한다면, 우리가 그의 이익에 지극히 도움이 될 만한 정보는 공작원들(그들을 이렇게 불러야겠군)한테 전혀 주지 않았으리라는 걸 알 거야. 고문해 봤자 캐낼 게 없다는 것을 잘 알 거란 말이지."

프랜: "그러니까 사람들의 머리를 토닥거리며 다시는 나쁜 짓 하지 말라고 타이르기만 할 거란 뜻인가요? 제 생각에 그는 단지 자기가 좋아하는 일 중 하나라는 이유만으로도 그들을 고문할 것 같은데요. 그 점에 대해선 뭐라 말씀하실래요?"

글렌: "할 말이 없구먼."

스튜: "이미 결정난 일이야, 프래니. 우리 편 사람들을 위험한 상황에 내몰기로 우리 모두 동의했어. 그 결정을 내리기가 전혀 유쾌하지 않았다는 것도 알잖아."

글렌은 일단 다음 일정에 따르자고 제의했다. 판사가 8월 26일에, 데이나는 27일에, 톰은 28일에 떠날 것이며, 그들 중 누구도 다른 사람들에 관해 모를 것이고 제각기 다른 길로 출발할 것이었다. 그렇게 하면 톰을 준비시키는 데 필요한 시간도 마련할 수 있을 것이라고 글렌이 부연 설명했다.

닉이 말하길 후최면 효과를 이용해 복귀할 시기를 전해 들을 톰 컬런은 예외로 하고, 나머지 두 사람은 반드시 본인들의 신중한 판단에 따라 복귀해야 하겠지만, 날씨가 중요한 요인으로 작용할 수 있었다. 산맥에는 10월 첫째 주에 폭설이 내릴 가능성이 있었다. 따라서 그들은 서쪽에서 3주 넘게 머물지 말라는 권고에 따라야 한다고 닉은 제의했다.

프랜은 만약 산맥에 일찍 눈이 내린다고 해도 그들이 남쪽으로 우회해서 올 수 있다고 말했지만 래리는 동의하지 않았다. 그는 그들이 멕시코까지 먼 길을 내려가 우회하지 않는 한 상그레데크리스토 산맥이 앞길을 막아설 것이라는 점을 지적했다. 만약 그토록 멀리 돌아가야 한다면, 아마 봄이 될 때까지는 그들을 다시 볼 수 없을 것이다.

래리는 그 셋을 보내는 것이 이미 정해진 사실이라면 판사를 제일 먼저 출발시켜야 할 것이라고 말했다. 래리는 모레, 8월 21일을 제의했다.

그 발언으로 정찰대…… 또는 스파이, 취향에 따라 뭐라 부르건 간에 이 안건에 관한 토의가 마무리되었다.

그러고 나서 글렌이 발언권을 얻었고, 이하 내용은 녹음테이프에서 인용한다.

글렌: "저는 8월 25일에 공개 집회를 또 한 번 소집할 것을 제안하며, 그 집회에서 다룰 몇 가지 안건을 제의하고자 합니다.

우선 여러분이 놀랄 만한 사실을 하나 지적하고 싶군요. 우리는 자유 지대 인구가 약 600명인 것으로 추정하고 있습니다. 랠프가 자유 지대로 들어오는 대집단들의 수를 감탄할 만큼 줄곧 정확하게 기록해 왔고, 이를 토대로 추정한 수치입니다. 하지만 찔끔찔끔 조금씩 들어오는 인원들도 꽤 있습니다. 아마 하루에 열 명 정도는 될 것입니다. 그래서 오늘 아침 일찍 저는 레오 록웨이와 함께 셔토쿠어 공원 회관에 가서 홀 안의 좌석 숫자를 세어 봤습니다. 좌석이 607개 있더군요. 여기서 뭔가 생각나는 것 없습니까?"

수전 스턴이 고작 좌석 수로 단정 짓는 것은 옳지 않다고, 그 이유는 사람들이 자리가 없으면 뒤쪽에 서 있기도 하고 통로에 앉아 있기도 하기 때문이라고 말했다. 그러자 모두들 글렌이 말하고자 하는 바를 깨달았다. 위원회가 벼락 맞은 듯한 분위기가 되었다고 표현하는 게 타당할 것 같다.

글렌: "서 있던 사람들과 통로에 앉아 있던 사람들이 얼마나 되는지 정확하게 어림할 방법은 없지만, 집회에 대한 제 기억이 상당히 또렷한 고로 저는 100명이 몹시 소극적인 추정치일 거라 말해 두고 싶습니다. 따라서 여러분도 아시다시피, 실제로 여기 자유 지대 안의 인구는 700명이 넘는 겁니다. 레오와 제가 조사한 결과를 바탕으로, 저는 대형 집회 의사일정에 상정할 안건들 중 하나로 인구 조사 위원회를 제안합니다."

랠프: "저런, 난 정말 멍청한 놈이야! 그런 건 내가 진작 챙겼어야 하는데."

글렌: "아니야, 그건 자네 잘못이 아닐세. 자네는 한꺼번에 열 가지도 넘는 일을 담당하고 있잖은가, 랠프. 우리는 자네가 그 일들을 줄곧 멋지게 처리해 왔다고 생각한다네……."

래리: "그럼요, 저도 동감이에요."

글렌: "……그런데 만약 단독으로 이곳에 들어오는 사람이 하루에 딱 4명이라고 쳐도, 일주일을 합하면 거의 30명이나 되는 겁니다. 제 짐작으론 단독 도착자가 하루에 12명 내지 14명 정도로 불어나는 중이에요. 하지만 그들은 여러분도 아시다시피 우리 중 한 사람한테로 달려와서 자신이 도착했노라고 알려 주지 않아요. 그리고 마더 애버게일 님께서 떠나셨으니, 도착한 사람들의 인원

수를 셀 수 있는 장소도 없어졌고요."

뒤이어 프랜 골드스미스는 위원회가 8월 25일 집회의 의사일정에 인구 조사 위원회를 넣어야 한다는 글렌의 발의에 동의했으며, 위원회가 책임지고 모든 자유 지대 인원의 명부를 관리해야 한다고 말했다.

래리: "만약 그렇게 하는 데 타당한, 실질적인 이유가 있다면 저도 전적으로 찬성하겠죠. 그러나……"

닉: "그러나 뭐죠, 래리 씨?"

래리: "글쎄…… 그런 잡다한 업무로 어영부영 시간을 보내는 대신에 당장 신경 써야 할 일도 무척 많잖아요?"

프랜: "지금 당장 타당한 이유가 한 가지 떠오르네요."

래리: "그게 뭔데요?"

프랜: "글렌 교수님의 말이 옳다면, 그건 우리가 다음번 집회를 위해 더 큰 홀을 섭외해야 한다는 뜻이에요. 그것이 한 가지 이유죠. 만약 25일 당일에 이곳에 800명이 있다면, 그들을 전부 셔토쿠어 회관 안으로 밀어 넣을 순 없을 거예요."

랠프: "맙소사, 나는 그런 생각도 못했는데. 그래서 제가 이런 일에 적합하지 않다고 말했잖아요."

스튜: "진정해요, 랠프 형님. 형님은 훌륭하게 해내고 있어요."

수전: "그럼 어디서 그 망할 놈의 집회를 열어야 할까요?"

글렌: "잠깐만, 잠깐만. 한 번에 하나씩 논의합시다. 망할 놈의 발언권을 얻어서 내놓은 망할 놈의 발의가 하나 있잖습니까!"

다음 공개 집회의 의사일정에 인구 조사 위원회를 넣기로 투표를 통해 7 대 0으로 가결되었다.

뒤이어 스튜가 더 큰 수용 능력을 갖춘, 아마도 1,000명은 들어갈 법한 콜로라도 대학의 먼칭거 회관에서 8월 25일 집회를 열자고 제안했다.

그러자 글렌이 또 발언권을 요청했다.

글렌: "논의를 계속하기 전에, 인구 조사 위원회를 두는 것에 또 하나의 중요한 이유가 있다는 점을 지적하고 싶군요. 파티에 가져갈 감자 칩과 소스의 양을 얼마로 할지 아는 것보다 좀 더 진지한 사항이에요. 우리는 '마땅히' 누가 들어오고 있는지 알아야 합니다…… 이와 동시에 누가 떠나는지도 알아야만 하고요. 제가 보기엔 사람들이 들락날락하고 있단 말이에요. 어쩌면 그저 과대망상일 수도 있지만, 단언컨대 익숙하게 봐 왔던 얼굴들이 이젠 전혀 눈에 띄지 않는 사례가 있습니다. 셔토쿠어 회관에 들른 후에 레오와 저는 찰리 임페닝의 집에 가 봤지요. 그곳에서 무슨 일이 있었을까요? 집이 텅 비었습니다. 찰리의 짐이 사라졌고, 찰리의 BSA 오토바이도 마찬가지였어요."

위원회에서 소란이 일어났다. 불경스러운 말도 다채롭게 난무했으나 이 기록에는 포함시키지 않는다.

랠프는 누가 떠나는지 안다고 해서 무슨 도움이 되겠느냐고 물었다. 그는 만약 임페닝 같은 사람들이 다크맨한테 넘어가길 원한다면 오히려 귀찮은 인간들을 쫓아낼 좋은 기회로 봐야 한다고 말했다. 몇몇 위원이 랠프에게 박수를 쳤고, 굳이 덧붙이자면 랠프는 어린 학생처럼 얼굴이 빨개졌다.

수전: "아니오, 저는 글렌 교수님의 논점이 이해가 돼요. 이런 일이 거듭되면 정보가 줄줄이 새어 나갈 거라고요."

랠프: “글쎄, 우리가 어쩌겠어요? 그들을 감옥에 처넣을까요?”

글렌: “불쾌한 소리로 들리겠지만, 나는 우리가 그런 조치를 매우 진지하게 고려해 봐야 한다고 생각하네.”

프랜: “안 돼요. 스파이들을 보내는 일…… 그런 일은 참아 낼 수 있어요. 하지만 단지 우리가 일하는 방식을 싫어한다는 이유로 여기에 찾아온 사람들을 감금한다고요? 맙소사, 글렌 아저씨! 그건 비밀경찰이나 하는 짓이라고요!”

글렌: “그래, 결과적으로 보면 그렇지. 하지만 우리 상황은 극도로 불안정하단 말일세. 자네는 나를 억압을 옹호하는 사람으로 몰아가는데, 매우 부당해. 난 자네한테 우리의 적수 쪽으로 두뇌 유출이 계속 이어지는 상황을 방관하고 싶은 거냐고 묻고 싶구먼.”

프랜: “그렇다고 해도 전 그런 조치를 증오해요. 1950년대에 조 매카시 상원의원이 극단적인 반공 운동을 펼쳤죠. 우리가 우리 나름의 다크맨을 두었던 거예요. 참 멋진 경험이었죠.”

글렌: “프랜, 누군가가 주머니 속에 핵심 정보를 감추고 여기를 떠날지도 모르는 위험을 무릅쓸 각오가 돼 있는 건가? 예를 들어, 마더 애버게일 님이 사라졌다는 정보가 유출된다면?”

프랜: “찰리 임페닝이 그 남자한테 그런 정보를 말할 수는 있지요. 우리한테 그 밖에 무슨 핵심 정보랄 게 있나요, 교수님? 우린 대체로 그저 해결책도 없이 우왕좌왕하는 중이잖아요?”

글렌: “그 남자가 우리의 인구수를 알았으면 좋겠어? 우리가 기술 수준을 얼마나 발전시켰는지도? 우리가 여태 의사 한 명 못 갖추고 있다는 사실도?”

프랜은 위원회의 운영 방식을 싫어한다는 이유로 사람들을 가두느니 차라리 정보가 새도록 놔두는 것이 낫겠다고 말했다. 그러자 스튜는 정반대의 시각을 가진 사람들을 감금한다는 아이디어 전체에 대해 심의를 보류하자고 제안했다. 이 발의는 통과되었다. 글렌만이 반대표를 던졌을 뿐.

글렌: "여러분은 조만간에, 아마도 가능한 한 조속히 이 안건을 처리해야 할 겁니다. 찰리 임페닝의 밀고는 몹시 심각한 일입니다. 어떠한 이론에 근거하여 임페닝이 습득하는 정보를 늘어나게 해 주고 싶은 것인지 여러분은 반드시 자문해 보아야 합니다. 에이, 신경 쓰지 맙시다. 이미 심의를 보류하기로 투표해 버렸으니까. 그건 그렇고 검토할 게 하나 더 있는데…… 우리는 정해진 임기도 없이 선출되었어요. 여러분 중 누가 그것에 관해 생각해 봤습니까? 6주, 6개월, 아니면 6년. 얼마나 근무해야할지 모릅니다. 제 생각에 임기는 1년이 적당합니다. 그 정도면 해럴드의 표현대로, 초창기의 끝까지 활동하기에 충분할 겁니다. 저는 다음 공개 집회의 의사일정에 1년 임기 결정 투표를 포함시키고 싶어요.

마지막으로 한 가지 안건만 말하고 끝내겠습니다. 마을 자치 위원회에 의한 행정 활동, 즉 우리 자신이 행정 위원으로서 현재 본질적으로 펼치고 있는 이런 행정은 한동안은 훌륭히 작동할 것입니다. 인구가 3,000명 남짓 되는 시점까지는요. 그러나 더 커져 버리면, 공개 집회에 모습을 드러내는 사람들 대개가 파벌을 이룬 무리이거나 꿍꿍이셈을 지닌 족속들일 것입니다. 건강을 위해 수돗물에 첨가한 불소가 사람을 불임으로 만든다는 말이 있듯, 사람들이 변해서 깃발 같은 것을 내걸고 당파 싸움을 벌이고 싶어 할지도 모른다는 겁니다. 내가 제의하는 바는 우리가 모두 다가오는 늦겨울이나 초봄 무렵까지 어떻게 볼더를 공화국으로 변모시킬지에 관해 진지하게 생각해 보자는 것입니다."

글렌의 마지막 제의에 관해 격의 없는 토론이 있었지만, 이번 회의에서는 아무런 결론도 나지 않았다. 닉이 발언권을 얻고 랠프한테 읽을 것을 건넸다.

닉: "저는 오늘 밤 회의에 대비하여 19일 아침에 이 글을 작성하는 중이고, 이것을 협의 사항의 마지막 순서로서 랠프 아저씨한테 읽게 할 것입니다. 말을 못하는 처지라는 것이 이따금 몹시 곤란하기는 하지만, 지금부터 제안하려고 하는 사항에 따른 모든 가능한 파급 효과들을 고려해 보려고 노력했습니다. 저는 다음 공개 집회의 의사일정에 이것을 포함시킬 수 있을지 알아보고 싶습니다. '스튜 레드먼을 최고 책임자로 하는 자유 지대의 치안부 창설 여부 결정.'"

스튜: "그렇게 큰 불똥을 갑자기 튀기면 어떡하나, 닉."

글렌: "흥미롭군. 우리가 방금 논의하고 있던 주제로 또 돌아갔구먼. 닉이 말을 끝맺게 해 주게, 스튜어트. 자네가 말할 기회는 나중에 있을 테니까."

닉: "이 치안부의 본부는 볼더 행정 청사 안에 둘 것입니다. 스튜 씨는 30명 또는 상임 위원회의 다수결 투표에 따라 30명 이상, 그리고 공개 회합의 다수결 투표에 따라 70명 이상까지도 독자적으로 사람들을 거느릴 수 있는 권한을 가질 것입니다. 그것이 제가 다음번 의사일정에서 확인하고 싶은 결의 사항입니다. 우리야 물론 얼굴이 파랗게 질릴 만큼 열광적으로 그 안건을 승인할 수

있지만 만약 스튜 씨가 찬성하지 않으면 아무 소용 없을 것입니다."

스튜: "지당하신 말씀!"

닉: "우리는 이미 일정한 법률이 필요할 만큼 상당히 규모가 커졌습니다. 법이 없으면 공동 생활이 파탄 날 것입니다. 게링거라는 소년이 자동차를 고속으로 몰아 펄 스트리트 이곳저곳을 들이박은 사건이 있었습니다. 결국 충돌 사고를 냈지만 소년은 다행스럽게도 이마에 깊은 상처만 입은 채 걸어 나왔죠. 그 애는 자신이나 다른 사람의 목숨을 빼앗을 수도 있었습니다. 그런데 그 애가 하는 짓을 목격한 모든 이들이 그저 골칫거리라고만 느꼈습니다. 톰의 말투로 하자면 디귿, 아, 리을, 그것을 합쳐 읽으면 골칫거리가 된다는 거죠. 하지만 아무도 그 애를 제지해야겠다고는 생각하지 않았어요. 왜냐하면 그럴 권한을 전혀 갖지 않았다는 이유 때문에. 그것이 문제입니다. 또 리치 모팻도 있지요. 아마 여러분 중 몇 분은 리치가 누군지 아실 테지만, 모르시는 분을 위해 밝히자면 그 사람은 아마도 자유 지대에서 유일하게 활개 치는 알콜 중독자일 거예요. 멀쩡할 때는 그럭저럭 의젓한 사내지만, 술만 마셨다 하면 자신의 행동에 완전히 무책임한 사내가 되어 버리며 오랫동안 술에 취해 지냅니다. 사나흘 전에는 한잔 걸치고 아라파호에 있는 모든 판유리 창문을 깨뜨리겠다고 결심했나 봅니다. 그런데 리치 씨가 좀 정신을 차리고 나서 제가 그 소란에 관해 얘기했더니(여러분도 아시다시피 저만의 말하는 방식, 메모를 통해서요.), 무척 창피스러워하더군요. 자신이 난리 친 현장을 가리키며 말했어요. '저것 좀 봐. 내가 해 놓은 걸 보라고. 인도에 온통 유리 조

각들이 널려 있어! 저것에 어린애가 다치기라도 하면 어쩌지? 다 내 잘못이야.'"

랠프: "난 그 인간이 하나도 불쌍하지 않아. 전혀."

프랜: "잘 생각해 보세요, 랠프 아저씨. 알코올 의존증이 병이라는 건 누구나 다 알잖아요."

랠프: "병이라니, 참 내. 심성이 나태해서 그러는 거야, 단지 그것뿐이라고."

스튜: "두 사람 다 흥분했어요. 자 자, 모두 진정합시다."

랠프: "미안, 스튜. 닉의 편지를 읽는 데 충실할게."

프랜: "저는 적어도 2분간 조용히 있겠습니다, 의장님. 약속합니다."

닉: "긴 사연을 짧게 요약하면, 저는 빗자루를 구해다 주었고 리치 씨는 자신이 만들어 놓은 아수라장을 다 청소했습니다. 매우 말끔하게 청소했죠. 그런데 왜 아무도 자신을 제지하지 않았느냐고 묻는 리치 씨의 말은 타당했습니다. 예전 시대라면 리치 씨 같은 사람은 자신이 원하는 온갖 독한 술을 구하기가 만만치 않았을 겁니다. 그저 부랑자였으니까요. 그러나 이젠 선반에서 뽑혀 나가길 한껏 기다리고 있는 술이 믿기 어려울 만큼 많이 있습니다. 더군다나 저는 리치 씨가 두 번째 창문을 거덜내도록 용납되어서는 결코 안 되는 것이었다고 믿지만, 사실 그는 세 블록에 걸쳐 거리 남쪽에 있는 모든 창문을 깼습니다. 지칠 대로 지쳐서야 비로소 깨는 걸 그만두었던 것입니다. 여기 한 가지 사례가 더 있습니다. 이름을 밝힐 수 없는 어떤 남자가, 역시 이름을 밝힐 수 없는 그 남자의 여인이 제삼자와 함께 오후의 레슬링을 즐기고 있는 현장

을 찾아낸 사건이었습니다. 제가 누구에 관해 말하는 건지 여러분 모두 잘 아실 것이라 짐작됩니다."

수전: "그래요. 나도 우리가 다 안다고 생각해요. 주먹 깨나 휘두르는 덩치 큰 남자죠."

닉: "어쨌든 그 문제의 남자가 제삼자를 두들겨 팼고 그런 다음 사건 속의 그 여인도 팼습니다. 이제 여기 모인 우리 모두는 그 사건에서 누가 잘했고 누가 잘못했는지 따지는 것이 중요하다고 생각하지는 않을 것 같은데……."

글렌: "자네는 그 점을 착각하고 있어, 닉."

스튜: "닉이 말을 끝내게 놔두세요, 교수님."

글렌: "그럴게. 하지만 나중에 되짚어 봐야 할 부분일세."

스튜: "훌륭하십니다. 계속 읽으세요, 랠프 형님."

랠프: "그러지. 이제 다 끝나가는 중이야."

닉: "……왜냐하면 중요한 것은 문제의 그 남자가 중죄를, 폭행 구타를 저질렀지만 자유롭게 돌아다니는 중이라는 사실입니다. 이제껏 언급한 세 가지 사건 중에서, 이 사건이 평범한 시민들을 가장 불안하게 합니다. 우리는 온갖 사람들이 융합된 그야말로 뒤죽박죽 집단을 이루었고, 온갖 종류의 다툼과 마찰이 생길 겁니다. 우리 중 누구도 볼더가 분쟁 사회가 되기를 바란다고 생각하지 않습니다. 만약 그 문제의 남자가 단순히 두들겨 패지 않고 전당포에서 45구경 권총을 가져다가 그 두 사람을 모두 쏴 죽여 버리는 상황이 벌어졌다고 생각해 보세요. 그럼 자유롭게 돌아다니는 살인자가 하나 생기는 겁니다."

수전: "아아, 세상에, 닉, 그게 무슨 말이죠? 오늘의 교훈 같은

건가요?"

래리: "그래요, 기분 나쁜 말이죠. 하지만 닉이 옳아요. 옛말이 있죠. 해군 격언인 것 같은데, '무엇이든 잘못될 가능성이 있는 것은 결국 잘못되게 마련이다.'"

닉: "스튜 씨는 이미 공개적으로든 비공개적으로든 우리 중재자이고, 그것은 사람들이 그를 이미 권한 있는 당국자로 인식한다는 의미입니다. 그리고 개인적으로, 저는 스튜 씨가 훌륭한 인물이라고 생각합니다."

스튜: "칭찬의 말 고맙네, 닉. 자네는 내가 키 높이 구두를 신는 인간이란 건 전혀 눈치 못 챘나 보구먼. 그렇지만 진지하게 말하지. 자네가 원한다면 나는 그 추천을 받아들이겠어. 사실 그 빌어먹을 임무를 맡고 싶진 않아. 내가 텍사스에서 본 바로는, 경찰 일이란 건 주로 리치 모팻 같은 사람들이 자네 셔츠에 대고 토할 때 토사물을 치워 주거나, 도로에서 깽판을 쳤던 그 게링거 소년 같은 얼간이들 뒤치다꺼리나 하는 거야. 다만 내가 부탁하는 것은 우리가 그 안건을 공개 집회에 상정할 때, 위원회 일처럼 그 경찰 일에도 똑같이 1년이라는 임기 제한을 적용해 달란 거지. 그리고 나는 임기가 끝나면 사직한다는 점을 명확히 해 두고 싶어. 그 조건이 받아들여진다면, 일을 맡겠어."

글렌: "내 생각엔 우리 모두 그 제안에 공감할 것 같군. 그렇게 제안해 줘서 닉한테 감사하고 싶네. 그리고 내가 그것을 천재적인 발상으로 여겼다고 기록에 남겨 두고 싶어. 난 재청하네."

스튜: "좋습니다. 발의를 검토 중입니다. 더 토론할 사항은?"

프랜: "예, 있습니다. 질문이 하나 있어요. 만약 누군가 의장님

머리를 날려 버리면 어떡하죠?"

스튜: "내 생각엔 안 그럴……"

프랜: "예, 안 그럴 것 같겠죠. 그렇게 생각 안 하시겠죠. 만일 여러분 모두의 생각이 잘못되면 닉은 나한테 뭐라 말할 건가요? '오, 유감입니다. 프랜?' 그렇게 말할 건가요? '당신 남편이 행정청사 안에서 머리에 총알구멍이 뚫린 채로 자빠져 있는데 우리가 애초에 잘못된 결정을 내렸던 것 같아요?' 아, 미치겠어요. 난 아기를 출산할 텐데 여러분은 스튜를 무법자 때려잡으러 다니던 팻 개럿 보안관처럼 만들고 싶은가 보군요!"

10분간 더 토론이 이어졌고 대개는 지루한 공방이었다. 충실한 기록 담당자인 프랜은 꺼이꺼이 울어 대고 나서야 마음을 추슬렀다. 스튜를 자유 지대 보안관 후보로 지명하자는 투표가 6 대 1로 결론 났고, 이번에 프랜은 자신의 표를 다수결 쪽으로 바꾸지 않을 생각이었다. 글렌이 회의를 마치기 전에 마지막으로 발언권을 요청했다.

글렌: "이것은 또다시 문득 떠오른 생각일 뿐이므로 발의도 아니고 투표할 사항도 아니지만, 우리가 곱씹어 봐야만 하는 문제입니다. 치안상의 골칫거리에 관해 닉이 제시했던 세 번째 사례로 돌아가 봅시다. 닉은 그 사건을 설명하면서, 누가 잘했고 누가 잘못한 것인지 신경 쓸 필요 없다는 식으로 얘기를 끝냈죠. 저는 닉이 실언했다고 생각합니다. 저는 스튜야말로 제가 이제껏 만나 본 가장 올바른 사람 중 하나라고 믿습니다. 그러나 사법 기관이 없는 법 집행은 정의가 아닙니다. 그것은 단지 자경주의, 철권통치일 뿐이죠. 이제 우리 모두가 아는 그 사내가 45구경 총을 가져다

가 그의 여자와 그녀의 애인을 쏴 죽였다고 가정해 봅시다. 게다가 우리의 보안관 스튜가 출동하여 사내를 체포해서 유치장에 처넣었다고 가정해 봅시다. 그 다음엔 어쩌죠? 그 남자를 그곳에다 얼마나 오랫동안 놔둘까요? 법률적으로 우리는 단 한시도 가둘 수가 없습니다. 적어도 우리가 어젯밤 집회에서 채택했던 헌법에 따르면요. 왜냐하면 그 법 문서에서 누구든 사법 재판소에서 유죄가 입증될 때까지는 무죄로 본다고 규정하기 때문입니다. 현실적 관점에서 보면, 우리는 그를 가둬 둘 겁니다. 거리를 활보하고 다니면 안심할 수가 없으니까요! 따라서 우리는 엄연히 위헌인데도 불구하고 그를 가둬 버릴 테죠. 왜냐하면 안전과 합헌성이 충돌할 때에는 안전이 우선시될 것이 분명하니까. 그러나 우리는 가능한 한 조속히 안전과 합헌성이 같은 개념이 되도록 해야 합니다. 그러므로 사법 기관에 관해 생각해 볼 필요가 있습니다."

프랜: "그거 매우 흥미롭네요. 저도 그것이 생각해 봐야 할 문제라는 데 동의합니다. 하지만 지금 당장은 폐회할 것을 제안합니다. 시간이 늦었고, 저 너무 피곤해요."

랠프: "재청합니다. 재판정 문제는 다음번에 이야기합시다. 지금 당장은 머리통이 꽉 차서 어질어질하네. 나라를 재건한다는 게 생각보다 훨씬 더 고달픈 일이구먼."

래리: "아멘."

스튜: "폐회하자는 제안이 나왔습니다. 모두 동의하십니까, 여러분?"

폐회 제안은 7 대 0으로 통과되었다.

프랜 골드스미스, 서기

"왜 멈추는 거야?"

스튜가 천천히 인도 경계석 위로 오토바이를 대고 발을 내려놓자 프랜이 물었다.

"한 블록만 더 가면 되는데."

회의 도중 터뜨린 눈물로 여전히 눈이 빨건 프랜의 모습이 이토록 피곤해 보인 적이 없다고 스튜는 생각했다.

"이 보안관 일은……."

스튜가 말을 꺼냈다.

"그 얘기는 하고 싶지 않아."

"누군가는 해야 할 일이야. 그리고 닉이 옳았어. 내가 맡는 게 논리적인 선택이라고."

"웃기는 논리로군. 나랑 아기는 어떡하라고? 우리한테는 전혀 논리적이지 않다는 걸 모르겠어, 스튜?"

스튜가 부드럽게 말했다.

"네가 아기를 위해 무엇을 원하는지 알아야겠어. 나한테 제대로 말해 준 적 없지? 넌 아기가 태어난 세상이 완전히 미쳐 돌아가지 않기를 원하지. 사회가 아들한테 또는 딸한테 안전하기를 원하고. 나도 역시 그러길 바라. 하지만 난 다른 위원들 앞에선 그 말을 안 하려고 했어. 너와 나의 문제니까. 너와 아기야말로 내가 그 일을 수락했던 이유 중에 가장 중요한 두 가지야."

"나도 알아."

프랜이 나지막이 목멘 소리로 말했다.

스튜가 손가락을 프랜의 턱 밑에 대고 얼굴을 비스듬히 들어 올렸다. 그가 웃어 보이자 그녀도 웃음으로 화답하려 노력했다. 기진맥진한 웃음이 되었고, 눈물이 양볼을 타고 흘러내리고 있었지만 아예 웃지 않는 것보다는 나았다.

"다 잘될 거야."

프랜은 천천히 고개를 좌우로 흔들었다. 눈물 몇 방울이 따스한 여름밤 속으로 흩날렸다.

"나는 그렇게 생각하지 않아. 정말로 다 잘될 것 같진 않아."

밤중에 오랫동안 뜬 눈으로 누워 있던 프랜은, 따스함은 오로지 불타는 것으로부터만 나올 수 있고(프로메테우스는 그 불 때문에 두 눈이 쪼아 먹혔다.) 사랑은 언제나 피를 부른다는 생각을 했다.

어느덧 야릇한 확신이 스며들어 스멀거리는 마취 효과처럼 정신을 마비시켰는데, 다름 아니라 그들이 핏물에 빠져 파국을 맞이할 것이란 확신이었다. 그 생각에 프랜은 두 손을 방어하듯 배 위에 올려야 했고, 몇 주일 만에 처음으로 꿈에 관해 생각하고 있는 자신을 발견했다. 미소 짓는 다크맨…… 그리고 그의 찌그러뜨린 옷걸이.

8월 21일, 지원자 중에서 선발된 무리와 함께 짬을 내어 마더 애버게일을 찾아다니는 동시에 매장 위원회 일도 맡은 해럴드 로더는 다섯 사람과 함께 장화와 방호복과 튼튼한 플레이텍스 고무장갑을 착용하고 덤프트럭 뒤에서 하루를 보냈다. 매장 위원회 책임자로서, 거의 소름 끼칠 만큼 말수가 적은 채드 노리스가 그가 1번 매장지라고 부르는 지역으로 출동했다. 볼더 남서쪽 15킬로미터 지점이었으며 한때는 석탄을 채굴하던 노천 탄광이었다. 불타는 8월의 태양 아래서 달 표면의 산맥처럼 황량하고 척박한 지역이었다. 채드는 책임자 직위를 마지못해 수락했는데, 한때 뉴저지 주 모리스타운에서 장의사 보조로 일한 경험이 있기 때문이었다.

"이번 일에 장례식은 없어."

이날 아침 채드는 매장 위원회의 활동 기지로 사용하는 아라파호와 월넛 사이의 그레이하운드 버스 터미널에서 말했다. 그러고는 성냥개비로 윈스턴 담배에 불을 붙이며 둘러앉은 스무 명의 남자들을 향해 씩 웃었다.

"말하자면, 장례식이기는 한데 절차를 생략한 장례식이라는 거지. 그런 뜻이야."

몇몇이 부자연스럽게 웃었으며, 그중에서 해럴드의 웃음이 가장 컸다. 해럴드는 배가 끊임없이 꾸르륵거리고 있었는데 감히 아침을 먹을 엄두를 못 냈기 때문이었다. 뱃속을 억누를 자신도 없는 와중에 작업의 속성에 대해 심사숙고했다. 해럴드가 마더 애버게일을 수색하는 일에만 매달린다 해도 아무도 이의를 제기하거나 투덜거리지 못했을 것이다. 비록 자유 지대의 모든 생각 있는 사람들한테는(해럴드 자신 외에 자유 지대 안에 조금이라도 생각 있는 사람이 존재하느냐 하는 것은 논쟁의 여지가 있는 문제긴 했다.) 볼더 주변의 인적 없는 숲과 벌판의 면적이 수천 제곱킬로미터인데, 고작 열다섯 명의 인원으로 할머니를 찾아 나선다는 것은 기분 전환 삼아 하는 운동에 불과하다는 인식이 팽배할 게 분명했지만. 그리고 당연하게도, 할머니는 볼더를 결코 떠나지 않았을지도 몰랐다. 어느 누구도 그 생각을 못 하는 듯싶었다.(그러나 해럴드는 전혀 놀라지 않았다.) 할머니가 마을 중심부를 벗어나 어디에서든 한 곳에 거처를 정했을 수도 있으므로 집집이 수색하지 않는 한 절대로 발견하지 못할 판국이었다. 해럴드가 수색 위원회를 주말과 월요일 저녁나절까지만 운영해야 한다는 의견을 내놓았을 때 레드먼과 앤드로스는 이의를 제기하지 않았는데, 이로써 그들 역시 수색을 다 끝장난 일로 인식한다는 사실을 해럴드는 알 수 있었다.

해럴드는 수색 일에만 매달릴 수도 있었지만, 어떠한 공동체에서든 가장 호감을 사는 사람이 누구겠는가? 누가 가장 신뢰를 얻겠는가? 그야 당연히 더러운 일을 하는, 그것도 웃으면서 그 일을 하는 사람이다. 다른 사람이 흔쾌히 하지 못하는 일을 하는 사람.

채드가 그들한테 말했다.

"우리 일은 장작을 묻는 것과 비슷해. 만약 여러분이 마음속으로 그 정도의 각오를 유지할 수 있다면 걱정할 필요 없어. 여러분 중 몇몇은 아예 여기다 미리 토해야만 할지도 모르지. 그건 부끄러운 게 아냐. 그저 다른 사람들이 자기가 토하는 것을 보지 않아도 되는 적당한 장소를 찾으면 돼. 일단 토하고 나면, 장작이라고 생각하기가 한결 쉬워졌다는 것을 깨달을 거야. 아무것도 아니고 그저 장작일 뿐이다."

사람들은 서로 거북해하며 시선을 맞추고 있었다.

채드는 그들을 여섯 명씩 세 개의 작업반으로 나누었다. 채드와 작업반에서 제외된 나머지 두 사람은 수거된 시신들을 위한 장소를 준비하러 나갔다. 작업반마다 각각 마을의 특정 구역이 할당되었다. 해럴드의 트럭은 테이블 메사 구역에서 하루를 보내며 덴버 볼더 고속도로의 출구 진입로 서쪽으로 천천히 움직였다. 마틴 차도를 따라 브로드웨이 교차로까지. 39번가 밑에서 40번가 위까지 자리한 30년 정도 된 주택 단지 안의 전원주택들은 볼더의 인구가 급격하게 증가하던 초기에 건설된 것이어서, 한 층은 지면 위에 또 한 층은 지면 밑에 있는 집들이었다.

채드가 그 지역 방위군 병기고에서 구한 방독면을 지급했지만, 그들은 점심을 먹고 나서야 방독면이 필요한 때를 만났다.(점심? 무슨 점심? 해럴드는 베리스 사과 파이 깡통 하나를 뱃속에 우겨넣었는데, 그것이 간신히 먹을 수 있었던 양의 전부였다.) 그들이 테이블 메사 차도 아래쪽의 말일 성도 교회에 들어갔을 때였다. 사람들이 찾아와 교회를 전염병으로 꽉 채우고, 바로 그곳에서 죽어 갔다. 수가 70명 이상이었고 악취가 어마어마했다.

"장작이다!"

해럴드의 동료 중 하나가 몸서리치며 새된 목소리로 우스꽝스럽게 말하자, 해럴드는 몸을 돌려 휘청거리며 그 사람을 지나갔다. 예전 선거 기간에는 투표소가 되기도 했던 그 멋들어진 벽돌 건물 모퉁이를 돌아서서 해럴드는 사과 파이 건더기를 토해 냈고, 노리스의 말이 옳았다는 것을 깨달았다. 속을 비우니 정말로 한결 기분이 편해졌다.

그들은 운반 작업을 하느라 차로 두 번 왕복하면서 오후 대부분을 교회를 치우는 데 보냈다. 볼더에 있는 모든 시체를 제거하는 데 인원을 고작 스무 명만 쓰다니. 참 우스운 일이라고 해럴드는 생각했다. 예전 볼더의 인구 가운데 엄청난 인원이 기상 관측 연구소를 두려워한 나머지 토끼 떼처럼 줄행랑쳤다. 그러나 여전히…… 해럴드가 추측하기에는, 인구 증가와 함께 매장 위원회 인원을 늘린다쳐도 첫 번째 폭설이 내릴 때까지 모든 시체를 땅속에 묻어 버릴 수 있는 가능성은 극히 희박했다.(그때까지 자신이 볼더에 남아 있을 것이라 예상하진 않았다.) 사람들은 대부분 새로운 돌림병이, 그들이 면역성을 갖지 못한 돌림병이 발생할 위험성이 얼마나 심각한지 결코 알지 못할 것이다.

'자유 지대 위원회는 눈부신 아이디어들로 가득 차 있지.' 해럴드는 경멸해 마지않았다. 위원회는 온갖 일들을 아주 훌륭히 해 나갈 것이다…… 물론 그들이 자신들의 뒤치다꺼리를 확실히 해 주는 착하고 다정한 해럴드 로더를 보유하고 있는 동안에는. 착하고 다정한 해럴드는 이런저런 뒤치다꺼리를 해 줄 만큼 착하지만, 좆같은 상임 위원회에서 머슴살이할 만큼 착한 것은 아니다. 결코 무작정 착하지만은 않다. 해럴드는 결코 무척 착했던 적이 없었으며, 오균큇 고등학교 무도회에 함께 가 달라는 데이트 신청이 들어올 만큼 착하고 다정했던 적도 없었다. 심지어 호박 같은 여자애도 눈길 한 번 주지 않았다. 착하긴 개뿔이…… 아니다, 해럴드는 착한 게 아니다. 여러분 기억해 두시라. 털북숭이 포유동물이 메밀밭 속에 배설한다는 그 유명한 장소에 찾아가서 고생스럽게 탐사 활동을 할 때, 이것은 분석적이거나 논리적인 문제가 아니고, 상식의 문제도 아니다. 그곳에 찾아갈 때 우리는 결국 염병할 누가 누가 잘하나 시합에 참여하는 것이다.

'그래, 누군가는 그 사실을 기억해 둔단다. 누군가는 착실하게 점수를 쌓아 가는 중이란다, 얘들아. 그리고 그 누군가의 이름은 (기대감을 고조시키게 드럼 좀 두들겨 주시겠소, 지휘자님?) 바로 해럴드 에머리 로더인 것이란다.'

그래서 해럴드는 교회 안으로 다시 들어가서, 입을 닦고 가능한 한 최선을 다해 싱긋 웃으며 자신이 일을 계속할 준비가 되었다는 뜻으로 고개를 끄덕였다. 누군가가 자신의 등을 탁 치자 해럴드는 더 크게 씩 웃으며 생각했다. '언젠가 너는 이 짓을 한 대가로 네 손을 잃을 거다, 똥싸개야.'

그들은 오후 4시 15분에 마지막 차량을 운행했다. 덤프트럭은 마지막으로 남은 말일 성도 시신들로 가득 찼다. 마을 안에서는 트럭이 뒤엉킨 차량들 사이를 요리조리 힘겹게 누비고 지나가야 했지만, 콜로라도 119번 도로에서는 견인 트럭 세 대가 하루 내내 돌아다니면서, 퍼질러진 차량을 끌어다가 도로 양쪽 편에 있는 배수로에 놓아두었다. 거인 꼬마의 장난감들처럼 차들이 뒤집힌 채 배수로 속에 드러누워 있었다.

매장지에는 다른 오렌지색 트럭 두 대가 이미 주차되어 있었다. 남자들이 고무장갑을 벗은 채 둘러서 있었다. 하루 종일 고무장갑 속에서 땀 흘린 손가락은 하얬고 끝이 쪼글쪼글했다. 담배를 피우며 산만하게 잡담을 나누는 그들은 대개 안색이 매우 창백했다.

이제 일이 능숙해진 노리스와 두 명의 조수가 돌바닥 위에 커다란 비닐 천을 펼쳐 놓았다. 해럴드가 일한 트럭의 운전자인 루이지애나 주 출신의 노먼 켈로그가 비닐 천 가장자리로 차를 후진시켰다. 트럭 뒷문이 털썩 아래로 벌어지자 앞쪽의 시체들이 부분적으로 딱딱해진 헝겊 인형들처럼 비닐 천으로 쏟아져 나왔다. 해럴드는 고개를 돌리고 싶었지만, 다른 사람들이 나약하다고 비웃을까 두려웠다. 쏟아져 나오는 시체들을 지켜보는 것은 그리 꺼림칙하지 않았다. 해럴드가 괴로워 한 것은 소리였다. 시체들이 자신들의 수의가 될 천에 부딪히며 내는 소리.

덤프트럭의 엔진 소리가 강해지면서 짐칸이 위로 올라가기 시작하자 유압 장치가 작동하는 웅웅 소리가 났다. 시체들은 기기묘묘한 인간 비가 되어 굴러 떨어져 내려왔다. 해럴드는 순간적으로 동정심을 느꼈으며, 진심으로 마음이 아팠다. '장작이야. 그 사람 말이 정말 제대로였어. 다 버려진 것들이야. 그저…… 장작일 뿐이야.'

"어이!"

채드 노리스가 소리치자 켈로그가 덤프트럭을 앞으로 끌고 가 시동을 껐다. 채드와 조수들이 갈퀴를 들고 비닐 천으로 발걸음을 옮겼고, 해럴드는 고개를 돌려 비가 오나 하늘을 살피는 척했는데 해럴드 혼자만 그러는 것이 아니었다. 그러나 해럴드는 꿈속에서 자신을 끈질기게 괴롭힐 소리를 듣고 말았다. 채드와 조수들이 갈퀴로 시체들을 평평하게 고르는 동안 죽은 남자들과 여자들의 주머니에서 떨어지는 동전 소리였다. 비닐 천 위로 떨어지는 동전 소리가 터무니없게도 원반 튕기기 놀이를 연상시켰다. 달착지근한 부패의 악취가 따스한 공기 속으로 메스껍게 피어올랐다.

해럴드가 다시 돌아보았을 때, 작업하던 사람 셋이 비닐 수의의 끄트머리를 한데 그러모으느라 울룩불룩한 팔 근육을 부풀리며 악을 쓰고 낑낑거렸다. 다른 사람들 몇몇이(해럴드도 그 속에 끼었다.) 일을 거들었다. 채드 노리스는 쇠심을 박아 넣는 커다란 공사용 총을 꺼내 들었다. 20분 뒤 그 부분의 작업이 끝나자 비닐이 거대한 초대형 젤라틴 캡슐이 되어 바닥에 놓였다. 노리스가 산뜻한 노란색 불도저의 운전석에 올라 시동을 걸었다. 흠집투성이 작업 날이 털썩 내려왔다. 불도저가 앞으로 굴러 갔다.

해럴드의 트럭에서 함께 일했던 웨이작이란 남자가 서툴게 조종된 꼭두각시 인형처럼 발작을 일으키는 걸음걸이로 그 현장에서 물러났다. 담배 한 개비가 그의 손가락 사이에서 안절부절못했다.

"야, 난 저거 못 보겠다."

웨이작이 해럴드를 지나치며 말했다.

"정말 우스운 일이야. 어제까지만 해도 내가 유대인이란 사실을 전혀 실감하지 못했는데."

불도저가 거대한 비닐 짐짝을 떠밀어 땅바닥에 파 놓은 길쭉한 직사각형 구덩이 속으로 굴렸다. 채드는 불도저를 후진시켜 시동을 끄고 운전석에서 내려왔다. 사람들한테 한데 모이라고 손짓하면서 공공 근로 트럭들 중 한 대로 걸어간 그는 장화 신은 한쪽 발을 트럭 발판 위에 올렸다.

"풋볼 경기장의 환호성은 없다. 하지만 여러분은 혀가 빠지도록 훌륭하게 일했어. 내 계산으로 우리는 오늘 1,000개에 육박하는 물건들을 걷어치웠어."

'물건들이라고.' 해럴드는 생각했다.

"이런 일은 사람한테서 무언가를 빼앗아 가는 법이지. 위원회는 이번 주가 끝나기 전에 우리한테 두 사람 더 지원해 준다고 약속했지만, 그것으로 여러분이 느끼는 감정을, 또는 이 문제에서 내가 느끼는 감정을 바꾸진 못할 거야. 그러니까 내 말은 여러분이 너무 고생스러워서 하루도 더 일할 수 없다고 느낀다 해도, 길거리에서 나랑 마주칠까 봐 걱정할 필요가 없다는 거지. 하지만 이 일을 마냥 모른 체할 순 없다고 느낀다면, 당장 내일 자신의 빈자리를 대신할 누군가를 찾아다 주는 것이 무지막지하게 중요하단 얘기야. 내가 아는 바로는, 이 일은 자유 지대에서 가장 중요한 임무야. 지금은 그리 심각하지 않지만 만약 다음 달에 장마가 지는데도 여전히 볼더에 시체 20,000구가 남아 있다면, 사람들은 온갖 병에 걸릴 거라고. 혹시라도 이 일을 계속할 수 있겠단 생각이 들거들랑, 나랑 내일 아침 버스 터미널에서 다시 만나면 돼."

"거기에 가 있을게요."

누군가가 말했다.

"저도요." 노먼 켈로그가 말했다.

"오늘 밤에 한 6시간은 목욕하고 난 다음에."

폭소가 터져 나왔다.

"나도 끼워 줘." 웨이작도 맞장구를 쳤다.

"저도요." 해럴드가 조용히 말했다.

노리스가 감동한 듯한 목소리로 나지막하게 말했다.

"이 지저분한 일을 하겠단 말이지. 여러분은 진짜 사나이들이야. 다른 사람들은 여러분이 얼마나 훌륭한지 제대로 알지도 못하겠지만."

해럴드는 마음을 하나로 모으는 동료애를 느꼈고, 그 감정과 맞서 싸우다 문득 두려워졌다. 이런 상황은 계획에 없었다.

"내일 보자, 날렵한 매."

웨이작이 해럴드의 어깨를 꼭 쥐었다.

해럴드의 웃음이 움찔하며 방어적으로 바뀌었다. 매? 무슨 뜻으로 그런 농담을 하는 거지? 당연히 나쁜 농담. 저급한 빈정거림. 뚱뚱하고 여드름 많이 난 해럴드 로더를 날렵한 매라고 불러대기. 예전의 검은 증오가 이번엔 웨이작을 향해 치밀어 오르다가 한순간 갑작스러운 혼란과 함께 푹 가라앉았다. 해럴드는 더 이상 뚱뚱하지 않았다. 심지어 살쪘다고 불릴 만한 모습도 아니었다. 여드름도 지난 7주간에 걸쳐 사라져 버렸다. 웨이작은 해럴드가 한때 학교의 조롱거리였다는 사실을 알지 못했다. 웨이작은 한때 해럴드의 아버지가 그에게 호모가 아니냐고 물어봤다는 사실을 알지 못했다. 웨이작은 해럴드가 인기 많은 누나의 기피 대상이었다는 사실을 알지 못했다. 그리고 만약 다 알고 있었다 하더라도, 웨이작은 아마 전혀 개의치 않았을 것이다.

해럴드는 트럭 뒷좌석에 올라앉았다. 마음이 걷잡을 수 없이 흔들렸다. 갑작스럽게 예전의 원한들, 예전의 상처들, 그리고 청산하지 못한 빚들이 온 미국의 모든 금전 등록기 속에 꽉꽉 들어찬 종이돈처럼 아무짝에도 쓸모없는 듯 보였다.

그것이 사실일까? 과연 사실일까? 공포에 사로잡힌 해럴드는 고독했고, 두려움을 느꼈다. '아니야.' 그는 마침내 결론 내렸다. 그것은 사실일 리가 없었다. 왜냐하면, 잘 생각해 보라. 남들이 너를 호모라고, 또는 성가신 놈이라고, 또는 그저 못생긴 똥자루라고 생각할 때, 만약 네가 남들의 그런 경멸스러운 평판을 물리칠 수 있을 정도로 의지가 강하다면, 그렇다면 너는 반드시 그 강한 의지로 물리칠 수 있어야 한다.

'무엇을 물리쳐?

네 '좋은' 평판을?

그런 식의 논리는…… 흠, 그건 논리가 아니라 그냥 미친 생각인데?'

심란한 마음속에 옛말이 떠올랐다. 제2차 세계대전 기간에 일본계 미국인들을 억류하는 조치의 불가피성을 옹호한 어느 장군의 말이었다. 미국에 귀화한 일본인들이 가장 많이 밀집한 서부 해안 지역에서 파괴 행위가 단 한 건도 일어나지 않았다는 점을 누군가가 지적했다. 장군의 답변은 다음과 같았다.

"파괴 행위가 전혀 발생하지 않았다는 바로 그 사실이 불길한 징조이다."

그 말이 옳았던가?

정말로 그랬던가?

그들이 탄 트럭이 버스 터미널 주차장에 정차했다. 해럴드는 차에서 뛰어내리며, 살이 빠졌기 때문이거나 꾸준히 운동을 했기 때문에, 또는 두 가지 이유 전부 때문에 자신의 모습이 1,000퍼센트 향상되었다는 사실을 곰곰이 생각해 보았다.

묻히기를 거부하는 집요한 생각이 또다시 찾아왔다.

'나는 이 공동체의 귀중한 재산이 될 수도 있어.'

그러나 위원회 사람들은 그를 배제했다.

'그런 건 중요치 않아. 나한텐 그들이 내 면전에서 닫아 버린 문의 자물쇠를 딸 수 있는 두뇌가 있잖아. 일단 자물쇠를 따면 그 문을 열어 볼 용기를 낼 수 있을 거야.'

그러나…….

'그런 말 그만 해! 그런 말 그만 해! 생각마다 온통 각인시켜 놓은 그 한마디 때문에 넌 손발에 수갑과 족쇄를 찬 것이나 마찬가지야. 그러나! 그러나! 그러나! 그 말 그만두지 못하겠어, 해럴드? 제발 부탁인데 그 혼자만의 좆같이 거만한 태도를 좀 굽히지 못하겠니?'

"이봐, 자네. 괜찮아?"

해럴드가 움찔했다. 말을 건 사람은 사무실로 사용하는 배차실에서 나온 노리스였다. 몹시 피곤해 보였다.

"저요? 전 괜찮아요. 그냥 생각 좀 하느라고요."

"자네 줄곧 그런 모습이던데. 그러고 있을 때마다 행인들이 한 푼씩 적선해 주면 자넨 떼돈 벌겠어."

해럴드가 고개를 저었다.

"무슨 걱정이 있어서 그런 건 아니에요."

"그래?"

채드가 말머리를 돌렸다.

"바래다줄까?"

"아뇨. 오토바이 타고 왔어요."

"어이, 날렵한 매, 중요한 사실 하나 알려 줄까? 내 생각에 이 작업반 사내들은 거의 다 내일 다시 일하러 올 것 같아."

"그럼요, 저도 나올 거예요."

해럴드는 자신의 오토바이로 걸어가서 올라탔다. 그는 자기 의지와 전혀 상관 없이 새 별명이 굳어지고 있음을 깨달았다.

노리스가 고개를 흔들었다.

"도저히 믿을 수가 없어. 사람들은 일의 중요성을 이해하기만

하면 그 일을 해야 하는 100가지 이유를 생각해 낼 수 있나 봐. 난 그걸 깨달았어."

"제 생각에 다른 사람보다는 자기 자신을 위해 지저분한 일을 하는 게 더 쉬운 것 같아요. 작업반의 몇 사람은 평생을 살면서 진정으로 자신을 위해 일해 본 경험이 이번이 처음일 거예요."

"맞아, 그런 면도 있겠지. 내일 보자고, 날렵한 매."

"8시요."

해럴드는 시간을 못 박아 두고 나서 브로드웨이 방향인 아라파호로 오토바이를 몰고 나갔다. 오른편에서는 대개 여자인 일꾼들이 견인 트럭과 기중기를 이용하여 연결 부위가 V 자 모양으로 꺾어진 채 길거리를 막고 있는 트레일러 트럭을 정리하느라 여념이 없었다. 소집단치고는 꽤 숫자가 많았다. '점점 규모가 커지고 있어. 저 중에서 내가 아는 사람은 절반도 안 돼.'

집에 가는 동안 해럴드는 자신이 오래전에 결론 냈다고 생각했던 문제를 곱씹느라 고민했다. 집에 도착해서 보니 인도 경계석에 작고 하얀 베스파 스쿠터가 주차되어 있었다. 그리고 현관 계단에 어떤 여자가 앉아 있었다.

해럴드가 걸어 올라오자 그녀가 일어나 손을 내밀었다. 그녀는 해럴드가 이제껏 보아 온 가장 인상적인 여자들 중 한 명이었다. 전에도 본 적이 있었지만, 이렇게 바짝 가까이 마주한 적은 좀체 없었다.

"나는 네이딘 크로스야."

그녀의 목소리는 나지막하고 꽤 허스키했다. 악수는 힘차고 시원시원했다. 해럴드의 시선이 잠시 본의 아니게 네이딘의 몸으로 내려갔다. 여자들이 싫어한다는 걸 해럴드도 잘 알았지만, 고치려 해 봤자 씨도 안 먹힐 것 같은 버릇이었다. 이 여자는 개의치 않는 것 같았다. 긴 다리에 착 달라붙는 가벼운 빗살무늬 면바지와 하늘하늘한 푸른색 실크 소재로 된 민소매 블라우스를 입고 있었다. 그 속은 노브라이기까지 했다. 몇 살일까? 서른? 서른다섯? 어쩌면 더 젊을지도. 나이에 걸맞지 않게 머리가 희끗해지는 중이었다.

'온몸의 털이 다 희끗할까?'

해럴드의 마음속에서 영원히 꼴려 있는(그리고 영원히 숫총각일 듯한) 부분이 질문을 던졌고, 심장이 조금 더 빠르게 요동쳤다.

"해럴드 로더입니다. 래리 언더우드 형의 일행으로 오셨던 분 맞죠, 그죠?"

해럴드가 웃음 지으며 말했다.

"그래, 네 말대로야."

"텅 빈 국토를 가로질러 스튜 씨와 프래니 누나와 저를 뒤따라 오셨다면서요. 래리 형이 지난 주에 저를 찾아와서 포도주 한 병과 초코바 여러 개를 가져다주었어요."

해럴드의 목소리는 부들거렸고 어조도 불안정했다. 그는 문득 자신이 마음속으로 그녀를 감상하면서 발가벗기고 있다는 사실을 그녀도 분명히 알 거라고 확신했다. 해럴드는 자신의 입술을 핥고 싶은 충동과 싸워 승리했다…… 적어도 일시적으로는.

"엄청 멋진 남자더라고요."

"래리가?"

네이딘이 조금은 이상하고 왠지 속내를 감춘 듯한 소리로 웃어 댔다.

"맞아, 래리는 왕자님이셔."

그들은 잠시 서로를 뚫어지게 쳐다보았다. 해럴드는 눈빛이 그토록 진지하고 그윽한 여자한테서 주목받아 본 적이 한 번도 없었다. 그는 다시금 자신이 흥분했다는 것을, 그리고 뱃속이 뜨뜻해졌다는 것을 깨달았다.

"저기, 제가 뭐 도와 드릴까요, 크로스 씨?"

"우선 편하게 네이딘이라고 불러 줘. 그다음엔 저녁을 먹고 가라고 나를 초대해 줘. 그러면 우리 관계가 좀 더 진척되겠지."

흥분이 신경을 자극하며 퍼져 나가기 시작했다.

"네이딘, 저녁 드시고 가시겠어요?"

"그럼 그럼."

네이딘이 말하며 웃음 지었다. 그녀가 팔뚝에 손을 얹자 해럴드는 약한 전기 충격 같은 따끔거림을 느꼈다. 네이딘의 시선은 결코 그의 눈을 떠나지 않았다.

"고마워."

해럴드는 현관문 열쇠 구멍으로 열쇠를 더듬더듬 들이밀면서 생각했다. '이제 이 여자는 왜 문을 잠그고 사느냐고 나한테 물을 테고, 나는 대답을 찾느라 웅얼거리고 말을 더듬거려서 바보같이 보일 테지.'

그러나 네이딘은 아무것도 물어보지 않았다.

해럴드는 저녁을 만들지 않았다. 네이딘이 만들었다.

해럴드는 깡통 음식으로 그럴듯한 식사를 차려 내기란 불가능하다고 생각했지만, 네이딘은 근사하게 해냈다. 갑자기 낮에 했던 작업이 떠올라 질겁한 해럴드는 씻고 올 테니까 20분 동안 혼자 있어도 되겠냐고 물었다.('이 여자는 아마도 어떤 매우 세속적인 일 때문에 여기에 왔을 거야.' 그는 필사적으로 주의를 환기했다.)

해럴드가 두 양동이의 물을 아낌없이 써서 샤워를 하고 돌아왔을 때, 네이딘은 부엌에서 부산하게 움직이는 중이었다. 물이 가스레인지 위에서 흥겹게 끓고 있었다. 그가 들어오자 네이딘은 냄비 속으로 꼬부랑 마카로니 반 컵을 쏟아 넣었다. 다른 레인지 점화구 위의 프라이팬에서는 걸쭉한 것이 부글부글 끓어오르고 있었다.

해럴드는 프랑스식 양파 수프, 붉은 포도주, 버섯이 혼합된 향내를 맡았다. 배가 꼬르륵거렸다. 식욕을 억누르던 낮의 소름 끼쳤던 작업이 갑자기 힘을 잃어버렸다.

"냄새가 환상적이네요. 수고스럽게 직접 요리 안 하셔도 되는 건데. 하지만 불평하지는 않을게요."

"이건 스트로가노프 캐서롤이야."

네이딘이 웃으며 해럴드에게 말했다.

"엄밀히 말하면 비슷하게 흉내 냈을 뿐이라 유감스럽지만. 고급 식당들에선 깡통 소고기는 추천 재료가 아니거든. 하지만……."

그들이 갖은 고생 끝에 찾아낸 한정된 식재료들을 가리키며 네이딘이 어깨를 으쓱했다.

"그런 걸 다 만드시다니 정말 대단하세요."

"별거 아냐."

네이딘이 또다시 그윽한 시선을 보내며 해럴드를 향해 몸을 약간 트는 바람에, 실크 소재로 된 블라우스가 왼쪽 유방에서 팽팽하게 당겨져 가슴의 관능적인 윤곽을 드러냈다. 그는 뜨거운 열기가 목으로 스멀스멀 기어 올라오는 것을 느꼈고 발기하지 말자고 스스로 의지를 다졌다. 그는 자신의 의지력이 발기력을 감당하지는 못할 거라고 추측했다. 사실은 의지력이 발기력 근처에도 못 미치리라고 추측했다.

"우리는 매우 좋은 친구가 될 거야."

네이딘이 말했다.

"우리…… 가요?"

"그래."

네이딘은 다시 가스레인지로 몸을 돌리고 얘기를 끝내는 듯하면서, 해럴드를 온갖 가능성의 덤불 속에 남겨 두었다.

그 후로 그들의 대화는 순전히 사소한 것들이 주를 이루었다. 대개는 자유 지대에 관한 잡담이었다. 이러는 와중에 벌써 푸짐한 식사가 차려졌다. 식사하는 도중에 어떤 계기로 여기까지 방문했는지 또다시 물어보려 했지만, 네이딘은 그저 웃음 지으며 고개를 흔들었다.

"나는 남자가 먹는 모습이 보기 좋더라."

잠시 해럴드는 네이딘이 다른 사람을 지칭한 것이 분명하다고 생각했지만 곧바로 자신을 의미했다는 것을 깨달았다. 그리고 열심히 먹었다. 스트로가노프를 세 그릇 먹었는데, 해럴드의 생각에는 통조림 고기였지만 요리의 풍미가 조금도 떨어지지 않았다. 대화가 제대로 굴러가는 듯하여 해럴드는 자신의 뱃속에 든 흥분한 사자를 진정시키고 네이딘을 계속 바라볼 여유를 찾았다.

인상적이라고, 해럴드가 생각했던가? 그녀는 아름다웠다. 요염하고 아름다웠다. 요리를 좀 더 편히 하려고 평범한 말총머리로 묶어 놓은 머리는 해럴드가 처음 생각했던 대충 희끗한 정도가 아닌 순백의 머리칼과 함께 꼬여 있었다. 네이딘의 눈은 침착하고 검었는데, 그 두 눈이 일말의 주저함도 없이 자기의 눈에 초점을 맞췄을 때, 해럴드는 아찔한 기분을 느꼈다. 목소리는 낮고 은밀했다. 그 소리는 거북하면서도 참기 어려울 만큼 유쾌한 분위기로 해럴드를 흔들어 놓기 시작했다.

식사를 끝마치고 해럴드는 일어서려고 했지만 네이딘이 선수를 쳤다.

"커피? 아니면 차?"

"괜찮아요, 제가 할 수……"

"물론 할 수 있지. 하지만 굳이 나서지 않아도 돼. 커피, 차…… 아니면 나?"

그러고 나서 그녀가 미소를 보냈다. 은근한 위태로움을 수반하는 말(해럴드의 친애하는 다정한 엄마라면 '위험천만한 지껄임'이라고 못마땅해하며 입을 삐죽거리고 흉볼 법한 말)을 내놓은 사람의 미소가 아니라 끈적한 디저트의 윗면에 올려진 크림 덩어리처럼 진하고, 느리고, 잔잔한 미소였다. 그리고 또다시 나타나는 그윽한 시선.

머릿속이 핑핑 돌던 해럴드는 제정신이 아닌 듯 무심결에 대답했다.

"마지막 두 가지가 먹고 싶어요."

그는 막무가내로 터져 나오는 웃음을 몹시도 애를 써서 겨우 억누를 수 있었다.

"그럼 함께 차 마시는 것부터 시작해 볼까나."

네이딘이 가스레인지로 했다.

그녀가 등을 돌리자마자 해럴드는 머릿속으로 뜨거운 피가 쏠리면서 의심할 여지 없이 얼굴이 순무처럼 시뻘게졌다. '야 기분 완전 째지겠다!' 해럴드가 열에 들뜬 듯 자신한테 우쭐거렸다. '넌 바보 천치같이 완전히 순수한 언행을 잘못 해석하는 바람에 십중팔구 절호의 기회를 망쳐 버릴 팔자였어. 그런데 네 말이 먹혀들었어! 네 말이 빌어먹을 만큼 보기 좋게 먹혀들었단 말이야!'

네이딘이 김이 모락모락 나는 뜨거운 차를 담은 머그잔 두 개를 들고 탁자로 돌아왔을 무렵, 격렬한 홍조가 어느 정도 누그러든 해럴드는 마음을 추슬렀다. 현기증이 순식간에 절망으로 돌변했고, 순전히 감정으로 만들어진 거대한 롤러코스터의 객차 안으로 몸과 마음이 마구잡이로 쑤셔 넣어지는 듯한 기분을 느꼈다.(난생 처음 느낀 감정은 아니었다.) 해럴드는 그것을 증오했지만 객차에서 내릴 힘이 없었다.

'만약 이 여자가 조금이라도 나한테 관심이 있었던 것이라면(왜 관심이 있는지는 하나님만이 아시겠지.), 의심할 여지 없이 나는 내 미숙한 재치의 한계를 모두 노출시켜서 그 관심에 찬물을 끼얹고 말았던 거야.'

해럴드는 전에도 그런 일을 저지른 적이 있었고, 앞으로는 자신이 또다시 그런 실수를 저질렀다는 추억을 간직한 채 살아갈지도 모른다고 생각했다.

네이딘이 당혹스러울 만큼 진지한 눈을 하고 찻잔 너머로 바라보며 또다시 웃음 짓자, 해럴드는 간신히 그러모을 수 있었던 아주 적은 평정심마저 순식간에 잃고 말았다.

"제가 뭐 도와 드릴까요?"

해럴드가 물었다. 그 말은 꼭 노골적으로 들이대는 양의 탈을 쓴 늑대의 울음소리 같았지만, 무슨 말이든 해야만 했다. 왜냐하면 그녀는 어떠한 목적을 갖고 이곳을 찾은 게 틀림없으므로. 해럴드는 당황한 입술 위에서 덜컹거리고 있는 자신의 방어적인 미소를 느꼈다.

"그래."

네이딘이 찻잔을 단호하게 내려놓았다.

"넌 날 도와줄 수 있어. 어쩌면 우린 서로를 도울 수 있을 거야. 거실로 들어가도 될까?"

"물론이죠."

해럴드의 손이 떨리고 있었다. 잔을 내려놓고 일어설 때 차를 조금 엎질렀다. 거실로 네이딘을 따라가면서 해럴드는 그녀의 헐렁한 바지가('하나도 헐렁하지가 않아.' 마음속으로 지껄였다.) 엉덩이에 매끄럽게 착 달라붙은 것을 주목했다. 대개의 여성들이 입는 바지에서 매끄러운 엉덩이 곡선을 망쳐 놓는 것은 팬티 선이라고 한다. 해럴드는 그것을 어딘가에서, 아마도 침실 벽장 안쪽 구두 상자 뒤에 감춰 놓았던 잡지 중 한 권에서 읽은 적이 있었다. 그리고 그 잡지에서 연이어 알려 준 바로는 만약 여성이 정말로 속옷 선이 드러나지 않는 매끄러운 엉덩이 곡선을 원한다면, 끈 팬티를 입거나 아예 노팬티로 다녀야만 했다.

해럴드는 침을 꿀꺽 삼켰다. 적어도 시도는 했다. 목구멍 속에 뭔가 커다란 덩어리가 걸린 것 같았다.

거실은 어슴푸레했으며 내려진 차양을 통해 스며 들어온 은은한 햇빛만이 실내를 비췄다. 6시 30분이 지난 시각이어서 바깥에선 오후가 황혼에 가까워지고 있었다. 해럴드가 차양을 올려 더 많은 햇빛이 들어오게 하려 했을 때, 네이딘이 그의 팔을 잡았다. 그녀를 향해 고개를 돌린 해럴드의 입이 바짝 말랐다.

"그러지 마. 난 차양이 내려져 있는 게 좋아. 프라이버시를 지켜 주잖아."

"프라이버시."

해럴드가 숨죽여 말했다. 세월의 풍파에 시달린 앵무새의 목소리 같았다.

"그래야 내가 이렇게 할 수 있잖니."

네이딘이 말하면서 해럴드의 품 안으로 사뿐히 들어왔다.

그녀의 육체가 해럴드의 육체에 숨김없이 완벽하게 밀착되었다. 난생처음으로 그러한 경험을 한 해럴드는 놀라서 온몸을 벌벌 떨었다. 해럴드는 자신의 흰 면 셔츠와 네이딘의 파란 실크 블라우스 너머로 그녀의 양쪽 유방이 눌러 대는 부드럽고 독특한 감촉을 느낄 수 있었다. 그의 배에 밀착된 탄탄하면서도 연약한 그녀의 배는 발기한 해럴드의 감촉을 전혀 피하려 들지 않았다. 네이딘한테서는 달콤한 냄새가 났다. 어쩌면 향수 냄새, 아니면 순전히 그녀의 육체 자체에서 나는 냄새일 수도 있었고, 열심히 귀 기울인 사람한테만 입을 벌려 정체를 알려 주는 비밀인 듯도 싶었다. 해럴드의 두 손이 네이딘의 머릿결을 발견하고 그 속으로 뛰어들었다.

마침내 키스가 끝났지만 네이딘은 몸을 떼지 않았다. 그녀의 육체는 은은한 불길처럼 해럴드의 육체에 머물렀다. 그보다 10센티미터쯤 작은 듯 보이는 그녀가 얼굴을 들어 그를 올려다보았다. 그 순간이 자기 인생에서 가장 우스운 모순들 가운데 하나라는 생각이 해럴드에게 어렴풋이 떠올랐다. 사랑이(또는 그것과 상당히 흡사한 것이) 비로소 찾아왔는데 정작 자신은 마치 번지르르한 여성 잡지의 사랑 이야기 지면 속으로 미끄러져 들어온 듯한 느낌이었다. 비록 채택되진 않았어도 해럴드가 예전에 여성 잡지 《레드북》에 독자 투고를 보내 주장했던 바에 따르면, 그런 이야기를 써내는 작가들이야말로 강제적 인종 개량의 필요성을 절감케 하는 몇 안 되는 설득력 있는 증거들 중 하나였다.

그러나 이제 네이딘의 얼굴이 해럴드의 얼굴을 올려다보았다. 그녀의 촉촉한 입술이 살며시 벌어졌으며, 두 눈은 눈부시게 빛났고 거의…… 거의…… 그렇다, 거의 별이 반짝이는 듯했다. 삶에 대한 《레드북》의 관점과 단연코 양립할 수 없는 유일한 항목은 해럴드의 딱딱해진 거시기였으며, 그것은 실로 놀랄 만한 것이었다.

"소파로 가자."

네이딘이 말했다.

그럭저럭 그들은 소파에 이르러 그 위에서 서로 뒤엉켰고 네이딘은 머릿결이 풀어져 어깨 위로 흘렀다. 그녀의 몸 어디에나 향수 냄새가 풍기는 것 같았다. 해럴드의 두 손이 유방을 만져도 네이딘은 거북해하지 않았다. 사실은 온몸을 비틀고 꿈틀거리면서 그의 두 손이 더욱 자유롭게 접근하도록 허락했다. 해럴드는 그녀를 부드럽게 어루만지진 않았다. 광란의 욕망 속에서 그녀의 육체를 흉포하게 물고 늘어졌을 뿐이었다.

"너 숫총각이구나."

네이딘이 말했다. 의심의 여지가 없는 사실이었다. 거짓말할 필요가 없어져서 오히려 마음이 편했다. 해럴드는 고개를 끄덕였다.

"그럼 우선 이거부터 하자. 다음번엔 더 느긋하게 할 수 있을 거야. 쾌락도 더 클 테고."

네이딘이 해럴드의 청바지 단추를 풀고 지퍼 손잡이 있는 데까지 단번에 떡하니 벌렸다. 그러고는 그의 배꼽 바로 밑 아랫배를 집게손가락으로 가볍게 훑어 내렸다. 그녀의 손길이 닿자 해럴드의 살이 진저리치며 부르르 경련을 일으켰다.

"네이딘……."

"쉿!"

네이딘의 얼굴이 흘러내린 머리칼 속에 가려지면서 표정을 읽기가 불가능해졌다.

바지 지퍼가 내려졌고 우스꽝스러운 물건이, 그것을 감싼 하얀 면 팬티(샤워 후에 속옷을 갈아입어서 하나님께 감사드립니다.)와 대비되어 한층 더 우스꽝스럽게 보이는 물건이 장난감 상자 속 스프링 인형처럼 불쑥 튀어나왔다. 그 우스꽝스러운 물건은 자신의 코믹한 모양새를 눈치 채지 못했다. 그것이 치르고 있는 일이 지독히도 진지했기 때문에. 총각 딱지를 떼는 일은 항상 지독히도 진지하다. 쾌감이 아니라 경험을 위한 것이므로.

"내 블라우스 좀……."

"그래도 될까요……?"

"그래, 그게 내가 바라는 거야. 그런 다음에 너를 보살펴 줄게."

너를 보살펴 줄게. 그 말이 우물 속에 던져진 돌멩이들처럼 해럴드의 마음속에 파문을 일으켰고, 이내 그는 그녀의 유방을 탐욕스럽게 빨면서 소금과 설탕을 맛보았다.

네이딘이 숨을 몰아쉬었다.

"해럴드, 아주 좋아."

너를 보살펴 줄게. 그 말이 마음속에서 팡팡 울렸다.

네이딘의 두 손이 해럴드의 팬티 속으로 미끄러져 들어갔다. 청바지가 발목으로 스르르 떨어지며 주머니 속 열쇠들이 무의미한 짤랑짤랑 소리를 냈다.

"맘껏 싸 봐."

그녀가 속삭였다. 그리고 그는 그렇게 했다.

그러는 데 채 1분도 걸리지 않았다. 해럴드는 참으려 애를 썼지만 절정의 힘에 자극받아 어쩔 수 없이 큰 소리로 부르짖었다. 마치 누군가가 피부 바로 밑에 있는 전체 신경계에 성냥불을 그어 댄 것 같은 느낌이었다. 신경들이 몸속 깊이 파고들어 해럴드의 사타구니에 생명의 거미줄을 형성한 것 같았다. 왜 그토록 많은 작가가 오르가슴과 죽음을 연관 지었는지 이해할 수 있었다.

그러고 나서 해럴드는 어렴풋한 의식을 가누며 드러누웠다. 머리를 소파에 기댔고, 가슴을 헐떡거리며 입을 벌렸다. 아래를 내려다보기가 무서웠다. 틀림없이 수십 리터 분량의 정액이 온 사방에 튀었을 거란 느낌이 들었다.

'동지들이여, 우리가 드디어 유전을 발견했수다!'

해럴드는 네이딘을 수줍게 바라보며 마구 사정해 버린 자신의 민감함에 난처해했다. 그러나 네이딘은 모든 것을 다 아는 듯한 차분하고 검은 눈으로, 19세기 그림 속에 나오는 아주 어린 소녀의 눈으로 그를 향해 그저 미소 짓고만 있었다. 어쩌면 자신의 아버지에 관해 너무 많은 것을 알아 버린 소녀의 눈이리라.

"죄송해요."

해럴드가 중얼거렸다.

"왜? 무엇 때문에?"

네이딘의 시선이 결코 해럴드의 얼굴을 떠나지 않았다.

"네이딘한테는 별로 이득 될 게 없는 일이었잖아요."

"오히려 그 반대인걸. 난 엄청나게 만족했어."

그러나 해럴드는 그 대답이 자신의 질문과 정확히 맞아떨어진다고 생각하지 않았다. 이것을 곰곰이 따져 볼 틈도 없이 네이딘이 말을 이었다.

"너는 젊어. 네가 원하는 만큼 몇 번이고 즐길 수 있어."

해럴드는 그녀를 바라보며 아무 말도 안 했고, 말을 할 수도 없었다.

"하지만 이거 한 가지는 알아야 해."

그녀가 그의 몸에 손을 살짝 올려놓았다.

"나한테 숫총각이라고 말했지? 그런데, 나도 마찬가지야."

"아니……."

경악하는 해럴드의 표정이 코믹했던 게 틀림없다. 왜냐하면 네이딘이 고개를 뒤로 젖히고 웃어 댔으니까.

"당신의 인생 철학에 처녀성을 받아들일 여지는 없는 건가요, 햄릿의 심복 호레이쇼 씨?"

"예…… 아뇨…… 하지만……."

"나는 숫처녀야. 그리고 앞으로도 계속 숫처녀로 머물러 있을 거야. 왜냐하면 다른 사람이…… 나를 숫처녀에서 벗어나게 할 예정이니까."

"그게 누군데요?"

"너도 아는 사람이야."

네이딘을 말똥말똥 쳐다보던 해럴드는 갑자기 온몸이 싸늘해졌다. 그녀가 그를 태연하게 마주 보았다.

"그 남자 말이에요?"

네이딘이 고개를 살짝 돌리고 끄덕였다.

"하지만 나는 너한테 여러 가지 것들을 보여 줄 수 있어."

네이딘은 그를 똑바로 쳐다보지 않은 채 말했다.

"우리는 여러 가지 것들을 할 수 있어. 네가 결코 꿈꿔 본 적도 없는 것들…… 아니, 정정할게. 어쩌면 네가 꿈꿔 왔을 수는 있어. 하지만 너 자신이 그런 것들을 직접 하리라곤 절대 꿈도 꾸지 못했어. 우리는 즐길 수 있어. 흠뻑 취할 수 있어. 그 속에서 뒹굴 수 있어. 우리는 할 수 있어……."

네이딘이 말끝을 흐리고 해럴드를 정면으로 마주 보았다. 표정이 너무나 음흉하고 음탕해서 해럴드는 또다시 자신의 감정이 들썩거리는 것을 느꼈다.

"우리는 어떤 것이든, 무엇이든 할 수 있어. 단 한 가지 사소한 것만 빼고. 사실 그 한 가지가 그리 중요한 건 아니잖아, 안 그래?"

수많은 이미지들이 해럴드의 마음속에서 아찔하게 소용돌이쳤다. 실크 스카프…… 장화…… 가죽…… 고무. 맙소사. 남학생의 환상들. 기기묘묘한 종류의 성적 망상. 하지만 그런 것은 일종의 꿈에 불과했다. 그렇지 않은가? 환상이 낳은 환상, 어두운 꿈의 자식. 해럴드는 그 모든 것을 원했고, '그녀'를 원했다. 그러나 그는 또한 더 많은 것을 원했다.

문제는 바로 이것이었다. 받는 대신 얼마나 큰 대가를 치러야 할 것인가?

"너는 나한테 뭐든 시킬 수 있어. 나는 네 어머니, 네 여동생, 창녀, 노예가 되어 줄 거야. 넌 그냥 나한테 시키기만 하면 돼, 해럴드."

그 말이 해럴드의 마음속에 어찌나 황홀하게 메아리쳤던지! 그를 어찌나 도취시켰던지!

해럴드가 입을 열었다. 깨진 종을 때릴 때처럼 울림 없는 목소리가 튀어나왔다.

"하지만 대가를 치러야겠죠. 당연한 거 아니겠어요? 대가를 치러야죠. 왜냐하면 세상에 공짜는 없으니까. 모든 것이 사방에 널려서, 누가 집어 가 주기만을 기다리는 지금 이 상황에서도 공짜란 건 없으니까요."

"나는 네가 원하는 것을 원해. 나는 네 마음속에 무엇이 들어 있는지 알아."

"그건 아무도 몰라요."

"네 마음속에 들어 있는 것은 네 장부 속에도 들어 있잖니. 그

걸 읽으면 돼. 어디 있는지도 아니까. 하지만 굳이 그럴 필요는 없지."

해럴드는 강한 죄책감에 흠칫 놀라 네이딘을 바라보았다.

"장부는 저기 있는 저 헐거운 장식 돌 밑에 있었지."

네이딘이 벽난로를 가리켰다.

"하지만 네가 옮겼어. 지금은 다락방 속의 단열재 뒤에 있지."

"어떻게 알았어요? 어떻게 안 거예요?"

"그 사람이 나한테 말해 주었거든. 그 사람이…… 편지를 써 보냈다고 해 두는 게 좋겠군. 중요한 것은, 그 사람이 네 얘기를 해 줬다는 거야, 해럴드. 텍사스 카우보이가 어떻게 너의 여자를 빼앗았는지, 그런 후에 어떻게 너를 상임 위원회에 못 들어오게 막았는지 말이야. 그는 우리가 한데 뭉치기를 원해, 해럴드. 그리고 그는 인심이 후해. 지금부터 여기를 뜨는 날까지, 너와 나한테 휴가를 준 셈이야."

네이딘이 해럴드를 만지며 싱긋 웃었다.

"지금부터 그때까지는 노는 시간이라고. 이해가 가니?"

"나는……"

"아니야. 너는 이해 못 해. 아직은 못 해. 하지만 곧 이해할 거야, 해럴드. 그럴 거야."

제정신이 아닌 듯, 해럴드의 마음속에선 자신을 날렵한 매로 불러 달라고 말하고픈 생각이 들었다.

"그럼 나중에는요? 그 사람이 나중에는 무엇을 원할까요?"

"네가 원하는 것. 그리고 내가 원하는 것. 할머니를 수색하러 나갔던 첫날 밤에 네가 레드먼한테 거의 할 뻔했던 것…… 하지만 이제 훨씬 더 큰 규모로 실현될 거야. 그 일이 끝나면 우리는 그 사람에게 갈 수 있어, 해럴드. 그 사람과 함께할 수 있어. 그 사람과 함께 머무를 수 있다고."

네이딘의 두 눈이 일종의 황홀경에 빠져 반쯤 스르르 감겼다. 어쩌면 역설적일지도 모르지만, 그녀가 다른 사람을 사랑하면서도 자신에게 몸을 내주고 실제로는 그것을 즐길 것이라는 사실이 해럴드의 욕망을 다시금 부채질했다. 뜨겁고 후끈하게.

"제가 거절하면 어떻게 되는 거예요?"

해럴드의 입술이 차갑고 창백해졌다.

네이딘이 어깨를 으쓱했고 그 바람에 유방이 예쁘게 덜렁거렸다.

"그냥 그대로 사는 거지 뭐. 안 그래? 나는 내가 해야 하는 일을 할 수 있는 다른 방법을 찾아봐야겠지. 너는 예전처럼 살면 되는 거고. 조만간 너는 그것을 같이할 여자 애를 구하겠지…… 네가 열망하는 한 가지 사소한 것을 같이해 줄 여자 애를. 그런데 그 사소한 것은 조금만 지나면 정말로 따분해져. 매우 따분해지지."

"그걸 어떻게 알아요?"

해럴드가 네이딘을 향해 삐딱하게 픽 웃었다.

"왜냐하면 섹스는 인생의 축소판이고 인생은 따분한 것이라서, 각양각색의 대기실에서 시간이나 죽이는 짓이라는 걸 나는 아니까. 이곳에서 너만의 작은 영광을 얻을 수도 있겠지. 하지만 무엇을 위해서? 크게 보면 그것은 단조롭고 실패한 인생이야. 넌 항상 셔츠를 벗은 나의 모습을 추억할 테고, 완전히 벗은 나의 모습이 어떨지 궁금해할 거야. 내가 너한테 하는 음탕한 말을 듣거나…… 내가 너의…… 몸에 꿀을 쏟고…… 그러고는 그것을 핥는 경험을 했더라면 기분이 어땠을지 궁금해할 거야…… 또 네가 궁금해하는……"

"그만 해요."

해럴드는 온몸을 떨고 있었다.

그러나 네이딘은 그만 하지 않을 작정이었다.

"너는 이 세상에서 '그 사람' 편에 섰더라면 어땠을지도 궁금해할 거야. 어쩌면 어떤 것보다도 무엇보다도 그것이 제일 궁금하겠지."

"나는……"

"결정해, 해럴드. 내가 셔츠를 다시 입을까, 아니면 나머지 옷도 다 벗을까?"

얼마나 오랫동안 생각했던가? 해럴드는 알지 못했다. 나중에 되짚어 보았지만 자신이 그 질문에 진정으로 고민했는지조차 확신하지 못했다. 그러나 그가 대답했을 때, 그 말은 입 안에서 죽음과도 같은 맛을 냈다.

"침실로. 침실로 가요."

네이딘이 그를 향해 미소 지었다. 승리의 미소이자 관능을 약속하는 미소였다. 그 미소에 열렬히 감응한 해럴드는 몸을 벌벌 떨었다.

네이딘이 그의 손을 잡았다.

이렇게 해럴드 로더는 자신의 운명에 굴복했다.

제55장

패리스 판사의 집에서는 공동묘지가 내려다보였다.

판사와 래리는 저녁 식사 후 현관 뒤편에 앉아 로이탄 시가를 피우며, 산맥 너머로 지는 해가 옅은 오렌지색으로 희미해지는 광경을 지켜보았다.

"내가 어렸을 땐 말이야, 우리 집에서 걸어서 갈 수 있는 거리에 일리노이 주의 최고급 공동묘지가 있었어."

판사가 말했다.

"묘지 이름이 '희망봉'이었지. 당시 60대 초반이셨던 아버지는 저녁 식사가 끝나면 매일 밤 산책을 나가셨어. 가끔 나도 함께 갔고. 완벽하게 보존된 그 죽음의 도시를 지나갈 때면 아버지는 이렇게 말씀하셨지. '너는 어떻게 생각하니, 테디? 저기에 조금이라도 희망이 있을까?' 그러면 나는 이렇게 대답하곤 했어. '희망봉은 있잖아요.' 그러면 그때마다 마치 처음 들어보는 소리인 양 매번 폭소를 터뜨리셨어. 난 이따금 우리가 산책 길에 그 무덤가를 지나간 것은 오로지 아버지가 나랑 그 농담을 나누기 위해서였다고 생각한다네. 유머가 풍부한 분이셨지만, 그분 생각으로는 그것이 가장 재밌는 농담 같았나 봐."

판사가 시가를 한 모금 깊이 빨자 턱이 내려가고 어깨가 높이 솟았다.

"아버지가 돌아가신 1937년에 난 아직 10대 소년이었어. 그때 이후로 줄곧 그분을 그리워해 왔어. 좋은 아버지가 아니라면 소년한테 아버지가 꼭 필요한 것은 아니지만, 좋은 아버지는 없으면 안 되는 존재지. 희망은 없지만 희망봉은 있다. 어찌나 즐거워하셨던지! 저세상으로 떠나셨을 때 일흔여덟이셨어. 왕처럼 돌아가셨다네, 래리. 우리 집의 제일 작은 방에 있는 왕좌에 앉아 계신 상태로 말이지. 신문을 무릎에 올려놓으신 채로."

조금은 이상야릇한 옛 이야기에 어떻게 반응해야 할지 갈피를 못 잡은 래리는 아무 말도 하지 않았다.

판사가 한숨지었다.

"희망을 준다는 것이 머지않아 이곳에서 상당히 중요한 효력을 발휘할 거야. 만약 자네들이 다시 전력을 복구할 수 있다면, 희망이 생길 걸세. 만약 복구가 안 된다면 사람들은 안절부절못할 테고, 날씨가 나빠져 꼼짝 못 하기 전에 남쪽으로 떠나려 들겠지."

"랠프 아저씨와 브래드 씨는 복구될 거라고 하더군요. 저는 그분들을 믿습니다."

"그렇다면 자네의 믿음이 충분한 근거가 있는 것이기를 다 함께 희망해 보세. 잘되겠지? 어쩌면 그 할머니가 사라진 것도 잘된 일일 거야. 아마 그분도 그러는 게 더 나을 거라고 판단하셨겠지. 어쩌면 사람들은 하늘에서 반짝이는 빛들의 정체가 무엇인지, 또 어떤 나무는 얼굴이 있는 건지 아니면 그 얼굴이 그저 빛과 어둠이 만들어 낸 속임수인 건지 마땅히 스스로 알아서 판단해야 할 거야. 내 말이 이해가 가나, 래리?"

"아뇨, 판사님. 잘 모르겠습니다."

래리가 정직하게 말했다.

"나는 우리가 수세식 화장실을 다시 만들어 내기도 전에 신들과 구원자들과 미래의 예언들에 관한 따분한 이야기를 다시 지어낼 필요가 있는 건지 모르겠어. 그게 내 말의 요지야. 나는 지금이 신들에 관해 논의할 적합한 시기인지 의심스럽단 말이야."

"할머니께서 돌아가셨다고 생각하세요?"

"할머니가 떠나고 엿새가 흘렀어. 수색 위원회는 할머니의 흔적을 하나도 찾지 못했고. 그래, 난 그분이 사망했다고 생각해. 하지만 확신은 못 하겠어. 그분은 경이로운 여성이고, 어떠한 이성적인 기준의 테두리에서도 완벽히 벗어나 있으니까. 아마도 내가 할머니의 실종을 거의 반기기까지 하는 이유들 중 하나는 내가 굉장히 이성적인 늙은 심술쟁이이기 때문일 거야. 나는 매일 매일의 일상을 계속 유지하는 것을 좋아하고, 정원에 물 주기를 좋아하고 (내가 살려 놓은 베고니아를 봤나? 나는 그것이 무척 자랑스럽다네.), 책 읽기를 좋아하고, 전염병에 관한 책을 쓰기 위해 이것저것 메모해 두기를 좋아해. 그걸 다 마치고 나서 취침 시간에 포도주 한 잔 마시고 평온한 마음으로 잠드는 것도 좋아하지. 그래. 우리 중 누구도 무슨 조짐이나 징조를 보고 싶어 하지는 않아. 아무리 귀신 이야기와 으스스한 영화를 좋아한다고 해도 말이지. 우리 중 누구도 밤에 동방의 별이나 불기둥을 실제로 보고 싶어 하지는 않는다는 거지. 우리는 평화와 합리성과 일상을 원해. 만약 우리가 할머니의 검은 얼굴에서 신의 모습을 본다면 모든 신에게는 그에 대적하는 악마가 존재하며, 우리의 악마는 우리가 짐작하는 것보다 더 가까운 곳에 있을지도 모른다는 사실을 인정해야겠지."

"그것이 바로 제가 여기 온 이유입니다."

래리가 거북한 표정으로 말했다. 그는 판사가 정원, 책, 메모, 취침 시간의 포도주 한 잔 같은 것을 언급하지 않았더라면 훨씬 좋았으리라고 생각했다. 래리는 친구들이 모인 회의에서 시시하고도 산뜻한 아이디어가 떠올라 팔자 좋은 제안 하나를 했다. 이제는 매정하고 기회주의적인 얼간이처럼 소리 내지 않고도 용건을 말할 수 있는 묘안이 있을지 고민했다.

"자네가 여기로 찾아온 이유를 알아. 수락하겠네."

래리가 갑자기 몸을 움찔하며, 나뭇가지를 엮어 만든 의자를 잡아끌고 속삭였다.

"누가 말해 주던가요? 매우 은밀하게 취급되는 사안인데요, 판사님. 만약 위원회의 누군가가 누설하고 다녔다면, 우린 엄청난 곤경에 빠지는 거예요."

판사가 기미 낀 손을 쳐들어 래리의 말을 가로막았다. 판사의 두 눈이 세월에 찌든 얼굴 속에서 반짝였다.

"진정해, 이 친구야. 진정하라고. 자네의 위원회에는 누설한 사람이 없어. 내가 알기에는 그래. 그리고 나는 이 공동체가 돌아가는 사정에 부단히 귀 기울이고 있을 뿐이야. 게다가 그 얘기는 아무한테도 안 했네. 그런데 자네는 오늘 밤 여기에 왜 찾아왔을까? 자네 얼굴에 다 쓰여 있네, 래리. 자네는 포커는 치지 말았으면 좋겠어. 내가 몇 가지 소소한 내 즐거움들에 관해 이야기할 때 보니까, 자네 얼굴이 축 처지고 활기가 없더군. 표정이 조금 웃기기까지 하던데."

"그게 그렇게 재밌어요? 제가 어떻게 좋아 보일 수가 있겠어요, 판사님을……."

"나를 서쪽으로 보내야 하는데 말이지. 그 땅을 염탐하러. 그게 용건 아닌가?"

판사가 조용히 말했다.

"바로 그겁니다."

"나는 그 아이디어가 수면 위로 떠오르는 데 얼마나 오래 걸릴지 궁금했어. 어마어마하게 중요한 사안이거든. 당연하지. 자유지대가 온전히 생존할 기회를 확보하는 데에 극히 필수적인 사안이야. 우리는 그가 저 너머에서 무슨 일을 획책하는지 사실상 전혀 모르잖아. 그는 달의 뒷면이나 마찬가지야."

"만약 그가 정말로 그곳에 존재한다면요."

"아무렴, 그는 그곳에 있어. 어떤 형태로든 있지. 그 점은 절대 의심하지 말게."

판사는 바지 주머니에서 손톱깎이를 꺼내 손톱을 깎기 시작했다. 자그맣게 뚝뚝 하는 소리가 말 사이사이에 끼어들었다.

"이봐, 만약에 우리가 그곳이 더 살기 좋다고 마음먹으면 어떻게 될지 위원회에서 논의한 적 있나? 만약 우리가 그곳에 눌러 살기로 하면 어쩔 거야?"

래리는 그 말에 화들짝 놀랐다. 그는 자신이 아는 한 누구도 예상하지 못했다고 판사한테 이야기했다.

판사가 짐짓 태평하게 말했다.

"나는 그 남자가 이미 전기를 복구했으리라고 추측하네. 그것은 자네도 알다시피 상당히 매력적인 장점이야. 틀림없이 임페닝이란 사내도 그것을 알았던 거야."

"전 그 자식이 쓰레기장으로 떠나 버려서 후련합니다."

래리가 험상궂게 말하자 판사는 오랫동안 배꼽을 잡고 웃었다.

그가 안정을 되찾고 나서 말했다.

"내일 떠나겠어. 사륜 구동 랜드로버를 타고 갈 생각이네. 북쪽으로 와이오밍까지, 그다음엔 서쪽으로. 아직 능숙하게 운전할 수 있으니 하나님께 감사할 일이야. 난 곧장 아이다호를 횡단해서 북부 캘리포니아를 향해 이동할 거야. 가는 데 2주일이 걸릴 테고, 돌아올 땐 더 길리겠지. 돌아올 때는 눈이 내릴지도 몰라."

"예. 저희도 그 가능성을 논의했습니다."

"게다가 난 늙었어. 늙은이들은 심장마비를 일으키기 쉽고 아둔한 언동을 일삼기 십상이지. 내 생각엔 자네들이 서쪽으로 몇 명 더 보낼 듯싶은데?"

"글쎄요……."

"맞아. 말하면 안 되지. 그 질문을 철회하겠네."

"잘 생각해 보세요. 판사님은 이 제안을 거절하실 수도 있습니다. 어느 누구도 판사님 머리에 총을 겨누며 강요하는 건 아니니까요."

래리가 엉겁결에 말을 꺼냈다.

"자네는 나에 대한 부담감을 덜어 내려고 애쓰는 겐가?"

판사가 예리하게 물었다.

"어쩌면, 어쩌면 그럴지도 모르죠. 어쩌면 저는 판사님이 돌아오실 가능성이 열에 하나고, 저희가 실제로 의사결정을 하는 데 도움이 될만한 정보를 가지고 돌아오실 가능성은 스물에 하나라고 생각하는지도 몰라요. 어쩌면 제가 실수한 것인지도 모른다는 말을 근사한 방식으로 하려고 무진장 애쓰는 중일 수도 있죠. 판사님은 이미 너무 연로하신지도 모르니까요."

"모험을 즐기기엔 너무 늙었지."

판사가 손톱깎이를 치웠다.

"하지만 내가 옳다고 느끼는 일을 못할 정도로 늙은 것이 아니기를 바라네. 저기 어딘가에는 자신이 옳다고 느꼈기 때문에 아마도 비참한 죽음으로 뛰어들었을 할머니가 한 분 계시지. 틀림없이 종교적 열광에 휩쓸렸을 것으로 난 생각한다네. 하지만 옳은 일을 하려고 혼신을 다해 노력하는 사람들은 항상 제정신이 아닌 듯 보이는 법이야. 나는 떠날 거야. 추위를 겪을 테지. 당연히 변비에 걸릴 테고. 외로움을 겪을 테지. 내 베고니아를 그리워할 테지. 그러나……."

고개를 들어 래리를 바라보는 판사의 눈이 어둠 속에서 희미하게 반짝였다.

"나는 또한 영리해질 거야."

"그러시리라 믿습니다."

래리는 눈물이 밀려와 눈가가 따끔거렸다.

"루시는 어떻게 지내나?"

판사가 서쪽행 화제를 마무리하듯 물었다.

"잘 지냅니다. 저희 둘 다 잘 지냅니다."

"뭐 문제 같은 건 없고?"

"없어요."

래리는 네이딘에 관해 생각해 보았다. 마지막 순간에 그녀가 내비친 다급한 모습 때문에 그는 여전히 심각하게 괴로웠다.

"당신이 내 마지막 기회라고요."

네이딘은 그렇게 말했다. 이상한 말투였다. 거의 자살이라도 하려는 듯한. 그런 그녀에게 도움이 될 만한 것이 있었던가? 정신병 치료? 웃기는 소리였다. 공동체를 위해 그들이 확보한 최고의 치료사가 말 전문 수의사인 마당에. 이제는 심지어 기도를 들어 주는 전화 상담 서비스도 없어져 버렸잖은가.

"자네가 루시와 함께하는 것은 바람직한 일이야. 하지만 내 짐작에 자네는 다른 여자 때문에 괴로워하는 것 같구먼."

"예, 그렇습니다."

그다음에 이어진 내용은 말을 꺼내기가 극히 어려웠지만, 일단 모두 털어놓고 고백하니 기분이 한결 나아졌다.

"제 생각엔 그 여자가 고려하는 중인 것 같습니다. 그러니까, 자살을요."

래리는 서둘러 말을 이었다.

"단지 저 때문에 그러는 건 아닙니다. 단지 섹시한 래리 언더우드를 가질 수 없다는 이유로 자살해 버린다는 건 어떤 여자든 말도 안 된다고 생각해요. 그런데 자기가 돌보고 있던 소년이 보호받을 단계를 벗어났습니다. 그래서 외톨이가 되었다고 느끼나 봐요. 자기한테 의지하는 사람이 아무도 없으니까요."

"만약 우울증이 주기적이고 만성적인 상태로 깊어진다면, 자살하겠지 뭐."

판사가 냉정하리만큼 무뚝뚝하게 말했다.

충격을 받은 래리가 판사를 바라보았다.

"그런데 그 여자에게는 유일하게 기댈 수 있는 단 한 사람이 자네일 수도 있어. 사실이지?"

"맞습니다."

"그리고 자네는 이미 결정을 내렸고?"

"예."

"영원히 결정 난 건가?"

"예, 그렇습니다."

판사가 크게 안도하며 말했다.

"그렇다면 결정한 대로 살면 돼. 제발 부탁일세, 래리. 어른이 되게나. 독선적인 면을 좀 더 키우라고. 그런 면이 지나치게 많으면 추악하지. 틀림없어. 하지만 자네가 느끼는 양심의 가책 위에다 그걸 약간만 덧씌우는 건 반드시 해야 할 일이야! 그것은 여름의 열기가 기승을 부리는 동안 피부를 보호하는 훌륭한 자외선 차단 크림처럼, 영혼을 보호하는 것이야. 자네는 오로지 자네 자신의 영혼만을 통솔할 수 있어. 똑똑한 심리학자라면 자네 능력으론 하나의 영혼에만 전념하는 것조차 벅찰 거라고 이의를 제기할 거야. 어른이 되게나! 루시는 훌륭한 여자야. 루시와 자네 자신의 영혼보다 더 많은 영혼을 책임지려는 것은 너무 과한 욕심이고, 너무 과한 욕심은 인류가 불행을 자초하는 인기 있는 방법 중 한 가지란 말이야."

"저는 판사님과 이야기하는 게 좋아요."

래리는 자신의 말에 담긴 숨김없는 솔직 담백함 때문에 놀랍기도 했고 유쾌하기도 했다.

"십중팔구는 내가 하는 말이 자네가 듣고 싶어 하는 것과 정확히 맞아떨어지기 때문이겠지."

판사가 차분하게 말했다. 그러고 나서 덧붙였다.

"그런데 자살을 감행하는 덴 엄청나게 많은 방식이 존재한단 말씀이야."

그리고 그리 오랜 시간이 지나기도 전에 래리는 비통한 상황 속에서 그 말을 떠올릴 기회를 만났다.

다음 날 아침 8시 15분, 해럴드가 탄 트럭이 테이블 메사 구역으로 돌아가려고 그레이하운드 터미널을 떠나고 있었다. 해럴드와 웨이작, 다른 두 사람이 트럭 뒷좌석에 앉아 있었다. 노먼 켈로그와 또 한 명이 운전석에 탔다. 아라파호와 브로드웨이의 교차로에 왔을 때 신형 랜드로버가 천천히 그들 쪽으로 굴러 왔다.

웨이작이 손을 흔들고 소리쳤다.

"어디 가시는 길이에요, 판사님?"

양모 셔츠와 조끼를 입어 다소 우스꽝스럽게 보이는 판사가 차를 세웠다.

"하루 날 잡아 덴버에 가 볼까 하고 나선 길이네."

판사가 온화하게 말했다.

"그 차가 그곳까지 판사님을 모셔다 드릴 수 있을까요?"

"그럴 것 같구만. 간선 도로만 피해서 간다면."

"저기요, 가시다가 성인 전용 서점을 지나시걸랑요, 저한테 차 트렁크로 하나 가득 성인용 책을 가져다주시면 안 될까요?"

이 엉뚱한 우스갯소리가 해럴드만 빼고 판사를 포함한 모든 이들의 폭소를 자아냈다. 해럴드는 이날 아침 안색이 나쁘고 초췌해 보였다. 편히 쉬지 못한 것 같았다. 사실은 거의 수면을 취하지 못했다. 네이딘은 자신의 말마따나 훌륭했다. 해럴드는 전날 밤에 꽤 많은 꿈을 실현시켰다. 이른바 가지각색의 축축한 꿈들이었다. 그는 벌써 오늘 밤이 기대되었고, 막상 가뿐하게 직접 체험을 하고 보니 포르노 서적에 관한 웨이작의 우스갯소리는 그저 희미한 미소만 불러일으킬 뿐이었다. 네이딘은 해럴드가 집을 나설 때 잠을 자고 있었다. 그들이 새벽 2시경에 잠에 곯아떨어지기 전에, 그녀는 그의 장부를 읽고 싶다고 말했다. 해럴드는 그러고 싶으면 그러라고 말했다. 어쩌면 자기 일을 지나치게 그녀의 처분에만 맡기는 것일 수도 있었지만, 너무 경황이 없어서 확실히 인지하지 못했다. 그래도 장부의 내용은 해럴드가 이제껏 살아오면서 써낸 가장 좋은 글이었고 열람을 허락한 결정적 요인은 그 자신의 바람이었다. 아니, 그 자신의 욕구였다. 자신의 좋은 작품을 다른 사람한테 읽혀 감동을 느끼게 하고픈 욕구.

켈로그가 덤프트럭 운전석에서 판사를 향해 몸을 기울였다.

"조심하세요, 아저씨. 아셨죠? 요새 도로변에 웃기는 족속들이 판치니까요."

판사가 야릇한 미소를 지으며 말했다.

"정말 그렇더군. 그래, 조심할게. 자네들도 좋은 하루 보내게, 신사 여러분. 그리고 자네도 잘 지내라고, 웨이작 씨."

그 말이 또 폭소를 자아냈고, 그들은 헤어졌다.

판사는 덴버 쪽으로 향하지 않았다. 36번 도로에 이르자 곧바로 7번 도로를 따라 나아갔다. 아침 태양은 밝고 온화했고 이 지선 도로에는 길을 막아선 차들이 많지 않았다. 브라이튼 마을은 상황이 좋지 않았다. 심지어 어떤 곳에서는 무지막지한 교통 체증을 피해 가려고 고속도로를 벗어나 고등학교 풋볼 운동장을 가로질러야만 했다. 동쪽으로 계속 가다가 25번 주간 고속도로에 이르렀다. 여기서 우회전하면 덴버로 갈 수 있었다. 그러나 판사는 북쪽을 향해 좌회전하여 지선 도로 진입로 쪽으로 전진했다. 도중에 기어를 중립에다 놓고 다시 왼쪽을, 즉 서쪽을 바라보았다. 볼디를 밑바닥에 깔아 놓은 채 로키 산맥이 파란 하늘 속으로 묵묵히 솟아 있었다.

판사는 자신이 모험을 즐기기엔 너무 늙었고 하나님이 자신을 보호해 줘야 하는 입장이라고 래리한테 말했지만, 그것은 거짓말이었다. 20년 동안 심장이 이토록 빠르게 두근거린 적이 없었고, 공기가 이토록 달콤했던 적이 없었으며, 눈에 보이는 빛깔이 이토록 선명했던 적이 없었다. 판사는 25번 주간 고속도로를 따라 샤이엔까지 가서 그다음엔 산맥 너머에 무엇이 기다리고 있든지 간에 서쪽으로 움직일 참이었다. 그 생각을 하니 세월에 말라붙은 살갗조차도 슬그머니 오싹해지고 소름이 돋았다. 80번 주간 고속도로 서쪽 솔트레이크 시티로, 그다음엔 네바다를 횡단해 리노까지. 거기서 다시 북쪽으로 향할 터이지만, 그것은 중요치 않았다. 왜냐하면 솔트레이크와 리노 중간 어디쯤에서, 어쩌면 더 이른 지점에서, 판사는 정지당하고 조사를 받을 것이고, 아마 또 한 번 더 조사를 받기 위해 다른 곳으로 보내질 것이다. 그리고 일정한 순서에 다다르면 초청장을 받을 수 있을 것이다.

다크맨을 직접 만나는 것도 아예 불가능한 일은 아니었다.

"어서 움직여라, 이 늙다리야."

판사가 부드럽게 랜드로버에 시동을 걸고 천천히 고속도로로 진입했다. 북쪽으로 차선이 세 개 있었는데 모두 비교적 한산했다. 추측했던 대로 덴버의 교통 체증과 다중 충돌 사고가 교통의 흐름을 효과적으로 감소시켜 놓았던 것이다. 중앙 분리대 반대편은 교통이 혼잡했지만(남쪽 사정이 더 나을 거라는 맹목적인 믿음으로 남쪽으로 향한 불쌍한 바보들 같으니라고) 이쪽 운행은 편했다. 적어도 한동안은.

패리스 판사는 길을 떠나서 기뻤다. 지난밤에는 잠을 푹 자지 못했다. 오늘 밤엔 더 편안히 잠들 것이다. 별들 아래서, 늙은 몸을 침낭 두 개로 단단히 감싸고서. 볼더를 다시 볼 수 있을지 의문이었고 그럴 가능성은 아마 희박할 것으로 생각했다. 그래도 아직까지 판사의 흥분은 대단했다.

그의 인생에서 가장 멋진 날 중 하루였다.

그날 오후 일찍 닉, 랠프, 스튜는 북부 볼더로 오토바이를 타고 나가 톰 컬런이 혼자 사는 회반죽을 바른 작은 집을 찾아갔다. 톰의 집은 이미 볼더의 '오래된' 거주민들한테 명소가 되어 있었다. 스탠 노고트니는 그 집이 마치 천주교 신자들, 침례교 신자들, 안식일 재림교 신자들이 민주당 지지자들과 통일교 신자들과 함께 힘을 모아 창조해 낸 종교·정치적 디즈니랜드 같다고 말했다.

현관 잔디밭은 조각상들이 모여 만들어 낸 기묘한 그림 같았다. 성모 마리아 상이 열 개 정도 있었는데 그중 일부는 분홍색 플라스틱 플라밍고 무리한테 먹이를 주는 시늉을 하는 듯했다. 플라밍고 중 가장 큰 것은 톰보다도 키가 컸고 네발 대못으로 마감한 외다리로 지면에 단단히 고정되어 있었다. 소원을 비는 초대형 우물에 딸린 장식용 두레박 안에는 커다란 야광 플라스틱 예수님이 우두커니 서서 두 손을 펼쳤으니…… 플라밍고들한테 축복을 내리는 모습 같았다. 소원 비는 우물 옆에는 새들이 노니는 물 쟁반에서 물을 먹고 있는 듯한 커다란 암소 석고상이 있었다.

현관의 방충망 문이 왈칵 열리며 톰이 상반신 알몸을 드러낸 채 그들을 맞이하러 나왔다. 닉은 생각했다. '멀리서 보면 톰 아저씨는 연한 푸른 눈과 불그스름한 금발에 턱수염이 무성한, 괴상하고 별난 작가나 화가로 여겨질 테지. 하지만 사람들은 가까이 올수록 그리 지성적이진 않다는 느낌을 받고 작가니 화가니 하는 생각을 걷어치울 테지…… 어쩌면 독창성 대신에 천박함을 내세우는 히피 예술가로 여길지도 몰라. 그리고 톰 아저씨가 바짝 다가와서 미소를 흘리며 장광설을 늘어놓으면 머릿속이 상당히 비었다는 것을 확연히 깨달을 테지.'

닉은 자신이 톰의 처지에 크게 공감하는 여러 이유 중 하나가 자신도 정신 지체로 취급받은 적이 있기 때문임을 알고 있었다. 처음엔 신체장애로 말미암아 읽기와 쓰기를 배우지 못했기 때문이었고, 나중엔 사람들이 귀머거리에 벙어리인 장애인은 무조건 정신 지체로 여겼기 때문이었다. 닉은 시시때때로 온갖 상스러운 말을 들었다. 함량 미달 벽돌. 물러 터진 대가리. 세 바퀴로 가는 자동차. 재는 머리에 구멍이 나서 뇌가 다 새 나갔어. 애는 여행가방을 비워 둔 채로 여행 다니는 애야. 닉은 소요의 변두리에 있는 잭의 싸구려 술집에 맥주 두어 잔 마시러 들렀던 밤을 기억했다. 레이 부스와 그의 패거리들이 닉에게 뛰어들었던 밤. 바텐더가 바의 맨 끝에 서서 친밀하게 몸을 숙이고 다른 손님한테 말을 건넸다. 그의 손이 입을 반쯤 가리고 있어서, 닉은 그 사람이 말하는 것의 단편적인 부분만을 이해할 수 있었다. 그래도 그 이상의 단편들까지 구태여 모아야 할 필요는 없었다.

"귀머거리에 벙어리야 글쎄…… 아마 저능아겠지…… 저런 애들은 거의 다 저능아거든……."

그런데 정신 지체를 의미하는 온갖 천박한 말 중에 톰 컬런한테 딱 들어맞는 말이 하나 있었다. 그것은 닉이 톰에게 종종 사용하는, 마음의 동요 없이 커다란 동정심을 담아 사용하는 말이었다.

'그 남자는 짝이 안 맞는 카드로 게임을 하고 있어.'

그것이 톰에게 잘못된 점이었다. 결과적으로 그것이 지금 그의 모습이었다. 톰에게 안타까운 것은 아주 적은 수의 카드가 빠져 있다는 것, 빠진 것들이 낮은 숫자가 적힌 카드라는 것이었다. 다이아몬드 2, 클럽3, 그런 카드 말이다. 그런데 이런 카드가 없으면 아무리 애써도 게임을 잘할 수가 없다. 심지어 카드 뭉치 속에 그런 카드가 없으면 혼자 치는 게임에서조차 이길 수가 없다.

"니키! 만나서 반가워! 어쿠, 그래! 톰 컬런은 너무 반갑다!"

톰은 두 팔로 닉의 목을 감싸고 꽉 껴안았다. 닉은 오늘같이 맑은 날에도 계속 하고 있는 검은 안대 뒤로 치미는 눈물 때문에 다친 눈이 쑤시는 것을 느꼈다.

"랠프도 반갑다! 그리고 아저씨. 댁은…… 어디 보자……."

"나는……."

스튜가 말을 하려 했지만, 닉이 왼손으로 무뚝뚝하게 목을 자르는 시늉을 해서 조용히 하라고 했다. 닉은 톰과 함께 연습해 온 기억술이 제대로 효과를 발휘할 듯싶었다. 잘 아는 사물에다 기억하고자 하는 이름을 연관시킬 수 있다면 종종 연상 작용을 일으켜 쉽사리 잊히지 않았다. 루디 역시 닉에게 그런 식으로 자극을 주었다. 아주 오래전 옛날에.

닉은 주머니에서 메모장을 꺼내 간단히 적었다. 그러고 나서 그것을 랠프한테 건네어 소리 내어 읽도록 했다.

약간 얼굴을 찡그리며, 랠프가 읽었다.

"우묵한 그릇 속에 고기와 채소와 고깃국이 모이면 무얼 먹고 싶어질까?"

톰이 굳어 버렸다. 얼굴에서 생기가 사라졌다. 입이 떡하니 벌어지며 백치 같은 상태가 되었다.

스튜가 불안해져서 말했다.

"닉, 꼭 이렇게까진 안 해도 돼……."

닉이 입술에 손가락을 대 스튜를 조용히 시켰고, 그와 동시에 톰이 다시 생기가 살아났다.

"스튜 요리!"

톰이 신나게 까불거리고 웃어 대면서 말했다.

"당신은 스튜입니다!"

확인을 받으려고 닉을 바라보았고, 닉은 톰에게 승리의 V자를 치켜들었다.

"그것을 합쳐 읽으면 스튜가 된다. 톰 컬런은 그것을 알아. 모두들 그것을 안다!"

닉이 톰의 집 현관문을 가리켰다.

"들어가고 싶다고? 어쿠, 그래! 다 같이 안으로 들어갈 거다. 톰은 자기 집을 장식하고 있었어."

현관 계단 위로 닉과 톰을 따라가는 동안 랠프와 스튜가 유쾌한 시선을 교환했다. 톰은 언제나 '장식' 하고 있었다. '가구' 를 들여놓진 않았는데, 이사 왔을 때 당연하게도 그 집에 가구가 비치되어 있었기 때문이었다. 그 집 안으로 들어가는 것은 몹시 난장판이 된「마더 구스」전래 동요의 세상으로 들어가는 것과도 같았다.

박제된 녹색 앵무새가 횃대에 꼼꼼하게 묶여 있는 커다란 금박 새장이 현관문 바로 안쪽에 매달려 있어서 닉은 머리를 숙이고 들어가야 했다. 그가 생각하기에 그것은, 톰의 장식들은 그냥 두서없는 잡동사니가 아니었다. 그랬다면 이 집을 재고품 떨이 판매 창고나 다름없는 분위기로 만들어 놓았을 것이다. 그러나 이곳에는 그 이상의 무언가가, 정상적인 사고로는 제대로 파악할 수 없는 무언가가 있었다. 거실 벽난로 선반 위에 있는 커다란 사각형 받침에는 신용 카드 선전물이 여러 개 있었으며, 그것들 모두 가운데에 정렬되어 얌전하게 놓여 있었다. '비자카드가 당신을 환영합니다.' '마스터카드, 불러만 주십시오.' '아메리칸익스프레스를 우대합니다.' '다이너스클럽이니까요.' 그때 문득 의문이 떠올랐다. 톰은 저 선전물이 차례대로 의미가 통하는 한 세트라는 사실을 어떻게 알았을까? 톰은 글을 읽을 줄 몰랐다. 그런데도 일정한 유형을 파악했던 것이다.

커피 탁자 위에 놓인 것은 스티로폼으로 된 커다란 소화전이었다. 창문 아래 턱엔 순찰차 경광등이 놓여 안으로 비치는 햇빛을 파란색의 시원한 부채꼴 모양으로 벽에다 반사시켰다.

톰은 그들한테 온 집 안을 유람시켜 주었다. 아래층 놀이방은 톰이 박제 상점에서 찾아낸 박제된 새들과 동물들로 가득했다. 눈에 잘 띄지 않는 피아노선으로 새들을 매달아 놓았기에 부엉이, 매, 좀먹은 깃털에다 노란 유리 눈알 하나가 빠져 버린 대머리 독수리 한 마리까지도 허공을 유유히 떠다니는 듯했다. 한쪽 구석에 마멋이 뒷다리로 우뚝 서 있었고, 다른 쪽엔 뒤쥐가, 또 다른 쪽엔 스컹크가, 마지막 구석엔 족제비가 있었다. 방 한가운데에는 코요테가 있었는데 어쩐 일인지 작은 동물들을 노려보는 것 같았다.

위로 향하는 계단 난간은 이발소 기둥 간판과 흡사하게 빨갛고 하얀 줄이 쳐진 시트로 덧씌워졌다. 위층 복도에는 아래층의 새들보다 더 많은 전투기들이 피아노선에 묶여 매달려 있었다. 포커, 스패드, 슈투카, 스핏파이어, 제로, 메서슈미트 같은 전투기들. 산뜻한 강청색 욕실 바닥에는 톰의 소장품인 장난감 보트가 수없이 많이 모여 네 개의 하얀 도자기 섬과 한 개의 하얀 도자기 대륙, 즉 욕조의 네 다리와 양변기의 밑바닥을 둘러싼 에나멜 도료의 바다를 항해하고 있었다.

톰이 그들을 아래층으로 이끌었다. 일행은 신용 카드 몽타주 밑에 앉아 가장자리가 황금빛으로 물든 구름 떼를 배경으로 한 존과 로버트 케네디의 입체 사진을 마주했다. 사진 제목은 '천국에서 함께한 형제들' 이었다.

"톰의 장식들이 맘에 드나요? 당신 생각은 어때요? 멋진가요?"

"정말 멋져요. 말해 봐요. 아래층에 있는 그 새들이…… 귀찮게 한 적 있어요?"

스튜의 말에 톰이 무척 놀라며 대답했다.

"어쿠, 아냐! 게네들은 뱃속이 톱밥으로 가득 차 있다고!"

닉이 랠프한테 메모를 건넸다.

"톰, 닉은 당신이 또다시 최면에 걸리는 걸 허락할지 알고 싶어 해. 스탠이 그랬을 때처럼. 이번엔 중요한 거야. 그냥 놀이가 아니야. 이유는 나중에 설명해 주겠대."

"어서 해. 당신으은…… 점점…… 매애우 졸립니다…… 이렇게 하는 거 맞지?"

"맞아, 바로 그거야." 랠프가 말했다.

"또 시계를 쳐다보란 말이지? 난 상관없어. 그러니까, 시계를 요리조리 흔들 때? 매애우…… 조오올립니다……."

톰이 망설이며 그들을 바라보았다.

"근데 난 매우 졸린 기분 안 들어. 어쿠, 안 들지. 어젯밤에 일찍 잤어. 톰 컬런은 만날 일찍 자. 왜냐면 텔레비전이 없잖아."

스튜가 부드럽게 말했다.

"톰, 코끼리 보고 싶습니까?"

그 즉시 톰의 눈이 감겼다. 그가 고개를 앞으로 축 늘어뜨렸다.

호흡이 길고 느린 리듬으로 깊어졌다. 스튜는 몹시 놀란 표정으로 지켜보았다. 닉이 자신에게 암호문을 알려 주었지만 스튜는 그것이 제대로 작용하리라는 확신이 없었다. 그 암호가 그토록 빠르게 효력을 나타낼 줄은 결코 예상치 못했다.

"닭 머리를 날개 밑으로 눌러 놓는 거랑 똑같네."

랠프가 감탄했다.

닉이 이번 만남을 위해 미리 준비한 '대본'을 스튜한테 건넸다. 스튜는 한참 동안 닉을 바라보았다. 닉이 마주 보고 그대로 일을 진행해야 한다고 진지하게 고개를 끄덕였다.

"톰, 내 말 들려요?"

"예, 난 들을 수 있습니다."

톰이 대답했고 그 목소리를 들은 스튜가 고개를 번쩍 쳐들었다.

톰의 평소 목소리와 다르기도 했지만, 한편으론 또 다른 이유 때문에 스튜는 섣불리 시작할 수 없었다. 그 목소리가 스튜로 하여금 고등학교 졸업반이던 열여덟 살 때 벌어진 일을 연상케 했다. 아이들은 졸업식에 앞서 남학생 라커룸에 있었는데, 그 애들 모두 줄곧 그와 학교를 함께 다녔다. 언제부터냐면…… 그러니까 적어도 그중 네 명은 초등학교 1학년 첫날부터였고, 나머지 애들도 거의 그 정도로 오랫동안 함께였다. 스튜는 바로 그 순간, 1학년 첫날과 졸업식을 앞두고 맞이한 그날 사이의 오랜 세월 동안 아이들의 얼굴이 얼마나 많이 변했는지 깨달았고, 그 통찰의 순간에 두 손에 까만 졸업식 가운을 들고서 라커룸의 타일 바닥 위에서 있었다. 그 엄청난 변화를 통감한 스튜는 전율했고, 이제 또 한 번 전율했다. 스튜가 들여다본 얼굴들은 더는 어린아이의 얼굴이 아니었다…… 하지만 아직 어른의 얼굴이 된 것도 아니었다. 어느 쪽에도 속하지 않은 주변인의 얼굴들, 윤곽이 뚜렷한 두 가지 본질 사이에 완전히 끼어 버린 얼굴들이었다. 톰 컬런의 잠재의식이 거주하는 어둠의 땅에서 나온 목소리가 바로 그런 얼굴들처럼 여겨졌다. 이번엔 훨씬 더 슬펐다. 스튜는 그것이 영원히 거부당한 사람의 목소리라고 생각했다.

그러나 사람들은 일이 진행되기를 기다리고 있었고, 스튜는 반드시 진행해야 했다.

"톰, 저는 스튜 레드먼입니다."

"예. 스튜 레드먼."

"닉도 있습니다."

"예, 닉도 있습니다."

"랠프 브렌트너 씨도 있습니다."

"예, 랠프 씨도 있습니다."

"우리는 당신의 친구입니다."

"나도 압니다."

"우리는 당신이 어떤 일을 해 주길 바랍니다, 톰. 자유 지대를 위해서요. 그 일은 위험합니다."

"위험합니다……."

걱정스러운 표정이 톰의 얼굴에 드리워졌다. 한여름 옥수수밭을 천천히 가로지르는 구름 그림자처럼.

"무서워해야 하나요? 무서워해야……."

톰이 말꼬리를 흐리고 한숨을 쉬었다.

마음이 뒤숭숭해진 스튜가 닉을 바라보았다.

닉이 입을 움직였다. '어서 하세요.'

"그 남자와 관련된 일이군요."

톰이 겁에 질려 한숨을 쉬었다. 11월의 모진 바람이 헐벗은 떡갈나무들 틈새로 내는 소리 같았다. 스튜는 또다시 전율을 느꼈다. 랠프는 안색이 창백해졌다.

"누구 말입니까, 톰?"

스튜가 차분하게 물었다.

"플랙. 그 남자의 이름은 랜디 플랙입니다. 다크맨. 당신이 나한테 바라는 것은……."

또다시 소름 끼치는 한숨. 비통하고도 길었다.

"그 남자를 어떻게 압니까, 톰?"

이 말은 대본에 없었다.

"꿈…… 나는 꿈에서 그의 얼굴을 봅니다."

나는 꿈에서 그의 얼굴을 봅니다. 그러나 그들 중 누구도 그의 얼굴을 본 사람이 없었다. 그 얼굴은 항상 가려져 있었다.

"그 남자를 본다고요?"

"예……."

"어떻게 생겼습니까, 톰?"

톰은 오랫동안 말을 하지 않았다. 대답하지 않을 것이라고 결론을 내린 스튜가 다시 '대본'으로 돌아갈 준비를 할 때 톰이 말했다.

"그 남자는 길거리에서 마주치는 보통 사람처럼 생겼습니다. 그러나 그 남자가 씩 웃으면, 새들이 전신주에서 떨어져 죽습니다. 그가 당신을 가만히 바라보면, 당신은 전립선이 고장 나고 오줌발이 화끈거립니다. 그가 침을 뱉은 풀밭은 누렇게 시들어 죽습니다. 그는 항상 저 바깥에 있습니다. 시대를 타고났습니다. 그는 자신의 진면목을 모릅니다. 천 가지 마귀의 이름을 가지고 있습니다. 예수님께서는 한때 그를 돼지 떼 속으로 때려눕히셨습니다. 그의 이름은 레기온(고대 로마의 군단. 성서에서 마귀의 명칭으로 쓰이기도 한다.—옮긴이)입니다. 그는 우리를 두려워합니다. 우리는 이 안에 있기 때문입니다. 그는 마법을 압니다. 늑대를 부를 수 있고 까마귀 떼 속에서 살 수 있습니다. 그는 이름 없는 존재의 왕입니다. 그러나 우리를 두려워합니다. 그는 두려워합니다…… 이 안을."

톰이 침묵에 빠졌다.

나머지 세 사람은 싸늘한 표정으로 서로를 빤히 쳐다보았다. 랠프는 머리에서 모자를 벗어 두 손으로 마구 주물럭거렸다. 닉은 한 손으로 눈을 덮었다. 스튜는 목 안이 건조한 유리처럼 깔깔하다고 느꼈다.

그의 이름은 레기온입니다. 이름 없는 존재들의 왕입니다.

"그에 관해 더 얘기해 주시겠습니까?"

스튜가 낮은 목소리로 물었다.

"나 역시 그를 두려워한다는 사실만 말할게요. 하지만 여러분이 원하는 일을 할 것입니다. 톰은…… 무척 두렵습니다."

또다시 소름 끼치는 한숨.

"톰. 마더 애버게일 님은…… 그분은 여전히 살아 계셔?"

랠프의 얼굴이 지독히도 심각해 보였다. 카드 게임 한 판에 모든 것을 내건 사람의 얼굴이었다.

"할머님은 살아 계십니다."

랠프가 크게 한숨을 내쉬며 의자 등받이에 기댔다.

"그러나 온전히 하나님의 편에 있는 것은 아닙니다."

"온전히 하나님의 편에 있지 않다고? 왜 그런 거지, 토미?"

"할머님은 황야에 있는데, 하나님이 그분을 황야에서 끌어 올리려 하시는데, 그분은 한낮에 바람에 휩쓸려 다니는 공포나 한밤에 기어 다니는 공포를 겁내지 않는데…… 뱀에 물리거나 벌에 쏘이는 것도 겁내지 않는데…… 하지만 할머님은 아직 온전히 하나님의 편에 있는 것은 아닙니다. 바위로부터 물을 이끌어 낸 것은 모세의 손이 아니었습니다. 족제비 떼를 뱃속이 빈 채로 물러나게 한 것은 애버게일 님의 손이 아니었습니다. 할머님은 불쌍한 처지가 될 것입니다. 할머님은 깨달을 것입니다. 하지만 때는 이미 늦을 것입니다. 죽음이 있을 것입니다. 그 남자의 죽음. 애버게일 님은 강의 사악한 쪽에서 죽을 것입니다. 할머님은……."

"톰을 멈추게 해. 톰을 멈추게 할 수 없어?"

랠프가 괴로워하며 말했다.

"톰."

스튜가 말했다.

"예."

"당신은 닉이 오클라호마에서 만난 그 톰입니까? 최면에서 깨어나면 우리가 아는 톰으로 돌아옵니까?"

"예, 그러나 나는 그 톰을 능가합니다."

"이해가 안 가는데."

톰이 살짝 뒤척였다. 잠든 얼굴은 고요했다.

"나는 하나님의 톰입니다."

스튜는 완전히 얼이 빠져 닉의 메모를 떨어뜨릴 뻔했다.

"당신은 우리가 원하는 대로 하겠다고 했습니다."

"예."

"당신은…… 당신이 돌아올 수 있을 거라고 생각합니까?"

"그것은 내가 알 수 있거나 말할 수 있는 문제가 아닙니다. 내가 어디로 가야 합니까?"

"서쪽입니다, 톰."

톰이 신음했다. 스튜의 목덜미 털을 쭈뼛 일어서게 하는 소리였다. 그들은 톰을 어디로 보내려 하는가? 스튜는 알 것 같았다. 그는 그곳에 있었다. 바로 버몬트에서, 발소리가 자신을 쫓아오며 사로잡으려 하는 듯 메아리쳤던 통로들의 미로 속에서.

"서쪽, 그렇군요."

톰이 말했다.

"우리는 관찰하라고 당신을 보내는 것입니다. 관찰하고 확인해 보는 거죠. 그러고 나서 돌아오면 됩니다."

"돌아와서 말하는 것이군요."

"할 수 있겠어요?"

"예. 그들이 나를 잡아 죽이지만 않는다면."

스튜가 질겁했다. 그들 모두 질겁했다.

"당신은 혼자서 갑니다, 톰. 서쪽으로만. 서쪽을 알아볼 수 있습니까?"

"태양이 지는 쪽입니다."

"그렇습니다. 그리고 누가 당신한테 왜 왔느냐고 물으면, 이렇게 말하세요. 사람들이 당신을 자유 지대에서 쫓아냈다고…….”

“나를 쫓아냈습니다. 톰을 쫓아냈습니다. 길에다 버렸습니다.”

“……왜냐하면 당신이 정신박약이기 때문에.”

“사람들은 톰을 쫓아냈습니다. 톰이 정신박약이기 때문에.”

“……그리고 당신이 여자랑 살면 그 여자가 바보 자식들을 낳을까 봐서.”

“톰처럼 바보 같은 자식들.”

스튜는 뱃속이 제멋대로 이리저리 울렁거리는 것 같았다. 머리는 땀 흘리는 법을 아는 쇳덩이인 듯싶었다. 몸을 축낼 정도로 무시무시한 숙취에 시달리는 기분이었다.

“누군가가 왜 서쪽에 왔냐고 물어볼 때 당신이 해야 할 말을 반복해 보세요.”

“사람들이 톰을 내쫓았습니다. 정신박약이라는 이유로. 어쿠, 그렇습니다. 당신이 침대에서 당신의 거시기로 여자를 후리는 것처럼 내가 여자를 후릴까 봐 사람들은 두려워했습니다. 바보 자식들로 여자를 임신시킬까 봐.”

“바로 그겁니다, 톰. 그렇게…….”

“나를 쫓아냈습니다.”

톰이 서글픈 목소리로 조용히 말했다.

“톰을 그의 근사한 집에서 쫓아냈고 길에다 버렸습니다.”

스튜는 눈앞에서 손을 흔들어 보더니 닉을 바라보았다. 닉의 모습이 두 겹으로 보이다가 또 세 겹으로 보였다.

“닉, 내가 마저 끝낼 수 있을지 모르겠어.”

스튜가 무기력하게 말했다.

닉이 랠프를 돌아보았다. 치즈처럼 창백한 랠프는 그저 고개를 흔들 뿐이었다.

"마저 끝내 주세요. 나를 이 어둠 속에 내버려 두지 마세요."

뜻밖에도 톰이 불쑥 말했다.

스튜는 억지로 힘을 내어 계속했다.

"톰, 보름달이 어떻게 생겼는지 압니까?"

"예…… 크고 둥급니다."

"반달도 안 되고, 더 홀쭉한 달도 안 됩니다."

"예."

"크고 둥근 달을 보면, 동쪽으로 돌아옵니다. 다시 우리한테로. 다시 당신의 집으로 돌아옵니다, 톰."

"예, 그것을 보면 돌아오겠습니다."

톰이 동의했다.

"나는 집으로 돌아오겠습니다."

"그리고 돌아올 때는, 밤에는 걷고 낮에는 잠을 자야 합니다."

"밤엔 걷기, 낮엔 잠자기."

"맞아요. 그리고 할 수 있는 한 남의 눈에 띄지 마십시오."

"예."

"톰, 누군가 당신을 목격할지도 모릅니다."

"예, 누군가 그럴지도."

"만약 당신을 목격한 사람이 한 사람이라면요, 톰, 그 사람을 죽이세요."

"그 사람을 죽입니다."

톰이 자신 없는 어조로 말했다.

"만약 한 사람보다 많은 인원이면, 달아나세요."

"달아납니다."

아까보다는 확신에 차서 톰이 말했다.

"하지만 절대로 남의 눈에 띄지 않도록 노력하세요. 지금까지 들은 말 전부 그대로 반복할 수 있겠습니까?"

"예. 달이 꽉 찼을 때 돌아옵니다. 반달은 안 되고, 손톱 달도 안 됩니다. 밤에는 걷고, 낮에는 잠잡니다. 다른 사람 눈에 띄지 않게 합니다. 만약 한 사람이 나를 목격하면, 그 사람을 죽입니다. 만약 나를 목격한 사람이 한 사람보다 많으면, 달아나 버립니다. 하지만 남의 눈에 띄지 않도록 노력합니다."

"매우 정확합니다. 나는 몇 초 후에 당신이 깨어나기를 바랍니다. 알았습니까?"

"알았습니다."

"내가 코끼리에 관해 물어보면 당신은 깨어날 것입니다. 알았습니까?"

"알았습니다."

스튜가 떨리는 한숨을 길게 내쉬며 뒤로 기대앉았다.

"다 끝났네. 하나님 감사합니다."

닉이 눈빛으로 동감했다.

"저런 돌출 발언이 나올 걸 예상했나, 닉?"

닉이 고개를 저었다.

"톰이 어떻게 저런 걸 다 알까?"

닉이 메모장을 가리켰다. 스튜는 벗어날 수 있어서 다행이라고 생각하며 선뜻 메모장을 넘겨주었다. 스튜의 손가락이 닉의 대본이 적힌 메모장 위에 땀을 흘려 놓은 바람에 거의 안 보일 만큼 글씨가 흐려졌다. 닉은 글을 적어 랠프한테 건넸다. 랠프가 입술을 천천히 움직이며 그것을 읽었고, 그런 다음 스튜한테 건넸다.

"역사상 어떤 사람들은 광인과 정신 지체인이 점치는 능력을 지녔다고 여기곤 했습니다. 톰 아저씨가 우리한테 실제로 도움이 될 만한 내용을 말한 것 같진 않습니다만, 저를 까무러치도록 놀라게 한 것은 분명합니다. 아저씨가 마법이라고 했죠. 마법에 대항해서 어떻게 싸울 생각이십니까?"

"나로서는 이해 불가야, 그 생각뿐이야."

랠프가 중얼거렸다.

"톰이 마더 애버게일 님에 관해 했던 얘기, 생각하고 싶지도 않아. 톰을 깨우게, 스튜. 그리고 여기서 가능한 한 빨리 나가자고."

랠프는 눈물이 쏟아지기 직전이었다.

스튜가 다시 몸을 앞으로 기울였다.

"톰?"

"예."

"코끼리 보고 싶습니까?"

톰의 눈이 번쩍 뜨여 그들을 향해 두리번거렸다.

"내가 최면이 잘 안 걸릴 거라고 그랬잖아. 어쿠, 걸릴 리가 있나. 톰은 대낮에는 졸리지 않아."

닉이 종이 한 장을 스튜한테 건넸고, 스튜가 그것을 훑어보고 나서 톰한테 이야기했다.

"닉이 그러는데 당신이 아주 잘했대요."

"내가? 내가 예전처럼 거꾸로 물구나무섰단 말인가?"

부끄러움을 동반한 양심의 가책을 통렬하게 느끼며, 닉은 생각했다. '아니에요, 아저씨. 이번엔 훨씬 더 멋진 재주를 많이 보여 주셨어요.'

"아니에요. 톰, 우리는 당신한테 도와 달라고 부탁하러 왔습니다."

"나한테? 도움? 좋고말고요! 난 도움 주는 거 좋아하니까!"

"이 일은 위험해요, 톰. 우리는 당신이 서쪽으로 갔다가 돌아와서 목격한 것을 우리한테 이야기해 주었으면 합니다."

"좋습니다. 물론 하지요."

톰은 조금의 망설임도 없이 말했지만…… 스튜는 톰의 얼굴에 순간적으로 그늘이 드리워지는 것을 보았다고 생각했다. 톰의 순진무구한 푸른 눈동자 뒤에 남아 있는 그늘.

"언제 가는데요?"

스튜는 부드러운 손길로 톰의 목을 감싸며 도대체 자신이 여기서 무엇을 하고 있는 건지 의아해했다. 마더 애버게일도 아니고 천국에 직통 전화선을 연결하지도 않은 자신이 어떻게 이런 일을 이해할 수 있단 말인가?

"곧바로 갈 거예요. 곧바로."

스튜가 온화하게 말했다.

스튜가 아파트로 돌아왔을 때 프래니는 저녁 식사를 준비하는 중이었다.

"해럴드가 왔다 갔어. 저녁 먹고 가라고 권했는데, 다른 일이 있다고 사양하더라고."

"그랬군."

프래니가 스튜를 찬찬히 살펴보았다.

"스튜어트 레드먼 씨, 개한테 물리기라도 했어?"

"톰 컬런이라는 이름의 개였던 거 같아."

스튜는 모든 것을 말해 주었다.

그들은 식탁 앞에 앉았다.

"그게 다 무슨 뜻이래?"

프랜은 창백한 얼굴로 식사를 하는 둥 마는 둥 접시 이 구석 저 구석으로 음식을 밀쳐 대고만 있었다.

"내가 알면 오죽이나 좋겠어? 아마도 일종의…… 투시 현상인 것 같아. 우리 모두 볼더까지 오는 도중에 그런 꿈을 꾸고도 끄떡없었는데, 톰 컬런이 최면 중에 그런 환영을 본 것 가지고는 왜 주춤거렸는지 모르겠어. 만약 그런 게 일종의 투시 현상이 아니라면, 정체가 뭔지는 나도 몰라."

"그렇지만 그 꿈들은 아주 오래전에 겪었던 일 같아…… 적어도 나한테는 그래."

"옳으신 말씀, 나한테도 그래."

스튜는 자신도 음식을 밀쳐 대고 있음을 깨달았다.

"저기 말이야, 가능한 한 모임 밖에서 위원회 일에 관해 이야기하지 말자고 동의했단 건 알아. 말다툼이 될 거라는 오빠 말이 맞는 것 같기도 하고. 그래서 난 오빠가 25일이 지나면 연속극에 나오는 딜론 보안관처럼 변신한다는 얘기를 단 한 마디도 안 흘렸어. 내 말 믿지?"

스튜가 짧게 웃었다.

"그럼, 프래니는 흘리고 다닐 사람이 아니지."

"그건 그렇지만, 오빠가 여전히 톰 아저씨를 서쪽으로 보내는 게 좋은 아이디어라고 생각하는지 물어봐야겠어. 오늘 오후에 그런 일을 겪고 나서도 말이야."

"모르겠어."

스튜가 자신의 접시를 옆으로 치웠다. 접시 위의 음식은 거의 손을 대지 않은 상태였다. 스튜는 일어나 현관 장식장으로 가서 담배 한 갑을 꺼냈다. 흡연량은 하루에 서너 개비 정도였다. 그는 담배에 불을 붙여 까칠하고 매캐한 담배 연기를 폐 깊숙이 빨아들인 다음 뿜어냈다.

"긍정적으로 생각하자면, 우리가 꾸며 낸 톰의 사연은 상당히 단순하고 상당히 믿을 만해. 정신박약이라서 쫓겨났다. 아무도 그걸로 그 사람을 닦달할 수는 없을 거야. 만약 무사히 돌아오면 최면을 걸기만 하면 되고(아무튼 잠깐 손가락을 딱 튕겨 주기만 하면 최면에 빠지니까) 그 사람은 우리한테 자기가 본 걸 죄다 이야기해 줄 거야. 중요한 것들 그리고 중요하지 않은 것들까지도. 톰이 다른 두 사람보다도 더 훌륭한 목격자가 될 가능성이 커. 틀림없이 그럴 거야."

"'만약' 무사히 돌아온다면."

"그래, '만약'이지. 우리는 톰에게 밤에만 동쪽으로 이동하고 낮엔 숨어 있으라는 지령을 내렸어. 만약 두 사람 이상에게 들키면, 달아나라. 그러나 딱 한 사람한테 들키면, 그 사람을 죽여라."

"스튜, 그런 말은 하지 말았어야지!"

"그래, 해 버렸어!"

스튜가 화내며 프랜에게 돌아섰다.

"우린 지금 애들 소꿉장난 놀이를 하고 있는 게 아냐, 프래니! 넌 톰에게…… 판사님한테…… 데이나한테 무슨 일이 생길지 분명히 알잖아…… 만약에 그 사람들이 저 너머에 가서 붙잡힌다면 말이야! 네가 애당초 정찰대 아이디어에 그토록 강하게 반대했던 것은 다른 이유 때문이었어?"

"좋아. 좋다고, 스튜."

프랜이 조용히 말했다.

"아냐, 좋지 않아!"

스튜가 말하며 금방 불붙인 담배를 도자기 재떨이에 세게 짓누르는 바람에 작은 불꽃 구름이 피어올랐다. 그중 몇 개가 손등에 떨어지자 스튜는 난폭한 몸짓으로 털어 버렸다.

"정신이 박약한 사람을 우리 대신 싸우라고 내보내는 건 좋지 않아. 좆같은 장기판의 졸처럼 사람들을 이리저리 밀어내는 것도 좋은 게 아니고 마피아 두목처럼 살인 명령을 내리는 것도 좋은 게 아냐. 그렇지만 우리가 달리 무엇을 할 수 있을지 모르겠어. 전혀 모르겠다고. 만약 그 남자가 무슨 일을 꾸미고 있는지 알아내지 못하면, 내년 봄 어느 날에는 그 남자가 자유 지대 전체를 커다란 버섯구름으로 바꾸어 놓을 가능성이 그야말로 차고 넘친단 말이야."

"알았어. 잘 알았다고."

스튜가 천천히 주먹을 꽉 쥐었다.

"소리를 지르다니. 미안해. 내가 제정신이 아니었어, 프래니."

"괜찮아. 판도라의 상자를 연 사람은 오빠가 아냐."

"내 생각엔 우리 모두가 그것을 열고 있는 중인 것 같아."

스튜는 멍하니 말하며 장식장에서 담배 한 개비를 또 꺼냈다.

"내가 톰에게 지령을 내렸을 때…… 지령이라고 해야 하나? 하여튼 오는 길에 방해가 되는 사람이 하나면 죽여야 한다고 내가 말했을 때, 톰의 얼굴에 찡그린 표정이 나타났어. 그런데 금세 없어지더군. 랠프 형님이나 닉도 봤는지는 모르겠어. 하지만 난 봤어. 곰곰이 생각하는 것 같은 모습이었단 말이야. '좋았어. 난 당신의 의도가 무엇인지 이해해. 하지만 그런 때가 닥치면 대처 방법은 내가 알아서 결정할래.' 이런 식으로 말이야"

"어디선가 읽은 건데, 사람이 제정신일 때는 하지 않을 일을 가지고는 그 사람한테 최면 효과를 낼 수 없대. 사람의 도덕 관념을 거스를 수는 없다는 거지. 왜냐하면 최면으로 심신이 구속받았을 때 그런 일을 하라는 명령을 억지로 들었던 것뿐이니까."

스튜가 끄덕였다.

"그래. 나도 그 생각을 하고 있었어. 그런데 만약 이 플랙이라는 놈이 자기 영토 동쪽 경계선을 따라 쭉 경계병들을 세워 놓았다면? 만약 내가 플랙이었다면 그렇게 해 놨을 거야. 톰 컬런은 서쪽으로 가다가 그 경계선에 맞닥뜨렸을 때 자신의 정체를 은폐시켜 줄 거짓 사연을 가지고 있지. 그러나 만약 톰이 동쪽으로 돌아오다가 걸린다면 그것은 죽느냐 죽이느냐의 문제가 될 거야. 상대를 안 죽인다면, 자신이 죽은 오리 신세가 되기 십상이지."

"오빠는 그런 쪽으로만 너무 염려하는 것일지도 몰라. 내 생각에는, 경계병들이 있다고 해도 틀림없이 무척 듬성듬성 늘어서 있을 것 같은데?"

"그렇지. 100킬로미터마다 한 명씩, 그 정도일 테지. 그쪽 인구가 우리 쪽보다 다섯 배나 더 많은 게 아니라면."

"그들이 매우 정교한 장치를 설치해 놓고 운영하고 있는 게 아니라면, 그러니까 레이더와 적외선 탐지기와 스파이 영화에 나옴 직한 온갖 장비를 사용하는 게 아니라면, 톰 아저씨가 그들 사이로 곧바로 걸어가도 별일 없지 않을까?"

"그게 우리가 바라는 바야. 하지만……."

"하지만 오빠는 양심의 가책을 느낀단 말이지."

프랜이 부드럽게 말했다.

"결론이 그렇게 되는 건가? 음…… 어쩌면 그럴지도 모르지. 그런데 해럴드는 무슨 용건으로 찾아왔던 거야?"

"현장 조사 지도를 한 무더기 놓고 갔어. 수색 위원회가 마더 애버게일 님을 찾아다녔던 지역을 표시한 거래. 해럴드는 수색 위원회를 감독하는 것은 물론이고 매장 작업반 일도 거드는 중이어서 몹시 피곤해 보였어. 하지만 전적으로 자유 지대 임무때문에 피곤해하는 건 아니야. 다른 일도 하는 중인 것 같아."

"무슨 일?"

"해럴드한테 여자가 생겼어."

스튜가 눈썹을 추켜세웠다.

"어쨌든 그것 때문에 해럴드가 저녁 식사 초대를 사양했어. 그 여자가 누군지 알 것 같아?"

스튜는 천장에다 대고 눈을 흘겼다.

"허 참, 해럴드가 결혼식도 안 올리고 누구랑 무작정 동거부터

한단 말이야? 어디 보자……."

"어휴, 말본새가 그게 뭐야! 그렇게 따지면 우린 뭐가 되는 건데?"

프랜이 빰을 때리는 시늉을 하자 스튜가 뒤로 피하며 능글맞게 웃었다.

"웃자고 한 얘기야, 재미없어? 난 도저히 모르겠어. 그 여자가 누구야?"

"네이딘 크로스."

"머리가 하얀 그 여자?"

"바로 그 여자."

"맙소사, 그 여자는 해럴드보다 나이가 두 배는 많을 텐데."

"내가 보기엔 해럴드의 애정 관계에서 그 정도의 나이 차는 아무 상관 없을 것 같은데."

"래리는 알고 있어?"

"몰라. 별로 신경 쓰이지도 않고. 지금은 래리의 여자가 아닌데 뭐. 혹시 과거에 그랬는진 몰라도."

"그렇구먼."

스튜는 해럴드가 스스로 작은 사랑의 결실을 맺은 것이 반가웠지만, 그다지 관심이 가는 문제는 아니었다.

"그건 그렇고 해럴드는 수색 위원회에 관해 어떻게 생각하는 것 같아? 아무 얘기 안 했어?"

"글쎄, 오빠도 해럴드를 잘 알잖아. 항상 빙글빙글 웃긴 하지만…… 밝은 웃음은 아니야. 걔가 대부분의 시간을 매장 작업반 일에 쏟아 붓는 것도 같은 이유에서일 거야. 사람들은 해럴드를 이제 날렵한 매라고 부르던데, 오빠도 알아?"

"정말?"

"난 오늘 들었어. 사람들이 누구 얘기를 하는 건지 어리둥절해 하다가 직접 물어보고 나서 겨우 알았다니까."

프랜이 잠시 생각에 잠겼다가 웃음을 터뜨렸다.

"뭐가 그리 우스워?"

프랜이 두 발을 앞으로 내밀었다. 평범한 운동화를 신고 있었다. 운동화 밑창에는 동그라미와 선으로 이루어진 무늬가 새겨져 있었다.

"걔가 내 운동화가 멋지다고 칭찬했어. 좀 엉뚱하지 않아?"

"엉뚱한 건 너야."

스튜가 말하며 싱긋 웃었다.

해럴드는 사타구니에 얼얼하지만 전적으로 불쾌하지만은 않은 뻐근함을 느끼며 동트기 직전에 깨어났다. 일어나면서 약간 몸을 떨었다. 이른 아침엔 눈에 띄게 쌀쌀했다. 지금이 8월 22일이니 가을이 올 때까지 아직 달력 한 장이 남아 있기는 했지만.

허리 아래쪽이 뜨거웠다. 정말로 그랬다. 잠든 네이딘의 속이 훤히 비치는 자그만 팬티 속에 담긴 농염한 엉덩이 곡선을 그저 바라보고만 있어도 상당히 후끈거렸다. 만약 해럴드가 깨웠다면 네이딘은 귀찮아하지 않았을…… 어쩌면 귀찮아도 거부하지 않았을 것이다. 해럴드는 여전히 저 검은 눈동자 뒤편에 무슨 생각이 숨어 있는지 전혀 알지 못했고, 그녀가 조금은 무서웠다.

네이딘을 깨우는 대신 조용히 옷을 입었다. 네이딘과 뒹굴고 싶지가 않았다. 뒹굴고 싶은 마음이야 굴뚝같이 치솟았지만.

해럴드는 혼자 생각에 잠길 수 있을 만한 장소로 가야 했다.

옷을 다 차려입고 왼손에 장화를 든 채로 그는 문 앞에서 멈추었다. 실내의 가벼운 냉기와 주섬주섬 챙겨 입은 옷 때문에 욕정이 물러갔다. 이젠 방 안의 냄새를 맡을 수 있었다. 그리 매혹적이지는 않았다.

네이딘은 그것이, 삽입 성교가 단지 한 가지 사소한 것일 뿐이라고 말했다. 삽입하지 않고도 함께 즐길 수 있다고. 그 말은 사실이었다. 그녀는 거의 믿기 어려울 만큼 외설적으로 입과 손을 놀려 여러 가지 쾌락을 만들어 냈다. 그러나 만약 삽입이 그토록 하찮은 것이었다면, 왜 이 방은 해럴드가 불운했던 세월 동안 위안 삼아 즐겼던 나 홀로 자위를 연상시키는 퀴퀴하고 약간 시큼한 악취를 풍기는 것일까?

'삽입 성교를 하면 병에 걸릴지도 몰라.'

불온한 생각. 해럴드는 밖으로 나가며 뒤편의 문을 부드럽게 닫았다.

문이 닫히는 순간 네이딘의 눈이 열렸다. 일어나 앉아 문을 가만히 쳐다보았고, 그러고는 다시 누웠다. 그녀의 육체가 욕정으로 인해 천천히 단조로운 주기로 욱신거렸다. 흡사 생리통 같은 느낌이었다. 만약 삽입이 그토록 하찮은 것이었다면, 왜 이런 기분이 드는 것일까 하고 네이딘은 생각했다.(자신의 생각이 해럴드의 생각과 얼마나 비슷한지 전혀 깨닫지 못한 채.) 지난밤의 어느 순간 네이딘은 입술을 꽉 깨물며 울부짖음을 억눌러야만 했다. '그렇게 헛물만 켜지 말고 나한테 네 거시기를 쑤셔 넣어! 내 말 들리니? 나한테 그것을 쑤셔 넣어. 나한테 한가득 박아 넣으라니까! 네가 하고 있는 짓이 나를 조금이라도 기분 좋게 해 준다고 생각하니? 그것을 쑤셔 넣어. 그래서 제발, 적어도 나를 위해 제발 이 정신 나간 놀이를 끝장내 줘!'

해럴드는 드러누워서 머리를 그녀 다리 사이에 집어넣은 채로 색욕에 불타는 기묘한 소리를 내고 있었다. 그토록 적나라하게 다급하고 야만스럽지 않았던들 코믹하게 들릴 수도 있을 법한 소리였다. 소리 없이 울부짖던 네이딘은 고개를 쳐들고 창문에 붙은 얼굴을 보고 말았다.(아니면 그저 보았다는 생각이 든 것뿐일까?) 그 즉시 욕정으로 들끓던 불길이 찬물을 맞아 싸늘한 잿더미가 되었다.

'그 남자'의 얼굴이 야만스럽게 히죽거리고 있었다.

네이딘의 목구멍 속에서 막 비명이 솟구치려 할때 그 얼굴은 사라졌다. 그저 먼지 때가 뒤엉킨 어두워진 유리창 위로 어른거리는 그림자 형상일 뿐이었다. 어린아이가 옷장 안이나 방구석의 장난감 상자 뒤에 음흉하게 숨어 있다고 상상하는 요괴의 모습에 지나지 않았다.

단지 그런 것일 뿐.

다만 그것은 더 심각한 것이었다. 지금까지도, 서늘하고 이성적인 새벽의 첫 햇살 속에서도 네이딘은 시치미를 뗄 수 없었다. 그를 기만하는 것은 위험한 짓이었다. 그것은 분명히 그 사람이었고, 그 사람이 네이딘에게 보낸 경고였던 것이다. 남편이 될 그 남자는 자신의 약혼녀를 감시하는 중이었다. 순결을 더럽힌 신부는 받아들여지지 않을 터였다.

천장을 주시하며 네이딘은 생각했다. '나는 해럴드의 그걸 입으로 빨았어. 그러나 순결을 더럽힌 건 아니야. 개가 내 엉덩이에 몸을 문지르는 걸 허락했어. 그것 역시 순결을 더럽힌 건 아니야. 나는 개를 위해 길거리의 싸구려 매춘부처럼 꾸몄어. 그 정도는 얼마든지 괜찮아.'

사람들이 알면 그녀의 약혼자가 대체 어떤 남자인지 궁금해할 만한 짓이었다.

네이딘은 오래, 아주 오랫동안 천장을 빤히 올려다보았다.

해럴드는 인스턴트 커피를 타서 마시고는 얼굴을 찌푸렸고, 차가운 빵 과자 두 개를 들고 현관 계단으로 나갔다. 계단에 앉아 그것들을 먹는 동안 새벽빛이 대지 위로 뻗어 나갔다.

기억을 되짚어 보니 지난 이틀간은 광란의 카니발을 체험한 것만 같았다. 그것은 오렌지색 트럭들이 등장하고, 어깨를 두드리며 자신을 날렵한 매라고 부르는 웨이작이 등장하는(모든 이들이 이젠 그렇게 불러 댔다.), 썩은 시냇물처럼 끝도 없이 시체들이 쏟아져 내리는, 온통 죽음의 현장에서 집에 돌아와 끝도 없는 변태 섹스의 흐름 속으로 빠져 드는 몽롱한 기억이었다. 머릿속이 몽롱해질 만했다.

그러나 대리석 주춧돌만큼이나 차가운 현관 계단에 앉아 맛이 끔찍한 인스턴트 커피를 뱃속으로 들이붓고, 톱밥 맛이 나는 이 차가운 빵 과자를 우적우적 씹어 먹다 보니 생각에 잠길 수 있었다. 머리가 맑아지는 기분, 정신이상으로 한 계절을 보내고 나서 이제야 제정신을 되찾은 듯한 기분을 느꼈다. 자신을 항상 괴성을 질러 대는 네안데르탈인 무리 속 단 한 명의 크로마뇽인이라 여겼던 해럴드는 최근에 작지만 귀중한 생각의 전환을 경험했다. 그를 이끄는 것은 코가 아니라 성기였던 것이었다.

해럴드는 플랫아이언 구릉지로 시선을 돌리고 생각을 프래니 골드스미스한테로 옮겼다. 그날 집에 침입했던 사람은 프래니였다. 이젠 확실히 알았다. 그는 실제론 그녀의 신발을 살펴볼 목적으로 다른 핑계를 대고 프래니가 레드먼과 함께 사는 곳에 찾아갔다. 찾아가 보니, 그녀는 해럴드가 지하실 바닥에서 발견했던 흔적과 일치하는 운동화를 신고 있었다. 일반적인 와플 비슷한 벌집이나 지그재그 무늬가 아니라 동그라미와 선이 모여 있는 무늬였다. 의심의 여지가 없단다, 이쁜아.

해럴드는 별다른 어려움 없이 속사정을 정리할 수 있다고 생각했다. 해럴드가 그녀의 일기를 훔쳐 읽었다는 사실을 어쩌다가 프랜이 발견했던 것이다. 일기장의 한 곳에 얼룩이라든가 자국 하나를 남겼음이 틀림없다. 어쩌면 몇 군데나 그럴지도. 그래서 프랜은 그의 집에 들어와 그가 일기를 훔쳐 읽은 소감을 피력한 증거를 찾아보았다. 글로 기록한 문서 말이다.

물론 해럴드의 장부가 존재했다. 그러나 프랜은 발견하지 못했으며, 분명히 그럴 것이라고 확신할 수 있었다. 해럴드의 장부에는 자신이 스튜어트 레드먼을 살해할 계획을 세웠다는 내용이 적나라하게 나와 있었다. 만약 프랜이 그런 내용을 발견했으면 스튜한테 알렸을 것이다. 비록 아무것도 못 찾았더라도 어제 자신과 함께 있는 동안 그렇게 편안하고 자연스럽게 행동할 수 있다는 것이 해럴드는 믿기지가 않았다.

해럴드는 마지막 남은 빵 과자를 먹어 치우며 차가운 설탕 범벅과 더 차가운 가운데의 젤리 맛 때문에 얼굴을 찌푸렸다. 오토바이를 타는 대신 버스 터미널까지 걸어가야겠다고 결심했다. 퇴근길에는 웨이작이나 노리스가 바래다줄 것이다. 출발하면서, 한 시간쯤 후에는 사라질 냉기를 막으려고 얇은 재킷의 지퍼를 턱까지 올렸다. 차양이 내려진 텅 빈 집들을 지나쳐 아라파호를 여섯 블록 정도 내려갔을 때 현관문마다 분필로 커다랗게 씌어진 X 표시가 눈에 들어왔다. 그것 역시 해럴드의 아이디어였다. 매장 위원회는 그 표시가 그려진 모든 집을 조사했고, 그곳에 어떤 시체가 있든지 모조리 끄집어냈다. X 표시. 그 표시가 새겨진 집에 살던 사람들은 영원히 없어진 것이다. 한 달 뒤면 그 표시가 볼더 사방천지에 깔리면서 한 시대의 종말을 고할 것이다.

이제는 생각해 볼 때, 신중히 생각해 볼 때였다. 네이딘을 만난 이래로 해럴드는 정말로 생각을 멈춘 듯싶었으나…… 어쩌면 실제로는 이미 그 전에 생각을 멈췄는지도 모른다.

'내가 프랜의 일기를 읽었던 것은 상처받고 질투심에 불탔기 때문이었어. 그러고 나서 프랜이 내 집 안으로 난입했지. 아마도 내 일기장을 찾아보려고. 하지만 발견하지 못했단 말이지.' 하지만 누군가 집에 난입했다는 충격을 준 것만으로도 어쩌면 충분한 복수가 된 것이었다. 그 일은 분명히 해럴드를 몹시 움츠러들게 했다. 어쩌면 그들은 서로 무승부가 된 것이었고 그것으로 과거를 다 청산할 수는 있었다.

그는 진정으로 더 이상 프래니를 원하지 않았다. 진정…… 진짜로?

가슴속에서 암울하게 이글거리는 분노의 석탄 덩어리가 느껴졌다. 어쩌면 프래니를 원하는 게 아닌지도 모른다. 그렇다 하더라도 그들이 해럴드를 배척했다는 사실이 바뀌진 않는다. 네이딘은 그를 찾아온 이유를 거의 말하지 않았지만, 해럴드는 네이딘 역시 어떤 방식으로든 배척당하고, 거절당하고, 따돌림당했다는 것을 알았다. 그들은 아웃사이더 커플이었고, 아웃사이더들은 음모를 꾸민다. 어쩌면 그것이야말로 그들을 계속 제정신으로 유지시키는 유일한 원동력일 것이다.(그 사실을 장부에 기록하는 걸 잊지 말아야겠다고 해럴드는 생각했고…… 이제 중심가에 거의 다 왔다.)

산맥 반대편에는 완전한 아웃사이더들의 집단이 있었다. 그리고 한곳에 아주 많은 수의 아웃사이더들이 함께 뭉칠 때, 마력의 삼투압 현상이 일어나 사람들을 안쪽으로 끌어당긴다. 따뜻한 안쪽으로. 따뜻한 안쪽에 있는 것은 단지 사소한 것이라 치부할 수도 있지만, 사실은 굉장히 대단한 것이다. 이 세상에서 가장 중요한 것이라고나 할까.

어쩌면 해럴드는 과거를 청산하고 무승부가 되는 것을 바라지 않는지도 몰랐다. 비기기를 겸허히 받아들이고 싶지 않은지도 몰랐다. 인생의 진로가 고작 20세기식 시체 짐수레를 타고 다니기나 하고 제안한 아이디어들에 대해 고맙다고 인사치레하는 무의미한 편지들이나 받는 것이라니. 그리고 그들의 고귀한 위원회에 들어가려면 베이트먼이 은퇴할 때까지 5년이나 기다려야 한다니……

게다가 만일 그들이 또다시 자신을 제외하기로 결정하면 어쩔 것인가? 그들은 또다시 그럴지도 몰랐다. 왜냐하면 단지 어린 나이 때문에 탈락한 것이 아니었으니까. 그들은 빌어먹을 귀머거리에다 벙어리인 녀석은 받아들였는데, 그 녀석은 해럴드보다 겨우 몇 살 많을 뿐이었다.

분노의 석탄 덩어리가 이젠 시뻘겋게 타오르고 있었다. 생각해 보자. 그래, 생각해 보자. 그렇게 말하기는 쉬웠다. 때로는…… 그러나 세상을 움직이는 네안데르탈인들로부터 얻을 수 있는 것은 오로지 너털웃음, 아니면 더 끔찍스럽게도 '제안 고마웠어' 편지뿐인데 열심히 생각해 봤자 무슨 이득이 있겠는가?

해럴드는 버스 터미널에 도착했다. 아직 시간이 일러서 아무도 나와 있지 않았다. 문에는 25일에 또 공개 집회가 열릴 예정임을 알리는 포스터가 붙어 있었다. '공개 집회? 공개 집단 지랄이다.'

버스 대합실은 여행사 포스터와 그레이하운드 버스 여행권 광고와 애틀랜타, 뉴올리언스, 샌프란시스코, 내슈빌 등 어디로든 굴러다니는 우라지게 커다란 유람 버스 사진들로 장식되어 있었다. 해럴드는 자리에 앉아 아침의 시린 눈으로 거무스름해진 핀볼 게임기, 코카콜라 자판기, 죽은 생선 냄새를 희미하게 풍기는 립턴 인스턴트 수프까지 제공하는 커피 자판기 들을 가만히 쳐다보았다. 담배에 불을 붙인 다음, 성냥개비를 바닥에 내던졌다.

그들은 헌법을 채택했다. 어쭈구리. 굉장히 굉장해 그리고 대단히 대단해. 그들은 별이 총총 박힌 국기를 찬양하는 국가 나부랭이를 제창하기까지 했다. 정말이지 낭만적이었다. 그런데 해럴드 로더가 일어나서 몇 가지 건설적인 제안을 하는 대신 전염병이 휩

쓴 바로 그 해에 맞이한 삶의 실상을 그들한테 말해 버렸다고 가정한다면?

'신사 숙녀 여러분, 제 이름은 해럴드 에머리 로더이고 여러분께 한 말씀 드리려고 여기에 왔습니다. 옛날 노래 가사에 나온 대로, 시간이 흐를수록 변치 않는 법칙들이 통하는 법입니다. 다윈의 적자생존 법칙 같은 거 말이죠. 다음번에 여러분이 일어서서 국가를 제창하면, 친구 여러분 그리고 이웃 여러분, 이 점을 곰곰이 되새겨 보십시오. '미국은 죽었다. 시체처럼 죽었다. 구두쇠 스크루지 영감의 동업자 제이컵 말리와 가수 버디 홀리와 가수 빅 밥퍼와 트루먼 대통령처럼 죽었다. 그러나 다윈 씨가 역설했던 여러 법칙들은 아직도 아주 생생히 살아 있다. 제이컵 말리의 유령이 에베네저 스크루지 영감 앞에 나타났던 것처럼 살아 있다.' 그러므로 부디 여러분이 헌법 규정의 아름다움에 도취해 있는 동안에도 랜들 플랙을, 서쪽의 남자를 심사숙고하는 데 약간만 시간을 할애해 주십시오. 그 남자 같으면 최적의 자유주의 방식으로 아무것도 아닌 일의 진정한 의미를 정하는 공개 집회와 비준과 토론 같은 엄청난 허례허식을 위해 조금이라도 시간을 할애할지 대단히 의문스럽지만 말입니다. 대신에 랜들 플랙은 기본 원칙에, 그 자신만의 다윈주의적 원칙에 전념하면서, 전 세계라는 거대한 포마이카 탁자를 여러분의 시체로 닦아 낼 준비를 하고 있는 것입니다. 신사 숙녀 여러분, 제가 조심스럽게 의견을 말해 보자면, 우리가 전깃불을 켜려고 애쓰고 우리의 행복한 작은 벌집을 찾아올 의사 한 명을 기다리는 동안, 그 남자는 비행 조종사 자격증이 있는 사람을 애타게 찾아 헤매면서 U2 정찰기로 소련 상공을 날아다녔던 프랜시스 개리 파워스의 위대한 전통을 받들어 볼더를 공습할 준비를 하고 있는지도 모릅니다. 우리가 거리 청소 위원회를 누가 맡을 것인가 하는 시급한 문제를 논의하는 동안, 그 남자는 이미 무력 청소 위원회의 창설을 준비해 놨겠지요. 박격포, 미사일 기지, 세균전 연구소까지 갖춰 두었을 것입니다. 물론 우리는 이 나라엔 세균 무기 또는 생화학전 연구소가 전혀 없다는 것을 알고, 바로 그 점이 이 나라를 위대하게 하는 여러 이유 중 하나인 것이지만(나라 꼴 참 좋다, 하하.), 우리는 반드시 깨달아야만 합니다. 우리가 손에 손을 잡고 강강술래 놀이를 하느라 바쁘게 지내는 동안에 그 남자는…….

"이봐, 날렵한 매, 연장 근무할 생각이야?"

해럴드가 고개를 들고 씩 웃었다. 웨이작이었다.

"그래요. 좀 더 해 볼 생각이에요. 들어오면서 아저씨 출근 카드도 대신 찍어 놨어요. 덕분에 지각 벌금 6달러 굳은 줄이나 아세요."

웨이작이 웃어 댔다.

"너는 참 대단한 녀석이야. 알고 있니?"

해럴드는 웃으며 장화 끈을 고쳐 매기 시작했다.

"카드로 치면 와일드 카드죠."

제56장

스튜는 그다음 날을 발전소에서 보내며 발전기 모터에 선을 감았다. 작업 시간이 끝나서 자전거를 타고 집으로 돌아가는 길에 퍼스트 내셔널 은행 맞은편 작은 공원에 이르렀을 때, 랠프가 그를 큰 소리로 불렀다. 스튜는 자전거를 세워 놓고 랠프가 앉아 있는 음악당으로 걸어갔다.

"자네를 찾고 있던 참이었어, 스튜. 잠깐 시간 좀 있나?"

"딱 1분만요. 저녁 식사 시간에 늦었어요. 프래니가 걱정할 텐데요."

"그러지. 자네 손이 거칠어진 거 보니 발전소에서 구리줄 감다가 왔구먼."

랠프가 멍하니 쳐다보며 걱정스러워했다.

"맞아요. 작업용 장갑을 끼었는데도 별 소용 없더라고요. 손이 엉망이에요."

랠프가 끄덕거렸다. 공원 안에는 사람들이 예닐곱 명 정도 있었는데 몇몇은 한때 볼더와 덴버 사이를 오가던 협궤 열차를 바라보고 있었다. 젊은 여성 삼인조는 야외에 저녁 식사를 펼쳐 놓았다. 스튜는 상처 입은 손을 무릎에 올려놓고 여기 가만히 앉아 있으니 기분이 매우 좋다는 것을 깨달았다. '어쩌면 보안관 일이 그리 나쁘지만은 않을 거야. 적어도 나를 동부 볼더의 염병할 조립 생산 라인에서 해방시켜 주기는 하겠지.'

"그쪽 일은 어떻게 돼 가고 있어?"

"난, 나는 모르겠어요. 그저 일꾼으로 고용된 거니까. 다른 사람들처럼요. 브래드 키치너가 그러는데 가정집에 전기가 들어올 거래요. 브래드 말로는 9월 첫째 주말까지는 전깃불이 다시 들어온대요, 어쩌면 더 일찍. 그리고 그달 중순까지는 난방을 가동할 거라나요. 물론, 그렇게 예언하기엔 브래드는 너무 젊지만……."

"난 브래드한테 돈이라도 걸겠어. 그 친구를 믿거든. 현장 실습 훈련이란 걸 수없이 받고 있는 사람이잖나."

랠프는 소리 내어 웃으려고 애썼다. 그러나 웃음은 이내 건장한 남자의 장화 굽이 쓸리면서 나오는 듯한 한숨으로 돌변했다.

"왜 그렇게 기운이 없어요, 랠프 형님?"

"내 무선 통신기로 몇 가지 소식을 들었어. 일부는 좋은 소식이고, 일부는…… 음, 그중 일부는 그리 좋은 소식이 아냐, 스튜. 자네한테는 알리고 싶어. 왜냐하면 비밀로 묻어 둘 도리가 없으니까. 자유 지대 사람들 중 상당수가 민간 주파수 무선 통신기를 갖췄잖나. 내가 이리로 찾아오는 사람들과 이야기할 때 다른 사람들도 엿듣고 있었으리란 짐작이 들어."

"새로 올 인원은요?"

"40명도 넘어. 그중 한 명은 의사야. 조지 리처드슨이란 이름이지. 말하는 걸 들어 보니 좋은 사람 같아. 분별 있는 사람이야."

"와, 그거 좋은 소식이네요!"

"테네시 주 더비셔 출신이래. 대부분 중남부 사람들이더라고. 근데, 그들 중에 임신부가 한 명 있었는데 출산이 열흘 전인 13일에 닥쳤나 봐. 이 의사가 맡아서 아이들을 받아 냈고(산모가 쌍둥이를 낳았어) 애들 상태도 좋았다나 봐. 처음엔 좋았지."

랠프가 입을 우물거리다 침묵했다.

스튜가 랠프의 셔츠를 꽉 잡았다.

"죽었어요? 아기들이 죽었대요? 그 얘길 하려는 거예요? 아기들이 죽었다고요? 말해 봐요, 젠장할!"

랠프가 나지막이 말했다.

"아이들은 죽었어. 한 명은 12시간 만에 세상을 떠났어. 질식사인 것 같대. 나머지 한 명은 이틀 후에 세상을 떠났어. 리처드슨이 아이들을 구하려 했지만 할 수 있는 일이 아무것도 없었다더군. 애 엄마는 정신을 놓아 버렸대. 죽음과 파괴만이 있을 뿐 아기는 없다고 고래고래 소리를 질렀대. 스튜, 그 일행이 여기에 도착했을 때 프래니가 주위에 없도록 확실히 해 두게. 자네한테 그 이야기를 하고 싶었어. 그리고 이 일을 지금 당장 프래니한테 알려야 할 거야. 만약 자네가 알리지 않는다 해도, 다른 사람이 알릴 테니까."

스튜는 움켜잡았던 랠프의 셔츠를 천천히 풀었다.

"이 리처드슨이란 의사가 우리 쪽에 임신부가 몇 명이나 있는지 궁금해하기에 현재 알려진 바로는 딱 한 명이라고 말했어. 임신 기간은 4개월이라고 했고. 맞아?"

"프랜은 이젠 5개월이에요. 그런데 형님, 의사는 그 아기들이 슈퍼 독감 때문에 죽었다고 확신하는 거예요? 확실하대요?"

"아니, 확실치 않대. 그러니 프래니한테 그 점도 이야기해 줘야만 해. 그래야 사정을 제대로 이해하지. 의사 말로는 뭐든지 원인이 될 수 있대. 산모의 음식 섭취…… 유전적인 면…… 호흡기 감염…… 어쩌면 그 애들이 그저, 그러니까 장애를 가진 아기였을 수도 있고. 리처드슨은 리서스 인자 때문이었을 수도 있다고 말했는데, 그게 뭔진 잘 모르겠어. 어쨌든 사망 원인을 확실히 단정할 수 없었대. 아기들이 태어난 곳이 염병할 70번 주간 고속도로 옆 허허벌판 한가운데였거든. 리처드슨 말로는 일행을 이끌고 있는 자기와 다른 세 사람이 그날 밤늦게 둘러앉아 그 일에 관해 의논했다더군. 의사는 만약 아기들을 죽인 것이 캡틴 트립스라면 그것이 어떤 의미를 가지는지, 또 어떻게 해서든 그 일을 확실하게 조사하는 게 그들에게 얼마나 중요한지 얘기했다는군."

스튜가 애처롭게 말했다.

"글렌 교수님과 나도 그 점에 관해 이야기했죠. 내가 그 아저씨를 처음 만났던 날에, 7월 4일 그날 말이에요. 아주 오래전 일인 것 같군요…… 어쨌든, 만약 아기들을 죽인 것이 슈퍼 독감이었다면 아마도 40년 또는 50년 후엔 우린 모조리 쥐와 집파리와 참새의 먹잇감으로 널브러져 있을 수도 있다는 의미일 테죠."

"내 생각에 리처드슨도 그 사람들한테 그렇게 말했을 것 같구먼. 어쨌든 그들은 시카고에서 서쪽으로 60킬로미터 정도 떨어진 지점에 있었고, 의사는 날이 밝으면 도시로 돌아가서 부검이 가능한 큰 병원으로 아기들을 옮기자고 일행을 설득했대. 슈퍼 독감의 소행인지 확실히 밝혀낼 수 있다고 말야. 6월 말에 그 병에 걸린 환자들을 아주 많이 봤을 테니까. 내 짐작엔 모든 의사들이 그랬을 거 같지만."

"그랬겠죠."

"그런데 날이 밝고 보니까, 그 아기들이 없어졌대. 산모가 애들을 땅에 묻었는데 어디다 묻었는지 말을 안 하려 했다는 거야. 그들은 이틀 동안 여기저기 땅을 파헤치면서 산모가 출산한 지 얼마 안 된 몸이니까 야영지에서 아주 멀리 떨어진 곳은 가지 못했을 테고, 또 시신들을 아주 깊이 묻지는 못했을 거라고 생각했지. 하지만 일행은 아기들을 찾지 못했고, 일의 중요성을 아무리 애써 설명해도 산모는 묻은 장소를 말하지 않으려 들었대. 그 불쌍한 여자는 머리가 완전히 돌아 버렸다는군."

"난 이해가 가요."

스튜는 프랜이 얼마나 간절히 아기를 원하는지 생각해 보았다.

"의사가 말하기를 설령 그 일이 슈퍼 독감 때문이었다고 해도, 부부가 둘 다 면역성이 있으면 면역성 있는 아기를 낳을 수도 있을 거래."

랠프가 희망을 품고 말했다.

"내 짐작으론 프랜이 임신한 아기의 원래 아버지가 면역성을 지녔을 가능성은 10억분의 1쯤 될 거예요. 그 친구가 여기에 없다는 건 확실해요."

"그렇군. 내 생각에도 가능성이 희박할 것 같구먼. 자네한테 이런 소식을 전해서 미안하네, 스튜. 하지만 난 자네가 알고 있는 편이 나으리라고 생각했어. 그래야 프랜한테 말해 줄 수 있으니까."

"그런 소식을 전해야 한다니 맘이 불편하군요."

집에 도착한 스튜는 다른 사람이 이미 그 소식을 알렸다는 사실을 발견했다.

"프래니?"

대답 없음. 저녁 식사는 가스레인지 위에 올려져 있고 점화구마다 불이 켜져 있었다. 그러나 아파트는 어둡고 조용했다.

스튜는 거실을 둘러보았다. 커피 탁자에는 담배꽁초 두 개가 들어간 재떨이가 있었지만, 프래니는 담배를 안 피웠고 꽁초들은 스튜가 피우는 담배가 아니었다.

"자기야?"

침실로 갔더니 프래니가 우중충한 어둠 속에서 침대에 누워 천장을 바라보고 있었다. 얼굴은 부었고 온통 눈물로 얼룩져 있었다.

"안녕, 스튜."

프래니가 조용히 말했다.

"누가 얘기한 거야?"

스튜가 화를 내며 물었다.

"그것도 좋은 소식이라고 떠들고 다닌 놈이 도대체 누구야? 누구든 간에 빌어먹을 팔을 부러뜨리고 말겠어."

"수전 스턴이었어. 수전은 잭 잭슨한테서 들었대. 잭슨은 무선 통신기를 가지고 있어서 그 의사가 랠프 아저씨와 이야기하는 내용을 들었고. 다른 사람한테 듣고 공연히 충격을 받기 전에 나한테 이야기해 주는 편이 낫다고 생각했겠지. 불쌍한 프래니. 조심조심 다루어야지. 크리스마스 때까지는 알리지 말아야지."

프래니가 맥 빠진 웃음소리를 냈다. 비통함이 배어 있는 그 소리에 스튜는 울고 싶은 기분이었다.

스튜는 방을 가로질러 침대로 와서 프랜 옆에 누워 그녀의 이마에서 머리칼을 쓸어내렸다.

"자기야, 아직 확실치 않아. 확실히 증명할 방법도 없어."

"나도 알아. 확실하다 해도…… 어차피 우리 둘이서 아기를 만들 수도 있으니까."

프랜이 고개를 돌려 스튜를 올려다보았다. 눈자위가 빨갛게 충혈된 것이 가엾어 보였다.

"그렇지만 나는 이 아기를 원해. 그게 잘못이야?"

"아냐. 물론 아니지."

"나는 여기 누워서 아기가 뱃속에서 움직이기를, 어떤 반응이든 보여 주기를 기다리고 있었어. 래리가 해럴드를 찾으러 왔던 날 밤 이후론 한 번도 아기가 움직이는 걸 느끼지 못했어. 기억나?"

"응."

"그날 밤엔 아기가 움직이는 걸 느꼈는데 오빠를 깨우지 않았어. 인제 와서 생각하니 깨웠어야 했는데. 너무나 아쉬워."

프랜이 다시 울음을 터뜨리고 우는 모습을 스튜가 보지 못하도록 한쪽 팔로 얼굴을 덮었다.

스튜가 팔을 떼어내 옆에 내려놓고 그녀에게 키스했다. 프랜은 그를 격렬히 껴안고 나서 그의 몸에 가만히 기댔다. 그녀가 하는 말은 스튜의 목에 눌려 웅얼대는 소리로 들렸다.

"그 소식을 모르고 있었으면 나중에 상황이 훨씬 나빠졌겠지. 이제는 그저 기다리고 지켜봐야 해. 아기가 몸 밖으로 나와서 하루를 버틸 수 있을지 지켜보는 건…… 무척 긴 시간이 될 것 같아."

"너 혼자서 지켜보게 하진 않을 거야."

그 말에 프래니는 다시 스튜를 꼭 껴안았다. 그들은 오랫동안 꼼짝 않고 함께 누워 있었다.

네이딘 크로스는 예전에 살던 집의 거실에서 5분쯤 짐을 챙기다가, 거실 구석 의자에 앉아서 팬티만 입은 알몸으로 엄지를 입에 물고 기묘한 중국인 같은 녹회색 눈으로 그녀를 구경하고 있던 조와 눈이 마주쳤다. 네이딘은 너무나 놀라서(갑자기 조와 눈이 마주쳤기 때문만은 아니고, 조가 줄곧 그곳에 앉아 있었음을 깨달았기 때문이기도 했다.) 심장이 터질 듯이 뛰었고 비명까지 질렀다. 막 배낭 속으로 집어넣으려던 문고본 책들이 책장을 펄럭이며 바닥에 굴러 떨어졌다.

"조…… 아니, 레오……."

미친 듯이 두근거리는 심장을 가라앉히려는 듯 네이딘은 봉긋이 솟은 유방 위쪽에 손을 갖다 댔다. 그러나 손을 갖다 대건 말건 심장은 아직 느리게 움직일 태세가 아니었다. 아이의 모습을 갑작스럽게 목격한 것이 나빴다. 게다가 뉴햄프셔에서 처음 만났을 때와 똑같은 옷차림과 똑같은 행동을 하는 아이의 모습이라니, 훨씬 더 나빴다. 그것은 너무나 지나친 원상 복귀였다. 마치 어떤 부조리한 신이 네이딘을 왜곡된 시공간 속으로 가혹하게 쫓아내 지난 6주 동안의 삶을 처음부터 다시 살아가도록 운명 지우는 것 같았다.

"너 때문에 간 떨어질 뻔했어."

네이딘이 가냘프게 말을 맺었다.

조는 아무 대꾸도 없었다.

네이딘은 천천히 아이에게 걸어가면서, 언뜻 예전처럼 손에 기다란 식칼이 들려 있는 것을 보리라고 예상하기도 했지만, 입에 물고 있지 않은 나머지 한 손은 아이의 무릎에 아무 죄 없이 웅크리고 있었다. 햇볕에 그을렸던 아이의 몸이 우윳빛으로 하얘진 것이 보였다. 예전의 흉터와 가시나무에 긁힌 상처도 사라졌다. 그러나 두 눈만은…… 사람을 집요하게 괴롭히는 그 눈은 똑같았다. 정체가 무엇이었든지, 모닥불에 다가와 래리의 기타 연주를 들었던 이래로 매일같이 조금씩 아이의 눈 속에 쌓여 가던 무언가가 이제는 완전히 없어졌다. 두 눈이 네이딘을 처음 만났을 때와 똑같은 모습이 되었고, 네이딘의 마음은 소름 끼치는 공포로 가득 찼다.

"너 여기서 뭐 하고 있니?"

조는 아무 말도 없었다.

"왜 래리랑 루시 엄마랑 같이 있지 않아?"

응답 없음.

"여기 계속 있으면 안 돼."

네이딘은 조를 논리적으로 설득해 보려고 애썼지만, 그런 노력을 계속하기 전에, 아이가 '이미' 얼마나 오랫동안 여기에 머물렀는지 궁금해하고 있었다.

8월 24일 아침이었다. 네이딘은 지난 이틀 밤을 해럴드의 집에서 보냈다. 지난 40시간 동안 조가 엄지를 단단히 입에 물고서 저 의자에 계속 앉아 있었을지도 모른다는 생각이 떠올랐다. 물론 바보 같은 생각이었다. 아이는 먹고 마셔야 했다(그렇겠지?). 그러나 일단 한번 떠오른 생각은 떠날 줄을 몰랐다. 소름 끼치는 느낌이 또다시 찾아오자 그녀는 절망감 같은 것을 느끼며 자신이 얼마나 많이 변해 버렸는지 실감했다. 예전에 네이딘은 겁도 없이 이 꼬마 야만인 옆에서 잠을 잤다. 아이가 무기를 가져서 위험했을 때였는데도 말이다. 이제 무기를 소지하지 않았지만, 네이딘은 조

(조? 레오?)

에게 공포심을 느끼고 있었다. 아이의 예전 본성은 말끔하고 완벽하게 폐기 처분되었다고 생각했다. 하지만 이제 다시 예전 모습으로 돌아왔다. 그 아이가 여기에 있었다.

"너 여기 계속 있으면 안 돼. 난 물건 좀 가지러 돌아왔을 뿐이야. 이사 가는 거라고. 딴…… 딴 남자랑 살려고 이사 가는 거란 말이야."

오, 남자라니 해럴드 말인가? 내면의 목소리가 비아냥거렸다. '내 생각에 걔는 단순한 도구일 뿐이야. 목적을 이루기 위한 수단이지.'

"레오, 잘 들어 봐……."

아이가 힘없이 그러나 분명하게 고개를 저었다. 매섭게 빛나는 눈이 네이딘의 얼굴에 고정되었다.

"너 레오 맞니?"

힘없는 고개 젓기가 다시 나왔다.

"그럼 조?"

끄덕끄덕, 힘없이.

"그래, 괜찮아. 네가 누구인지는 별로 중요하지 않다는 것만 알면 돼."

네이딘이 말하며 느긋해지려 애썼다. 자신이 왜곡된 시공간 속에 빠져 출발점으로 되돌아왔다는 정신 나간 느낌이 당최 가시질 않았다.

"그 시절, 우리가 단 둘이서 함께 살던 시절 있잖니, 그 시절은 가 버렸어. 너도 나도 변해 버렸어. 다시 돌이킬 순 없단다."

그러나 네이딘의 눈에 고정된 조의 기묘한 두 눈은 이 말을 부인하는 것처럼 보였다.

"그렇게 쳐다보지 마."

네이딘이 느닷없이 꾸짖었다.

"사람을 빤히 쳐다보는 건 몹시 무례한 짓이야."

조의 눈은 힘없이 비난하는 모양새로 바뀌었다. 그 눈은 사람을 홀로 내버리고 가는 것 또한 무례한 짓이고, 여전히 사랑이 필요하고 사랑에 의지하는 사람한테서 사랑을 철회하는 것은 더더욱 무례한 짓이라고 힐난하는 듯했다.

"너 혼자만 사는 세상이 아니잖아."

네이딘이 돌아서서 바닥에 떨어뜨린 책을 집기 시작했다. 그녀가 어색하고 볼품없게 무릎을 꿇자 양쪽 무릎에서 폭죽처럼 딱딱 터지는 소리가 났다. 그녀는 배낭 속의 생리대와 아스피린과 속옷(해럴드의 광적인 즐거움을 위해 입었던 속옷과는 전혀 다른 평범한 면 속옷) 위에다 책을 마구잡이로 쑤셔 넣기 시작했다.

"너는 래리랑 루시랑 살아야 해. 너는 그들을 원하잖아, 그들도 너를 원하고. 실은 래리가 너를 원하는 거겠지. 중요한 거야. 왜냐하면 루시는 뭐든 래리가 원하는 대로 하니까 말이지. 루시는 복사지처럼 따라쟁이니까. 이제 사정이 많이 달라졌어, 조. 내 잘못이 아니야. 절대 내 잘못이 아니란다. 그러니 내가 죄의식에 사로잡히게 하려고 애쓰는 짓 좀 고만 하렴."

네이딘은 배낭의 버클을 채우려고 애썼지만 손가락이 걷잡을 수 없이 떨리는 바람에 곤혹스러웠다. 침묵이 그들 주위로 무겁게 점점 무겁게 깔렸다.

마침내 일어선 네이딘은 어깨를 으쓱이며 배낭을 걸쳤다.

"레오."

네이딘은 차분하게 이성적으로 이야기하려고 애썼다. 반 아이들이 투정을 부릴 때 다루기 힘든 아이들한테 사용하던 말투로. 그런데 그럴 수가 없었다. 목소리가 격하게 울렁거렸다. 네이딘이 레오라는 이름을 사용한 데 대한 앙갚음으로 아이가 살짝 고개를 내젓자 목소리는 더욱 악화되었다.

네이딘이 심술궂게 말했다.

"래리와 루시 때문은 아니야. 그건 이해할 수 있는 일이니까. 오로지 래리와 루시 때문이었다면 말이야. 하지만 네가 나를 저버린 것은 실제로는 그 늙은 년 때문이었어, 안 그래? 틀니를 끼고 흔들의자에 앉아서 세상을 향해 헤헤거리던 그 멍청한 할망구 말이야. 하지만 이제 그 여자는 없어. 그래서 네가 나한테 다시 돌아오려고 하는 거지. 하지만 씨도 안 먹힌단다. 내 말 들려? 씨도 안 먹힌다고!"

조는 말이 없었다.

"난 애원했는데…… 무릎을 꿇고 애원했는데…… 래리는 눈길 한 번 안 줬어. 정치 놀음 하느라 무지 바빴거든. 그러니 잘 알아 둬. 이건 절대 내 잘못이 아니야. 절대 아니야!"

아이는 그저 무표정하게 네이딘을 빤히 쳐다볼 뿐이었다.

공포가 다시 돌아와 그녀의 무분별한 분노를 파묻었다. 조에게서 뒷걸음질쳐 문까지 간 네이딘은 등 뒤의 문 손잡이를 찾으려 더듬거렸다. 마침내 손잡이를 찾아내서 돌리자 문이 덜컥 열렸다. 어깨로 밀려오는 차가운 바깥 공기가 무척이나 반가웠다.

"래리한테 가. 안녕, 꼬마야."

네이딘이 우물거렸다.

네이딘은 허둥대며 밖으로 물러 나와 잠시 현관 계단 꼭대기에 서서, 제정신을 차리려고 노력했다. 불현듯 모든 것이 자신의 죄책감에서 비롯된 환각일지도 모른다는 생각이 들었다. 소년을 내버렸다는 죄책감, 래리를 너무나 오랫동안 기다리게 했다는 죄책감, 자신과 해럴드가 벌인 일들, 그리고 앞으로 준비 중인 훨씬 더 나쁜 일들에 대한 죄책감. 아마도 저 집 안에 진짜 아이는 존재하지 않을 것이다. 에드거 앨런 포의 소설에 나오는 허깨비들과 하등 다를 바가 없었다. 무명천에 덮인 시계 소리 같은 노인의 심장 고동 소리나, 팔라스 여신의 흉상 위에 내려앉은 갈까마귀 따위의 강박관념들.

“두드렸네, 내 방문을 끊임없이 두드렸네.”

네이딘은 무심코 포의 시를 소리 내어 속삭였고, 그 바람에 거칠고 걸걸한 목소리로 키득거리기까지 했다. 갈까마귀 떼가 실제로 내는 소리와 별반 다르지 않을 듯했다.

그래도 확인해 보아야 했다.

현관 계단 옆의 창문으로 가서 한때는 자신의 거처였던 그 집 거실 안을 들여다보았다. 그러나 그 집이 결코 그녀 것이었던 적은 없었다. 실제로 그랬다. 한 장소에서 살다가 그곳을 떠나면서 거기서 들고 나오고 싶은 짐이 겨우 배낭 하나에 다 들어갈 정도라면, 그곳은 처음 살았을 때부터 결단코 자신의 것은 아닌 셈이다. 안을 들여다보면서 네이딘은 어떤 죽은 아내의 카펫과 커튼과 벽지, 어떤 죽은 남편의 담뱃대 걸이와 커피 탁자 위로 아무렇게나 어지러진 《스포츠 일러스트레이티드》 잡지들을 보았다. 벽난로 선반 위에는 죽은 아이들의 사진들. 구석 의자에 앉아 있는 것은 어느 죽은 여자의 어린 아들, 달랑 팬티만 입은 채로 앉아서, 계속 앉아 있으면서, 예전과 똑같은 모습으로 앉아 있으면서…….

네이딘은 도망쳤다. 들여다보던 창문 왼쪽 화단의 낮은 철망 울타리 위로 떨어질 뻔하기도 했다. 네이딘은 베스파 스쿠터로 몸을 날려 출발했다. 처음 몇 블록을 지나는 동안은 무모한 속도로 운전하며 이런 샛길에까지 뒤엉켜 널브러진 차량 사이를 요리조리 누비고 다녔지만, 시간이 지날수록 조금씩 흥분이 가라앉았다.

해럴드의 집에 도착했을 땐 어느 정도 마음을 추슬렀다. 그러나 자신을 위해서는 자유 지대 안의 생활을 하루빨리 청산해야 한다는 것을 알았다. 정신을 건강하게 유지하고 싶다면 네이딘은 일찌감치 떠나야만 했다.

먼칭거 회관에서 열린 집회는 순조롭게 진행되었다. 그들은 또 국가를 제창하는 것으로 집회를 시작했지만, 이번엔 대부분이 눈가를 적시지 않았다. 그것은 곧 집회 의식의 하나로 자리 잡았다. 인구 조사 위원회는 샌디 뒤셍의 책임하에 꾸려 나가기로 큰 문제없이 투표로 결정되었다. 샌디와 그녀의 조수 네 명이 즉시 청중 사이로 돌아다니며 머릿수를 세고 이름을 기록하기 시작했다. 집회 말미에 샌디는 현재 자유 지대 인구가 814명이라고 발표하여 어마어마한 환호성을 불러일으켰고, 다음번 집회가 열릴 때까지 완벽한 '인명부'를 갖춰 놓을 것이라고 약속했다.(결과적으론 경솔한 발언이었음이 드러났다.) 샌디는 인명부를 매주 최신 자료로 갱신하면서 알파벳 순서로 정렬한 이름, 나이, 볼더 주소, 예전 주소, 예전 직업을 그 속에 포함시키길 희망했다. 나중에 드러난 바에 따르면 자유 지대로 들어오는 인원이 너무 많은 데다 인원수가 무리에 따라 제각각 달라서 항상 2, 3주씩 자료 갱신이 늦어졌다.

자유 지대 위원회의 임기에 관한 안건이 나왔고, 다소 희한한 제안들이 쏟아지고 난 후(어떤 이는 10년을, 어떤 이는 무기한을 제안했는데 래리는 그 말이 선출직 임기라기보다 교도소 형량처럼 들린다고 말하여 청중의 박수갈채를 받았다.) 1년 임기가 투표로 가결되었다. 해리 던바튼의 손이 홀의 거의 맨 뒤편에서 올라와 흔들거리자 스튜가 발언권을 주었다.

앞쪽에까지 의견을 전달하려고 고래고래 소리치며, 해리가 말했다.

“1년 임기조차 너무 길 수도 있습니다. 위원회의 신사 숙녀 분들한테 반감을 품은 건 절대 아니고요, 오히려 위원회 분들이 고된 격무에 시달리고 있다고 생각하는 바입니다. (환호성과 휘파람 소리) 하지만 우리 공동체가 꾸준히 커지면 머지않아 이런 식의 소위원회 행정은 벽에 부딪힐 것입니다.”

글렌이 손을 들었고, 스튜가 발언을 허락했다.

“의장님, 이것은 의사일정에 포함된 사항이 아닙니다. 하지만 저는 저기 계신 던바튼 씨가 아주 훌륭한 혜안을 지녔다고 생각합니다.”

‘내가 장담하건대 분명히 당신은 해리가 저런 소리를 할 줄 미리 알았던 거예요, 대머리 아저씨. 왜냐면 아저씨는 일주일 전에 그 얘기를 이미 꺼냈던 적이 있으니까요.’ 스튜는 생각했다.

“저는 대의 정치 위원회를 두어 우리가 진정으로 헌법 정신을 구현할 수 있게 하자고 발의합니다. 해리 던바튼 씨가 그 위원회를 이끌어 가야 한다고 생각합니다. 그리고 저도 직접 그 위원회에 참여할 것입니다. 만약 다른 분들이 저 때문에 이해관계가 충돌한다고 생각하시지 않는다면 말입니다.”

더 큰 환호성.

맨 마지막 줄의 해럴드가 네이딘한테 고개를 돌리고 귀에다 속삭였다.

“신사 숙녀 여러분, 공개적인 우정의 향연이 지금 펼쳐지고 있습니다요."

네이딘이 해럴드에게 느릿한 어둠의 미소를 보내자 그는 아찔한 기분을 느꼈다.

스튜는 떠나갈 듯한 박수갈채로 찬성을 얻어 자유 지대 보안관으로 선출되었다.

"온 힘을 다해 직무를 수행할 것을 여러분 앞에 맹세합니다. 지금 저한테 환호를 보내고 계시는 분들 중 일부는 하지 말아야 할 행동을 하여 저한테 체포당하고 나면 환호하던 태도를 싹 바꾸실지도 모르겠네요. 제 말 잘 들리죠, 리치 모팻 씨?"

폭소가 터져 나왔다. 술에 취해 고주망태가 되어 있던 리치가 기꺼이 폭소에 동참했다.

"이곳에서 왜 심각한 분쟁을 겪을 일이 생겨야 하는 건지 저로서는 도통 이해가 가질 않습니다. 제가 보기에 보안관의 주된 임무는 서로에게 상처를 입히려는 사람들을 제지하는 것입니다. 그런데 그런 나쁜 행동을 하고 싶어 하는 사람은 우리 중에 아무도 없습니다. 많은 사람이 이미 충분히 상처 입은 상태니까요. 이것으로 제 소감을 마치고자 합니다."

군중이 오랫동안 큰 갈채를 보냈다.

"다음 안건은 보안관 활동에 수반되는 내용입니다. 사법 위원회에서 활동할 사람이 약 다섯 명 필요합니다. 누구를 가둬 둔다는 것이 저로서는 마음에 걸리기는 하지만, 그런 조치는 반드시 이루어져야 합니다. 누구 추천해 주실 분?"

"판사님이 어떨까요?"

누군가가 외쳤다.

"맞아, 판사님. 딱이네!"

또 다른 누군가가 소리 질렀다.

기대감에 가득 차 목을 길게 뺀 사람들은 판사가 일어나 평소처럼 화려한 언변으로 책무를 받아들이기를 기다렸다. 어떤 얼간이가 비행접시를 내세우던 얄팍한 풍선 같은 주장에 판사가 멋지게 핀을 꽂았던 일화를 사람들이 다시 이야기하느라 속삭이는 소리가 홀 주변을 맴돌았다. 사람들이 박수 칠 준비를 하느라 의사일정이 중단되었다. 스튜의 눈과 글렌의 눈이 서로 분하다는 시선을 교환했다. 위원회의 누군가는 이런 사태를 예견했어야 하는데.

"여기 안 계셔."

누군가가 말했다.

"그분을 본 사람 없나?"

루시 스완이 당황하며 물었다. 래리가 언짢은 표정으로 쳐다봤지만 루시는 판사를 찾으려고 홀 주위를 두리번거리고 있었다.

"제가 그분을 봤습니다."

사람들이 수군거리는 소리에 이어 테디 웨이작이 회관 뒤쪽 약 4분의 3 지점에서 일어섰다. 안절부절못하는 듯 보였고 큰 손수건으로 쭈뼛쭈뼛 뿔테 안경을 문지르고 있었다.

"어디서?"

"그분이 어디 계신데요, 테디?"

"마을 안에 계셨던 거야?"

"뭐하고 계셨는데?"

질문이 빗발치자 테디 웨이작이 눈에 띄게 움찔거렸다.

스튜가 의사봉을 두드렸다.

"자, 자, 여러분, 정숙해 주십시오."

"저는 그분을 이틀 전에 봤어요. 직접 랜드로버를 운전하셨죠. 그날 덴버로 가는 길이라고 말씀하시던데요. 이유는 말씀 안 하시고요. 그냥 농담 한두 마디 나눴죠. 그분은 정말 원기 왕성해 보이셨습니다. 그게 제가 아는 전부입니다."

웨이작은 자리에 앉은 후에도 여전히 안경을 문지르면서 심하게 얼굴을 붉혔다.

스튜가 다시 정숙해 달라고 의사봉을 두드렸다.

"판사님이 이 자리에 안 계셔서 유감입니다. 그분이 딱 적임자일 거란 생각이 들지만, 당사자가 안 계시므로 다른 후보를 추천받아야……"

"안 돼요. 그런 식으로 얼버무리지 맙시다!"

루시가 일어서며 이의를 제기했다. 몸에 꽉 끼는 낙하복 형태의 데님 원피스를 입고 있어서 거의 모든 남성 청중의 얼굴에 흥미롭다는 표정이 일었다.

"패리스 판사님은 노인이세요. 만약 그분이 덴버에서 병에 걸려 돌아오실 수 없는 상황이면 어쩌죠?"

"루시, 덴버는 대도시예요."

스튜가 말했다.

사람들이 이것을 곰곰이 생각해 보느라 야릇한 침묵이 회의장 전반에 드리워졌다. 루시는 안색이 창백해져서 자리에 앉았고, 래리가 두 팔로 그녀를 안았다. 래리의 눈이 스튜의 눈과 마주치자 스튜는 눈길을 돌렸다.

판사가 돌아올 때까지 사법 위원회를 보류하자는 내키지 않는 발의가 나왔지만 20분간의 토론 끝에 부결되었다. 그들에게는 또 한 명의 법률가가 있었으니, 리처드슨 박사 일행과 함께 그날 오후 늦게 도착한 앨 번델이라는 스물여섯 살 먹은 젊은이였다. 앨은 제의를 받자 사법 위원장직을 수락했고 순환 배심원 제도를 구축하는 데 시간이 꽤 걸리기 때문에 다음 달 정도까지는 아무도 무시무시한 죄를 저지르지 않았으면 좋겠다는 짧은 소감을 말했다. 패리스 판사의 자리는 위원회에 공석으로 남겨 두기로 투표를 통해 가결되었다.

창백한 얼굴로 안절부절못하는, 게다가 정장에 넥타이까지 착용해 우스꽝스럽게 보이는 브래드 키치너가 연단에 다가서다가 미리 준비한 연설문 원고를 떨어뜨렸다. 순서가 뒤죽박죽된 원고를 집어 든 브래드는 9월 2일이나 3일까지는 전기가 복구될 것으로 예상하며 그렇게 희망한다고 발표하는 것으로 만족해야 했다.

이 발언이 대폭풍 같은 환호성을 이끌어 내는 바람에 다시 자신감을 얻은 그는 당당하게 연설을 끝냈고 연단을 떠날 때는 실제로 약간 으스대기까지 했다.

채드 노리스가 다음 연설자로 나왔는데, 나중에 스튜는 그가 매우 적절한 방식으로 사안에 접근해 갔다고 프래니한테 말했다. 노리스는 그들이 일반적인 장례 관습에서 벗어나 방치된 시신들을 매장하고 있으며, 그 작업이 완료되어 생활에 전념할 수 있을 때까지는 고인들의 처참한 상황 때문에 누구나 참으로 마음이 편치 않을 것이고, 만약 가을철 우기까지 작업을 끝맺는다면 모두의 마음이 한결 편해질 것이라고 말했던 것이다. 그는 두어 명 정도 자원 봉사자를 요청했고 자원한 사람이 40명이나 될 정도로 호응을 얻었다. 노리스는 현 삽질 부대(그는 그렇게 불렀다)의 구성원들을 한 명씩 일으켜 세워 청중에게 인사시키는 것으로 연설을 끝냈다.

해럴드 로더는 간신히 벌떡 일어났다가 금세 다시 자리에 앉았고, 청중 중에는 집회장을 떠날 때 해럴드가 영특하면서도 매우 겸손하기까지 한 사내였다고 평하는 사람들도 있었다. 실제로는, 네이딘이 귀에 야시시한 말을 속삭이던 중이어서 해럴드는 발딱 일어나 고개를 끄덕거리는 것 이상으로 시간을 끌까 봐 걱정했다. 몹시도 거대한 천막이 자신의 바짓가랑이 사이에 출현해 우뚝 솟아 있었으므로.

노리스가 연단에서 떠나자 랠프 브렌트너가 그 자리를 차지했다. 랠프는 드디어 의사를 구했다고 사람들한테 알렸다. 조지 리처드슨이 일어났고(커다란 박수갈채가 나옴. 리처드슨은 두 손으로 평화의 신호를 만들어 보였고, 박수는 환호성으로 바뀌었음.), 그가 알기로는 이삼일 안에 60명이 더 도착할 것이라고 이야기했다.

"에, 의사일정에 따라 샌디 뒤셍 양을 이리로 다시 모셔서 우리 인원이 얼마나 되는지 알려 달라고 요청하고 싶습니다. "

스튜는 모여 있는 사람들을 둘러보았다.

"그 전에 오늘 밤 우리가 논의해야 할 사안이 또 있습니까?"

스튜는 기다렸다. 청중 속에서 글렌의 얼굴이, 수전 스턴, 래리, 닉, 물론 프래니의 얼굴도 보였다. 그들 모두 약간 긴장한 듯 보였다. 만약 누군가가 플랙 얘기를 끄집어내서 그 사람에 대해 위원회가 추진 중인 조치가 무엇인지 물어보려 한다면, 그야말로 죽을 맛일 터였다. 그러나 침묵만이 감돌았다. 침묵의 15초를 보낸 후 스튜는 무대를 샌디한테 넘겼고 샌디가 위풍당당하게 집회를 끝맺었다. 사람들이 줄지어 퇴장하기 시작하자 스튜는 생각했다.

'우와, 또 한 번 용케 위기를 모면했군.'

집회가 끝난 후 몇몇 사람이 스튜에게 다가와 축하의 인사를 건넸다. 그중 한 명은 새로 온 의사였다.

"회의를 아주 능숙하게 진행하셨습니다, 보안관님."

리처드슨의 말에 잠시 동안 스튜는 의사가 누구한테 말을 건네는지 보려고 어깨 너머를 돌아볼 뻔했다. 자신에게 한 말임을 알아차린 그는 불현듯 두려움을 느꼈다. 법의 집행자라고? 그는 사기꾼이었다.

1년만 참자고 스튜는 다짐했다. 1년만 하고 그 이상은 안 하겠다고. 그러나 여전히 두려웠다.

스튜, 프랜, 수전 스턴, 닉은 중심가를 향해 함께 걸어갔다. 브로드웨이를 향해 콜로라도 대학 교정을 지나는 동안 시멘트 인도에서는 둔탁하게 저벅거리는 발소리가 났다. 주변의 다른 사람들은 조용히 이야기하며 속속 집으로 향했다. 11시 30분이었다.

"날씨가 쌀쌀하네. 스웨터에 재킷까지 걸쳤더라면 좋았을걸."

프랜이 말했다.

닉이 고개를 끄덕였다. 그도 쌀쌀한 기운을 느꼈다. 볼더의 밤은 늘 서늘하긴 했지만, 이날 밤은 영상 10도를 넘지 않았다. 추위가 괴상하고 소름 끼치는 이 여름이 막바지에 다다르고 있음을 일깨워 주었다. 마더 애버게일의 하나님 또는 뮤즈 여신 또는 무슨 이름이든지 간에 그 힘센 존재가 사람들의 집결지로 따뜻한 마이애미나 뉴올리언스를 선호했더라면 좋았겠다고 닉이 생각한 것은 이번이 처음은 아니었다. 그러나 그리 바람직한 것이 아닐 수도 있기에 그는 생각을 접었다. 높은 습도, 폭우…… 그리고 무수히 많은 시체. 적어도 볼더는 건조했다.

"똥줄이 타들어 갈 정도로 놀랐어. 사람들이 사법 위원회 자리에 판사님을 원하다니. 그걸 예상했어야 했는데."

스튜가 말했다.

프래니가 끄덕거렸고, 닉이 메모장에다 재빨리 끼적거렸다.

'그렇죠. 사람들은 톰 아저씨와 데이나 두 사람도 없어진 것을 알 겁니다. 피할 수 없는 현실이죠.'

"사람들이 의심할 거라고 생각해, 닉?"

스튜가 물었다. 닉이 끄덕였다.

'그들이 정말로 서쪽으로 간 것은 아닌지 의아해할 겁니다. 진짜로요.'

그들 모두가 이 말을 곰곰이 생각하는 동안 닉이 가스라이터를 꺼내 메모했던 종잇조각을 불태웠다.

"그거 참 곤란한 문제로군. 수전, 당신도 그렇게 생각해요?"

"물론이죠. 닉의 말이 옳아요. 사람들이 그 밖에 달리 뭐라고 생각하겠어요? 패리스 판사님이 몬스터 롤러코스터를 타러 파 로커웨이에 놀러 갔다고?"

수전이 침울하게 말했다.

"서쪽에서 일어나는 일에 관해 별 말 없이 빠져나왔으니 오늘 밤은 운이 좋았던 거예요."

프랜이 말했다. 닉이 적었다.

'그렇고말고요. 제 생각에 다음번에 우린 그 문제를 정면으로 다루어야만 할 겁니다. 제가 다음번 대규모 집회를 가능한 한 미루고 싶어 하는 이유가 바로 그것입니다. 가능하면 3주 뒤로. 9월 15일쯤?'

수전이 말했다.

"그 정도로 오랫동안 미루려면 브래드가 전력을 재가동시켜야 할 텐데요."

"난 브래드가 성공할 것 같아요."

스튜가 말했다.

"전 집에 가 볼게요. 내일은 큰일 치르는 날이니까요. 데이나가 떠나잖아요. 콜로라도스프링스까지는 제가 동행할 거예요."

"그러는 게 안심이 된다고 생각해요, 수전?"

프랜이 물었다. 수전이 어깨를 으쓱했다.

"나보다는 데이나에게 더 안심이 되겠지."

"데이나는 임무를 어떻게 받아들였어요?"

"흠, 걔는 좀 재미있는 애야. 프랜도 알다시피 대학에서 운동선수였지. 운동이라면 뭐든 다 잘했지만 테니스와 수영이 데이나의 주종목이었어. 조지아 주에 있는 작은 지역 대학에 다녔는데, 2년 동안은 고등학교 시절 남자 친구랑 계속 사귀었대. 그 남자는 가죽 재킷 차림의 덩치 큰 양아치 타입이라서, 나는 타잔, 너는 제인, 그러니 넌 부엌에 들어가서 냄비랑 접시나 갖고 놀아라 하는 사람이었어. 그러다 데이나는 대단한 여성 해방 운동가 타입이었던 룸메이트의 손에 이끌려 여성 운동 모임 두 군데를 다녔대."

"그리고 결과적으로 룸메이트보다 훨씬 더 대단한 여성 해방 운동가가 되었겠네요."

"처음엔 여성 해방 운동가, 그 다음엔 레즈비언."

수전의 말에 스튜는 벼락이라도 맞은 듯 걸음을 멈추었다. 프래니가 재밌어하며 슬그머니 스튜를 바라보았다.

"왜 이러셔, 「초원의 빛」에 나오는 숙맥처럼 구시네. 턱 빠진 것 아닌가 확인해 봐."

스튜가 덥석 입을 다물었다. 수전이 말을 이어 갔다.

"데이나는 남자 친구에게 절교 선언과 레즈비언 커밍아웃이라는 두 가지 나쁜 소식을 한꺼번에 선사했지. 머리끝까지 화가 난 남자 친구가 총을 들고 쫓아왔대. 데이나는 그 남자를 무장 해제시켰지. 데이나 말로는 그 순간이 자기 인생의 중요한 전환점이었대. 자신이 그 남자보다 더 힘세고 더 민첩하다는 건 전부터 늘 알고 있었다더군. 머리로는 알고 있었던 거야. 하지만 과감하게 용기를 내고 나서야 행동으로 옮길 수 있었던 거지."

"데이나가 남자를 싫어한다는 뜻인가요?"

스튜가 수전을 빤히 쳐다보며 물었다. 수전이 고개를 저었다.

"지금은 양성애자에요."

"양손애자?"

스튜가 어리둥절해하며 말했다.

"남성, 여성 어느 쪽하고도 행복을 만끽한다는 거예요, 스튜어트 씨. 전 우리 보안관께서 '그대는 살인하지 말지어다'에 덧붙여 엄격한 청교도적 윤리를 강요하는 법률을 제정하라고 위원회를 몰아세우지는 않았으면 좋겠어요."

"누가 누구랑 동침해야 하느냐는 문제 말고도 고민할 게 산더미같이 쌓였는걸 뭐."

스튜가 웅얼거리자 모두 웃어 댔다.

"내가 질문을 던진 이유는 그저 누구든 이번 일을 혁명 운동으로 여기고 참여하는 것을 원치 않기 때문이에요. 우리는 저 너머에 감시하는 눈이 필요한 것이지, 게릴라 투사가 필요한 게 아니잖아요. 이 임무는 족제비에게 맞는 일이지, 사자가 할 일은 아니죠."

"데이나도 알아요. 프랜이 물어보더라고요. 우리를 위해 저 너머로 파견 나갈 수 있겠느냐고 물었더니 데이나가 어떻게 받아들였느냐고요. 매우 흔쾌히 받아들였어요. 우선 나한테 그 남자들과 지냈던 시절을 일깨워 주더군요…… 당신이 우리를 처음 발견했을 때 어땠는지 기억하시죠, 스튜 씨?"

스튜가 끄덕였다.

"그 사람들과 계속 지냈다면, 결국은 죽었든지 아니면 서쪽으로 끌려갔을 거예요. 왜냐하면 그 남자들이 향하던 방향이 바로 서쪽이었거든요. 그들이 도로 표지판을 읽을 수 있을 정도로 맨정신이었을 때까지는요. 데이나는 자유 지대 안에서 자신의 본분은 무엇일까 궁금해하던 참이라고 말했고, 자유 지대 안에서 자기의 본분은 자유 지대 밖으로 나가는 것이라고 여겼대요. 그리고 말하기를……."

"뭐라던가요?"

프랜이 물었다.

"다시 돌아오도록 노력할 거래요."

수전이 다소 무뚝뚝하게 말했고, 더는 말이 없었다. 데이나 저겐스의 나머지 말은 두 사람 사이의 비밀이었으며, 위원회의 나머지 위원들조차 알게 해서는 안 되는 것이었다. 데이나는 스프링 반동으로 30센티미터 길이의 칼날이 튀어나오는 장치를 팔에 동여매고 서쪽으로 떠날 것이다. 손목을 휙 구부리면 스프링이 풀리면서 수리수리 마수리 뺀어라 이얍, 갑자기 여섯 번째 손가락이 자라나는 것이다. 30센티미터 길이를 자랑하는 양날 칼 손가락이었다. 데이나는 사람들이, 특히 남자들이 자신의 의도를 이해 못할 거라고 했다.

"만약 그 남자가 몹시 강력한 독재자라면, 그렇다면 아마 그가 바로 사람들을 굳게 단결시키는 가장 큰 요인일 거야. 그러니 그가 죽으면 아마 자기들끼리 싸우고 승강이를 벌일 테지. 그럼 그들은 끝장나고 말 거야. 그 남자가 죽는다면 말이지. 만약 내가 그 남자에게 바짝 가까이 접근하게 되면 말이야, 수전, 그 남자는 자신의 수호 악마를 곁에 두는 게 신상에 좋을 거야."

"그들이 널 죽일 거야, 데이나."

"어쩌면. 어쩌면 아닐 수도 있고. 그 남자의 창자가 바닥에 쏟아져 나오는 광경을 지켜보는 기쁨을 누릴 수 있다면 시도해 볼 가치는 있겠지."

수전은 데이나를 막을 수도 있었다. 하지만 그렇게 하지 않았다. 대신 완벽하다 싶은 기회가 생기지 않는다면 그냥 원래 각본에 충실하겠다는 약속을 이끌어 내는 것으로 위안을 삼았다. 그런 약속을 강요받자 데이나는 동의했고, 수전은 자신의 친구가 위험을 무릅쓰리라고는 생각하지 않았다. 플래은 삼엄한 경비에 둘러싸여 있을 테니까. 그렇기는 해도, 자신의 친구를 서쪽에 스파이로 보내겠다는 아이디어를 내놓고 나서 사흘 동안 수전 스턴은 잠을 이루기가 무척 어려웠다.

수전은 다른 사람들한테 말했다.

"흐음, 집에 가서 자야겠어요. 여러분, 안녕."

수전이 작업복 주머니에 손을 넣은 채 걸어갔다.

"수전이 더 나이 들어 보이네."

스튜가 말했다.

닉이 두 사람한테 메모장을 내밀었다.

메모장에는 다음과 같이 적혀 있었다.

'우리 모두 다 그래요.'

다음 날 아침 발전소로 가던 스튜는 수전과 데이나가 각각 오토바이를 타고 캐니언 대로를 향하는 모습을 보았다. 스튜가 손을 흔들자 그들이 오토바이를 세웠다. 스튜는 데이나가 이보다 더 예뻐 보인 적이 없었다고 생각했다. 머리는 등 뒤로 늘어뜨려 연녹색 실크 스카프로 묶었고 청바지와 샴브레이 셔츠 위에 가죽 코트를 걸치고 있었다. 침낭은 등 뒤에 잡아맸다.

"스튜어트 씨!"

데이나가 손을 흔들며 웃음 지었다.

'레즈비언?' 스튜는 믿기지 않았다.

"짧은 여행을 떠난다는 거 압니다."

"그렇고말고요. 못 본 척해 주세요."

"그럼요. 전혀 못 봤지요. 담배 피울래요?"

데이나가 말보로 담배 한 개비를 받아들고 스튜가 켠 성냥불 위에 두 손을 받쳤다.

"조심해요, 아가씨."

"그러죠."

"그리고 다시 돌아오세요."

"저도 바라는 바예요."

눈부신 늦여름의 아침에 둘은 서로를 바라보았다.

"프래니를 잘 돌봐 주세요, 왕초."

"그러죠."

"보안관 일도 맘 편히 잘하시고요."

"그럴 생각이에요."

데이나가 꽁초를 버렸다.

"이제 가 볼까나, 수전?"

수전이 고개를 끄덕이고 긴장된 미소를 지으며 오토바이에 시동을 걸었다.

"데이나?"

데이나가 돌아보자 스튜는 그녀의 입에 가볍게 키스했다.

"행운을 빌게요."

데이나가 웃음 지었다.

"진짜 행운이 오려면 두 번 키스해야 해요. 그것도 모르셨어요?"

스튜는 또 한 번 키스했다. 이번엔 더 천천히 그리고 더 진하게. '레즈비언이라고?' 거듭 믿기지 않았다.

"프래니는 참 복도 많은 여자지. 제가 한 말 프래니한테 전해도 괜찮아요."

웃으며, 정말이지 무슨 말을 해야 할지 모르는 채로, 스튜는 뒤로 물러나 아무 말도 하지 않았다. 두 블록 위에서 굉음을 내며 달리는 오렌지색 매장 위원회 트럭 한 대가 불길한 조짐처럼 교차로를 지나가며 덜커덩거리자 한순간 분위기가 깨졌다.

"가자, 꼬마야. 전진하라 정찰대여."

데이나가 말했다.

그들은 오토바이를 몰고 떠나갔고, 스튜는 인도에 서서 둘을 지켜보았다.

수전 스턴은 이틀 뒤에 돌아왔다. 수전은 데이나가 콜로라도스프링스에서 서쪽으로 이동하는 것을 지켜보았는데, 그녀의 말에 따르면 데이나가 광활하고 고요한 풍경에 녹아들어 결국 작은 점이 될 때까지 지켜보았더랬다. 그러고는 조금 울었다. 첫째 날 밤 수전은 모뉴먼트 마을에서 야영하다 한밤중에 깨어났다. 야영하던 농장 길 밑의 하수관에서 나지막이 흐느끼는 소리가 들려 오싹한 기분을 느꼈더랬다.

마침내 용기를 낸 수전은 주름 진 배수 파이프 속으로 손전등을 비추었으며, 몹시 여윈 채 벌벌 떨고 있는 강아지 한 마리를 발견했다. 6개월쯤 된 것 같았다. 강아지는 수전의 손길에 놀라 뒷걸음질쳤고 그녀는 몸이 커서 파이프 안으로 기어 들어갈 수 없었다. 결국 모뉴먼트 마을로 가서 동네 식품점을 부수고 들어갔고, 이른 새벽의 차가운 첫 햇살 속에서 배낭에 개 사료인 알포와 사이클 원을 가득 담아서 돌아왔다. 효과가 있었다. 강아지는 BSA 오토바이의 안장 주머니 속에 맵시 있게 담겨 수전과 함께 오토바이를 타고 돌아왔다.

딕 엘리스는 강아지를 보고 미칠 듯이 기뻐했다. 아이리시 세터 암컷이었으며, 순종이거나 순종과 별 차이 없이 흡사했다. 그 암캐가 나이를 먹으면 코작과 친밀한 사이로 즐겁게 지낼 것이라고 딕은 확신했다. 그 소식은 자유 지대를 휩쓸었고, 그날 하루 동안은 아담 개와 이브 개가 탄생했다는 흥분 속에서 마더 애버게일에 관한 일은 까맣게 잊혔다. 수전 스턴은 영웅 같은 존재가 되었고, 위원회 사람들이 아는 한 다른 사람은 아무도 그녀가 그날 밤 모뉴먼트에서, 볼더의 남쪽 끝에서 무엇을 하고 있었는지 전혀 이상하게 생각하지 않았다.

그러나 스튜는 그들 두 사람이 볼더를 떠나 덴버 볼더 고속도로를 향해 달리는 모습을 지켜보았던 그날 아침의 광경을 기억했다. 왜냐하면 자유 지대의 어느 누구도 두 번 다시 데이나 저겐스를 볼 수 없었으므로.

8월 27일. 황혼 무렵. 금성이 하늘에서 빛나고 있었다.

닉, 랠프, 래리, 스튜는 톰 컬런의 집 현관 계단에 앉아 있었다. 톰은 잔디밭에서 득점 과녁 안으로 크로케 공을 때려 넣으며 열광

하는 중이었다.

'때가 되었습니다.' 닉이 적었다.

나지막한 소리로 스튜는 또다시 최면을 걸어야 하는지 물었고, 닉이 고개를 저었다.

"다행이군. 그런 짓을 또 할 수 있을 것 같진 않아."

랠프가 큰 소리로 톰을 불렀다.

"톰! 이봐, 토미! 이리 와 봐!"

톰이 히죽거리며 달려왔다.

"토미, 이제 떠날 시간이야."

톰의 웃음이 주춤거렸다. 날이 어두워지고 있음을 이제야 의식한 것 같았다.

"떠나? 지금? 어쿠, 안 돼! 날이 어두워지면, 톰은 잠자러 침대로 가야 해. 디귿, 아, 리을, 그것을 합쳐 읽으면 침대가 된다. 톰은 어두워진 후에 밖에 나가는 거 좋아하지 않아. 요괴들 때문에. 톰은…… 톰은……."

톰이 침묵에 빠졌고, 나머지 사람들은 불안하게 바라보았다. 톰이 나른한 침묵 속으로 빠져 들어갔다. 곧 빠져나왔지만…… 평상시 모습은 아니었다. 갑작스럽게 되살아나며 활기가 물밀듯이 밀려오는 것이 아니라 마지못한 듯한, 거의 슬프기까지 한, 활기를 잃은 모습이었다.

"서쪽으로 가라고? 그때가 됐다는 뜻인가?"

스튜가 톰의 어깨에 손을 올렸다.

"그래요, 톰. 당신이 할 수 있다면."

"길 위에 서다."

랠프는 목이 메어 중얼거리며 집 뒤편으로 걸어 갔다. 톰은 알아채지 못한 듯싶었다. 시선이 스튜와 닉 사이를 오락가락했다.

"밤중에 여행. 낮에는 잠자기."

매우 천천히, 황혼 속에서 톰이 덧붙였다.

"그리고 코끼리 보기."

닉이 끄덕였다.

래리가 계단 옆에 놔두었던 톰의 배낭을 가져왔다. 톰은 그것을 천천히, 꿈결처럼 등에 멨다.

"제발 조심해요, 톰 아저씨."

래리가 탁한 목소리로 말했다.

"조심. 어쿠, 그래요."

스튜는 톰한테 1인용 텐트라도 줘야 하지 않을까 뒤늦게 고민했지만, 그 생각을 물리쳤다. 톰은 아주 작은 텐트일지라도 설치하느라 애쓰다 다 망가트려 버릴 터였다.

"닉, 내가 이거 정말 해야 해?"

톰이 속삭였다.

닉이 한 팔로 톰을 안고 천천히 고개를 끄덕였다.

"알았어."

"커다란 4차선 고속도로만 다녀야 해요. 숫자 70이 적혀 있는 도로. 랠프 아저씨가 오토바이로 출발점까지 데려다 드릴 거예요."

래리가 말했다.

"그래, 랠프 아저씨가."

톰이 말을 멈추었다. 랠프가 뒤편에서 돌아 나왔다. 손수건으로 눈가를 훔치고 있었다.

"준비 됐지, 톰?"

랠프가 퉁명스럽게 물었다.

"닉? 내가 돌아왔을 때에도 이 집은 계속 내 것일까?"

닉이 힘차게 고개를 끄덕였다.

"톰은 자기 집을 사랑해. 어쿠, 그럼."

"우리도 알아요, 토미."

스튜는 이제 자신의 목구멍에서 뜨거운 눈물이 치미는 것을 느꼈다.

"알았어요. 나 준비됐어요. 누가 날 태워 주더라?"

"나야, 톰. 70번 도로까지, 기억나지?"

랠프가 말했다.

톰이 끄덕거리며 랠프의 오토바이를 향해 걸음을 옮겼다. 잠시 후 톰을 좇아가는 랠프의 커다란 어깨가 축 처졌다. 그의 모자 띠에 꽂힌 깃털조차 풀이 죽은 듯싶었다. 랠프가 오토바이에 올라타고 발로 차서 시동을 걸었다. 잠시 후 오토바이가 브로드웨이로 달려 나가 동쪽으로 방향을 틀었다. 그들은 나란히 서서 자줏빛 황혼 속에서 움직이는 전조등 불빛과 함께 점점 작아지는 오토바이를 지켜보았다. 이내 불빛은 거대한 홀리데이 트윈 자동차 전용 극장 뒤로 사라져 버렸다.

닉은 발걸음을 옮기며 고개를 숙이고 주머니에 두 손을 집어넣었다. 스튜가 다가가려 했지만, 닉은 거의 화낼 듯이 고개를 내젓고 그냥 가라는 몸짓을 했다. 스튜는 래리한테 돌아갔다.

"끝났군요."

래리의 말에 스튜가 우울한 듯 고개를 끄덕였다.

"우리가 다시 톰을 볼 것 같나, 래리?"

"글쎄요, 만약 보지 못한다면 우리 일곱 명은, 프랜은 아니겠죠. 절대 아저씨를 보내지 않으려 했으니까. 나머지는 남은 평생 내내 아저씨를 보내기로 했던 결정에 마음 아파하면서 먹고 자고 하겠죠."

"누구보다 닉이 더하겠지."

스튜가 말했다.

"그렇죠. 누구보다 닉이 더 괴롭겠죠."

그들은 닉이 브로드웨이로 천천히 걸어 내려가면서 주변 그림자들 속에 파묻히는 모습을 지켜보았다. 그러고 나서 한동안 침묵하며 어둠에 싸인 톰의 집을 바라보았다.

래리가 불현듯 말했다.

"여기서 나가죠. 박제된 동물들 생각이…… 갑자기 섬뜩해지네요."

사람들이 떠난 후에도 닉은 한동안 톰 컬런의 집 옆 잔디밭에 우두커니 서서 두 손을 주머니에 찔러 넣은 채, 고개를 숙이고 있었다.

새로 온 의사 조지 리처드슨은 다코타 릿지 의료원에 진료실을 차렸다. 그곳이 의료 장비와 많은 약품과 수술실까지 갖춘 볼더 시립 병원과 가까웠기 때문이었다.

8월 28일까지 그는 수많은 사람들을 진료하면서 로리 컨스터블과 딕 엘리스의 도움을 받았다. 딕은 의료계를 떠나게 해 달라고 부탁했지만 은퇴 요청을 거절당했다. 리처드슨이 말했다.

"선생님은 정말 잘하고 계십니다. 많은 것을 터득하셨고 더 많은 것을 터득하실 겁니다. 게다가, 저 혼자서 처리하기엔 일이 너무나 많잖아요. 지금 같아선 한두 달 내로 의사가 더 생기지 않으면 미쳐 버리고 말 거라고요. 그러니 축하합니다. 딕 선생님은 자유 지대의 첫 번째 간호조무사로 임명되셨습니다. 선생님께 키스해 드리세요, 로리."

로리는 그렇게 했다.

8월 말 오전 11시경, 프랜이 환자 대기실로 혼자 들어와 조금은 흥미 있어 하며 그리고 약간은 초조해하며 주위를 두리번거렸다. 접수대 뒤에서 예전에 나온《레이디스 홈 저널》을 읽고 있던 로리가 벌떡 일어났다.

"안녕, 프랜. 조만간 당신을 볼 거란 생각은 했어요. 조지 선생님은 지금 캔디 존스 부인이랑 함께 계시지만, 곧바로 봐 주실 거예요. 요즘 어때요?"

"아주 좋죠, 뭐. 고마워요."

"내 짐작으로는……"

그때 진료실 문이 열리면서 캔디 존스가 밖으로 나왔다. 코듀로이 바지에다 가슴에 아이조드 브랜드의 악어가 그려진 스포츠 셔츠 차림을 한 키 큰 남자가 문 밑으로 상체를 숙이며 뒤따라 나왔다. 캔디는 한 손에 든 분홍색 약병을 미심쩍게 바라보고 있었다.

"정말 그 병에 걸린 거 맞아요?"

캔디가 리처드슨한테 미심쩍어하며 물었다.

"예전엔 한 번도 걸린 적이 없는데. 난 면역성이 있다고 생각했는데."

"어, 전에는 안 걸리셨고 지금은 걸리신 겁니다."

조지가 싱긋 웃으며 덧붙였다.

"물에 녹말가루를 풀어서 전분 목욕하시는 거 잊지 마시고요, 다음부턴 키가 훌쩍 큰 풀숲은 피해 다니세요."

캔디가 애처롭게 웃음 지었다.

"잭도 걸려 버렸는데. 그 사람도 병원에 와야 할까요?"

"아닙니다. 전분 목욕을 가족 행사로 만드시면 됩니다."

캔디가 서글프게 고개를 끄덕이다 프랜을 발견했다.

"안녕, 프래니, 잘 지내셨나?"

"잘 지내요. 아주머니는요?"

"끔찍스럽지 뭐."

캔디가 약병을 치켜들어서 프랜은 약병 라벨에 있는 칼라드릴 로션이란 상표를 읽을 수 있었다.

"옻나무 독이 올랐어. 내가 어디서 옻독이 올랐는지 프랜은 짐작도 못 할 거야."

캔디가 명랑해졌다.

"하지만 잭이 어디서 옻독이 올랐는지는 프랜도 짐작할 거야. 내 장담하지."

그들은 캔디가 떠나는 모습을 흐뭇하게 지켜보았다. 곧이어 조지가 말했다.

"골드스미스 양, 맞으시죠? 상임 위원회의. 반갑습니다."

프랜이 손을 내밀어 악수를 나누었다.

"그냥 프랜이라 부르세요. 아니면 프래니라고."

"알겠습니다, 프래니. 무슨 일로 오셨습니까?"

"저는 임신했어요. 그리고 몸서리나게 무서워요."

프랜이 느닷없이 눈물을 흘렸다.

조지가 한 팔로 프랜의 어깨를 감쌌다.

"로리, 당신은 5분쯤 있다가 들어오면 좋겠어요."

"그러겠습니다, 선생님."

조지가 진료실 안으로 프래니를 데리고 들어가 검은 천이 깔린 탁자 앞에 앉혔다.

"에에. 왜 눈물을 흘리시죠? 웬트워스 부인의 쌍둥이 때문입니까?"

프래니가 불쌍한 표정으로 끄덕였다.

"난산이었습니다, 프랜. 산모가 담배를 몹시 피워 댔어요. 아기들은 쌍둥이였다는 걸 고려하더라도 저체중이었고요. 게다가 늦은 저녁에 아주 갑작스럽게 태어났어요. 부검을 해 볼 기회도 없었습니다. 리지나 웬트워스 부인은 우리 일행이었던 여성들이 돌보는 중입니다. 부인은 지금 심신 상실 상태지만 곧 정상을 되찾을 겁니다. 그러길 바랍니다. 제가 당장 할 수 있는 말은 그 아기들이 처음부터 위태로운 처지에 있었다는 것뿐입니다. 뭐든지 사인이 될 가능성이 있다는 뜻이죠."

"슈퍼 독감도 포함해서겠죠."

"예, 그것도 포함해서."

"우리는 그저 기다리면서 지켜봐야 하고요."

"전혀 그렇지 않습니다. 지금 당장 당신에게 완벽한 산전 검진을 할 것입니다. 저는 당신은 물론이고 지금 막 임신했거나 이미 임신해서 이제 출산의 각 단계를 밟아 가고 있는 모든 여성을 철저히 관리할 겁니다. 제너럴일렉트릭에서 이런 표어를 사용한 적이 있죠. '진보는 우리의 가장 중요한 생산품입니다.' 자유 지대에서는, 아기들이 가장 중요한 생산품입니다. 그 아기들은 그에 걸맞게 대우받을 겁니다."

"하지만 앞일은 모르는 거잖아요."

"그렇죠, 우린 모릅니다. 하지만 기운을 내세요, 프랜."

"알았어요. 그렇게 해 볼게요."

짧게 문을 두드리는 소리가 났고 로리가 안으로 들어왔다. 그녀는 조지한테 서류판에 붙은 진료 양식을 건넸고, 조지는 병력에 관해 프랜에게 몇 가지 질문을 했다.

진찰이 끝나고 조지는 옆 방에서 할 일이 있어 프랜을 한동안 진료실에 남겨 두었다. 프랜이 옷을 입는 동안 로리가 곁에 함께 있었다.

블라우스 단추를 채우고 있을 때 로리가 조용히 말했다.

"난 당신이 부러워요. 정말로요. 난 불확실하기만 한데. 딕과 나는 미친 듯이 아기를 만들려고 노력 중이거든요. 정말 우스운 일이죠. 예전에 병원에서 일할 땐 인구 제로 배지를 달고 다녔으니까요. 물론 인구 '증가' 제로를 의미하는 거였죠. 그런데 지금 와서 생각해 보면, 정말 소름이 끼쳐요. 프래니, 당신의 아기가 첫 번째가 될 거예요. 다 잘될 거예요. 꼭 그래야만 하고요."

프랜은 그저 미소 짓고 고개를 끄덕일 뿐, 그녀의 아기가 첫 번째는 아니라는 사실을 로리한테 상기시키지 않았다.

웬트워스 부인의 쌍둥이가 첫 번째였던 것이다.

그런데 웬트워스 부인의 쌍둥이는 사망했다.

"표준."

30분이 지난 후에 조지가 말했다.

프랜은 눈썹을 치켜세우고 잠시 조지가 그녀의 이름을 잘못 발음한 것이 아닌지 생각했다. 뜬금없이 초등학교 3학년 때까지 아랫동네 살던 쪼그만 미키 포스트가 자신을 '팬' 이라고 불렀던 것이 기억났다.

"아기 말입니다. 표준, 정상이에요."

프랜이 크리넥스 티슈를 찾아 꽉 움켜쥐었다.

"아기가 움직이는 건 느꼈지만…… 좀 오래된 일이에요. 그 후로는 아무 움직임도 없었어요. 저는 무서워서……."

"아기는 살아 있습니다, 아주 건강하게. 하지만 아기가 움직이는 것을 느끼셨다니 의왼데요. 음, 경미한 내장 가스였을 가능성이 더 큰데."

"아기였어요."

프랜이 조용히 말했다.

"뭐, 그렇든 아니든 간에 앞으로는 아기가 더 많이 움직일 겁니다. 출산일은 1월 중순이라고 일찌감치 예상해 봅니다. 소감이 어때요?"

"좋아요."

“식사는 잘하고 계십니까?”

“예, 그런 것 같아요. 어쨌든 열심히 노력하죠.”

“좋습니다. 입덧은 없고요?”

“처음에 조금, 그런데 없어졌어요.”

“다행입니다. 운동은 많이 하고 계십니까?”

악몽 같은 찰나에 프랜은 아버지의 무덤을 파고 있는 자신의 모습을 보았다. 눈을 깜빡거려 그 환영을 쫓아냈다. 그것은 다른 생명과 관계된 일이었다.

“예, 많이요.”

“체중이 좀 불었나요?”

“2킬로그램 정도.”

“딱 좋군요. 5킬로그램은 더 쪄도 되겠어요. 오늘따라 제가 인심이 후하네요.”

프랜이 싱긋 웃었다.

“살이 많은 의사 선생님이시니까요.”

“맞습니다. 사실 저는 산부인과 전문의사였어요. 그러니 딱 맞는 곳에 잘 찾아오신 겁니다. 진료 의사의 조언을 잘 따르시면 좋은 결과가 있을 거예요. 이제 자전거, 오토바이, 모터 자전거 문제로 넘어가 보죠. 그것들 모두 11월 15일 이후로는 절대 탑승 금지입니다. 어차피 그때쯤 되면 아무도 그런 걸 타고 다니진 않겠죠. 지독하게 추울 테니. 지나친 흡연이나 음주도 안 됩니다, 아셨죠?”

“예.”

“만약 이따금 잠들기 전에 딱 한 잔 하고 싶다면, 그 정도는 괜찮다고 생각합니다. 제가 비타민 보충제를 처방해 드리겠습니다. 마을에 있는 아무 약국에나 가서 집어 가시면……"

프래니가 벌컥 웃음을 터뜨리자 조지는 애매한 미소를 지었다.

"제가 우스운 말을 했나요?"

"아뇨. 요즘 같은 판국에 그런 말을 들으니까 막 우습네요."

"아! 예, 이해가 갑니다. 이제는 적어도 약값이 비싸다는 불만은 생기지 않겠지요, 그렇죠? 마지막 한 가지 질문입니다, 프랜. 아이유디…… 그러니까 자궁 내 피임 기구를 사용해 본 적 있습니까?"

"없는데요, 왜요?"

프랜은 문득 자신의 꿈이 생각났다. 옷걸이를 손에 든 다크맨. 프랜은 몸을 벌벌 떨었다.

"없어요."

그녀가 또 한 번 말했다.

"좋습니다. 질문이 끝났습니다."

조지가 일어섰다.

"괜한 걱정 말라는 잔소리는 하지 않겠……"

"그래요."

프랜이 동의했다. 눈에서 웃음기가 사라졌다.

"그런 얘기는 하지 마세요."

"그래도 걱정은 최소한도로 줄이시라고 당부하겠습니다. 산모의 과도한 근심이 내분비선의 불안정으로 이어질 수도 있으니까요. 그러면 아기한테도 좋지 않습니다. 저는 임신부들한테 정신안정제 처방하는 걸 좋아하지 않습니다만, 혹시 생각이 있으시면…….”

“아니요, 필요 없을 거예요.”

프랜은 그렇게 말했지만, 한낮의 뜨거운 햇살 속으로 나가면서 자신의 임신 후반기가 웬트워스 부인의 사라진 쌍둥이들 생각으로 줄곧 괴로울 것이란 사실을 절감했다.

8월 29일에 세 무리가 도착했다. 한 무리는 인원이 22명, 또 한 무리는 16명, 나머지 하나는 25명이었다. 샌디 뒤솅은 위원회의 일곱 위원을 일일이 찾아다니며 현재 자유 지대 거주민이 1,000명을 넘어섰다고 알려 주었다.

볼더는 이제 적막한 유령 도시가 아닌 듯했다.

30일 저녁, 네이딘 크로스는 해럴드의 집 지하실에 서서 해럴드를 지켜보며 불안감을 느꼈다.

해럴드는 네이딘과 벌이는 기기묘묘한 섹스 외에 다른 일을 하고 있을 땐 마치 그녀가 전혀 통제하지 못하는 자기 혼자만의 장소로 가 버리는 듯했다. 그 장소에 있을 때면 싸늘해지는 것 같았다. 아니, 그 이상이었다. 해럴드는 네이딘 뿐만 아니라 자기 자신까지도 경멸하는 것 같았다. 변치 않는 유일한 것은 스튜어트 레드먼과 나머지 위원회 사람들에 대한 증오였다.

지하실에는 오랫동안 사용하지 않는 에어 하키 놀이 탁자가 있었고 해럴드는 그 탁자의 실눈 같은 골대 구멍이 뚫린 상판 위에서 일하는 중이었다. 그 옆에 책 한 권이 펼쳐져 있었다. 펼쳐진 면에는 도면이 그려져 있었다. 해럴드는 한동안 그 도면을 바라보다가 자신이 작업 중인 기계 장치를 보았고, 그러고 나서 그 장치에 어떤 조작을 가했다. 오른손 근처에 질서 정연하게 펼쳐 놓은 것은 트라이엄프 오토바이 연장 세트에서 빼 온 공구들이었다. 싹둑싹둑 잘린 자잘한 전선 조각들이 에어 하키 탁자에 어지럽게 널려 있었다.

"저기 말이죠, 네이딘은 산책 좀 나가야겠어요."

해럴드가 넋이 나간 어조로 말했다.

"왜?"

네이딘은 약간 아픔을 느꼈다. 해럴드의 긴장한 얼굴은 웃고 있지 않았다. 네이딘은 왜 해럴드가 그토록 웃고 다녔는지 이해할 수 있었다. 웃음을 멈추면 미친 사람처럼 보이기 때문이었다. 네이딘은 해럴드가 정말 미쳤다고, 또는 그런 상태에 매우 가까워졌다고 추측했다.

"왜냐하면 난 이 다이너마이트가 얼마나 오래된 건지 모르거든."

"무슨 뜻이야?"

"오래된 다이너마이트는 땀을 흘린답니다, 귀여운 아가씨."

해럴드가 고개를 들어 네이딘을 보았다. 그녀는 그의 온 얼굴에서 땀이 줄줄 흐르는 것을 보았다. 마치 자신의 말을 진짜 땀으로 입증하려는 듯.

"몹시 고상하게 표현하자면 이것이 분비물을 발산한단 말이야. 그리고 그렇게 분비해 낸 것은 순수한 니트로글리세린이라는 건데, 세상에서 가장 불안정한 물질 중 하나지. 그러니 만약 다이너마이트가 오래된 거면, 이 작은 과학 경진 대회 과제물이 폭발해 우리를 플랙스태프 산꼭대기 넘어 오즈의 나라까지 곧장 날려 버릴 수 있는 매우 좆같은 가능성이 존재한단 말이야."

"저기, 너 말이야, 그런 얘길 그렇게 무례한 투로 하지 마."

"네이딘? 마 쉐르(사랑하는 그대여)?"

"뭐?"

해럴드가 웃음기 없는 얼굴로 태연하게 네이딘을 쳐다보았다.

"좆같은 아가리 닥치라고."

네이딘은 그렇게 했다. 그러나 산책을 나가고 싶기는 했지만 나가지는 않았다. 만약 이것이 플랙의 뜻이라면(그리고 해럴드는 위원회를 손보려는 플랙의 수단이라고 플랑셰트가 말해 준 바 있었다.), 다이너마이트는 결코 오래된 것이 아닐 것이다. 그리고 설령 오래되었다 한들, 목적을 달성할 때까진 폭발하지 않을…… 그렇지 않을까? 도대체 플랙은 얼마나 많은 일에 얼마나 많은 영향력을 행사하고 있는 것인가?

'충분히 많이.' 네이딘은 스스로에게 말했다. '플랙은 충분히 행사하고 있어.' 그러나 확실치 않았고, 네이딘은 점점 불안했다. 예전 집에 다시 가 보았더니 조는 떠나고 없었다. 이번에는 영원히 떠나간 것이었다. 그녀는 루시를 찾아갔다가 해럴드네 집으로 거처를 옮겼기 때문이라는 것을 눈치 챌 만큼 오랫동안 쌀쌀맞은 응대를 받았으며, 조는(물론 루시는 레오라고 불렀다.) '놀러 나가고' 없었다. 루시는 그 일에 대해서도 네이딘을 비난했다. 만약 플랙스태프 산에서 눈사태가 일어나 우르르 쏟아져 내려온다거나

지진이 펄 스트리트를 산산이 찢어 놓는 일이 생겨도, 루시는 아마 그런 일에 대해서조차 네이딘을 비난할 것이다. 이제 곧 그녀와 해럴드한테 억수로 비난이 쏟아질 일이 일어날 터였다. 그렇기는 해도, 조를 한 번 더 만나 보지 못해서…… 아이에게 작별의 키스를 해 주지 못해서 몹시도 낙담했다. 이제 그녀와 해럴드는 결코 볼더 자유 지대에 나타나지 못할 터인데.

'신경 쓰지 마. 이젠 그 애를 완전히 떠나보내고 이 외설적인 일에 맘 놓고 몸을 담그는 게 최선이야. 너는 그 애한테 오로지 해가 될 뿐이야…… 더군다나 너 자신한테까지 해가 될 수도 있고. 왜냐하면 조는…… 여러 가지를 보고, 여러 가지를 아니까. 그 애가 조가 되는 것을 멈추게 해야 해. 내가 네이딘 엄마가 되는 것을 멈춰야 해. 다시 레오가 되도록 놔둬야 해, 영원히.'

그러나 그 생각은 엄연한 자기모순이었다. 네이딘이 보기에 이 자유 지대 사람들 중 살날이 1년 넘게 남은 이는 아무도 없었고, 그 대상에는 아이까지도 포함되었다. 그들이 살아 있는 것은 '그 남자'의 뜻이 아니었으므로…….

'……그래서 진실을 말하자면, 그 남자의 도구인 사람은 비단 해럴드뿐만이 아니야. 그건 너도 마찬가지라고. 한때는 전염병이 휩쓸고 간 세상에서 단 한 가지 용서할 수 없는 죄악이 살인이라고, 단 하나밖에 없는 인생을 빼앗아 가는 짓이라고 정의하기까지 했던 네가…….'

갑자기 네이딘은 그 다이너마이트가 오래된 것이어서 터져 버리면 좋겠다고, 그들 두 사람을 끝장내 버렸으면 좋겠다고 생각했다. '자비로운 끝장이여.' 그러고 나서 나중에, 그러니까 자신들이 산맥 너머로 넘어간 다음에 무슨 일이 생길 것인지 생각하니 뱃속에서 익숙하고 위태로운 온기가 달아오르는 것을 느꼈다.

"됐다."

해럴드가 점잖게 말하며 기계 장치를 허시 퍼피 구두 상자 속에 넣은 다음 옆으로 치웠다.

"다 끝난 거야?"

"응. 끝났어."

"제대로 작동할까?"

"건드려서 직접 결과를 확인하고 싶으셔?"

지독히도 빈정대는 말투였지만, 네이딘은 개의치 않았다. 해럴드의 눈이 탐욕스럽고 음흉스러운 어린아이 같은 분위기로 자신의 온몸을 훑고 있음을 그녀는 눈치 챌 수 있었다. 해럴드는 저 아득히 먼 곳에서 다시 돌아온 것이었다. 네이딘이 읽고 나서 원래 자리인 헐거운 벽난로 장식 돌 밑에 아무렇게나 되돌려 놓았던 장부 속에 그가 적어 놓은 그 먼 곳에서. 이제 그녀는 해럴드를 맘대로 다룰 수 있었다. 이제 그의 말은 그저 단순한 말일 뿐이었다.

"우선 나 혼자 즐기는 것부터 구경할래? 어젯밤처럼?"

"그래요. 오케이. 좋아."

"그럼 위층으로 올라가자."

네이딘이 해럴드에게 속눈썹을 깜빡거렸다.

"내가 먼저 올라갈게."

"그래요."

해럴드가 쉰 목소리로 말했다. 작은 땀방울이 이마에 돋아났지만, 이번에는 공포 때문에 생긴 것이 아니었다.

"먼저 올라가요."

네이딘은 앞장서서 올라가며, 자신이 입고 있는 소녀용 세일러 복의 짧은 스커트를 올려다보는 해럴드의 시선을 느낄 수 있었다. 그 속에는 아무것도 입지 않았다.

문이 닫히자 해럴드가 만들어 놓은 물건이 어두침침한 그늘 속 뚜껑을 덮지 않은 구두 상자 안에 홀로 도사리고 있었다. 전자 제품 판매장인 라디오섀크서에서 나온 건전지 작동식 리얼리스틱 무전기 세트였다. 무전기 뒷면 덮개가 벗겨져 있었다. 무전기 뒷면에 전선으로 연결된 것은 다이너마이트 막대 여덟 개였다. 책은 그대로 펼쳐져 있었다. 볼더 공공 도서관에서 가져온 그 책의 제목은 『전국 과학 경진대회 수상작 65선』이었다. 책에 나온 도면은 구두 상자 속의 물건과 흡사하게 무전기에 전선으로 연결한 초인종을 보여 주고 있었다. 도면 아래 설명문은 다음과 같았다. '3등상, 1977년 전국 과학 경진 대회, 버몬트 주 루틀랜드의 브라이언 볼 제작. 무전기로 명령을 내려 20킬로미터 밖에 떨어진 초인종을 울려 보세요!'

그날 저녁 몇 시간이 흐른 뒤, 해럴드는 다시 아래층으로 내려와 구두 상자에 뚜껑을 덮고 조심스럽게 위층으로 가지고 올라갔다. 그것을 부엌 찬장의 맨 꼭대기 선반에 올려놓았다. 그날 오후 랠프 브렌트너는 자유 지대 위원회가 다음번 회의 때 의견을 들어 보려고 채드 노리스의 참석을 요청해 놓았다고 해럴드에게 이야기해 주었다.

"회의가 언제 열릴 예정인데요?"

해럴드가 태연하게 질문했다.

"9월 2일이야."

랠프가 말했다.

9월 2일.

제57장

래리와 레오는 집 앞에 있는 인도 경계석에 앉아 있었다. 래리는 미지근한 햄스 맥주를 마시는 중이었고, 레오는 미지근한 오렌지 스폿 음료를 마셨다. 요즘 볼더에선 원하기만 하면 어떤 마실 것이든 다 손에 넣을 수 있었다. 캔에 담겨 있고 미지근한 상태라는 것만 상관하지 않는다면. 뒤쪽에서는 론보이 잔디깎이가 부단히 으르렁대는 거친 소리가 났다. 루시가 잔디를 깎는 중이었다. 래리가 하겠다고 나섰지만, 루시는 고개를 저었다.

"레오한테 뭐가 잘못된 건지 알 수 있는 데까지 알아봐."

8월의 마지막 날이었다.

네이딘이 해럴드네 집으로 거처를 옮기고 난 다음 날, 레오는 아침 식사 시간에 나타나지 않았다. 래리는 자기 방에 틀어박혀 팬티만 입은 채로 엄지를 입에 물고 있는 소년을 발견했다. 레오는 말이 없었고, 다시금 적개심을 드러냈다. 루시보다 래리가 더 소스라치게 놀랐다. 왜냐하면 루시는 래리가 예전에 레오와 처음으로 마주쳤을 때 소년의 상태가 어땠는지 까맣게 몰랐으므로. 당시 소년의 이름은 조였고, 살인자의 칼을 휘두르고 있었다.

그 일이 있은 후로 일주일 동안 기분 좋은 시간을 보내면서 레오는 좀 더 나아졌지만, 예전의 활기찬 모습으로 완전히 돌아간 것은 아니었고 무슨 일이 있었는지도 이야기하지 않으려 했다.

"그 여자와 관련이 있을 거야."

루시가 잔디깎이의 기름 탱크 뚜껑을 돌려 닫으며 말했다.

"네이딘 말이야? 왜 그렇게 생각하는 건데?"

"저기, 이 얘기는 안 하려고 했는데 말이야. 자기랑 레오가 콜드 개천으로 낚시한다고 나가 있는 동안에 네이딘이 찾아왔었어. 아이를 보고 싶어 하더라고. 둘이 나가고 없어서 참 다행이었어."

"루시……."

루시가 래리에게 기습 키스를 했다. 래리는 그녀의 드레스 아래로 스르르 손을 움직여 다정하게 껴안아 주었다.

루시가 말했다.

"내가 자기를 오해했어. 그 점에 대해선 앞으로도 늘 미안해할 거야. 그렇지만 네이딘 크로스를 좋아하게 되는 일은 결코 없을 거야. 그 여자는 어딘가가 잘못되어 있어."

래리는 대꾸하지는 않았지만 루시의 판단이 사실일 거라고 생각했다. 킹 슈퍼마켓 앞에 함께 있었던 날 밤 네이딘은 정신 나간 여자처럼 굴었다.

"얘기할 게 또 있어. 그 여자는 그 아이를 레오라고 부르지 않았어. 다른 이름으로 불렀어. 조라는 이름으로."

래리가 멍하니 쳐다보자 루시는 다시 시동을 걸고 잔디깎이를 몰았다.

그 토론이 있고 나서 30분쯤 지났을 무렵, 래리는 햄스 맥주를 마시면서 레오가 그와 함께 지금은 네이딘이 살고 있는 해럴드의 집까지 걸어갔던 날 주웠던 탁구공을 땅에 튕기는 모습을 지켜보고 있었다. 작고 하얀 공은 더러웠지만 찌그러진 데는 없었다. 포장도로에 부딪히며 톡톡톡. 펄쩍, 펄쩍, 팔팔하게, 우리, 노는, 모습, 잘, 봐라.

레오는 (그는 이제 레오였다. 아닌가?) 당시 해럴드의 집 안으로 들어가기를 싫어했다.

지금은 네이딘 엄마가 살고 있는 그 집 안으로 들어가는 것을 말이다.

"낚시하러 가고 싶니, 꼬맹아?"

래리가 갑자기 말을 꺼냈다.

"물고기 없어."

레오는 바닷물 같은 초록빛의 기묘한 눈을 들어 래리를 쳐다보았다.

"래리 아빠는 엘리스 씨를 알아?"

"물론."

"그 아저씨가 그러는데 물고기가 다시 돌아와야 우리가 물을 마실 수 있는 거래. 그 물을 그냥 마셨다가는……."

레오는 길게 탄식을 내뱉고는 눈앞에서 손가락을 흔들었다.

"래리 아빠도 무슨 말인지 알 거야."

"물을 안 끓이고 그냥 마시면 위험하다 이거지?"

"응."

톡 톡 톡.

"나는 딕 아저씨가 좋아. 그 아저씨랑 로리 아줌마. 항상 나한테 먹을 것을 줘. 그 아저씨는 할 수 없을 거라고 두려워하지만, 나는 그 두 사람이 성공할 거라고 생각해."

"성공하다니?"

"아기를 가지는 거. 딕 아저씨는 자기가 너무 늙어서 곤란하겠다고 생각해. 하지만 내가 보기엔 아무 문제 없어."

래리는 레오와 딕이 어쩌다 그런 주제를 갖고 토론을 했는지 물어보려다가 관두었다. 대답은 당연히, '얘기한 적 없다' 였다. 딕이 아기 갖기처럼 개인적인 일을 쪼그만 소년한테 이야기하지는 않았을 것이다. 레오는 그냥…… 그냥 안 것이었다.

톡 톡 톡.

그렇다. 레오는 여러 가지를 알았다. 알거나…… 또는 직관적으로 깨달았다. 소년은 해럴드의 집 안으로 들어가고 싶어 하지 않았고 네이딘에 관해 얘기했다. 정확히 무슨 말이었는지 기억할 순 없지만…… 래리는 설왕설래가 있었다는 것을 다시 떠올렸고 네이딘이 해럴드한테로 거처를 옮겼다는 소식을 들었을 땐 매우 불안한 기분을 느꼈다. 당시 소년은 마치 무아지경에 빠진 듯했다. 마치…….

(톡 톡 톡)

래리는 탁구공이 위아래로 튀는 것을 지켜보다가 갑자기 레오의 얼굴을 응시했다. 소년의 눈은 어두웠고, 어딘가 먼 곳으로 가버린 듯한 눈빛이었다. 아득히 멀리서 잔디깎이 소리가 단조롭게 들려와 나른하고 졸렸다. 햇살은 부드럽고 따스했다. 레오는 또다시 무아지경에 빠졌다. 마치 래리의 생각을 읽고서 정말로 거기에 반응하기라도 하듯이.

레오는 코끼리를 보러 가 버렸다.

래리가 극히 태연하게 말했다.

"그래, 내 생각에도 그분들이 아기를 가질 수 있을 것 같아. 딕 씨는 아직 쉰다섯도 안 됐을 테니까. 캐리 그란트는 일흔 살이 다 되어서 아기를 만들었어, 내가 알기로는."

"캐리 그란트가 누구야?"

레오가 물었다. 공이 튀었다. 위아래로, 위아래로.

(*「오명」. 「북북서로 진로를 돌려라」.*)

"너 모르니?"

"……영화배우였어. 「오명」에 출연했어. 「북서로 진로를 돌려라」……."

(*「북북서로 진로를 돌려라」.*)

"「북북서로 진로를 돌려라」, 거기에도 나왔어."

레오가 동감하는 투로 말했다. 소년의 시선은 탁구공이 튀어 다니는 경로에서 절대로 벗어나지 않았다.

"맞아. 근데 네이딘 엄마는 요즘 어떠니, 레오?"

"그 엄마는 나를 조라고 불러. 나는 그 엄마한텐 조야."

"아."

차가운 냉기가 래리의 등을 스멀스멀 옭아매고 있었다.

"지금은 상황이 안 좋아."

"나빠?"

"두 사람 상황이 안 좋아졌어."

"네이딘과……"

(*해럴드?*)

"그래, 그 사람."

"그들이 행복하지 않다고?"

"그가 두 사람을 가지고 놀아. 두 사람은 그가 자기들을 원한다고 생각하지."

"그?"

"'그 남자.'"

그 말이 평온한 여름 하늘에 내걸렸다.

톡 톡 톡.

"그들은 서쪽 갈 거야."

레오가 말했다.

"맙소사."

래리는 이제 몹시 추워졌다. 예전의 공포가 다시 래리를 엄습했다. 진정 이 말을 조금이라도 더 듣고 싶은 것인가? 그것은 고요한 묘지에서 무덤 문이 천천히 활짝 열리는 것을 지켜보는 것과도 같았고, 손 하나가 불쑥 튀어나오는 것을 보고…….

'아무것도 듣고 싶지 않아. 알고 싶지 않아.'

"네이딘 엄마는 그게 다 래리 아빠의 잘못 때문이라고 생각하고 싶어 해. 네이딘 엄마는 래리 아빠가 자신을 해럴드한테로 억지로 몰아냈다고 생각하고 싶어 해. 그러나 네이딘 엄마는 일부러 기다린 거였어. 래리 아빠가 루시 엄마를 아주 많이 사랑할 때까지 기다렸어. 자기가 확신할 수 있을 때까지 기다렸어. 지금 그 남자는 네이딘 엄마의 두뇌에서 옳고 그름을 구별할 수 있는 부분을 뭉개 없애고 있는 중이나 같아. 조금씩 조금씩 뇌를 뭉개 없애는 중이란 말야. 다 없어져 버리면 네이딘 엄마는 서쪽에 있는 다른 모든 사람들과 마찬가지로 미쳐 버릴 테지. 어쩌면 더 심하게 미쳐 버릴지도."

"레오……."

래리가 속삭이자 레오가 즉시 대답했다.

"네이딘 엄만 날 조라고 불러. 나는 네이딘 엄마한텐 조야."

"나도 조라고 불러 줄까?"

래리가 망설이다 물었다.

"안 돼."

소년의 목소리는 간청하는 듯했다.

"안 돼, 제발 그러지 마."

"너는 네이딘 엄마를 그리워하는구나. 그렇지, 레오?"

"네이딘 엄마는 죽었어."

레오가 냉정하리만큼 간단하게 말했다.

"그래서 그날 밤 그토록 늦게까지 바깥에 머물렀던 거니?"

"그래."

"그리고 도통 말을 하지 않으려 했던 이유이기도 하고?"

"그래."

"하지만 이젠 말을 하는구나."

"이야기를 나눌 수 있는 래리 아빠와 루시 엄마가 있으니까."

"그래, 물론……"

"하지만 언제까지나 그렇지는 않아!"

소년이 사납게 말했다.

"언제까지나 그럴 수는 없어. 래리 아빠가 프래니 아줌마한테 이야기하지 않으면! 프래니 아줌마한테 말해! 아줌마한테 말해!"

"네이딘에 관해서?"

"아냐!"

"그럼 무슨 얘기를 해야 하지? 네 얘기?"

레오의 목소리가 높아지고 한층 더 날카로워졌다.

"전부 글로 적혀 있어! 래리 아빠는 알아! 프래니 아줌마도 알아! 아줌마한테 말해!"

"위원회에……"

"위원회는 안 돼! 위원회는 래리 아빠한테 도움이 안 돼. 아무한테도 도움이 안 될 거야. 위원회는 옛날 방식이야. 그 남자는 래리 아빠의 위원회를 비웃어. 위원회는 옛날 방식이고 옛날 방식은 그 남자의 방식이니까. 래리 아빠는 알아. 프래니 아줌마도 알아. 함께 이야기하면 래리 아빠와 프래니 아줌마는 할 수……"

레오가 공을 아래로 세게 내리쳤다. 톡! 공은 소년의 머리보다 더 높이 튀어올랐다가 떨어져서 멀리 굴러 갔다. 그것을 지켜보던 래리는 입이 말랐고, 가슴속에서는 심장이 고통스럽게 철렁 내려앉았다.

"내 공 떨어졌다."

레오는 공을 가지러 뛰어갔다.

래리는 가만히 앉아 소년을 지켜보았다.

'프래니.'

두 사람은 음악당 무대 끄트머리에 앉아 발을 허공에 대롱대롱 늘어뜨렸다. 한 시간 후면 날이 어두워질 터여서 얼마 안 되는 사람들이 공원 안을 걷고 있었다. 그들 중 일부는 손을 맞잡고 있었다. '어린이들의 시간은 또한 연인들의 시간이기도 하구나.' 프래니가 머릿속이 뒤죽박죽된 채로 생각했다. 래리는 레오가 무아지경 속에서 했던 말을 방금 프래니에게 모조리 전했고, 그 때문에 프래니의 마음은 소용돌이치고 있었다.

"당신 생각은 어때요?"

"무슨 생각을 해야 할지 모르겠어요."

프래니가 조용히 말했다.

"다만 이제껏 벌어진 일들은 하나도 맘에 들지 않아요. 생생한 꿈들. 한동안 하나님의 목소리를 대변하다 황야 속으로 걸어 들어가 사라진 할머니. 거기다 텔레파시 능력을 지닌 것처럼 보이는 어린 소년까지. 꼭 동화 속의 삶 같아요. 난 이따금씩 슈퍼 독감이 우리를 살려 두긴 했지만 우리 모두를 미쳐 버리게 했다고 생각하곤 해요."

"그 애 말로는 내가 당신과 이야기를 해야 한대요. 그래서 내가 여기 와 있는 거고요."

프래니는 대꾸하지 않았다.

"그러니 뭐든 생각나는 게 있으면……."

"글로 적혀 있다."

프래니가 나지막이 말했다.

"레오 말이 옳아요. 그게 바로 문제의 근원이에요. 내가 그걸 적어 놓지 않았더라면, 그렇게 멍청하게 그렇게 우쭐대며 끼적거리지도 않았더라면…… 아, 내가 방정맞은 탓이에요!"

래리가 놀라서 그녀를 빤히 쳐다보았다.

"무슨 말이에요?"

"해럴드 말이에요. 난 무서워요. 스튜 오빠한텐 이야기하지 않았어요. 창피했거든요. 일기장을 너무 멍청하고 허술하게 간수해서…… 이제 스튜 오빠는…… 오빠는 정말로 해럴드를 좋아해요…… 자유 지대의 모든 이들이 해럴드를 좋아해요, 당신도 포함해서."

프래니는 애써 웃으려 했지만 눈물을 보이고 말았다.

"어쨌든 간에, 해럴드는 당신의…… 당신의 영혼을 인도해서 여기까지 이끌어 준 은인이잖아요, 안 그래요?"

래리가 천천히 입을 열었다.

"무슨 말인지 종잡을 수가 없군요. 당신이 무서워하는 게 도대체 뭔지 나한테 얘기해 주면 안 되나요?"

"바로 그게 문제예요. 실은 나도 내가 뭘 두려워하는지 몰라요."

래리를 바라보는 프랜의 두 눈이 눈물에 젖어 있었다.

"할 수 있는 말은 다 하는 게 낫겠어요, 래리. 누군가에게는 반드시 얘기해야 해요. 이제 더는 내 마음속에 꽁꽁 숨길 수 없어요. 그리고…… 스튜 오빠는 아마도 그 이야기를 들어 줄 사람이 아닐 거예요. 적어도, 첫 번째로 들어 줄 사람은 아닐 테죠."

"말해 봐요, 프랜. 어서."

그리하여 프랜은 래리에게, 해럴드가 로이 브래니건의 캐딜락을 몰고 그녀의 오군킷 집 앞 차도로 들어온 6월의 그날 일부터 털어놓기 시작했다. 이야기하는 사이에 오후의 눈부신 마지막 햇살이 푸르스름한 어스름으로 변했다. 공원의 연인들은 떠나가기 시작했다. 가느다란 달이 떠올랐다. 캐니언 대로 저편 높이 솟은 아파트에서 콜맨 기름 램프 몇 개가 불을 밝혔다. 프랜은 래리에게 헛간 지붕의 이정표에 관해, 그리고 해럴드가 이정표 맨 밑에 이름을 적어 넣으려 목숨을 걸었을 때 자신이 얼마나 곤히 잠들어 있었는지 이야기했다. 파비안에서 스튜를 만났던 일, 그리고 해럴드가 스튜한테 날카로운 목소리로 '내가 소유한 뼈다귀에 손대지 마라' 식의 반응을 보인 일. 프랜은 래리에게 자신의 일기장에 관하여, 일기장에 묻은 엄지손가락 지문에 관하여 이야기했다. 사연을 모두 설명하고 나니 9시가 넘었고, 귀뚜라미가 울고 있었다. 그들 사이로 침묵이 내려와 앉았다. 프랜은 불안한 마음으로 래리가 그 침묵을 깨뜨리기를 기다렸다. 그러나 래리는 생각에 빠져 헤어나지 못하는 듯싶었다.

마침내 그가 말했다.

"그 지문에 관해 얼마나 확신하죠? 그것이 의심의 여지없이 해럴드의 것이라고 생각하나요?"

프랜은 잠시 머뭇거렸다.

"예, 처음 본 순간 해럴드의 지문이라는 걸 알았어요."

"해럴드가 이정표를 그려 놓은 헛간. 당신을 만났던 날 밤에 내가 그 헛간에 들어갔다고 말했던 거 기억해요? 해럴드가 헛간 다락의 들보에 자기 이름의 머리글자를 새겨 놓았다고 말했던 것도?"

"예."

"단순히 해럴드의 이름만이 아니었어요. 당신 이름도 같이 있었다고요. 하트 안에. 상사병 걸린 어린 소년이 학교 책상에다 해 놓는 것 같은 표시였어요."

프랜이 두 손으로 눈물을 닦았다.

"정말 엉망진창이네요."

프랜이 쉰 목소리로 말했다.

"해럴드 로더가 무슨 짓을 했든 당신 잘못이 아니에요."

래리는 두 손으로 프랜의 손을 꽉 쥐고 그녀를 바라보았다.

"내 말을 믿어요. 비록 나라는 인간은 타고난 얼간이에, 뺀질이에, 하자 있는 녀석이긴 하지만. 그런 일 때문에 자신을 원망해선 안 돼요. 만약 그랬다간……."

빼근해질 정도로 손아귀 힘이 강해졌지만, 래리의 얼굴은 평온을 유지했다.

"만약 그랬다간, 당신은 정말로 돌아 버릴 거예요. 자기 한 몸 추스르는 것도 무척 힘든 일인데, 다른 사람까지 신경 썼다간 말할 것도 없죠."

래리가 손을 거두고 나서 그들은 한동안 말없이 앉아 있었다.

"해럴드가 원한을 품고 스튜 보안관을 살해하려 할까요? 정말 그 정도로 원한이 깊다고 생각해요?"

이윽고 래리가 물었다.

"예, 정말로 그럴 가능성이 있다고 생각해요. 어쩌면 위원회 전체를 노리는 건지도. 하지만 난 모르겠어요. 어떤……."

래리의 손이 프랜의 어깨 위로 내려와 억세게 움켜쥐며 그녀를 조용히 시켰다. 어둠 속에서 래리의 자세가 변하더니 두 눈이 커졌다. 입술이 소리 없이 움직였다.

"래리? 무슨……"

"해럴드가 아래층에 내려갔을 때."

래리가 중얼거렸다.

"해럴드가 포도주 병따개던가 뭔가를 가지러 내려갔어요."

"뭐라고요?"

래리가 천천히 프랜을 향해 고개를 돌렸다. 꼭 녹슨 경첩이 삐걱거리는 것처럼.

"그러니까 말이죠, 이 모든 것을 해결할 방법이 분명히 있을 거예요. 장담할 순 없어요. 왜냐하면 난 그 책을 들여다보지는 않았으니까. 그렇지만…… 딱 들어맞아요…… 해럴드가 당신 일기장을 읽는다. 그러고는 깜짝 놀랄 소식뿐만 아니라 아이디어까지도 얻는다. 빌어먹을, 걔는 당신이 먼저 생각해 내서 더욱 질투가 났을지도 모르죠. 훌륭한 작가들은 모두 일기를 쓰지 않던가요?"

"해럴드가 일기장을 갖고 있단 말인가요?"

"걔가 지하실로 내려갔을 때, 내가 포도주를 가지고 갔던 그날 말이에요, 나는 거실을 둘러보던 중이었거든요. 해럴드는 크롬 염색한 가죽 제품을 좀 들여놓을 예정이라고 말했고, 나는 그렇게 되면 거실 풍경이 어떨지 어림해 보던 중이었답니다. 그러다가 벽난로에서 헐거운 장식 돌을 보고……"

"맞아!"

프랜이 고함쳤고, 너무나 소리가 커서 래리가 움찔했다.

"내가 몰래 침입해 들어갔던 그날…… 네이딘 크로스가 왔고…… 난 그 벽난로 위에 앉았는데…… 그 헐거운 돌이 기억나요."

프랜이 래리를 다시 바라보았다.

"또다시 그거로군요. 마치 무언가가 후각을 건드린 것처럼. 우리가 그것에 끌려서는……."

"우연의 일치죠."

래리는 그렇게 말은 했지만, 불안해하는 것 같았다.

"그럴까요? 우리 둘 다 해럴드 집에 있었어요. 우리 둘 다 그 헐거운 돌을 눈여겨보았고요. 그리고 우리 둘 다 지금 여기에 있어요. 이게 우연의 일치인가요?"

"모르겠어요."

"그 돌 밑에 무엇이 있었죠?"

래리가 천천히 말했다.

"장부. 적어도 겉표지에는 그런 제목이 찍혀 있었죠. 안을 들여다보진 않았습니다. 당시에는 그것이 해럴드의 것일 수도 있지만 어쩌면 그 집에 살았던 예전 주인의 것일 수도 있겠다고 생각했거든요. 그런데 만약 예전 집주인 것이었다면, 해럴드가 진작에 발견하지 못했을 리가 없잖아요? 우리 둘 다 그 헐거운 돌을 눈치챘을 만큼 쉽게 눈에 띄는데. 그러니 개가 그것을 발견한다고 칩시다. 설령 독감이 휘몰아치기 전에 그곳에 살았던 사람이 그 장부를 사소한 비밀들로 가득 채워 놓았다 해도(삥땅 친 세금, 자기 딸에 대한 성적 환상, 내가 모르는 온갖 것들이 들어 있겠죠.), 그런 게 해럴드의 비밀일 리가 없겠지요. 그 말 이해가 가시나요?"

"예, 하지만……."

"언더우드 경위가 사실 관계를 명확히 규명해 내는 동안에는 방해하지 마십시오, 촐랑거리는 꺽다리 아가씨. 그런데 만약 그것들이 해럴드의 비밀이 아니라면, 왜 해럴드는 장부를 그 돌 밑에 놔두었을까요? 왜냐하면 그 자신의 비밀이었기 때문인 거죠. 그것은 해럴드의 일기였어요."

"여태 거기에 있을까요?"

"어쩌면. 우리가 직접 확인해 보는 게 좋겠어요."

"지금요?"

"내일 합시다. 해럴드는 매장 위원회 일로 나가 있을 것이고, 네이딘은 오후마다 발전소 일을 거드는 중이니까."

"알았어요. 스튜 오빠한테 알리는 게 좋을까요?"

"가만히 있어 보는 게 어떨까요? 중요한 물건인지 아닌지 확인도 안 한 상태에서 일을 크게 벌이는 건 무분별한 행동이니까요. 그 책은 없어져 버렸을지도 몰라요. 또 단지 해야 할 일들을 기록한 목록일지도 모르고요. 순전히 무해한 것들로 가득 찼을지도 몰라요. 아니면 해럴드의 정치 활동 종합 계획서일지도. 어쩌면 암호로 적혀 있을지도 모르고."

"난 그런 것은 생각도 못 해 봤네요. 만약 있으면…… 중요한 내용이 있으면 어떻게 하죠?"

"그렇다면 상임 위원회 앞으로 가져가야죠. 그것을 서둘러 입수해야 할 이유가 하나 더 생겼네요. 2일에 위원회 회의가 열릴 예정이잖아요. 위원회에서 다루면 될 겁니다."

"위원회에서 잘 처리할까요?"

"그럴 거예요."

래리는 이렇게 대답하면서 한편으로는 레오가 위원회에 관해

했던 말을 생각하고 있었다.

프래니는 자리에서 일어나 지면에 발을 디뎠다.

"기분이 한결 나아졌네요. 여기로 나오라고 해 줘서 고마워요, 래리."

"어디서 만날까요?"

"해럴드의 집 건너편에 있는 작은 공원요. 그곳에서 내일 오후 1시에 보는 게 어때요?"

"좋습니다. 그럼 그때 뵐게요."

프래니는 지난 몇 주간보다 마음이 한결 가벼워진 것을 느끼며 집으로 갔다. 래리 말대로 이제 해야 할 일이 상당히 명확해졌다. 그들의 두려움이 모조리 사실무근이었다는 것을 장부가 입증해 줄지도 모른다. 그러나 만약 전혀 다른 사실을 입증해 준다면…….

만약 다른 사실이 드러난다면, 위원회로 결정을 넘기면 된다. 래리 말마따나 그들은 2일 저녁에 베이스라인 대로 말단에 자리한 닉과 랠프의 거처에서 회의를 열 예정이니까.

프래니가 집에 돌아왔을 때, 스튜는 침실에 앉아 한 손에는 사인펜을, 다른 손에는 무게 있는 가죽 장정 서적을 들고 있었다. 표지에 금박으로 찍혀 있는 책 제목은 『콜로라도 형사 재판법 개론』이었다.

"어려운 책이네."

프래니가 스튜의 입에 키스했다.

"으휴."

스튜가 방 저편으로 내던진 책은 쿵 소리를 내며 화장대 위에 안착했다.

“앨 번델이 가져왔어. 그 친구네 사법 위원회가 정말 의욕적으로 활동하고 있거든. 앨은 모레 회의에서 자유 지대 위원회를 상대로 이야기하고 싶어 해. 그런데 우리 예쁜 아가씨는 뭐 하다 오셨우?”

“래리 언더우드랑 얘기했어.”

스튜는 꽤 오랫동안 그녀를 찬찬히 바라보았다.

“프랜, 너 울었어?”

“응.”

프래니는 스튜의 시선을 차분하게 마주 대했다.

“덕분에 기분이 좋아졌어. 훨씬 좋아.”

“아기 때문에 그런 거야?”

“아냐.”

“그럼 뭔데?”

“내일 밤에 이야기해 줄게. 마음속에 담아 둔 걸 모두 이야기해 줄게. 그때까지는 아무것도 묻지 마. 알았지?”

“심각한 거야?”

“모르겠어.”

스튜는 그녀를 한참, 아주 한참 동안 바라보았다.

“알았어, 프래니. 난 널 사랑해.”

“나도 알아. 그리고 나도 오빠를 사랑해.”

“침대?”

프래니가 웃음 지었다.

“맘껏 달리게 해 줄게, 오빠.”

9월 첫날은 흐리고 비 오는 날씨로 시작되었다. 우중충한, 기억에 남을 것이 없는 날이었다. 그러나 자유 지대 주민한테는 결코 잊을 수 없는 날이 되었다. 북부 볼더에 전력이 복구된 날이었던 것이다. 일시적으로나마.

11시 50분, 발전소 통제실에서는 브래드 키치너가 뒤에 함께 서 있던 스튜, 닉, 랠프, 잭 잭슨을 돌아보았다. 브래드는 미소를 띠고 초조한 듯 말했다.

"성모 마리아시여, 충만한 은총을 내리소서. 제가 이 경주에서 우승하도록 도와주소서."

브래드가 두 개의 커다란 스위치를 세게 잡아당겼다. 통제실 아래에 있는 동굴처럼 거대한 홀 안에서 두 대의 시험 발전기가 굉음을 내기 시작했다. 다섯 남자가 한쪽 벽면을 가득 채운 편광 유리창으로 걸어가 아래를 내려다보았다. 거기엔 거의 100명이나 되는 남녀가 모두 브래드의 지시대로 보안경을 착용하고 서 있었다.

"만약 일이 잘못된다면, 발전기 쉰두 대 전부보다는 두 대만 망가지는 게 나을 테니까요."

브래드는 진작에 그들한테 일러두었다.

발전기들이 더욱 큰 소리로 굉음을 내기 시작했다.

닉이 스튜를 팔꿈치로 툭 치고 사무실 천장을 가리키자 스튜가 위를 올려다보고 씩 웃었다. 반투명 천장널 뒤에서 형광등이 가냘픈 빛을 발하기 시작했다. 발전기들은 돌고 돌아 최고조에 달하더니 윙윙 소리를 규칙적으로 내기에 이르렀고, 안정 상태를 유지했다. 밑에 모여 있던 일꾼들의 인파 속에서 박수갈채가 터져 나왔다. 그 소리에 놀란 몇몇 사람은 몸을 움찔거리기도 했다. 일꾼들의 손은 작업 시간마다 구리줄을 감는 고된 일에 시달려 거칠어지고 살갗이 벗겨져 있었다.

형광등이 눈부시게, 그리고 정상적으로 빛나고 있었다.

닉에게 그 순간의 느낌은 소요 마을에서 전기가 완전히 나갔을 때 실감했던 두려움과 정반대되는 것이었다. 지금은 무덤에 매장된 느낌이 아니라, 부활하는 느낌이었다.

두 대의 발전기가 노스 스트리트 지역에 있는 북부 볼더의 한 작은 구역에 전력을 공급했다. 그 지역에 사는 사람 중에 그날 아침의 실험에 관해 모르는 이들이 있었는데, 이런 사람들 대다수는 마치 지옥의 모든 악마들이 쫓아오기라도 하는 듯 줄행랑을 쳤다.

텔레비전 수상기들이 눈 내리는 방송 화면을 들이대며 환하게 켜졌다. 스프루스 스트리트에 있는 어떤 집에서는 믹서가 윙윙거리며 되살아나 오랫동안 굳어 있던 치즈와 계란 반죽을 휘저으려고 기를 썼다. 그 믹서의 모터는 이내 과부하에 걸려 터져 버렸다. 버려진 차고 속에 있던 전기톱이 굉음을 내며 되살아나 뱃속에서 톱밥을 뿜어냈다. 전기 스토브의 점화구들이 이글거리기 시작했다. 밀랍 인형 박물관이라는 이름의 음반 가게 확성기에서는 가수 마빈 게이가 노래를 부르기 시작했다. 활기찬 디스코 장단에 맞추어 흐르는 노랫말은 과거의 빛이 소생한 것이 꿈인 양 반기는 분위기였다.

"춤을 춥시다 / 환호성을 지릅시다 / 기쁨을 만끽해요 / 춤을 춥시다 / 환호성을 지릅시다."

메이플 스트리트에서는 변압기가 터지는 바람에 시뻘건 불꽃들의 휘황찬란한 소용돌이가 아래로 나풀나풀 떨어져, 젖은 풀밭에서 빛을 발하다가 꺼졌다.

발전소에서는 발전기 한 대가 필사적으로 굉음을 내기 시작했다. 연기가 뿜어져 나왔다. 뒷걸음질치는 사람들은 공황 상태에 빠지기 직전이었다. 통제실이 메케하고 달콤한 오존 냄새로 가득했다. 사이렌이 귀청이 떨어져라 울려 댔다.

"너무 높아!"

브래드가 고함쳤다.

"저 녀석이 한계를 넘어서고 있어! 과부하가 걸렸어!"

브래드가 실내 반대편으로 부리나케 뛰어가 양쪽 스위치를 다시 힘껏 위로 올렸다. 발전기들의 굉음이 가라앉기 시작했다. 그 전에 이미 밑에서는 요란한 폭발음과 비명이 줄을 이었지만 위에서는 안전유리 때문에 그 소리가 들리지 않았다.

"아이고야, 두 대 중 하나에 불이 붙었네."

랠프가 말했다. 그들 머리 위에선 형광등이 하얀 빛의 음침한 알맹이로 흐려지더니 곧 완전히 꺼졌다. 브래드가 통제실 문을 왈칵 열고 층계참으로 뛰쳐나갔다. 그의 목소리가 탁 트인 공간에서 둔탁하게 울렸다.

"저기다 분말 소화기를 쏴요! 빨리빨리!"

분말 소화기 몇 대가 발전기들을 향해 발사되자 불길이 잡혔다. 오존 냄새가 여전히 진동했다. 위층에 있던 사람들이 층계참으로 나와 브래드 옆에 몰려들었다.

스튜가 브래드의 어깨에 손을 얹었다.

"결과가 이렇게 돼서 유감이네, 브래드."

브래드가 스튜를 향해 돌아서서 씩 웃었다.

"유감이오? 뭐가요?"

"그게, 불이 났잖아, 안 그래?"

잭이 물었다.

"제길, 맞습니다요! 분명히 그렇죠! 노스 스트리트 인근의 어딘가에선 변압기가 완전히 엉망으로 터졌지요. 우리가 깜빡했어요. 빌어먹을, 깜빡하다니! 사람들은 병에 걸렸고, 죽었어요. 하지만 죽기 전에 돌아다니면서 전기용품들을 꺼 놓지는 않았단 말이죠! 볼더 전체의 텔레비전들, 오븐들, 전기담요들이 죄다 켜진 겁니다. 엄청난 전력이 고갈되어 버린 거지요. 이 발전기들은 부하가 한쪽에 과도하게 걸리고 다른 쪽에 가볍게 걸릴 땐 가벼운 쪽으로 부담을 떠넘기도록 설계되었습니다. 저기 아래에 있는 저 발전기는 부담을 떠넘기려 애썼죠. 하지만 나머지 발전기들이 모두 차단되어 있는 상황이었습니다, 아시겠죠?"

브래드는 상당히 흥분했는지 몸까지 들썩거리고 있었다.

"개리! 인디애나 주 개리가 땅바닥까지 완전히 불타 버렸던 거, 여러분도 기억하시죠?"

사람들이 고개를 끄덕거렸다.

"단정 지을 수는 없어요. 결코 단정 지을 수는 없어요. 하지만 여기서 방금 벌어졌던 일이 개리에서와 같은 참사를 불러일으켰을 수도 있어요. 전력이 제때 끊어지지 않았다면 그 꼴이 났을 거예요. 여러 조건이 딱 맞아떨어진 상황에서는 누전된 전기 담요 한 장만으로도 충분했을 겁니다. 오리어리 부인의 암소가 등불을 발로 차 넘어뜨려 일어났던 19세기 시카고 대화재랑 똑같은 식으로요. 이 발전기들은 부담을 떠넘기려고 했는데 떠넘길 곳이 없었죠. 그러니 다 타 버렸던 거예요. 그 정도로 끝난 게 우리한텐 행운입니다. 저는 그렇게 생각합니다. 그 점에 관한 한 제 말을 믿으셔도 됩니다."

"자네가 그렇게 말한다면야."

랠프가 어정쩡하게 대꾸했다.

"작업을 완전히 다시 해야겠네요. 하지만 모터 하나만 처리하면 됩니다. 곧 시작하겠습니다. 하지만……."

브래드가 흥분한 나머지 무의식적으로 손가락을 딱딱 튕기기 시작했다.

"확신이 서기 전엔 다시 가동하지 않겠습니다. 작업 인원을 더 지원받을 수 있을까요? 남자들로 열댓 명 정도?"

"물론, 가능하긴 하지. 무슨 일에 투입하려고?"

"전기 끄기 작업반이오. 남자들 한 무리가 볼더를 돌아다니면서 스위치가 켜진 채 방치된 모든 전기 기구를 꺼 놓는 겁니다. 그 일을 끝내기 전까지는 절대 전기를 다시 가동하지 않겠어요. 우리한텐 소방대도 없는 판국이니까."

브래드가 약간 미친 듯이 웃어 댔다. 스튜가 말했다.

"우린 내일 밤 상임 위원회 회의를 열 거야. 자네가 와서 왜 작업 인원이 필요한지 설명하면, 일꾼들을 얻겠지. 그런데 과부하가 다시는 발생하지 않을 거라고 확신하는 건가?"

"하늘이 두 쪽 나도 확신합니다, 그럼요. 그렇게 많은 전기용 기구가 켜진 채 방치되지만 않았으면, 오늘도 과부하는 안 일어났을 거예요. 그 점을 확실히 하자면 누군가 북부 볼더에 가서 그곳이 홀라당 불타고 있는 건 아닌지 확인해 봐야겠지만요."

브래드가 농담하고 있는 건지 아닌지 아무도 확신하지 못했다. 그 지역에서 밝혀진 바로는 몇 건의 작은 화재가 발생했으며, 대개 과열된 전기 기구 때문이었다. 때맞춰 내리고 있던 이슬비 덕분에 단 한 건도 크게 번지지는 않았다. 나중에 자유 지대 사람들이 1990년 9월 첫날에 관해 기억하는 것은 그날이 전력이 복구된 날이라는 사실이었다. 단 30초 정도였지만.

1시간 뒤, 프랜은 자전거 페달을 밟으며 해럴드네 집 건너편의 에벤 G. 파인 공원으로 들어갔다. 공원 북쪽 끝의 소풍 탁자들 너머로 볼더 개울이 졸졸 흐르고 있었다. 아침 이슬비가 미세한 안개로 바뀌어 갔다.

프랜은 래리를 찾아 주변을 둘러보았으나 찾지 못하고 자전거를 세워 놓았다. 그네 놀이터를 향해 이슬 맺힌 풀밭 위를 걸어가는데 목소리가 들려왔다.

"여기예요, 프래니."

화들짝 놀란 프래니는 남성용과 여성용 화장실이 들어선 건물 쪽을 쳐다본 순간 극도로 당황하고 말았다. 키가 훌쩍한 누군가가 양쪽 공중변소 가운데로 뚫린 짧은 통로의 그늘 속에 서 있었는데, 한순간 그녀는…….

그러나 밖으로 걸음을 내디딘 사람은 빛바랜 청바지와 다갈색 셔츠를 차려입은 래리였다. 프랜은 긴장을 풀었다.

"내가 너무 놀라게 했나요?"

"그랬죠, 아주 조금."

프랜이 그네에 주저앉자 철렁했던 심장이 서서히 느려졌다.

"그냥 어둠 속에 왠 사람이 서 있는 게 보여서……."

"미안해요. 난 그 속에 있는 게 더 안전하다고 생각했거든요. 여기라면 해럴드네 집에서 곧바로 보이지는 않겠지만요. 당신도 자전거 타고 왔다는 거 알아요."

프랜이 끄덕였다.

"더 조용히 이동하려고 그랬죠."

"내 자전거는 눈에 안 띄게 저 대피소에다 집어넣었어요."

래리가 운동장 옆의 벽이 트인 나지막한 건물을 고갯짓했다.

프래니는 그네와 미끄럼틀 사이로 자전거를 끌고 가 대피소에 집어넣었다. 그 안은 퀴퀴하고 구린 악취가 났다. 운전하기엔 너무 어리거나 몹시 술 취한 아이들을 위한 섹스의 공간이었을 것으로 짐작되었다. 맥주병과 담배꽁초로 어질러져 있었다. 한구석에 꼬깃꼬깃해진 팬티가 있었고 가까운 구석 자리엔 작게 불을 피운 흔적이 남았다. 프랜은 래리의 자전거 옆에 자신의 것을 세워 놓고 재빨리 바깥으로 나왔다. 그런 그늘 속에서 오래전에 죽어 버린 분비물 냄새를 맡고 있으면 다크맨이 자신의 바로 뒤에 서서 한 손에 찌그러진 옷걸이를 들고 있는 모습이 쉽게 상상될 것 같았다.

"홀리데이인 모텔이랑 비슷하네요, 그렇죠?"

래리가 무미건조하게 말했다.

"내 보기엔 그리 아늑할 것 같지 않은데요."

프랜이 약간 몸을 떨며 덧붙였다.

"래리, 이번 일이 어찌 되든, 난 오늘 밤 스튜 오빠한테 전부 다 얘기하고 싶어요."

래리가 고개를 끄덕거렸다.

"그래요. 스튜 씨는 상임 위원이자 보안관이기도 하니까요."

프랜이 래리를 걱정스러운 듯 바라보았다. 이때 처음으로 그녀는 이 원정 여행이 해럴드를 감옥에 보내는 것으로 끝을 맺을 수도 있음을 깨달았다. 그들은 수색 영장 같은 것도 없이 해럴드의 집으로 몰래 들어가 뒤지고 다닐 작정이었다.

"오, 끔찍해."

"썩 좋은 일은 아니죠."

래리가 동감했다.

"이 일에서 손을 떼고 싶나요?"

한참 동안 생각하고 나서 프랜은 고개를 저었다.

"좋아요. 그건 확실히 해 둬야 해요, 어떤 식으로든."

"두 사람이 집에 없는 건 분명하죠?"

"예. 오늘 아침 일찍 해럴드가 매장 위원회 트럭을 운전하는 걸 봤어요. 그리고 전력 위원회에 소속된 사람들은 모조리 시험 가동 현장에 불려 나갔고요."

"그 여자가 불려 나간 거 확실하죠?"

"안 나갔다면 그게 더 이상한 일이겠죠, 안 그래요?"

프랜이 곰곰이 생각해 보고 나서 고개를 끄덕였다.

"그럴 테지요. 그런데 말예요, 스튜 오빠가 그러는데 발전소 사람들은 6일까지 거의 모든 지역에 전기가 다시 들어올 거라고 생각한대요."

"그날은 대단한 날이 될 겁니다."

래리는 섀넌이나 브로큰 드럼과 함께 커다란 펜더 기타와 훨씬 더 커다란 앰프를 갖추고 볼륨을 최고로 올려서 무언가를 연주한다면(어떤 곡이든 좋다. 그 곡이 단순한 리듬에 격렬한 비트를 갖추고 있기만 하면) 얼마나 근사할지 생각했다. 「글로리아」나 「워킹 더 독」 같은 곡이 좋다. 사실은 어느 거나 다 좋다. 다만 「베이비, 당신의 남자를 믿나요」만 제외하고.

"어쩌면요, 아무래도 방문 목적을 준비해 놓아야 할까 봐요. 만일에 대비해서."

래리가 삐딱하게 미소 지었다.

"만약 누군가 돌아와 있으면, 우리가 잡지 정기 구독권을 팔러 다니는 중이라고 말할까요?"

"하하, 래리."

"뭐, 당신이 내게 방금 했던 전기 얘기를 알려 주려고 들렀다고 할 수도 있겠죠. 만약 네이딘이 와 있다면."

프랜이 끄덕거렸다.

"그래요, 그게 좋겠어요."

"너무 오버하진 마요, 프랜. 예수 그리스도가 마을 저수지 위를 이리저리 걷고 있다는 소식을 전하러 왔다고 하면 그 여자가 의심할 겁니다."

"그 여자가 무언가 죄를 지었다면요."

"예, 무언가 죄를 지었다면요."

프랜이 잠시 생각 끝에 말했다.

"어서 가요."

굳이 방문 목적을 꾸며 낼 필요는 없었다. 처음엔 현관문을, 그 다음엔 뒷문을 계속 세차게 두드려 보니 해럴드의 집은 정말로 텅 비어 있었다. '때마침 잘됐네.' 프랜은 생각했다. 그들이 지어낸 핑계는 생각하면 할수록 빤하고 어설프게 느껴졌으니까.

"전에 어떻게 들어갔죠?"

래리가 물었다.

"지하실 창문으로요."

그들은 집 옆으로 돌아갔고 프랜이 망을 보는 동안 래리가 창문을 이리저리 끌어당겼지만 아무 성과도 없었다.

"전엔 성공했겠죠. 하지만 이젠 창문이 잠겼어요."

"아니에요, 창문이 빽빽해서 그럴 거예요. 내가 해 볼게요."

그러나 프랜도 운이 없기는 마찬가지였다. 프랜의 첫 번째 은밀한 여행과 현재 사이의 어느 순간에 해럴드가 단단히 잠가 놓은 것이다.

"이제 어쩌죠?"

"창문을 부숩시다."

"래리, 해럴드가 침입한 걸 알아차릴 거예요."

"그러라지요. 만약 숨길 것이 하나도 없다면, 그저 애들 두 명이 빈집 창문을 부순 것으로 생각할 테죠. 분명히 빈집처럼 보이잖아요. 차양이 전부 다 내려져 있으니까. 그리고 정말로 숨길 것이 있다면 깨진 창문 때문에 무지 걱정할 테고, 해럴드는 걱정에 시달려도 싸요. 맞죠?"

프랜은 애매한 표정을 지었으나 래리가 자기 셔츠를 찢어 주먹과 팔뚝에 감싸고 지하실 유리를 박살 낼 때까지 그를 제지하지 않았다. 유리가 안쪽으로 쨍그랑 하고 깨지자 래리는 창문 잠금 손잡이를 찾아 더듬거렸다.

"여기 있네."

그것을 풀자 창문이 스르르 뒤로 열렸다. 래리가 먼저 미끄러져 들어가서는 돌아서서 그녀를 도왔다.

"조심해요, 아가씨. 해럴드 로더의 지하실에서 유산하기라도 하면 안 되니까, 살살."

래리가 프랜의 양쪽 겨드랑이를 잡아 바닥에 내려놓았다. 그들은 함께 오락실 안을 두리번거렸다. 크로케 방망이 세트가 보초를 서고 있었다. 에어 하키 탁자는 갖가지 색깔의 전선 자투리들로 너저분했다.

"이게 뭘까요? 저번엔 이런 게 없었는데."

프랜이 전선 자투리 하나를 집어들었다.

래리가 어깨를 으쓱했다.

"해럴드가 개량형 쥐덫을 만드는 중인가 보죠."

래리가 탁자 아래에 있던 상자를 낚아챘다. 겉면에 적힌 내용. '최고급 리얼리스틱 무전기 세트, 건전지 미포함.' 래리는 상자를 열었지만, 상자의 무게로 이미 빈 상자임을 알 수 있었다.

"쥐덫 대신에 무전기를 만드는군요."

"아뇨. 프랜, 이건 조립하는 물건이 아니에요. 구입해서 바로 사용할 수 있는 완성품 무전기라고요. 아마도 무전기를 개조하는 중이었나 봐요. 해럴드라면 그럴 만도 하네요. 스튜 씨와 해럴드와 랠프 씨가 마더 애버게일 님을 찾으러 멀리 나갔을 때 스튜 씨가 무전기 수신 상태를 두고 얼마나 화를 냈는지 기억나죠?"

프랜은 고개를 끄덕였지만, 전선 자투리들 때문에 여전히 마음이 심란했다.

래리는 상자를 바닥에 도로 내려놓았다. 그러고는 먼 훗날 자신이 평생 살아오면서 한 말 중에 가장 무식하고 그릇된 주장으로 기억될 말을 했다.

"별로 중요한 건 아니에요. 갑시다."

그들은 계단을 올라갔다. 이번엔 계단 꼭대기의 문이 잠겨 있었다. 프랜이 돌아보자 래리가 어깨를 으쓱했다.

"이미 발을 담갔는데 거리낄 게 뭐 있나요, 안 그래요?"

프랜이 고개를 끄덕거렸다.

래리는 문 반대편에 걸린 빗장이 얼마나 강한지 가늠해 보려고 문에다 어깨를 몇 번 부딪쳐 본 다음, 강하게 들이받았다. 뚝 꺾어지는 금속음과 꽝 하고 부서지는 파열음이 나면서 문이 활짝 열렸다. 래리가 몸을 숙여 부엌 리놀륨 바닥에서 빗장 조각을 집어들었다.

"다시 붙여 놓을 수 있어요. 그러면 달라진 점을 전혀 모를 겁니다. 십자드라이버가 있으면 쉬울 텐데."

"뭐하러요? 해럴드가 부서진 창문을 볼 텐데."

"그건 맞아요. 하지만 빗장을 문에 다시 붙여 놓으면, 그는 아마도…… 왜 웃어요?"

"괜찮아요, 다시 붙여 놓으세요. 그런데 이따가 지하실에 들어가 문을 닫고 나면, 어떻게 빗장을 끌어당겨 잠글 건가요?"

래리가 곰곰히 생각해 보았다.

"에이, 난 똑똑한 여자가 제일 싫어."

그러고는 포마이카 부엌 카운터 위에 빗장을 내던졌다.

"벽난로 장식을 조사하러 갑시다."

그들은 어슴푸레한 거실로 들어갔다. 프랜은 불안감이 스멀스멀 올라오는 것을 느꼈다. 지난번에는 네이딘이 열쇠를 갖고 있지 않았다. 만약 네이딘이 돌아온다면, 이번에는 열쇠를 갖고 있을 터였다. 그리고 네이딘이 정말로 돌아온다면, 그들은 현행범으로 붙잡힐 것이다. 보안관으로서 스튜의 첫 번째 임무가 자기 여자를 주거 침입죄로 체포하는 것임이 드러난다면 참 씁쓸한 웃음거리일 것이다.

"저거 맞죠?"

래리가 손으로 가리키며 물었다.

"예. 가능한 한 서둘러요."

"어차피 해럴드가 옮겨 놨을 가능성이 커요."

해럴드는 실제로 일기를 옮겨 놓았다. 그것을 헐거운 벽난로 장식 돌 밑에 다시 되돌려 놓은 것은 네이딘이었다. 래리와 프랜은 그런 사정을 전혀 몰랐지만, 어쨌든 래리가 헐거운 장식 돌을 옆으로 빼자 그 밑의 움푹 들어간 공간에 책이 그대로 놓여 있었고, 금박으로 된 '장부'라는 글씨가 그들을 향해 은은하게 반짝거렸다. 둘 다 그것을 주시했다. 실내가 갑자기 더 뜨겁고, 더 숨 막히고, 더 어두워진 듯싶었다.

"자, 감탄만 하고 있을까요, 아니면 읽을까요?"

"래리가 하세요. 난 저것에 손도 대고 싶지 않으니까."

래리는 구멍 속에서 책을 들어올려 무의식적으로 겉표지에 묻은 하얀 돌가루를 닦아 냈다. 그리고 닥치는 대로 뒤적거렸다. 필기는 시중에서 돌대가리라는 호전적인 상표명으로 팔리는 사인펜으로 한 것 같았다. 해럴드는 그 펜 덕분에 오밀조밀하고 숙달된 필체로 글을 쓸 수 있었다. 감정이 세심한 사람, 어쩌면 충동적인 사람의 필적이었다. 글은 문단 나누기가 전혀 안 되어 있었다. 좌우 여백이 겨우 눈곱만 했는데, 그런 여백이 계속 일직선 모양을 이루고 있어서 마치 자를 대고 그린 듯 보였다.

"이걸 다 읽으려면 사흘은 걸릴 거예요."

래리는 앞쪽으로 책장을 넘겼다.

"거기서 멈춰요."

프랜이 래리의 팔 위로 손을 뻗어 장부를 두어 장 뒤로 넘겼다. 이 지면에서는 눈에 확 띄게 네모 칸을 친 부분 때문에 단어의 일정한 흐름이 끊어졌다. 네모 칸 안의 내용은 좌우명 같은 것인 듯 했다.

> 하나의 별을 따라간다는 것은 어떠한 위대한 영향력의 힘, 어떠한 섭리의 힘을 시인하는 것이다. 그런데 바로 그것을 따라감으로써 훨씬 더 위대한 힘의 근원으로 이어지는 것은 과연 불가능한 일인가? 너의 하나님, 너의 악마는 등대로 들어가는 열쇠를 갖고 있다. 나는 요 두 달 동안 너무나 오래도록 격심하게 그 문제와 씨름했다. 그러나 그는 우리 각자에게 항해할 책무를 부여했던 것이다.
>
> 해럴드 에머리 로더

"미안. 난 포기할래요. 당신은 이게 이해가 돼요?"

프랜이 천천히 고개를 저었다.

"따라가는 것이 앞장서서 인도하는 것만큼이나 영예로운 일일 수도 있다는 해럴드 식의 표현인 것 같아요. 그렇지만 좌우명이라고 하기엔 '낭비가 없으면 궁핍도 없다' 수준밖에 안 되네요."

래리가 앞쪽을 향해 책장을 넘기다가 네모 칸 격언을 네다섯 개 더 찾았는데, 그것들 모두 대문자로 적은 해럴드의 이름으로 끝을 맺었다.

"휴우. 이것 좀 봐요, 프래니!"

> 인간의 가장 중대한 두 가지 죄악은 교만과 증오라는 말이 있다. 그것들이 죄라고? 나는 그것들을 가장 중대한 두 가지 덕목으로 생각하리라. 교만과 증오를 떨쳐 버리는 것은 곧 세상을 위하여 네가 변할 것임을 의미한다. 그것들을 끌어안는 것, 그것들이 숨 쉴 배출구를 내주는 것은 더욱 숭고한 일이다. 즉 그런 행동은 너를 위해 세상이 반드시 변해야만 한다는 뜻이다. 나는 위대한 모험의 길 위에 서 있다.
>
> 해럴드 에머리 로더

"심각하게 어지러운 마음이 일구어 낸 작품이군요."

프랜은 냉기를 느꼈다.

"우리를 이 혼란 속으로 빠뜨린 게 바로 저런 사고방식이죠."

래리가 동감하며 책의 도입부까지 재빠르게 책장을 넘겼다.

"시간이 얼마 없어요. 우리가 이것으로 얻어 낼 수 있는 게 뭔지 생각해 봅시다."

그들은 둘 다 정확히 무엇을 기대해야 하는지 알지 못했다. 장부의 다른 글은 읽지도 못한 채 네모 칸 좌우명들과 이따금 한두 마디 글귀만 겨우 읽었는데, 대개는 아무런 의미도 없는 해럴드의 비비 꼬인 문체 탓이었다.(복잡하게 끝없이 이어지는 문장은 해럴드의 마음이 창안해 낸 발명품이지 싶었다.)

따라서 그들이 장부의 시작 부분에서 목격한 것은 그야말로 완벽한 충격이었다.

일기는 첫 번째 지면의 맨 꼭대기에서 시작했다. 동그라미 안에 1이라는 숫자가 깔끔하게 표시돼 있었다. 여기에는 문단 첫머리에 들여쓰기가 되어 있었으며, 각각의 네모 칸 좌우명을 제외하면 책 전체를 통틀어 유일한 들여쓰기였다. 그들은 성가대 연습을 하는 아이들처럼 나란히 장부를 부여잡고 첫 번째 문장을 읽었다. 프래니는 숨 막히는 목소리로 나지막하게 "오!"를 외치고 손으로 가볍게 입을 눌렀다.

"프랜, 이 책을 가져가야겠어요."

"예……."

"그래서 스튜 씨한테 보여 줘야죠. 그들이 다크맨의 편에 섰다는 레오의 말이 옳은지는 모르겠지만, 적어도 해럴드의 정신이 위험하게 일그러진 것만은 분명해요. 당신도 실감했겠지만."

"예."

프랜이 거듭 말했다. 그녀는 현기증과 함께 맥이 풀리는 기분을 느꼈다. 이것이 일기장 사건의 결론이었다. 마치 전부터 알고 있었던 것만 같았다. 커다랗게 얼룩진 엄지 지문을 보았던 순간부터 결과를 다 알고 있었던 것만 같았다. 프랜은 기절하지 말자고, 절대 기절하지 말자고 부단히 다짐해야 했다.

"프랜? 프래니? 괜찮아요?"

래리의 목소리. 아득히 멀리서 들려온다.

해럴드의 장부 속 첫 문장은 다음과 같았다.

'묵시록의 참상이 휩쓸고 간 유쾌한 올여름에 내 가장 큰 즐거움은 스튜어트 개자지 레드먼 씨를 죽여 버리는 일이 될 것이다. 그리고 정말로 어쩌면 나는 프랜 역시도 죽여 버릴 것이다.'

"랠프 씨? 랠프 브렌트너 씨, 댁에 계세요? 여보세요, 집에 누구 없어요?"

그녀는 계단 위에 서서 집을 둘러보았다. 마당에는 오토바이가 보이지 않았고 자전거 두 대만이 한쪽에 세워져 있었다. 랠프는 그녀가 부르는 소리를 들을 법도 했지만, 벙어리의 존재를 고려해야 했다. 귀머거리에 벙어리. 얼굴이 새파래지도록 고함을 질러 봤자 대답이 없을 것이므로 닉은 아직 집 안에 있는지도 모른다.

쇼핑백을 다른 팔로 옮겨 들고 문을 열어 본 네이딘은 문이 열려 있음을 깨달았다. 그녀는 가늘게 내리는 이슬비를 피해 집 안으로 걸음을 옮겼다. 현관의 작은 홀에 이르렀다. 네 단짜리 계단이 부엌으로 이어졌다. 그 계단은 앤드로스가 기거하는 곳이라고 해럴드가 알려 주었던 지하층과도 연결되어 있었다. 네이딘은 얼굴에 몹시 유쾌한 표정을 지으며 아래층으로 내려갔고, 닉이 그곳에 있을 경우를 대비해 마음속으로 핑곗거리를 준비했다.

'문을 두드려 봤자 당신이 모를 거라고 생각해서 바로 들어왔어요. 우리 일꾼들 중 일부가 터진 발전기 모터 두 개에 전선 감는 일로 야간 작업을 해야 하는지 알고 싶대요. 브래드가 얘기 안 했나요?'

아래엔 방이 딱 두 개 있었다. 그중 하나는 수도승의 독방처럼 단출한 침실이었다. 나머지 하나는 서재였다. 책상 하나, 큰 의자 하나, 휴지통 하나, 책장 하나가 있었다. 책상 위는 종잇조각들로 어지러웠고 네이딘은 그것들을 멍하니 들여다보았다. 대부분 의미를 잘 알 수 없는 것들이었다. 대화를 나누느라 닉이 작성한 것으로 짐작되었다.('저도 그렇게 여깁니다. 그러나 우리가 더 간단한 방법으로 할 수 없겠냐고 그에게 요구하면 안 되는 겁니까?' 종이들 중 하나에 적힌 말이었다.) 나머지 종이들은 닉이 혼자서 쓴 메모, 업무, 생각 등을 정리한 메모인 것 같았다. 그중 몇 개는 해럴드가 냉소적인 미소를 지으며 '더 나은 인생으로 인도하는 이정표'라고 지칭했던, 그의 장부 속에 나오는 네모 칸 글귀들을 연상시켰다.

그중 하나의 내용은 이러했다. '상거래에 관해 글렌 교수한테 말하자. 우리 가운데 거래가 어떻게 시작되는지 아는 사람이 있는가? 재화의 품귀, 그건가? 또는 시장에서 변칙 독점? 전문 기술. 그것이 핵심 용어일지도 모른다. 만약 브래드 키치너가 전기를 거저 주지 않고 판매하기로 하면 어떡하지? 의사가 유료 진료를 주장하면? 우리는 무엇으로 대가를 지급하려나? 흐음.'

다른 메모. '공동체 보호는 상호 책임을 요하는 사안이다.'

또 다른 종이. '우리가 매번 법에 관해 이야기할 때마다 나는 소요 마을의 악몽을 꾸며 밤을 보낸다. 사람들이 죽어 가는 것을 지켜본다. 칠드레스가 감방에다 저녁 식사를 집어 던지는 것을 지켜본다. 법, 법, 빌어먹을 법을 어떻게 할 것인가? 사형. 우스운 생각이 하나 떠오른다. 브래드가 전력을 복구하면, 누군가가 브래드에게 사형용 전기의자도 만들어 내라고 요구하기까지 얼마나 오랜 기간이 걸릴까?'

네이딘은 종잇조각에서 고개를 돌렸다. 마지 못해서. 오로지 글쓰기를 통해서만 생각을 표현할 수 있는 사람이 남긴 기록들을 살펴보는 것은 무척 재미있었지만(네이딘의 대학 시절 교수 한 명은 음성 표현 없이는 사고력 발달이 결코 완전할 수 없다고 즐겨 말했다.), 여기까지 내려온 목적은 이미 달성되었다. 닉이 없으니 여기에는 아무도 없는 것이었다. 너무 오래 꾸물거렸다가는 자신의 행운을 필요 이상으로 압박하게 될 터였다.

네이딘은 도로 위층으로 갔다. 그들은 아마도 거실에서 회의를 할 것이라고 해럴드가 말했다. 거실은 커다란 방이었다. 복슬복슬하고 두꺼운 포도주 색 깔개가 깔려 있고, 돌기둥을 통해 지붕까지 곧장 올라가는 단독 벽난로가 거실 분위기를 압도했다. 서쪽 벽 전체는 유리로 되어 플랫아이언 구릉지의 빼어난 풍광을 보여주었다. 그것은 네이딘으로 하여금 벽에 붙은 한 마리 벌레처럼 고스란히 노출된 느낌이 들게 했다. 강화 유리의 바깥 표면은 코팅 처리가 되어 있어 밖에 있는 사람은 그저 거울처럼 사물이 반사된 모습만 볼 뿐인데도, 심리적으로는 샅샅이 노출된 느낌이었다. 네이딘은 일을 신속히 끝마치고 싶었다.

거실 남쪽에서 그녀는 자신이 찾고 있던 것, 즉 램프가 말끔히 치워 놓지 않은 속이 깊숙한 벽장을 발견했다. 안쪽 맨 뒤편에 코트가 걸려 있었고, 깊숙한 구석에는 장화와 벙어리 장갑과 겨울 양모 스웨터들이 1미터 정도 깊이로 뒤엉켜 있었다.

네이딘은 재빠르게 움직여 쇼핑백에서 식료품들을 꺼냈다. 내용물을 감추려고 딱 한 겹만 쌓아 놓은 것들이었다. 토마토 설탕 절임 통조림과 정어리 통조림 밑에는 다이너마이트와 무전기가 내장된 허시 퍼피 구두 상자가 있었다.

"벽장 안에 놓아두면, 제대로 작동할까? 벽이 하나 생기는 셈인데 폭발을 억제하지는 않을까?"

네이딘이 질문한 바 있었다. 해럴드가 대답했다.

"네이딘, 만약 그 장치가 작동하기만 하면, 또 작동 안 할 거라고 믿을 이유가 전혀 없다면, 그 집과 주변의 산 중턱 거의 전부를 날려 버릴 거예요. 그러니 회의가 열릴 때까지 눈에 안 띄겠다 싶으면 아무 곳에나 놔둬요. 벽장이 괜찮겠네요. 벽이 거실로 터져 나가면서 파편 역할을 할 테니까. 나는 당신의 판단을 신뢰해요, 사랑하는 여인이여. 재봉사가 파리 떼를 때려잡는다는 옛날 동화의 내용과 무척 비슷한 상황이 벌어질 거예요. 한 방에 일곱을 처치한다. 이 경우에는, 정치하는 바퀴벌레 한 무더기를 손봐 주는 것이죠."

네이딘은 장화와 스카프를 옆으로 젖혀 틈을 만들고 구두 상자를 그 속에 쑥 집어넣었다. 그 위를 잡동사니로 덮어 놓고 나서 벽장에서 빠져나왔다. 자, 보아라. 다 끝났다. 잘했든 못했든 간에.

네이딘은 뒤를 돌아보지 않고 신속하게 그 집을 떠났다. 그녀는 죽은 채로 있지 않고 꿈틀거리는 목소리를 무시하려고 기를 썼다. 목소리는 그녀한테 저 안으로 다시 들어가 폭파 뇌관과 무전기 사이로 흐르는 전선들을 뽑아 버리라고, 미쳐 버리기 전에 이 나쁜 짓을 그만 하라고 말하고 있었다. 정말이지 막연한 미래라고만 여겼던 그 대망의 만남이지 않은가. 아마도 2주일도 채 남지 않았을 테지? 광기야말로 최종적인 논리적 결말 아니겠어?

네이딘은 식료품 쇼핑백을 베스파 스쿠터의 짐칸에 넣고 발로 시동을 걸었다. 스쿠터를 타고 이동하는 내내, 그 목소리가 끊임없이 이어졌다. '그 물건을 저기다 방치해 두지는 않을 거지, 그렇지? 그 폭탄을 저 안에 방치해 두지는 않을 거지, 그렇지? 그토록 많은 이들이 죽어 간 세상에서…….'

몸을 기울여 스쿠터 방향을 바꾸었지만, 어디로 가고 있는지 볼 수 없었다. 네이딘의 눈이 눈물로 점점 흐려졌다.

'……가장 큰 죄악은 인간의 생명을 빼앗는 것이다.'

일곱 목숨이 달려 있다. 아니, 그 이상이다. 위원회는 몇몇 소위원회의 대표들한테서 보고도 받을 예정이니까.

네이딘은 베이스라인과 브로드웨이의 모퉁이에 멈춰 서서, 방향을 돌려 다시 돌아갈까 생각해 보았다. 온몸이 부들부들 떨려 왔다.

곧이어 무슨 일이 벌어졌는지 네이딘은 나중에 결코 정확하게 해럴드한테 설명하지 못했다. 사실대로 말하면, 네이딘은 설명하려는 시도조차 안 했다. 그것은 앞으로 다가올 공포들의 예고편이었다.

그녀는 갑자기 시야에 암흑이 스멀스멀 깔리는 것을 느꼈다.

암흑은 천천히 펼쳐지는 검은 커튼처럼, 잔잔한 산들바람 속에서 나풀나풀 펄럭이는 모습과 비슷하게 찾아왔다. 이따금 산들바람이 돌풍으로 변하면 커튼은 더욱 활기차게 펄럭거렸고, 네이딘은 그 암흑의 커튼 끝단 아래로 약간의 햇빛을, 인적 없는 교차로의 풍경을 아주 조금 볼 수 있었다.

그러나 검은 커튼은 거듭되는 암전 속에서 네이딘의 시야를 덮쳤고, 그녀는 이내 그 속에서 길을 잃었다. 그녀는 눈이 멀었고, 귀가 먹었으며, 촉각을 잃었다. 네이딘의 자아는 생각하는 생물체가 되어 바닷물 같은, 양수 같은 따뜻한 검은 보호막 속에서 표류했다.

이윽고 그녀는 자신의 내부로 '그 남자'가 기어 들어오는 것을 느꼈다.

그녀 안에서 날카로운 비명이 솟아올랐으나, 비명을 내지를 입이 없었다.

관통, 엔트로피.

그 단어들이 무엇을 의미하는지, 그렇게 함께 붙어서 무엇을 의미하는지 몰랐다. 그저 그 말이 옳다는 것만 알았다.

예전에 한 번도 느껴 본 적 없는 것이었다. 나중에 가서야 그것을 묘사할 만한 여러 가지 은유가 떠올랐고, 네이딘은 그것들을 하나하나 탈락시켰다. 그것들의 면면은 다음과 같았다.

따스한 물 한가운데서 수영을 하다가 갑자기, 온몸을 마비시키는 깊은 냉기의 구멍 속에서 허우적대고 있다.

치과 의사가 노보카인 마취제를 놓고 이를 뽑는다. 아픔 없이 잡아당긴다. 하얀 에나멜 세면기 속으로 피를 뱉는다. 몸에 구멍 하나가 생겼다. 일부가 뜯겨 나간 것이다. 몸의 일부가 1초 전까지 살고 있던 곳에 난 구멍 속으로 혀를 쑥 밀어 넣을 수 있다.

거울 속 자신의 얼굴을 가만히 쳐다본다. 오랫동안 쳐다본다. 5분, 10분, 15분. 눈을 깜빡거리면 안 된다. 지적 호기심을 수반한 공포심을 갖고 지켜보려니 얼굴이 변한다. 영화 「늑대 인간」에 나오는 론 채니 주니어의 얼굴처럼. 자신한테도 낯선 사람이 되고, 황갈색 피부의 분신이 되고, 피부가 창백하고 눈이 길게 찢어진 미치광이 여자 흡혈귀가 된다.

사실 그런 것들과 딱 맞아떨어지진 않았지만, 그것들은 모두 비슷한 인상을 풍겼다.

다크맨이 네이딘한테 들어갔다. 그는 차가웠다.

네이딘이 눈을 떴을 때 처음 떠오른 생각은 자신이 지옥에 있다는 것이었다.

지옥은 순백이었으며, 다크맨이라는 반정립으로 이어지는 정립이었다. 네이딘은 하얀색으로, 아이보리 색으로 표백된 공허한 세계를 보았다. 하얗고 하얗고 또 하얀 세계. 하얀 지옥이었고, 사방 천지 어디에나 있었다.

네이딘은 순백을 응시하며(그것의 '속'을 응시하기란 불가능했다.) 매혹당하고, 고통받았으며, 몇 분이 지나고 나서야 자신의 양쪽 허벅지 사이에 있는 베스파 스쿠터의 안장을 느낄 수 있었고, 그러자 시야 바깥에 또 다른 색깔, 초록색이 나타났다.

네이딘은 버럭 몸을 젖히며 멍하니 고정된 시선을 고수하려는 자신의 눈을 힘주어 움직였다. 주변을 응시했다. 입은 힘이 빠져 떨리고 있었다. 두 눈은 홀린 듯 공포에 질려 있었다. 다크맨이 그녀 안에 있었다. 플랙이 그녀 안에 있었다. 그가 마침내 찾아와 그녀를 오감이 작용하는 창문들로부터, 현실을 엿보는 구멍들로부터 분리시켜 운전했다. 승용차나 트럭을 운전하듯 네이딘을 운전한 것이다. 그리고 그는 네이딘을 몰고 갔다…… 어디로?

네이딘은 흰색을 힐끔거렸다. 늦은 오후 비 내리는 하얀 하늘을 배경으로 설치된 자동차 전용 극장의 거대하고 텅 빈 영화 스크린이 보였다. 고개를 돌리자 매점이 보였다. 화려한 살색 분홍 페인트로 칠해져 있었다. 정면에 붙은 문구는 다음과 같았다. '홀리데이 트윈 극장에 오신 것을 환영합니다! 오늘 밤 별빛 아래서 재미있게 즐기세요!'

바로 조금 전에 베이스라인과 브로드웨이의 교차로에서 어둠이 네이딘을 찾아왔다. 지금은 멀리 28번가에 나와 있는데, 거의 도시 경계선을 넘어…… 롱몬트로 이어지는 길이 아닌가?

여전히 그녀 안에는, 마음속 아주 먼 곳에는 그의 흔적이 존재했다. 바닥에 떨어진 차가운 점액 덩어리처럼.

네이딘은 기둥들, 보초처럼 서 있는 쇠기둥들에 둘러싸여 있었다. 기둥은 각각 1미터 50센티미터 높이였고 자동차 전용 극장의 스피커를 매달고 있었다. 기둥 밑의 자갈밭 틈새로 잡초와 민들레가 자라나 있었다. 홀리데이 트윈 극장은 6월 중순 이후로는 장사를 안 하는 것 같았다. 흥행업계에는 죽음의 여름이었다.

"내가 왜 여기 있지?"

네이딘이 속삭였다.

그저 소리 내어 말한 혼잣말이었다. 아무런 대답도 기대하지 않았다. 그래서 대답을 받았을 때 극악한 공포의 비명이 네이딘의 목구멍에서 울렸다.

스피커 기둥에서 모든 스피커들이 동시에 잡초투성이 자갈밭으로 떨어져 내렸다. 그것들이 떨어지면서 거대하게 증폭된 '털썩!' 소리가 울려 퍼졌다. 시체들이 자갈밭에 충돌하는 소리.

"네이딘."

스피커들이 요란하게 울렸다. '그 남자'의 목소리였다. 네이딘의 처절한 비명 소리! 두 손이 머리로 날아올라 양 손바닥으로 양쪽 귀를 잽싸게 틀어막았지만, 모든 스피커들이 한꺼번에 울려서 낸 그 무시무시한 환희와 섬뜩하고도 우스꽝스러운 탐욕으로 가득 찬 엄청나게 큰 목소리를 피해 숨을 곳은 어디에도 없었다.

"네이딘, 네이딘, 오 내가 어찌나 네이딘을 사랑하는 것을 사랑하는지, 나의 귀염둥이, 나의 예쁜"

"그만 해!"

네이딘이 맞받아 소리 질렀다. 있는 힘을 다해 성대를 쥐어짰지만 저 엄청난 굉음에 비하면 그녀의 목소리는 너무나 작았다. 그런데 잠시 목소리가 멈추었다. 침묵이 흘렀다. 떨어진 스피커들이 초대형 곤충의 망사 눈처럼 자갈밭에서 네이딘을 올려다보았다.

네이딘의 두 손이 천천히 귀에서 내려왔다.

'너는 제정신이 아니었던 거야.' 그녀가 스스로를 안심시켰다. '그랬던 것뿐이야. 기다림으로 인한 긴장감…… 해럴드와의 유희…… 폭발물 심어 두기까지…… 그 모든 것이 마침내 너를 꼭지가 돌아 버리도록 몰고 갔던 거야, 예쁜아. 그래서 너는 미쳐 버린 거야. 아마 그러는 편이 더 나았을 거야.'

그러나 그녀는 미쳐 버린 게 아니었다. 그것을 분명히 알았다.

미친 것보다 훨씬 더 나쁜 상태였다.

이를 증명이라도 하듯, 학생들이 한데 모여 저지른 짓궂은 장난 때문에 교실 스피커를 통해 전교생을 꾸짖는 고등학교 교장 선생의 엄격하다 못해 거의 성가시기까지 한 목소리가 스피커에서 우렁차게 울렸다.

"*네이딘, 그들은 안다.*"

"그들은 안다."

네이딘이 앵무새처럼 흉내 냈다. 그들이 누구인지 또 그들이 무엇을 안다는 것인지 확실치 않았지만, 그것이 필연적인 결과임은 전적으로 확신했다.

"*너희는 어리석게 굴었다. 하나님은 어리석음을 사랑할지 몰라도, 나는 아니다.*"

목소리가 늦은 오후 속으로 쩌렁쩌렁 울려 퍼졌다. 옷은 흠뻑 젖어 살갗에 달라붙고, 머리칼은 핏기 없는 뺨에 덕지덕지 들러붙었으며, 네이딘은 부들부들 떨며 생각했다.

'어리석다. 어리석다, 어리석다. 나는 그게 무슨 뜻인지 알아. 내 생각에 그것은 죽음이라는 뜻이야.'

"*그들은 모든 것을 안다…… 구두 상자만 빼고. 다이너마이트만 빼고.*"

스피커들. 하얀 자갈밭에서 그녀를 빤히 올려다보고 있는, 비에 젖어 축 처진 민들레들을 밟고 서서 그녀를 훔쳐보고 있는, 온 사방의 스피커들.

"*해돋이 원형 극장으로 가라. 그곳에 머물러라. 내일 밤까지. 그들이 한데 모일 때까지. 그러고 나서 너와 해럴드는 오는 것이*

다. 나에게로 오는 것이다."

이제 네이딘은 오로지 빛나는 감사의 마음을 느끼기 시작했다. 그녀와 해럴드는 어리석게 굴었으나…… 그럼에도 그들은 두 번째 기회를 부여받았다. 그들은 권위 있는 중재를 받을 정도로 중요한 사람들이었다. 그리고 곧, 이제 곧, 그녀는 그 남자와 함께할 것이고…… 그러고 나면 미쳐 버릴 것이다. 네이딘은 그것을 전적으로 확신했고, 이 모든 것이 아무렇지도 않았다.

"해돋이 원형 극장은 너무 멀지도 몰라."

네이딘이 말했다. 아무래도 성대가 상한 모양이었다. 그저 쉰 소리만 나올 뿐이었다.

"그것한테는 너무 멀지도……."

'그것이 뭔데?' 그녀는 곰곰이 생각했다. '오! 오, 그래! 맞아!'

"무전기한테는. 전파 신호를 보내기에는."

대답 없음.

자갈밭에 놓인 스피커들이 그녀를 빤히 쳐다보았다. 그것들의 수는 수백 개에 달했다.

네이딘이 베스파의 시동을 걸자 자그만 엔진이 살아나 기침을 토했다. 그 울림이 그녀를 주춤거리게 했다. 총소리처럼 들렸기 때문에. 네이딘은 이 섬뜩한 장소로부터, 저 빤히 쳐다보는 스피커들에서 벗어나고 싶었다.

반드시 벗어나야만 했다.

네이딘은 구내매점 주위를 돌아 나오다 스쿠터의 균형을 잃었다. 만약 잘 포장된 도로였다면 균형을 잡았을 수도 있지만, 베스퍼의 뒷바퀴가 헐거운 자갈밭에서 미끄러져 나가는 바람에 쿵 소리를 내며 떨어졌다. 입술을 깨무는 바람에 피가 나고 뺨이 찢어졌다. 일어섰으며, 갑작스럽게 놀라 눈이 커졌지만 운전을 계속했다. 그녀는 온몸을 벌벌 떨었다.

네이딘은 극장과 매표소로 들어가는 차들의 통로인 좁은 길에 이르렀다. 바로 앞에 있는 매표소가 자그마한 고속도로 톨게이트처럼 보였다. 그녀는 탈출할 것이다. 그녀는 떠나갈 것이다. 감사하는 마음 덕분에 그녀의 표정이 온화해졌다.

네이딘 뒤에서 수백 개의 스피커가 한꺼번에 살아나 쾅쾅 울렸다. 그 목소리가 노래를 부르고 있었다. 지독히도 음정이 안 맞는 노래를.

"*나는 당신을 만날 거요…… 옛날의 그 모든 익숙한 장소들에서…… 이 내 마음이 포옹하죠…… 하루 종이이이일……*"

네이딘은 다시금 갈라지는 목소리로 날카롭게 소리 질렀다.

그러자 거대한 괴물이 내는 듯한 웃음소리가 지구를 가득 채우려는 듯 음산하고 흉물스럽게 낄낄거리며 울려 나왔다.

"*잘해 봐, 네이딘.*"

목소리가 웅웅거렸다.

"*잘해 봐, 내 사랑, 내 귀여운 여인이여.*"

그러고 나서 네이딘은 포장도로에 접어들었고 베스파의 최고 속도로 볼더를 향해 질주하며, 육체 없이 떠도는 목소리와 빤히 쳐다보는 스피커들을 뒤에 남겨 놓았으나…… 마음속으로는 그것들을 함께 데려가고 있었다. 그때뿐만 아니라 이후로도 영원히.

네이딘은 버스 터미널의 모퉁이 주변에서 해럴드를 기다리고 있었다. 해럴드는 그녀를 보자 얼굴이 얼어붙고 핏기가 사라졌다.

"네이딘……."

해럴드가 속삭였다. 그의 손에서 점심 도시락 통이 떨어져 포장도로 위에서 덜컥거렸다.

"해럴드. 그들이 알아챘어. 우리는 어서……."

네이딘이 말했다.

"당신 머리요, 네이딘, 하나님 맙소사, 당신 머리가……."

해럴드는 도무지 시선을 떼지 못했다.

"내 말 들어!"

해럴드가 어느 정도 제정신을 차린 듯했다.

"아, 알았어요. 무슨 일이에요?"

"그들이 집에 들이닥쳐서 네 책을 찾아냈어. 그것을 가져갔어."

해럴드의 얼굴에서 엎치락뒤치락하는 감정들. 분노, 공포, 치욕. 조금씩 조금씩 그것들이 빠져나가자 깊은 물속에서 떠오른 소름 끼치는 시체처럼, 냉담한 미소가 해럴드의 얼굴에 다시 떠올랐다.

"누가? 누가 그런 짓을 했지?"

"나도 일일이 다 아는 건 아니고, 어차피 그건 중요하지도 않아. 프랜 골드스미스가 범인 중 한 명이었어. 그건 확신할 수 있어. 어쩌면 베이트먼이나 언더우드도 공범이겠지. 자세한 건 몰라. 하지만 그들이 너를 잡으러 올 거야, 해럴드."

"어떻게 알았지?"

해럴드는 네이딘의 어깨를 거칠게 붙잡고 그녀가 장부를 벽난로 장식 돌 밑으로 돌려놓았던 일을 떠올렸다. 해럴드가 헝겊 인형처럼 뒤흔들었지만, 네이딘은 아무런 두려움 없이 마주 보았다. 길고 길었던 이날 하루 동안 그녀는 해럴드 로더보다 더욱 무서운 것들과 직접 대면했으므로.

"이 개년아, 어떻게 알았느냐고?"

"'그 남자' 가 말해 줬어."

해럴드의 두 손이 떨어져 나갔다.

"플랙?"

속삭이는 소리.

"그 사람이 알려 줬다고? 그 사람이 당신한테 말해 줬다고? 그래서 그런 모습이 된 건가?"

해럴드가 소름 끼치는 미소를 지었다. 말 등에 올라탄 죽음의 신이 지을 법한 미소였다.

"해럴드, 너 무슨 얘기 하는 거야?"

그들은 가전제품 상점 옆에 서 있었다. 해럴드는 또다시 네이딘의 어깨를 잡아끌어서 그녀의 몸을 돌려 상점 유리를 마주 보게 했다. 네이딘은 유리에 비친 자신의 모습을 한참 동안 바라보았다.

머리칼이 백발로 변했다. 완전한 백발로. 검은 머리카락은 단 한 올도 남아 있지 않았다.

'오 내가 어찌나 네이딘을 사랑하는 것을 사랑하는지.'

"서두르자. 우린 마을을 떠나야 해."

네이딘이 말했다.

"지금?"

"어두워지고 나서. 그때까지는 숨어서 길을 떠나는 데 필요한 야영 도구를 챙기자."

"서쪽으로 떠나는 거죠?"

"아직은 안 돼. 내일 밤까지는 안 돼."

"어쩌면 난 이제 서쪽행을 원치 않는지도 몰라요."

해럴드가 속삭였다. 계속 그녀의 머리칼을 바라보면서.

네이딘이 그의 손을 잡아 자신의 머리칼에 갖다 댔다.

"너무 늦었어, 해럴드."

제58장

프랜과 래리는 스튜네 집 주방에서 커피를 마시고 있었다. 아래층에서는 어슬리 사운드 음악사에서 래리가 골라 준 기타를 가지고 레오가 손가락을 풀고 있었다. 벚나무 목재를 손으로 다듬어 만든 600달러짜리 깁슨 기타였다. 기타만으론 부족하다고 생각한 래리는 휴대용 축음기와 포크 및 블루스 음반 10여 장을 소년에게 골라 주었다. 루시가 레오와 함께 있었고, 데이브 밴 롱크의 「백워터 블루스」를 놀랄 만큼 멋지게 흉내 내는 노랫소리가 위층까지 올라왔다.

닷새 동안 비가 내리고
하늘은 밤처럼 까맣게 변했네
곤란한 일이 생길 거라네,
오늘 밤 강어귀에서는.

거실로 나 있는 아치형 통로를 통해 프랜과 래리의 눈에 자기가 가장 좋아하는 안락의자에 앉아 무릎에 해럴드의 장부를 펴 놓고 있는 스튜가 보였다. 그는 오후 4시부터 쭉 그렇게 앉아 있었다. 이젠 9시였고, 완전히 날이 어두워졌다. 저녁 식사도 사양했다. 프래니가 지켜보는 동안 스튜는 또 장부 한 쪽을 넘겼다.

아래층에선 레오가 「백워터 블루스」를 끝마쳤는지 음악이 들리지 않았다.

"애가 참 잘 치네요, 안 그래요?"

"지금도 저보단 잘 쳐요. 앞으론 더 잘 치겠군."

래리가 대답하고 나서 커피를 홀짝거렸다.

그때 아래층에서 익숙한 연주음이 들려왔다. 전형적인 블루스 음악의 진행에서 벗어나 지판 위를 민첩하게 달리는 듯한 소리에 래리의 커피 잔이 움직임을 멈추었다. 이윽고 나지막하고 촉촉한 레오의 목소리가 느리면서도 역동적인 장단에 맞추어 노래를 불렀다.

베이비, 오늘 밤 이곳에 올 거예요
싸우러 오는 게 아니에요
그저 할 수 있는지 말해 주길 바랄 뿐
한 번만 말해 줘요, 나 이해할게요
베이비, 당신의 남자를 믿나요?
그는 올바른 남자예요,
베이비, 당신의 남자를 믿나요?

래리는 커피를 쏟고 말았다.

"저런." 프랜이 행주를 가져오려고 일어났다.

"내가 닦을게요. 내가 엎치락 할 순간에 그만 뒤치락 하고 말았나 봅니다."

"아뇨, 그냥 앉아 계세요."

프랜이 행주를 가져와 재빨리 얼룩을 닦아 냈다.

"저 노래 기억나요. 독감이 유행하기 직전에 큰 히트를 쳤죠. 레오가 시내에서 음반을 주웠나 봐요."

"그런 것 같군요."

"그 사람 이름이 뭐더라? 래리, 저 노랠 불렀던 남자 가수가 누구죠?"

"기억이 안 나네요. 유행가라는 게 원래 한번 왔다가 순식간에 사라져 버리니까요."

"맞아요. 그렇지만 저 노랜 귀에 착착 감겼는데."

프랜은 싱크대에서 행주를 짜냈다.

"그렇게 인기 있는 노래였는데 누가 불렀는지도 기억이 안 나다니, 참 우습죠?"

"그러게요."

프랜의 눈길이 장부를 살짝 덮고 부엌으로 들어오는 스튜에게로 향하자 래리는 긴장을 풀었다. 스튜의 엉덩이에 걸린 총이 맨 먼저 그녀의 눈길을 끌었다. 보안관으로 선출된 이래 스튜는 줄곧 총을 차고 다녔고, 실수로 자기 발을 쏠 거라는 얘기로 여러 가지 농담을 만들었다. 프랜은 그 농담들이 그다지 우습지 않았다.

"어때요?"

래리가 물었다.

스튜는 심히 걱정스러운 얼굴이었다. 그는 장부를 탁자에 내려 놓고 의자에 앉았다. 프랜이 커피를 갖다 주려 했지만 스튜는 고개를 내젓고 그녀의 팔을 잡았다.

"고맙지만 사양할래, 자기야."

그러고는 멍멍하고 혼란스러운 상태로 래리를 바라보았다.

"전부 다 읽었더니 이젠 빌어먹을 두통이 오는구먼. 그렇게 긴 글을 읽는 데 익숙지가 않아서 말이지. 내가 방금처럼 작정하고 앉아서 끝까지 읽은 책은 토끼 이야기가 마지막이었어. 『워터십 다운의 토끼들』. 조카 주려고 샀다가 한번 읽기 시작했더니……."

스튜는 말을 흐리고 한동안 생각에 잠겼다.

"저도 그 책 읽었습니다. 굉장한 책이죠."

래리가 말했다. 스튜가 천천히 입을 열었다.

"한 무리의 토끼 떼가 나오지. 그것들은 천하태평이었어. 몸집이 크고 잘 먹고 지냈고, 한 곳에 계속 살았어. 그곳에는 뭔가 이상한 점이 있었지만, 토끼들은 아무도 그게 뭔지 몰랐지. 알려고 하지도 않았어. 다만…… 그러니까, 농부가 한 명 있었는데……"

래리가 이어서 말했다.

"농부는 토끼 서식지를 그냥 놔둔 덕분에 토끼 고기가 먹고 싶을 때마다 한 마리씩 잡아다가 스튜 냄비에 담을 수 있었지요. 어쩌면 토끼를 내다 팔기도 했겠죠. 어떻든 간에, 농부는 자기만의 작은 토끼 농장을 가졌던 겁니다."

"맞아. 그리고 실버위드라는 이름의 토끼가 한 마리 있었는데 그 토끼는 빛나는 철사에 관한 시를 여러 편 지었어. 농부가 토끼를 잡으려고 쳐 놓은 올가미를 뜻하는 거겠지. 토끼를 잡아서 목 졸라 죽이려고 사용했던 올가미 말이야. 실버위드는 그따위 것에 대한 시를 여러 편 지었던 거야."

스튜는 믿기 힘들다는 듯 지친 기색으로 천천히 고개를 저었다.

"해럴드를 보니 그것이 생각나. 토끼 실버위드 말이야."

"해럴드는 병든 거야."

프랜이 말했다.

"맞아. 그리고 위험해."

스튜가 담배에 불을 붙였다.

"이제 어떻게 해야 하지? 해럴드를 체포해?"

스튜가 장부를 가볍게 두드렸다.

"그 녀석과 네이딘이 어떤 일을 실행하려고 계획 중이고, 그 일에 성공하면 서쪽으로 가서 환영받을 거라는 내용이더군. 하지만 정확히 어떤 일인지는 안 나와 있어."

"그 책에 따르면 해럴드가 길길이 날뛰는 대상은 불특정 다수가 아니더군요." 래리가 말했다.

"걔를 체포할 거야?" 프랜이 또 물었다.

"확실치 않아. 우선 위원회의 다른 위원들과 상의해 보고 싶어. 래리, 내일 밤 의사일정이 어떻게 되지?"

"흐음, 회의는 두 부분으로 나뉘어 진행될 겁니다. 공개 업무와 비공개 업무로요. 브래드가 스위치 11기 작업반에 관해 논의하고 싶답니다. 앨 번델은 사법 위원회가 작성한 예비 보고서를 제출하겠다고 했고요. 또 뭐가 있나⋯⋯ 의사인 조지 리처드슨 씨는 다코타 릿지 의료원의 진료 시간에 관해 할 말이 있고, 그다음엔 채드 노리스 씨 차례군요. 그 후에는, 그들이 떠나고 오로지 우리만의 시간입니다."

"앨 번델을 그때까지 잡아두었다가 해럴드 안건 토의에 참여시킨다면, 그가 외부에 발설하지 않을 거라고 확신할 수 있을까?"

"나는 확신해." 프랜이 말했다.

"판사님이 여기 계셨으면 좋았을걸. 참 좋은 분이셨는데."

초조해하는 스튜의 말에 그들은 잠시 침묵 속에서 판사에 대해 생각하며, 그가 오늘 밤 어디에 있을지 궁금해했다. 아래층에서는 「시스터 케이트」를 톰 러시처럼 노래하는 레오의 목소리가 들려왔다.

"그렇지만 앨이 맡아야 하는 거라면, 앨이 해야지 뭐. 내가 보기엔 딱 두 가지 선택이 있어. 하나는 그 커플이 활동하지 못하게 막는 거야. 하지만 난 그들을 감옥에 넣고 싶지는 않아, 젠장할."

"그럼 나머지는 뭔가요?"

래리의 물음에 대답한 사람은 프랜이었다.

"추방."

래리가 프랜에게 시선을 돌렸다. 스튜는 천천히 고개를 끄덕이고 자신의 담배를 내려다보았다.

"해럴드를 아예 몰아내자는 말입니까?"

"개와 여자 둘 다." 스튜가 말했다.

"그런데 플래이 그들을 책에 적힌 대로 흔쾌히 환영할까?" 프래니가 물었다.

스튜가 고개를 들어 그녀를 보았다.

"자기야, 그건 우리가 걱정할 문제가 아니야."

프래니는 끄덕거리며 생각했다. '오, 해럴드, 나는 일이 이렇게 끝나는 건 원치 않았어. 누가 뭐래도 일이 이런 식으로 끝나는 건 결코 원치 않았어.'

"그들이 무슨 일을 계획 중인지 짚이는 거 없어?"

스튜가 묻자 래리가 어깨를 으쓱했다.

"그것에 관해선 위원 전원의 생각을 들어 봐야 할 겁니다, 스튜 씨. 하지만 저 개인적으로 몇 가지 생각나는 게 있긴 해요."

"가령 어떤 것?"

"발전소. 파괴 행위. 스튜 씨와 프래니를 노리는 암살 시도. 당장 떠오르는 건 두 가집니다."

프랜은 얼굴이 창백해진 것이 겁을 먹은 듯했다.

"비록 해럴드가 직접적으로 언급하지는 않았지만, 스튜 씨와 랠프 씨와 함께 마더 애버게일 님을 찾아나섰을 당시에 스튜 씨를 혼자 있게 해서 살해하려는 의도가 있었던 것 같아요."

"그럴 기회가 있었어."

"어쩌면 무서워서 포기했던 건지도 모르죠."

"그만 좀 해요, 제발."

프랜이 맥 빠진 어조로 부탁했다.

스튜는 일어나서 거실로 돌아갔다. 그 안에는 다이하드 축전지에 걸어 놓은 무선 통신기가 있었다. 스튜는 통신기를 한참 서툴게 만지작거린 후에 브래드 키치너한테 연락했다.

"브래드, 이 친구야! 나 스튜 레드먼이야. 잘 들어 봐. 오늘 밤 발전소에서 보초 설 사람을 좀 모을 수 있을까?"

"물론이죠."

브래드의 목소리가 나왔다.

"그런데 무슨 일 때문에 그러는데요?"

"음, 좀 미묘한 사안이야, 브래들리. 누군가 그곳에 해코지를 할지도 모른다는 정보를 여러 경로를 통해 들었어."

브래드의 응답은 점잖지 못한 욕설로 들끓었다.

스튜는 무선 마이크 너머에서 고개를 끄덕이며 빙긋 웃었다.

"자네 기분이 어떨지 알아. 딱 오늘 밤만, 어쩌면 내일 밤까지만 조심하면 될 것 같아. 그 후엔 일이 원만하게 해결될 거야."

브래드는 두 블록 이내의 거리에 사는 전력 위원회 소속의 남자들을 열두 명 소집할 수 있으며, 누구든 해코지 현행범이 되려는 자가 있으면 자기들이 기꺼이 나서서 고자로 만들어 버리겠다고 했다.

"이거 리치 모팻의 소행 아닙니까?"

"아니야, 그건 리치랑 상관없어. 브래드, 나중에 설명해 줄게, 알았지?"

"좋아요, 스튜 씨. 사람들을 모아서 보초를 세우도록 하죠."

스튜는 통신기를 끄고 주방으로 돌아왔다.

"우리 말이라면 이유도 묻지 않고 따르는구먼. 나는 그게 두려워. 내 말 알겠어? 늙은 대머리 사회학자 아저씨가 옳아. 우리는 원하기만 하면 여기서 왕처럼 떵떵거릴 수도 있어."

프랜이 자기 손을 스튜의 손 위에 포갰다.

"스튜 오빠가 나한테 약속해 줬으면 좋겠어. 래리, 당신도요. 내일 밤 회의에서 이 일을 단칼에 결정짓겠다고 약속해 줘요. 난 다만 어서 끝내고 싶어요."

래리가 고개를 끄덕였다.

"추방이라, 그러죠. 난 전혀 생각해 보지 않은 것이지만, 최선의 해법이 될지도 모르겠군요. 저기, 난 루시와 레오를 불러서 집에 가 봐야겠어요."

"내일 보자고."

"그럼요."

9월 2일, 동 트기 한 시간 전. 해럴드는 해돋이 원형 극장 언저리에 서서 아래를 내려다보았다. 마을이 어둠의 수렁에 잠겼다. 네이딘은 해럴드의 뒤편에 있는 작은 2인용 텐트 안에서 잤는데, 그 텐트는 그들이 마을에서 몰래 빠져나오면서 몇 가지 다른 야영 용품과 함께 챙긴 것이었다.

'우리는 나중에 다시 돌아올 것이다. 불의 전차를 몰고서.'

그러나 마음속 깊숙한 곳에서는 그런 다짐을 믿지 않았다. 어둠은 하나가 아니라 여러 갈래로 그를 에워쌌다. 너저분한 개자식들이 그에게서 모든 것을 훔쳐 가 버렸다. 프래니, 그의 자존심, 그 다음엔 그의 장부, 이제는 그의 희망. 해럴드는 자신이 추락하고 있다는 것을 느꼈다.

강한 바람에 머리칼이 찰랑거렸고, 팽팽한 텐트 천이 기관총 갈겨 대는 소리를 끊임없이 내면서 이리저리 꺾여 돌아갔다. 뒤쪽에서 네이딘이 잠결에 신음했다. 섬뜩한 신음 소리였다. 해럴드는 네이딘도 자신처럼 길을 잃고 방황하는 거라고, 어쩌면 더 나쁜 처지일 거라고 생각했다. 잠결에 내는 네이딘의 소리는 행복한 꿈을 꾸는 사람의 소리가 아니었다.

'하지만 나는 제정신을 유지할 수 있어. 그렇게 할 수 있어. 저 아래서 뭐가 기다리고 있든 온전한 정신으로 내려가 맞서기만 한다면, 그 자체로 대단한 일일 테지. 그래, 대단한 일이고말고.'

해럴드는 혹시 그들이 지금 저기에 있는지, 스튜와 그놈의 친구들이 그의 작은 집을 포위하고 있는지, 혹시 그가 집에 나타나면 체포해서 감방에 처넣으려고 대기하는 중인지 궁금했다. 그렇게 된다면 해럴드는 자유 지대의 첫 번째 죄수로서 역사책에 남을 것이다.(만약 저 형편없는 굼벵이들 중 누구라도 역사책을 쓸 마음이 있다면 그렇다는 얘기다.) 고난의 시대에 오신 것을 환영합니다. '날렵한 매, 새장에 갇히다. 호외요, 호외, 사건의 자세한 내용을 읽어 보시라.' 그들은 오랜 시간을 기다려야 할 것이다. 해럴드는 모험 길에 올랐고, 네이딘이 그의 손을 그녀의 하얀 머리에 갖다 대며 했던 말, "너무 늦었어, 해럴드."를 너무나 똑똑히 기억했다. 네이딘의 두 눈은 얼마나 시체의 눈을 닮았던가.

"바로 그거야. 우리는 계획대로 돌파해 나가는 거야."

해럴드가 속삭였다.

그의 주위에서 또 그의 머리 위에서, 검은 9월의 바람이 나무들 사이로 붕붕 소리를 내며 지나갔다.

14시간 후, 랠프 브렌트너와 닉 앤드로스가 함께 사는 집의 거실에서 자유 지대 위원회 회의가 시작을 알렸다. 스튜가 안락의자에 앉아 맥주 캔의 테두리로 의자 옆 작은 탁자를 가볍게 몇 번 두드렸다.

“자, 여러분. 슬슬 시작하는 게 좋겠습니다.”

글렌은 래리와 함께 벽면에서 돌출된 벽난로의 둥그런 가장자리에 랠프가 피워 놓은 따뜻한 불길을 등지고 앉았다. 닉, 수전 스턴, 랠프는 긴 소파에 앉았다. 닉은 어김없이 펜과 메모장을 손에 쥐었다. 브래드 키치너는 손에 쿠어스 캔 맥주를 들고 문간 바로 안쪽에 서서, 스카치위스키에 소다수를 섞고 있는 앨 번델과 이야기를 나누었다. 조지 리처드슨과 채드 노리스는 통 벽을 차지한 거대한 창 옆에서 플랫아이언 구릉지의 일몰을 지켜보았다.

프래니는 네이딘이 폭탄을 설치해 둔 벽장의 문에 편안하게 등을 기대고 앉아 있었다. 해럴드의 장부가 들어 있는 그녀의 가방이 구부린 다리 사이에 껴 있었다.

“정숙해 주세요, 정숙!”

스튜가 더 세게 탁자를 두드렸다.

“그 녹음기 작동 중이죠, 대머리 아저씨?”

“훌륭히 작동 중이야. 보아하니 자네 입도 아주 열심히 정숙하게 나불거리는구먼, 동부 텍사스 양반.”

“입에 기름을 좀 발랐더니 아주 훌륭히 작동하지 뭡니까.”

스튜가 웃음 지으며 거실과 식당이 합쳐진 커다란 공간 주위에 자리한 열한 명의 사람들을 둘러보았다.

“좋습니다. 오늘은 매우 중요한 안건이 있습니다만, 우선 비를 피할 수 있는 지붕과 술과 크래커를 제공해 주신 랠프 씨께 감사의 말을 전하고 싶습니다.”

프래니는 스튜가 정말로 점점 더 능숙해지고 있다고 생각했다.

그녀는 자신과 해럴드가 스튜를 처음 만났던 날 이래로 그가 얼마나 많이 변했는지 헤아려 보려고 했지만 그럴 수 없었다. 가까운 사람들의 행동에 대해서는 너무나 주관적이 되기 십상이라고 프래니는 결론 내렸다. 하지만 처음 만났을 때의 스튜는 거의 열두 명을 꽉 채운 인원으로 회의를 주재해야 한다는 생각만으로도 부담감에 짓눌렸을 것이고…… 인원이 1,000명도 넘는 자유 지대의 대중 집회를 주재해야 한다면 아마 곧장 하늘나라까지 펄쩍 뛰었을 것이었다. 이제 프래니는 전염병이 없었더라면 절대 존재하지 않았을 스튜의 모습을 지켜보고 있었다.

'전염병이 당신을 해방시킨 거야, 내 사랑. 난 전염병의 피해자들을 애도하긴 하지만 당신을 자랑스러워하는 마음이 더 크고 당신을 너무나 많이 사랑하고…….'

프래니는 몸을 약간 뒤척여 등을 벽장문에 더 단단히 기댔다.

"손님들께 먼저 이야기할 기회를 드리겠습니다. 그 후에 짧게 비공개 회의를 가질 것입니다. 이의 있으신 분?"

이의 있으신 분은 아무도 없었다.

"좋습니다. 브래드 키치너 씨께 발언권을 드리겠습니다. 여러분은 자세히 경청하고 싶어 할 것입니다. 왜냐하면 이 친구는 약 사흘 뒤에 여러분의 버번 위스키에 예전처럼 냉장고 얼음 덩어리를 넣을 수 있도록 해 줄 사람이니까요."

이 말이 마음에서 우러나온 박수갈채를 불러일으켰다. 얼굴을 심하게 붉힌 브래드가 넥타이를 힘껏 조이며 실내의 중앙으로 걸어 나왔다. 나오는 도중에 하마터면 방석에 걸려 넘어질 뻔했다.

"저는. 정말. 행복합니다. 여기. 있게. 돼서."

브래드가 부들부들 떨리는 단조로운 어조로 말을 시작했다. 어디가 됐든 이곳에 있지만 않으면 더 행복해질 사람처럼 보였다. 심지어 남극에서 펭귄 전당 대회의 연설을 맡는다 해도.

"전…… 아……."

브래드가 머뭇거리며 메모들을 살펴보았고, 그러고 나자 표정이 밝아졌다.

"전력!"

위대한 발견이라도 해낸 사람처럼 소리쳤다.

"전력은 거의 다 복구되었습니다. 정상적으로."

브래드는 메모 쪽지들을 한참 더 만지작거리고 나서 말을 계속했다.

"우리는 어제 발전기 두 대를 돌렸지만 여러분도 아시다시피, 그중 한 대에 과부하가 걸려 쿠키를 구워 내고 말았습니다. 말하자면, 제 말은 발전기의 결점을 간과했다, 다소 과부하가 걸려 버렸다 이거죠. 에…… 제 말뜻 이해하시겠지요."

사람들 사이에서 낄낄거리는 웃음이 흘러나왔고, 브래드는 더 편안한 느낌을 받은 것 같았다.

"그런 일이 벌어진 이유는 전염병이 엄습했을 때, 아주 많은 전기용품이 켜진 채 방치되었고 과부하를 감당할 만한 나머지 발전기들을 확보하지 않았기 때문입니다. 우리는 나머지 발전기들을 가동함으로써 과부하의 위험에 대비할 수 있습니다. 서너 대만 가동해도 부하를 쉽사리 흡수할 것입니다. 하지만 그것으로 화재 위험을 해결하지는 못합니다. 따라서 가능한 한 모든 전기용품을 꺼 놓아야 합니다. 전자레인지, 전기담요, 기타 모든 전기 기구들. 사실 저는 이렇게 생각합니다. 가장 신속한 방법은 사람이 살지 않는 집마다 들어가서 전기 퓨즈를 죄다 뽑든가 두꺼비집 차단기를 내려 버리는 것일 수도 있습니다. 아시겠죠? 자 이제, 전기를 결 준비가 되었으니 기본적으로 화재를 경계해야만 합니다. 저는 동부 볼더에 있는 소방서를 찾아가서 구석구석 살펴보았습니다. 그리고…….”

화재 안건은 기분 좋게 마무리되었다. '다 잘될 거야.' 프랜은 생각했다. 아무런 강요가 없었는데도 해럴드와 네이딘은 떠나가 버렸고, 어쩌면 그것이 최선일 것이다. 그것으로 문제는 해결되고 스튜는 안전해지는 것이다. '불쌍한 해럴드, 나는 너한테 가엾은 감정을 느꼈어. 하지만 결국엔 동정심보다는 두려움을 더 느꼈지. 아직도 내 마음엔 동정심이 남아 있어. 너한테 무슨 일이 생길까 봐 걱정스러워. 하지만 네 집이 텅 비어서 기쁘고 너와 네이딘이 없어져서 기뻐. 네가 평화롭게 우리를 떠나서 기뻐.'

해럴드는 미치광이의 명상 안내서에나 나올 법한 낙서가 그려진 소풍 탁자 위에 앉았다. 책상다리를 하고 있었다. 해럴드의 눈이 아득히 먼 곳을 응시하며 몽롱하게 묵상에 잠겼다. 네이딘은 자신이 쫓아갈 수 없는 춥고 이질적인 곳으로 가 버린 해럴드를 보고 겁을 집어먹었다. 해럴드는 구두 상자에 들어 있던 무전기 세트의 나머지 하나를 두 손에 쥐었다. 그들 앞에 아슬아슬한 절벽과 소나무가 울창한 계곡 속으로 산맥이 가파르게 내려앉아 있었다. 동쪽으로 수십 킬로미터, 어쩌면 10, 어쩌면 50킬로미터 거리부터는 매끄럽게 평탄해진 대지가 중서부 속으로 희미하게 푸르스름한 지평선까지 펼쳐져 나갔다. 그쪽 세상에는 이미 밤이 찾아왔다. 그들 뒤편에서는 태양이 산맥 뒤로 이제 막 사라지면서, 이내 산산조각 나서 사그라질 황금빛 햇살로 그들을 물들였다.

"언제?"

네이딘이 물었다. 그녀는 소름이 끼칠 정도로 어조가 높았는데, 화장실이 몹시 급하기 때문이었다.

"이내 곧."

해럴드가 말했다. 히죽거리는 표정이 부드럽고 환한 미소로 변해 있었다. 네이딘이 잘 이해할 수 없는 표정이었다. 왜냐하면 예전엔 결코 해럴드의 얼굴에서 그런 표정을 본 적이 없었으므로. 그것을 이해하는 데 몇 분이 걸렸다. 해럴드는 행복해 보였다.

위원회는 브래드가 스위치 끄기 작업에 투입할 남녀 20명을 소집할 수 있는 권한을 행사하도록 7 대 0 투표로 가결했다. 브렌트너는 소방서의 낡은 물탱크 트럭 두 대를 볼더 저수지에서 물을 가득 채워 브래드가 전기를 복구시켰을 때 발전소에서 사용할 수 있게 하겠다고 밝혔다.

채드 노리스가 다음 차례였다. 치노 바지 주머니에 두 손을 찔러 넣은 채 조용히 이야기하면서, 지난 3주 동안 일구어 낸 매장위원회의 작업 성과에 관해 말했다. 일주일에 8,000구 이상, 총 25,000구라는 믿기 힘든 수의 시신들을 매장해 놓았고, 이젠 한 고비를 넘긴 것으로 믿는다고 이야기했다.

"우리는 운이 좋았거나 축복을 받은 겁니다. 예전 주민들의 집단 이주(저로서는 달리 표현할 말이 없군요.) 덕분에 우리 일이 무척 수월했습니다. 볼더만 한 크기의 다른 마을이었으면, 매장을 완료하는 데 1년은 걸렸을 거예요. 우리는 10월 1일까지 20,000구의 전염병 희생자들을 더 묻을 것으로 예상하고 있고, 아마 그 후로도 오랫동안 개별적인 희생자들을 꾸준히 발견해서 처리할 것입니다. 하지만 매장 작업이 점차 끝나 간다는 사실을 여러분께 알려 드리고 싶고요, 혹시나 땅에 묻히지 않은 시신들 속에서 각종 질병이 퍼져 나오지 않을까 지나치게 우려할 필요는 없다고 생각합니다."

프랜은 그날 오후의 마지막 풍경을 내다보려고 자세를 고쳐 앉았다. 봉우리들을 에워싼 황금 햇살이 벌써 화려함이 덜한 레몬 빛깔로 엷어지는 중이었다. 프랜은 갑작스럽게 집에 대한 그리움이 밀려오는 것을 느꼈는데, 조금도 예상치 못했던 것이었고 거의 병이 날 정도로 강력했다.

그때가 7시 55분이었다.

만약 덤불 속으로 들어가지 않았더라면, 네이딘은 바지를 적시고 말았을 것이다. 그녀는 잡목 숲 주변을 맴돌다 몸을 약간 낮추고 생리현상을 해결했다. 돌아와 보니 해럴드는 손안에 무전기를 느슨하게 쥔 채로 여전히 소풍 탁자 위에 앉아 있었다. 그가 무전기의 안테나를 뽑았다.

"해럴드, 시간이 늦었어. 8시가 지났다고."

해럴드가 네이딘을 냉담하게 힐끔 쳐다보았다.

"놈들은 밤새도록 저기 있을 거예요. 서로서로 등을 두드려 주느라고. 때가 되면 난 핀을 뽑을 거예요. 걱정하지 마요."

"언제?"

해럴드의 얼굴에 공허한 웃음이 활짝 피어났다.

"날이 어두워지는 대로 곧바로."

프랜이 하품을 참고 있을 무렵, 앨 번델은 자신만만한 표정으로 스튜 옆에 서 있었다. 그들은 늦게까지 회의할 예정이었지만, 갑자기 프랜은 아파트로 돌아갔으면 좋겠다는 생각이 들었다. 스튜와 단둘이서. 그저 피로감 때문만은 아니었고 엄밀히 말해 집이 그리워져서 그런 것도 아니었다. 불현듯 이 집 안에 있기가 싫어졌다. 아무 이유 없이 나타난 감정이었다. 하지만 강력했다. 프랜은 밖으로 나가고 싶었다. 실은 사람들을 모두 밖으로 내보내고 싶었다. '저녁 동안 행복한 생각들을 죄다 잃어버린 거야. 임신부 우울증이지, 그거지 뭐.'

"사법 위원회는 지난주에 회의를 네 차례 열었습니다."

앨이 말하는 중이었다.

"가능한 한 짧게 요약해서 말씀드리겠습니다. 우리가 결정한 제도는 일종의 심판석을 마련하는 것입니다. 그 자리에 앉는 구성원들은 제비뽑기로 정해질 겁니다. 예전에 젊은이들을 징병하는 데 이용했던 것과 똑같은 방식으로……"

"피이! 우우!"

수전이 야유하자 이에 동조하듯 웃음이 일었다.

앨도 웃었다.

"한마디 첨언하자면, 심판석에 복무하도록 소환받은 사람들한테는 무척 구미가 당기는 일일 겁니다. 심판석은 18세 이상의 성인 세 명으로 구성되며 6개월 동안 봉사할 것입니다. 볼더에 있는 모든 성인의 이름을 적어 커다란 용기 안에 넣고 뽑을 거고요."

래리가 손을 흔들었다.

"타당한 이유가 있으면 뽑힌 사람들이 복무를 면제받을 수도 있나요?"

이런 간섭에 약간 얼굴을 찌푸리며, 앨이 말했다.

"그 점을 언급하려던 참입니다. 계획안대로라면……."

프랜이 불안하게 몸을 들썩거리자 수전 스턴이 그녀한테 윙크를 했다. 프랜은 답례 윙크를 보내지 않았다. 그녀는 겁에 질렸다. 까닭 없는 공포 때문에 겁에 질린 것이다. 만일 그러한 상태가 일어날 수 있는 것이라면 말이다. 어디서 이런 숨 막힐 듯한, 폐소공포증 같은 감정이 오고 있는 것인가? 프랜은 근거 없는 감정들을 깡그리 무시해 버리는 것이 상책임을 알았다. 적어도 예전 세상에선 그랬다. 그러나…… 톰 컬런의 무아지경은 어떠한가? 레오 록웨이는?

'여기서 빠져나가야 해.' 내면의 목소리가 갑자기 부르짖었다. '사람들을 전부 밖으로 내보내!'

그러나 그것은 너무나 터무니없는 생각이었다. 프랜은 다시 몸을 들썩거릴 뿐 아무 말도 않기로 했다.

"……면제받기를 원하는 사람은 간단한 해명서를 제출하도록 되어 있지만, 제 생각으로는……"

"누가 오고 있어."

프랜이 갑자기 말하며 일어섰다.

회의가 중단되었다. 오토바이들이 베이스라인 대로 쪽에서 으르렁거리며 빠른 속도로 다가오는 소리가 들렸다. 경적을 빵빵거리고 있었다. 한순간 프래니는 공포가 흘러넘치는 것을 느꼈다.

"내 말 잘 들어요. 여러분 모두!"

놀란 사람들이 걱정스러운 표정으로 프랜을 돌아보았다.

"프래니, 당신……."

스튜가 그녀 쪽으로 다가왔다.

프랜은 침을 꿀꺽 삼켰다. 꼭 가슴 위에 무거운 물건이 놓여 자신을 짓누르는 듯한 기분이었다.

"여기서 빠져나가야 해요. 바로…… 지금."

8시 25분이었다. 하늘에서 마지막 햇살이 사라졌다. 때가 된 것이다. 해럴드는 몸을 똑바로 세우고 앉아 무전기를 입에 갖다 댔다. 엄지손가락이 통화 버튼 위에 가볍게 놓였다. 버튼을 누르고 말을 하면 그들 전부를 지옥까지 날려보낼 수……

"저게 뭐지?"

네이딘이 해럴드의 팔을 잡아 정신을 흩트려 놓으며 아래를 가리켰다. 저 멀리 밑에서, 줄줄이 이어진 불빛들이 베이스라인 대로를 꼬물꼬물 나아가고 있었다. 극도의 침묵 속에서 엄청나게 많은 오토바이 엔진들이 내는 굉음이 어렴풋이 들려왔다. 해럴드는 마음의 평정을 깨는 가느다란 불안감을 느꼈지만 그것을 애써 뿌리쳤다.

"나 좀 내버려 둬요. 이제 끝이에요."

네이딘의 손이 그의 어깨에서 떨어졌다. 그녀의 얼굴이 어둠 속에서 하얗게 흐려 보였다. 해럴드는 통화 버튼을 눌렀다.

프랜은 그들을 움직이게 한 것이 오토바이였는지 아니면 자신이 내뱉은 말이었는지 알 수 없었다. 그들은 결코 빠르게 움직이지 못했다. 나중에 그 점이 늘 프랜의 마음에 걸렸다. 그들은 결코 빠르게 움직이지 못했다.

스튜가 제일 먼저 문밖으로 나갔는데, 으르렁거리는 오토바이들의 굉음은 실로 대단했다. 오토바이들은 전조등을 번뜩이면서 랠프의 집 아래 말라붙은 작은 개울에 걸친 다리를 가로질러 다가왔다. 본능적으로, 스튜의 손이 총 손잡이로 내려갔다.

방충망 문이 열리자 프래니가 나오는 것으로 생각한 스튜가 돌아다보았다. 아니었다. 나온 사람은 래리였다.

"무슨 일이죠, 스튜 씨?"

"모르지. 하지만 사람들을 밖으로 나오게 하는 게 좋겠어."

이내 오토바이들이 집 앞 차도로 돌아 들어오자 스튜는 조금 안심이 되었다. 딕 볼먼, 게링거 소년, 테디 웨이작, 그 밖에 안면이 있는 다른 사람들의 얼굴이 보였다. 그제야 스튜는 자신의 주된 공포가 무엇이었는지 깨달을 수 있었다. 번뜩이는 전조등과 으르렁거리는 오토바이 엔진들 뒤에 플랙의 군대가 보낸 돌격대가 있을 거라는 공포, 전쟁이 이제 막 시작되려 한다는 공포였던 것이다.

"딕, 도대체 무슨 일이에요?"

"마더 애버게일 님!"

딕이 엔진 소리보다 더 크게 고함쳤다. 점점 더 많은 오토바이가 마당을 채우자 위원회 구성원들이 집 밖으로 몰려나왔다. 빙빙 도는 전조등과 회전목마 그림자의 카니발 같았다.

"뭐예요?"

래리가 날카롭게 외쳤다. 그와 스튜 뒤로 글렌, 랠프, 채드 노리스가 몰려나와 둘을 계단 발치로 밀어냈다.

"할머니께서 다시 돌아오셨어!"

딕은 오토바이 소리를 뚫고 자신의 말소리를 전하려고 고래고래 소리 질러야 했다.

"오, 그분 몰골이 끔찍해! 의사가 필요해! 맙소사, 우리한텐 기적이 필요해!"

조지 리처드슨이 사람들 사이를 헤치고 나왔다.

"그 할머님이오? 어디 계신데요?"

"타요, 의사 양반! 질문은 그만! 서둘러 가는 게 먼저지!"

리처드슨이 딕 볼먼의 오토바이 뒷자리에 올라탔다. 딕은 좁은 원을 그리며 한 바퀴 돈 다음 떼 지은 오토바이들 틈새로 요리조리 누비고 나가기 시작했다.

스튜의 시선이 래리의 시선과 마주쳤다. 래리도 스튜만큼이나 어리둥절해 보였고…… 갑자기 스튜의 머릿속에 먹구름이 몰려들었다. 임박한 파멸을 알리는 끔찍한 공포가 그를 집어삼켰다.

"닉, 빨리요! 어서 빨리!"

프랜이 닉의 어깨를 움켜잡고 부르짖었다. 거실 한가운데 서 있는 닉의 얼굴은 고요한 정지 상태였다.

닉은 말로 설명할 수는 없었지만, 갑자기 알아차렸다. 그는 알아차렸다. 그 느낌은 어딘지 알 수 없는 곳에서, 어디든 모든 곳에서 찾아온 것이었다.

벽장 안에 무엇인가가 있다.

닉이 프래니를 우악스럽게 밀쳐 냈다.

"닉!"

'나가요!!' 닉이 그녀를 향해 손을 내저었다.

프래니가 나갔다. 닉은 벽장으로 몸을 돌려 문을 당겨 열었다. 안쪽에 쌓인 잡동사니들을 미친 듯이 파헤치기 시작하면서 너무 늦은 것이 아니기를 하나님께 빌었다.

어느새 프래니는 스튜 옆에 와 있었다. 얼굴엔 핏기가 없었고, 눈은 휘둥그렜다. 프래니가 스튜를 부여잡았다.

"스튜…… 닉이 아직도 저 안에 있어…… 무언가…… 무언가가……."

"프래니, 무슨 소리를 하고 있는 거야?"

"죽는다고!"

프래니가 날카롭게 소리쳤다.

"죽음이 코앞에 닥쳤는데 닉은 아직도 저 안에 있어!"

닉은 한 줌의 스카프와 벙어리 장갑들을 옆으로 풀어헤치고 무엇인가를 감지했다. 구두 상자. 닉은 그것을 붙잡았고, 그렇게 하는 순간, 흉악한 강령술처럼 해럴드 로더의 목소리가 상자 안에서 지껄였다.

"닉이 어떻다고?"

스튜가 프랜의 어깨를 붙잡고 외쳤다.

"닉을 꺼내 와야 해, 스튜. 무슨 일이 벌어지려고 해. 무시무시한 일이……."

앨 번델이 외쳤다.

"도대체 일이 어떻게 돌아가는 거예요, 스튜어트 씨?"

"나도 모릅니다."

"스튜, 제발, 닉을 저기서 꺼내야만 해!"

프랜이 날카롭게 소리 질렀다.

그 순간 그들 뒤에서 집이 폭발했다.

통화 버튼을 누르고 나니 배경에 깔리던 전파 잡음이 사라졌고, 부드럽고 어두운 정적이 그 자리를 대신했다. 공백. 해럴드가 공백을 채워 주길 기다리고 있는 것이다. 해럴드는 소풍 탁자 위에 책상다리를 하고 앉아 힘을 그러모았다.

그런 다음 팔을 쳐들고, 팔 끝의 꽉 쥔 주먹에서 손가락 하나를 뻗어 하늘을 가리켰다. 늙어서 거의 퇴물이 된 홈런왕 베이브 루스가 자신이 홈런을 칠 지점을 손으로 가리키며, 리글리 구장의 모든 야유꾼과 욕설꾼을 손가락질하며 그 인간들의 입을 단호하게 막아 버리던 모습과도 같았다.

무전기에 대고 단호하게 그러나 크지는 않게 해럴드는 말했다.

"여기는 해럴드 에머리 로더다. 나 자신의 자유 의지로 이 일을 행한다."

'여기는' 이란 말에 파랗고 하얀 불꽃이 화답했다. '해럴드 에머리 로더다' 라는 말에 화염 줄기가 치솟았다. '나 자신의 자유 의지' 라는 말에는 빈 깡통 속에 쑤셔 넣은 체리 폭죽 소리처럼 둔탁한 펑 소리가 어렴풋이 두 사람의 귀에까지 도달했고, 그가 '이 일을 행한다.' 라는 말을 쏟아 내고 무전기를 내던졌을 무렵엔 폭탄이 목적을 달성하여 '불 장미' 한 송이가 플랙스태프 산의 기슭에서 피어올랐다.

"교신자여, 교신자여, 그쪽에서 보낸 신호 똑똑히 받았다. 오버 앤드 아웃."

해럴드가 기분 좋게 말했다.

딱 몇 초 전에 프래니가 스튜를 부여잡았던 것처럼, 네이딘도 해럴드를 힘껏 부여잡았다.

"확실히 확인해 봐야 해. 폭탄이 그들을 잡았는지 확실히 확인해 봐야 한다고."

해럴드는 네이딘을 바라보았다. 그러고는 그들 밑에서 피어나고 있는 파멸의 장미를 손짓했다.

"저 속에서 뭐가 살아남을 수 있다고 생각하는 거예요?"

"나…… 난 하아 하나도 모……르으겠어, 해럴드. 난……."

네이딘은 몸을 돌리고, 배를 움켜잡고 헛구역질했다. 강하고 지속적이며 생생한 소리였다. 해럴드는 경멸에 찬 눈길로 그녀를 조용히 지켜보았다.

마침내 몸을 일으킨 네이딘이 창백해진 얼굴로 숨을 헐떡거리며 크리넥스 티슈로 입을 닦았다. 입가를 아예 북북 문질렀다.

"인제 어떡해?"

"이제 우린 서쪽으로 가야겠죠. 당신이 저곳으로 내려가 공동체의 분위기를 염탐할 계획이 아니라면."

네이딘은 몸을 덜덜 떨었다.

해럴드는 소풍 탁자에서 미끄러져 내려오다 지면에 닿는 순간 발이 찌릿찌릿 저려서 주춤거렸다. 발에 쥐가 난 것이다.

"해럴드……."

네이딘이 잡아 주려 했지만 해럴드는 몸을 홱 돌려 가 버렸다. 네이딘을 쳐다보지도 않은 채, 텐트를 걷어치우기 시작했다.

그녀가 조심스럽게 말을 꺼냈다.

"내일까진 기다릴 줄 알았는데……."

그가 비아냥거렸다.

"그러시든지. 그럼 이삼십 명 되는 사람들이 오토바이를 타고 출동해서 우리를 잡아 버리겠네. 사람들이 독재자 무솔리니한테 무슨 짓을 했는지 잘 아시죠?"

네이딘이 질겁했다. 해럴드는 텐트를 돌돌 말아 끈으로 단단히 묶었다.

"그리고 우리는 서로 간섭하면 안 돼요. 임무는 끝났으니까. 그 결과로 플랙은 자기가 원하던 것을 얻었어요. 우리는 저들의 자유 지대 위원회를 쓸어 버린 거예요. 저들은 완전히 쓸려 나갔다고요. 사람들이 전력을 복구할지도 모르지만, 집단의 핵심적 기능을 담당하던 인사들은 완전히 쓸려 나가 버렸어요. 아마도 '그 남자'는 당신을 감자 부대로 보이게 할 정도의 여자를 나한테 주겠죠. 그리고 당신은…… 네이딘, 당신은 '그 남자'를 얻을 거예요. 행복한 나날이 되겠지, 안 그래요? 만약 내가 당신의 허시 퍼피 거시기 구멍에 내 거시기를 박아 넣고 말았다면, 지금쯤 난 그 남자의 후환이 두려워 벌벌 떨고 있을 텐데."

"해럴드, 제발……."

네이딘이 상심한 듯 울고 있었다. 해럴드는 어슴푸레한 폭발의 불꽃 속에서 네이딘의 얼굴을 보았고, 연민을 느꼈다. 손님들이 서로를 다 잘 아는 아늑하고 작은 변두리 선술집에 들어가려고 기를 쓰는 달갑지 않은 주정뱅이를 대하듯, 해럴드는 마음속에서 그녀에 대한 연민을 강제로 몰아냈다. 살인을 저질렀다는 되돌릴 수 없는 사실이 영원히 네이딘의 마음속에 남았다. 사실 때문에 괴로워하는 표정이 그녀의 눈에 역력했다. 하지만 그래서 어쩌라고? 그것은 해럴드의 마음속에도 마찬가지로 남았다. 마음속에서 그리고 마음 위에서, 돌덩이처럼 무겁게 짓눌렀다.

"현실에 익숙해지셔야지."

해럴드가 냉혹하게 말하며 텐트를 오토바이 뒷자리에 던져 놓고 묶기 시작했다.

"저 아래에 있는 저 사람들한테도 다 끝난 일이고, 우리한테도 다 끝난 일이고, 전염병으로 죽은 모든 이들한테도 다 끝난 일이에요. 하나님은 천상의 낚시 여행을 떠나서 아주 오랜 시간 자리를 비울 예정이시거든. 완전히 암울해진 거지. 이제는 다크맨이 운전석 임자라고요. '그 남자'가 말이에요. 그러니 이제 현실에 익숙해지셔야지."

네이딘이 목구멍에서 꺽꺽거리며 신음을 토했다.

"서둘러요, 네이딘. 이 폭발로 놈들의 미인 선발 대회가 2분 전에 중단되었으니까. 요 녀석 짐 싸는 것 좀 도와줘요. 해 뜨기 전에 100킬로미터 정도 멀리 떠나 있고 싶으니까."

잠시 후 네이딘은 (이 정도의 높이에서는 아주 하찮은 듯 보이는) 저 아래 파괴의 현장에 등을 돌리고 해럴드를 도와 오토바이 안장 주머니와 그녀의 스쿠터 짐판에 나머지 야영 물품 꾸리는 것을 도왔다. 15분 후 그들은 불 장미를 뒤로하고 바람이 드센 싸늘한 어둠 속을 헤치면서 서쪽으로 향했다.

프랜 골드스미스에게 그날의 결말은 고통 없이 간단했다. 따뜻한 공기가 자신의 등을 떠미는 것을 느낀 순간 그녀는 벌써 어둠 속으로 날아오르고 있었다. 신고 있던 샌들이 발에서 벗겨져 나갔다.

'뭐지?'

어깨가 땅에 부딪혔다. 강하게 곤두박질치며 부딪혔지만, 그래도 고통은 없었다. 프랜은 랠프의 집 뒷마당 아래쪽에서 남북으로 이어진 좁은 골짜기 안에 있었다.

의자 하나가 다리를 반듯하게 세우고 프랜 앞에 떨어졌다. 좌석 쿠션은 까만 연기가 피어나는 아비규환이었다.

'뭐지?'

무언가가 그 의자의 좌석 위에 떨어졌다가 굴러 내렸다. 액체를 뚝뚝 흘리는 어떤 물체. 어렴풋이 담담한 공포심을 느끼며 바라본 프랜은 그것이 팔 한쪽인 것을 알았다.

'스튜? 스튜! 무슨 일이 벌어진 거지?'

끊임없이 크르릉거리는 포효 소리가 그녀를 집어삼켰고, 잡동사니가 사방 천지에 쏟아져 내리기 시작했다. 돌덩이들. 나무 쪼가리들. 벽돌들. 거미줄 금이 간 유리벽돌 한 개(랠프의 거실에 있는 책장이 저런 유리벽돌로 만들어져 있지 않았던가?). 뒤쪽에 무시무시하게 치명적인 구멍이 뚫린 오토바이 헬멧 하나. 프랜은 모든 것을 똑똑히 보았다. 너무나 지나치게 똑똑히. 겨우 몇 초 전까지만 해도 눈앞이 깜깜했는데…….

'오, 스튜, 맙소사, 오빠 어딨어? 무슨 일이지? 닉? 래리?'

사람들이 비명을 지르고 있었다. 크르렁거리는 포효가 계속 또 계속 이어졌다. 이제 주위는 대낮보다 더 환했다. 자갈들이 온통 그림자를 흩뿌렸다. 잡동사니가 주변에 우수수 쏟아져 내렸다. 15센티미터짜리 대못이 삐죽 튀어나온 널빤지 하나가 프랜의 코앞에 떨어졌다.

'……아기……!'

그리고 그 생각에 뒤이어 다시금 그녀를 찾아온 것은 불안하기 그지없던 예감이었다. '해럴드가 이런 거야. 해럴드가 이런 거야. 해럴드가'

무언가가 프랜의 머리, 목, 등을 강타했다. 속에 패드를 덧댄 관처럼 그녀를 덮친 어떤 거대한 물체.

'오 하나님, 오 우리 아기'

한순간, 다크맨조차도 뒤쫓아올 수 없는 미지의 장소로 어둠이 그녀를 빨아들였다.

제59장

새들.

새들이 지저귀는 소리가 들려왔다.

프랜은 어둠 속에 누워 한참 동안 새소리를 듣고만 있다가, 그 어둠이 진짜 어둠은 아니라는 걸 깨달았다. 그것은 불그스름했고, 움직이고 있었고, 평온했다. 그것은 프랜으로 하여금 어린 시절을 생각나게 했다. 토요일 아침, 학교 수업도 없고 교회 예배도 없는 그날은 늦잠 자도 되는 날. 마음 내키는 대로, 한 번에 조금씩 잠에서 깨어날 수 있는 날. 눈을 꼭 감고 누워 있으면 보이는 것은 오로지 토요일의 햇살이 눈꺼풀의 미세한 모세혈관 망 속에서 걸러진 빨간 어둠이었다. 바깥에 있는 늙은 떡갈나무들 속에서 새들이 지저귀는 소리를 귀 기울여 들었고, 바닷가 소금 냄새도 맡았다. 왜냐하면 그녀의 이름은 프랜 골드스미스였고 오군큇 마을에서 토요일 아침을 맞은 열한 살 소녀였으며……

새들. 프랜은 새들의 소리를 들을 수 있었다.

그러나 여기는 오군큇이 아니었다. 그곳은

(*볼더야*)

그녀는 오랫동안 빨간 어둠 속에서 골똘히 생각한 끝에 불현듯 그 폭발을 기억해 냈다.

(*?폭발?*)

(*!스튜!*)

프랜의 눈이 번쩍 열렸다. 갑작스러운 공포가 찾아왔다.

"스튜!"

스튜는 프랜의 침대 옆에 앉아 있었다. 한쪽 팔뚝에 깨끗한 흰 붕대를 감고 한쪽 뺨엔 참혹하게 찢어진 상처가 말라붙었고 머리칼 일부가 불타 없어졌지만, 그 사람은 스튜였다. 그는 살아 있었다. 프랜과 함께였다. 그리고 그녀가 눈을 뜨자 크게 안도하는 표정을 지었다.

"프래니. 하나님 감사합니다."

"아기."

프랜이 말했다. 목구멍이 말라붙었다. 목소리는 속삭임이 되어 튀어나왔다.

스튜가 멍하니 있자 맹목적인 두려움이 그녀의 몸속으로 슬며시 침투했다. 차갑고 얼얼했다.

"아기."

프랜은 사포처럼 까끌까끌한 목구멍 위로 단어들을 억지로 밀어 올렸다.

"아기가 잘못된 거야?"

그제야 스튜의 얼굴에 이해하는 표정이 나타났다. 그는 성한 팔로 프랜을 어설프게 껴안았다.

"아니야, 프래니, 아니야. 넌 아기를 잃지 않았어."

그러자 그녀는 울었다. 펑펑 쏟아지는 눈물이 양볼을 타고 흘렀다. 그녀는 스튜를 맹렬히 껴안으며 자신의 몸에 있는 모든 근육이 고통 어린 절규를 쏟아 내는 것 따위는 아랑곳하지 않았다. 프랜은 스튜를 껴안았다. 미래는 나중 일이었다. 지금 그녀에게 가장 필요한 것들은 이 햇살 가득한 방 안에 다 있었다.

열린 창문으로 새들이 지저귀는 소리가 넘어 들어왔다.

"말해 줘. 상황이 얼마나 나쁜 거야?"

스튜는 근심 어린 표정으로 머뭇거렸다.

"프랜……."

"닉은?"

프랜이 속삭였다. 침을 삼키자 목구멍에서 자그맣게 꿀꺽 소리가 났다.

"나 누군가의 팔 한 짝 봤어, 절단된 팔……."

"나중에 듣는 게 좋을 거……"

"아니야, 난 알아야겠어. 상황이 얼마나 나쁜 거야?"

"일곱 명이 죽었어."

스튜가 가라앉은 목소리로 말했다.

"그래도 운이 좋은 편이었어, 내 생각엔. 훨씬 지독할 수도 있었으니까."

"누구야, 스튜어트?"

그가 어색하게 프랜의 두 손을 쥐었다.

"닉도 사망자 중 한 명이야, 자기야. 큰 창유리가 있었잖아. 그 왜, 코팅 처리된 그 유리창 말이야, 그런데 그게…… 그게……."

스튜가 잠시 말을 멈추고 양손을 내려다보다가 다시 고개를 들어 그녀를 보았다.

"닉은…… 신원을 확인할 수 있었어…… 흉터가 있어서……."

스튜는 잠시 고개를 돌렸다. 프랜이 거친 한숨을 토했다.

말할 힘이 생긴 듯 스튜가 입을 열었다.

"그리고 수전도. 수전 스턴. 수전도 사고가 터졌을 때 계속 집 안에 있었어."

"그게…… 그럴 리가 없는데, 설마?"

아연실색한 프랜은 당혹스러운 기분을 느꼈다.

"사실이야."

"또 다른 사람은?"

"채드 노리스."

스튜가 말하자 프랜이 또다시 거친 한숨 소리를 냈다. 한줄기 눈물이 눈가에서 주르륵 흘렀다. 프랜은 거의 넋이 나간 상태로 눈물을 털어 버렸다.

"집 안에 남아 있던 사람은 그 셋뿐이었어. 기적 같은 일이지. 브래드가 그러는데 틀림없이 벽장 속에 다이너마이트가 여덟아홉 개 걸려 있었을 거래. 그런데 닉은, 거의…… 닉이 그 구두 상자를 두 손에 꼭 쥐고 있었을지도 모른다고 생각하면……."

"그렇게 자책하지 마. 미리 알 방법은 전혀 없었잖아."

"그래도 맘이 편치가 않아."

나머지 사망자 넷은 마을에서 오토바이를 타고 올라온 사람들이었다. 안드레아 테르미넬로, 딘 와이코프, 데일 페더슨, 그리고 팻시 스톤이라는 젊은 소녀. 스튜는 레오에게 플루트 연주를 가르치던 팻시가 팽글팽글 돌면서 날아든 글렌 베이트먼의 울른삭 녹음기 뭉치에 맞아 목이 거의 날아갔다는 사실을 프랜한테 이야기하지 않았다.

프랜은 고개를 끄덕였고, 그러자 목이 아팠다. 몸을 들썩이자 아주 약간 움직였을 뿐인데도 등 전체가 고통스러운 비명을 질러대는 듯싶었다.

폭발로 스무 명이 부상당했다. 그중 한 명인 매장 위원회의 테디 웨이작은 회복될 가능성이 전혀 없었다. 다른 두 명은 위독한 상태였다. 루이스 데스챔스라는 남자는 한쪽 눈을 잃었다. 랠프 브렌트너는 왼손 세 번째와 네 번째 손가락을 잃었다.

"나는 얼마나 다친 거야?"

프랜이 스튜에게 물었다.

"음, 자기는 목 인대가 상하고 등이 접질리고 한쪽 발이 부러졌어. 조지 리처드슨이 알려 준 내용이야. 폭발이 자기를 마당 건너편으로 훌쩍 날려 버렸던 거야. 발이랑 등은 소파가 덮쳤을 때 다친 거고."

"소파?"

"기억 안 나?"

"관 같은 게…… 패드를 덧댄 관 같은 건 기억 나는데……."

"그게 소파였어. 내가 직접 들어 옮겼지. 난 미쳐 날뛰다시피

했어. 거의…… 완전히 이성을 잃었던 것 같아. 래리가 도우러 다가왔는데 그 친구의 입에다 주먹질을 했지 뭐야. 그 정도로 제정신이 아니었던 거지."

프랜이 스튜의 뺨에 손을 갖다 대자 스튜가 그 손 위에 자기 손을 덮었다.

"난 자기가 틀림없이 죽었다고 생각했어. 만약 정말로 죽었으면 어떡하나 하는 생각이 스치더라고. 정말 그랬으면 미쳐 버리는 거지 뭐."

"오빠를 사랑해."

스튜가 프랜을 껴안았다. 그녀의 등 때문에 얌전하게. 둘은 그 상태로 얼마간 가만히 있었다.

"해럴드?"

마침내 프랜이 말했다.

"네이딘 크로스도 함께. 그들이 우리를 해쳤어. 그것도 심각하게. 그렇지만 그들이 원했던 바에는 한참 못 미치는 피해야. 둘이 서쪽으로 너무 멀리 가 버리기 전에 붙잡는다면……."

스튜는 긁히고 딱지가 앉은 두 손을 앞으로 내밀고는 관절을 꺾어 우두둑 소리를 내며 움켜잡았다. 손목 안쪽에서 힘줄이 불룩 솟았다. 스튜의 얼굴에 갑자기 싸늘한 미소가 떠오르자 프랜은 몸을 떨었다. 너무나 낯익은 미소였다.

"그런 식으로 웃지 마. 절대로."

스튜의 웃음이 희미해졌다.

"새벽부터 사람들이 둘을 찾으러 산을 뒤지고 다니는 중이야."

스튜가 말을 이어 갔으며, 이제는 웃지 않았다.

"그들을 찾을 것 같진 않아. 사람들한테 무슨 일이 있어도 볼더 서쪽으로 80킬로미터 이상은 나아가지 말라고 일러두긴 했지만, 해럴드처럼 교활한 녀석이라면 이미 그보다 더 멀리 달아나 버렸을 테니까. 그 인간들이 어떻게 사고를 냈는지는 알아냈어. 폭발물을 무전기에 연결해서……."

프랜이 숨 넘어가는 소리를 내자 스튜는 걱정스러운 듯 바라보았다.

"어디 아파, 자기? 등 때문에 그래?"

"아니야."

폭발물이 터졌을 때 닉이 두 손으로 구두 상자를 잡고 있었을 거라는 스튜의 말이 무슨 뜻이었는지 프랜은 갑자기 이해가 되었다. 갑자기 모든 것이 이해가 갔다. 그녀는 전선 자투리들과 에어하키 탁자 아래에 있던 무전기 상자에 관해 스튜에게 천천히 이야기했다.

"만약 우리가 해럴드의 채, 책만 가져오는 대신에 온 집 안을 수색해 보았더라면, 폭탄을 발견할 수도 있었을 텐데."

프랜의 목소리가 울먹이고 갈라지기 시작했다.

"니, 닉과 수전도 사, 사, 살아 있었을 테고 그리고……."

스튜가 그녀를 가만히 안았다.

"그것 때문에 래리가 오늘 아침에 그토록 우울해 보인 건가? 나는 내가 주먹질한 것 때문인 줄로만 생각했거든. 프래니, 너희가 어떻게 폭탄을 미리 알 수가 있었겠어, 응? 너희가 어떻게 그럴 가능성을 알 수가 있었겠어?"

"우리는 '당연히' 알았어야 했어! '당연히' 알아냈어야 했던 거라고!"

스튜의 어깨에 얼굴을 묻은 프랜은 완전한 어둠 속에 잠겼다. 뜨거운 눈물이 하염없이 흘렀다. 스튜는 그녀를 안고 있느라 불편한 자세로 몸을 구부리고 있었다. 전기로 작동하는 병원 침대인지라 꺾어 올리지 못하기 때문이었다.

"네가 자책하지 않았으면 좋겠어, 프래니. 우연히 마주친 거잖아. 폭탄 처리반이 아닌 이상 누구도 전선 자투리 몇 개와 빈 상자를 가지고 무언가를 떠올릴 수는 없어. 만약 주변에 다이너마이트 막대 두어 개와 뇌관이 남아 있었다면, 전혀 다른 의미로 다가왔을 테지. 하지만 그러지 않았잖아. 나는 자기를 탓하지 않아. 자유지대의 어느 누구도 자기를 비난하지 않을 거야."

스튜가 이야기하는 동안, 프랜의 마음속에서 두 가지가 결합하고 있었다. 천천히. 뒤늦게.

'유일하게 집 안에 남아 있던 사람은 그 셋뿐이었어…… 기적 같은 일이지.'

'마더 애버게일…… 그분께서 다시 돌아오셨어…… 오, 그분은 몰골이 끔찍하셔…… 우리한텐 기적이 필요해!'

쓱 뿜어져 나오는 통증을 느끼며 프랜은 몸을 약간 끌어 올렸다. 덕분에 스튜의 얼굴을 들여다볼 수 있었다.

"마더 애버게일 님. 만약 사람들이 우리한테 말해 주려고 올라오지 않았더라면 폭탄이 터질 때 우린 모두 집 안에 그대로 있었을 테고……."

스튜가 프랜의 말을 이어받았다.

"기적 같은 일이지. 그분께서 우리 목숨을 구하셨어. 비록 그분이……."

스튜가 침묵에 빠졌다.

"스튜?"

"그분께서 다시 돌아오셔서 우리 목숨을 구하셨단 얘기야, 프래니. 우리 목숨을 구해 주셨어."

"할머니께서 돌아가신 거야?"

프랜이 물으며 스튜의 손을 꽉 움켜쥐었다.

"오빠, 그분도 돌아가신 거야?"

"그분은 8시 15분쯤에 마을 안으로 들어오셨어. 래리네 아이가 손을 잡고 인도하고 있었대. 그 애는 완전히 말문을 잃었어. 그 애가 흥분하면 그러는 건 너도 알지. 그래도 그 애는 그분을 루시한테 모시고 갔어. 그러자 맥없이 쓰러지셨지."

스튜가 고개를 흔들었다.

"맙소사, 얼마나 먼 거리를 걸어오신 건지…… 식사나 그런 건 어떻게 해결하셨는지…… 중요한 걸 말해 줄게, 프랜. 내가 아네트 마을로 돌아가는 것보다 더 기상천외한 일이 이 세상에는(그리고 이 세상 밖에도) 일어나는 거야. 나는 그 할머니가 하나님이랑 있다가 오셨다고 생각해. 또는 예전에 그러셨거나."

프랜이 눈을 감았다.

"그분이 돌아가셨구나, 그런 거지? 지난 밤에. 마을로 오셨다가 돌아가신 거구나."

"아직은 돌아가신 게 아냐. 돌아가시기야 하겠지. 그리고 조지 리처드슨은 곧 돌아가실 게 분명하다고 말하더군. 하지만 아직 숨을 거두신 건 아냐."

스튜가 프랜을 빤히 멀뚱멀뚱 바라보았다.

"난 무서워. 그분께서 다시 돌아오셔서 우리 목숨을 구하셨는데도, 난 그분이 무서워. 다시 찾아오신 이유가 뭔지도 두려워."

"그게 무슨 뜻이야, 스튜? 마더 애버게일 님은 결코 해를 끼치지 않을……"

"마더 애버게일 님은 당신의 하나님이 명령하는 대로 행하셔."

스튜가 거칠게 말했다.

"자기 아들을 죽음으로 몰고 간 분의 명령을 말이지. 내가 듣기론 그랬다더군."

"스튜!"

스튜의 눈에서 타오르던 불길이 사그라졌다.

"나는 그분께서 왜 다시 돌아오신 것인지, 우리한테 남기실 말씀이 조금이라도 있는 건지 모르겠어. 전혀 모르겠다고. 어쩌면 의식을 회복하지 못한 채 돌아가실 거야. 조지가 그럴 가능성이 꽤 높다고 했어. 하지만 난 확실히 알아. 그 폭발…… 닉이 죽은 거…… 그리고 할머니께서 다시 돌아오신 거…… 그런 것이 사람들의 눈에서 비늘을 벗겨 내 주었다는 사실을. 사람들은 '그 남자' 에 관해 이야기하고 있어. 사람들은 폭탄을 터뜨린 범인이 해럴드라는 걸 알지만, 그렇게 하도록 '그 남자' 가 해럴드를 조종했다고 생각해. 젠장할, 내 생각도 마찬가지라고. 마더 애버게일 님이 지금 같은 상태로 다시 돌아온 것도 역시 플랙 때문이라고 말하는 이들이 많아. 난, 나는 잘 모르겠어. 아무것도 몰라. 그런 것 같아. 하지만 겁에 질려 있지. 일이 나쁘게 끝날 것 같은 느낌. 예전엔 그런 느낌이 안 들었지만, 지금은 그렇게 느껴."

"하지만 우리가 있잖아."

프랜이 항변하듯 말했다.

"우리가 있고 아기도 있잖아, 그렇지? 그렇잖아?"

그는 오랫동안 대답하지 않았다. 프랜은 그가 대답하리라고 생각하지 않았다. 이윽고 스튜가 말했다.

"맞아. 하지만 언제까지 그럴까?"

9월 3일 황혼 녘, 사람들은 래리와 루시의 집으로 향하는 테이블 메사 차도로 천천히, 정처 없이 방황하듯 흘러들었다. 혼자서, 둘이서, 셋씩 짝을 지어. 그들은 해럴드가 고안한 X 표시가 문에 그려진 집들의 현관 계단에 앉았다. 이 긴 여름의 끝에서 메마르고 거무스름해진 풀밭과 인도 경계석에도 앉았다. 그들은 나지막한 어조로 수군거렸다. 담배와 파이프를 피웠다. 브래드 키치너도 그곳에 있었다. 한쪽 팔을 두툼한 흰 붕대로 감싸 어깨 끈에 걸친 상태였다. 캔디 존스도 있었고, 리치 모팻은 신문 배달 소년의 배달 주머니에 블랙 벨벳 술병 두 개를 담고 나타났다. 노먼 켈로그는 접힌 셔츠 소매 밑으로 볕에 탄 주근깨투성이 이두박근을 드러낸 토미 게링거와 함께 앉아 있었다. 게링거 소년의 셔츠 소매는 원래부터 접힌 모양으로 박음질된 것이었다. 해리 던바튼과 샌디 뒤셴은 함께 담요를 펴고 앉아 손을 맞잡고 있었다. 딕 볼먼, 칩 호바트, 그리고 열여섯 살인 토니 도나휴는 래리의 집에서 반 블록 떨어진 어느 지붕 처마 밑에 함께 앉아 캐나디안클럽 위스키 병을 주거니 받거니 하면서, 미지근한 세븐업 사이다로 입가심을 했다. 패티 크로거는 셜리 해밋과 함께 앉아 있었다. 둘 사이에 소풍 바구니가 있었다. 바구니에는 음식이 풍성했지만 그들은 그저 깨작거리기만 했다. 8시가 되자 거리에 사람들의 행렬이 줄을 이었다. 그들은 모두 그 집을 지켜보았다. 래리의 오토바이가 현관 앞에 서 있고, 조지 리처드슨의 커다란 가와사키 650 오토바이는 그 옆에 서 있었다.

래리는 침실 창가에서 사람들을 지켜보았다. 래리의 뒤편으로 그와 루시가 쓰던 침대에, 마더 애버게일이 인사불성이 되어 누워 있었다. 애버게일한테서 나온 건조하고 메스꺼운 냄새가 진동하여 토할 것만 같았다.(래리는 토하는 것을 증오했다.) 그래도 래리는 움직이지 않을 생각이었다. 닉과 수전이 죽는 와중에도 자신은 위기를 모면한 데 대한 고행이었다. 뒤에서 나지막한 목소리가 들렸다. 임종을 지켜보려고 침대 주위로 모여든 사람들이었다. 조지는 다른 환자들을 살펴보려고 곧 병원으로 떠날 참이었다. 이제 딱 열여섯 명의 부상자가 남았다. 세 명은 퇴원했다. 테디 웨이작은 사망했다.

래리 자신은 다친 데가 한 군데도 없었다.

과거와 다를 바 없는 래리. 주변 사람들은 모두 머리가 날아가는 와중에도 그만은 머리가 계속 붙어 있는 팔자였다. 그 폭발은 차도를 가로질러 화단 속으로 래리를 내동댕이쳤지만, 그는 긁힌 상처 하나 생기지 않았다. 삐죽삐죽한 파편들이 주위로 온통 비 오듯 쏟아졌지만, 아무것도 래리를 건드리지 않았다. 닉은 죽었고, 수전도 죽었고, 래리는 멀쩡했다. 그랬다. 과거와 다를 바 없는 래리 언더우드였다.

여기 안에는 임종을 지키는 사람들, 저기 밖에도 임종을 지키는 사람들. 블록 위쪽까지 가득 메웠다. 넉넉잡아 600명. '해럴드, 너 수류탄 한 다스 가지고 돌아와서 임무를 마무리 지어야겠다.' 해럴드. 래리는 전국을 가로질러 해럴드를 따라왔고, 페이데이 초코바 포장지와 솜씨 좋은 임기응변의 흔적을 따라왔다. 웰스에서 휘발유를 빼내려다 손가락을 잃을 뻔하기도 했다. 해럴드는 기름 주입구 마개를 찾아내서 고무관으로 간단히 빨아올렸는데. 해럴드는 인구 증가에 맞추어 여러 분야의 위원회 내에서 위원 수를 늘려야 한다는 것을 제안했던 인물이었다. 해럴드, 임시 위원회의 전원을 일괄적으로 상임 위원회로 승인하자고 제안했던 장본인. 영특한 해럴드. 해럴드와 그의 장부. 해럴드와 그의 미소.

에어 하키 탁자 위의 전선 쪼가리 몇 개만 보고서 해럴드와 네이딘이 무엇을 꾀하고 있었는지 알아차릴 사람은 아무도 없을 거라는 스튜의 말은 이치에 맞고 타당했다. 하지만 래리는 줄줄이 이어진 추론이 딱 맞아떨어지지가 않았다. 그는 예전에도 해럴드의 눈부신 임기응변이 이루어 낸 성과를 목격한 바 있었다. 그런 것들 중 하나는 놀랍게도 거의 5미터가 넘는 높이의 축사 지붕에다 글을 적어 놓은 이정표였다. 마땅히 짐작했어야만 했다. 언더우드 경위는 초코바 포장지를 탐색하는 일에는 위대했지만, 그 대상이 다이너마이트였을 때는 별로 위대하지 않았다. 사실상 언더우드 경위는 지독한 병신자식이었다.

'래리, 당신이 모르나 본데…….'

네이딘의 목소리.

'당신이 원한다면, 무릎 꿇고 빌기라도 할게요.'

그것이 살인과 파괴를 막을 수 있었던 또 하나의 기회였다…… 절대로 어느 누구한테도 말해 줄 수 없는 사실이었다. 그 당시에도 음모가 실제로 진행되고 있었을까? 아마도. 다이너마이트를 무전기에 연결하는 식의 상세한 내용은 없었다 하더라도, 그때 이미 총체적인 계획은 서 있었을 것이다.

'플래의 계획.'

그랬다. 배경에는 항상 플랙이, 꼭두각시 인형을 부리는 어둠의 조종자가 있어서, 해럴드와 네이딘에 연결된 끈을, 찰리 임페닝에 연결된 끈을 잡아당기고 있었던 것이다. 자유 지대 사람들은 해럴드가 눈에 띄면 기꺼이 집단 폭력을 가할 테지만, 폭발 사건은 플랙의…… 그리고 네이딘의 소행이었다. 누가 네이딘을 해럴드한테 보냈겠는가, 플랙이 아니라면? 하지만 해럴드한테 가 버리기 전에 네이딘은 래리를 찾아왔다. 그런데 래리는 그녀를 내쫓아 버렸다.

그가 어찌 예스라고 말할 수 있었겠는가? 루시를 책임지고 있었는데. 그것이야말로 제일 중요한 일이었다. 오로지 그녀 때문만이 아니라 자신 때문이기도 했다. 딱 한두 번만 더 현실 도피를 하려다가는 어른스럽게 살려는 자신을 영원히 파괴해 버릴 거라는 사실을 깨달았다. 그래서 네이딘을 내쫓았던 것이다. 플랙은 어젯밤의 성과에 무척 흡족해했으리라…… 만약 플랙이 그 남자의 진짜 이름이라면. 아, 스튜는 여전히 살아남아 위원회를 대변했다. 스튜는 닉이 결코 사용할 수 없는 유창한 입을 지녔다. 위원회의 정신적인 지주인 글렌도 살아 있다. 하지만 닉은 위원회의 심장이었고, 수전은 프래니와 함께 위원회의 도덕적 양심으로서 활동해

왔다. 래리는 씁쓸하게 생각했다. '그래, 대체로 그 개자식한테는 멋진 저녁의 과업이 이루어진 셈이로군. 해럴드와 네이딘이 저 너머로 넘어가면 그 개자식은 분명 거하게 사례를 해야겠구먼.'

창문에서 몸을 돌리던 래리는 이마 뒤편이 묵직하게 고동치는 것을 느꼈다. 리처드슨이 마더 애버게일의 맥박을 재는 중이었다. 로리는 T자 모양의 거치대에 매달린 링거병들을 손보고 있었다. 딕 엘리스가 곁에 서 있었다. 루시는 문가에 앉아서 래리를 바라보았다.

"어떠신가요?"

래리가 조지한테 물었다.

"똑같아요."

"오늘 밤은 버티실까요?"

"단정할 수는 없어요, 래리."

침대 위의 여성은 얄팍하게 늘어난 회백색 피부에 덮인 뼈 무더기에 지나지 않았다. 성별을 구분할 수 없어 보였다. 머리카락은 없어졌다. 가슴도 없어졌다. 입이 턱관절에서 풀려 떡 벌어졌고 호흡은 거칠게 입속을 긁어 댔다. 애버게일의 모습은 래리가 언젠가 보았던 유카탄 반도의 미라 사진처럼 보였다. 부패하지 않았지만 쪼글쪼글 오그라들었다. 방부 처리되었다. 메말랐다. 그대로 영원히.

그랬다. 그것이 바로 할머니의 현재 상태였다. 마더가 아니라 미라인 것이다. 오로지 그녀의 호흡이 내는 저 거친 한숨 소리만 있었다. 건초밭 그루터기를 지나는 가벼운 산들바람 소리를 닮았다. 할머니는 어떻게 아직 살아 있을 수 있는 것일까? 래리는 궁금했다. 하나님은 마더에게 무슨 시련을 주려는 것일까? 무슨 목적을 위해서? 이건 정말이지 웃음거리가 될 일이었다. 범우주적인 폭소탄이었다. 조지는 이와 유사한 사례들에 관해서 들어 보기는 했지만 그토록 극단적인 사례는 결코 없었고, 자신이 직접 그런 사례를 보리라곤 전혀 예상치 못했다고 말했다. 할머니는 어찌된 셈인지…… 자기 자신을 먹어 치우고 있었다. 그녀의 육체는 영양실조에 마땅히 굴복했어야 하는 시점 이후로도 오랫동안 끊임없이 생명 활동을 유지했다. 자양분을 마련하려고 절대로 파괴되어서는 안 되는 자신의 여러 신체 부위를 파괴하고 있었다. 마더를 침대 위로 들어 올렸던 루시는 그녀가 애들이 갖고 노는 상자 모양의 연 정도밖에 무게가 나가지 않았노라고, 바람이 훅 불면 영원히 날아가 버리려고 기다릴 뿐인 연 같았노라고 낮게 탄식하며 래리에게 알려 준 바 있었다.

"할머니는 하실 말씀이 있는 거예요."

문 옆 구석에 서 있던 루시가 입을 열자 실내에 있던 사람들은 모두 화들짝 놀랐다.

로리가 애매한 투로 말했다.

"깊은 혼수상태에 빠져 계세요, 루시…… 다시 의식을 회복하실 기회는……."

"할머니는 우리한테 뭔가 말씀하시려고 다시 찾아오셨어요. 그리고 소임을 다하실 때까지 하나님은 할머니를 불러들이지 않으실 거예요."

"그 말씀이란 게 뭘까, 루시?"

딕이 물었다.

"저는 모르겠어요. 하지만 그 말씀을 들을까 봐 무서워요. 그건 알아요. 죽음은 이걸로 끝이 아니에요. 이제 막 시작된 거라고요. 전 그게 두려워요."

오랜 침묵이 흐르다 마침내 조지 리처드슨의 말에 깨졌다.

"일어나서 병원에 가 봐야겠습니다. 로리, 딕 씨, 두 분이 필요해요."

'우리 둘을 이 미라와 함께 달랑 남겨 놓을 건 아니겠죠, 그렇죠?' 래리는 하마터면 이렇게 질문할 뻔했고, 그 말을 속에 담아두려고 입술을 꽉 깨물어야 했다.

병원 사람들 셋이 문으로 향하자 루시가 그들의 코트를 챙겨 주었다. 이날 밤 기온은 거의 영상 15도여서 셔츠 차림으로 오토바이를 타기는 곤란했다.

"할머님을 위해 할 수 있는 일이 더 있습니까?"

래리가 조지한테 조용히 물었다.

"루시가 링거 조절하는 방법을 압니다. 그 밖에 다른 조치는 아무것도 필요 없어요. 보시다시피……."

조지는 말끝을 흐렸다. 당연히 그들 모두 똑똑히 보았다. 그 대상은 침대 위에 있었다. 그렇지 않은가?

"잘 자요, 래리. 루시도."

딕이 말했다.

그들이 밖으로 나갔다. 래리는 다시 창가에서 어슬렁거렸다. 바깥에서는 모든 이들이 일어서서 지켜보고 있었다. 할머니는 살아계시나? 돌아가셨나? 돌아가시는 중인가? 아마 하나님의 힘으로 치유되겠지? 그분으로부터 무슨 말씀이 계셨나?

루시가 허리에 살며시 팔을 두르자 래리는 약간 움찔했다.

"사랑해."

래리는 그녀를 더듬어 안았다. 머리를 숙이고 속수무책으로 몸을 들썩거리기 시작했다.

루시가 차분하게 말했다.

"나는 자기를 사랑해. 괜찮아. 눈물이 나오게 놔둬. 밖으로 다 흘려보내, 래리."

래리는 울었다. 눈물이 총알처럼 뜨겁고 세차게 흘러나왔다.

"루시……."

"쉿."

래리의 목덜미에 얹히는 루시의 두 손. 마음을 위로하는 그녀의 두 손.

"오 루시, 맙소사. 이게 다 무슨 일이냔 말이야?"

래리가 루시의 목에 대고 울부짖었고, 그녀는 영문을 모르는 채로, 아직은 모르는 채로 온 힘을 다해 그를 단단히 안았고, 그들 뒤편에선 마더 애버게일이 거칠게 숨을 몰아쉬며 깊은 혼수상태를 지속하고 있었다.

조지는 걷는 것이나 다를 바 없이 느리게 운전하면서, 궁금해하는 사람들한테 똑같은 메시지를 계속 전하고 있었다.

"예, 여전히 살아 계십니다. 환자의 예후는 좋지 않습니다. 아니요, 아무 말씀도 안 하셨고요, 말씀하실 수 있는 상태가 아닙니다. 댁으로 돌아가 계시는 게 좋겠어요. 만약 무슨 일이 생기면,

다 전달이 될 겁니다."

길모퉁이에 다다르자 그들은 속력을 내어 병원을 향해 방향을 틀었다. 오토바이 배기음이 쿠르릉거리며 울려 퍼져 건물에 부딪혔다가 튀어 나가더니, 마침내 고요히 사그라졌다.

사람들은 집에 가지 않았다. 한동안 그 자리에 계속 서서 대화를 계속했다. 조지가 한 말 한 마디 한 마디를 되새겼다. 예후라, 근데 그게 무슨 뜻이지요? 혼수상태. 뇌사. 뇌가 죽었다는 뜻이지. 뇌가 죽은 사람한테 기대하느니 콩 통조림이 말하는 걸 기대하는 게 낫겠어. 글쎄, 어쩌면 그 말대로겠지. 만약 이것이 '자연스러운' 상황이었다면, 하지만 사정이 도무지 자연스럽지가 않은 걸, 안 그래?

사람들은 다시 자리에 앉았다. 어둠이 찾아왔다. 콜맨 램프의 불빛이 할머니가 누워 있는 집 안을 밝혔다. 그들은 더 나중에 집에 갈 것이다. 그러고는 잠 못 이룬 채 누워 있을 것이다.

대화 주제는 주저주저하다가 다크맨으로 바뀌었다. 만약 마더 애버게일 님이 죽는다면, 그것은 '그 남자'가 더 힘이 세진다는 의미인가?

당신 무슨 소리예요, '반드시 그렇게 되진 않는다'라니?

글쎄, 내 단언하건대 그는 완전무결한 사탄이야.

적그리스도예요, 내 생각엔 그래요. 우리는 바로 지금 요한 계시록의 상황을 살아가고 있는 거죠…… 의심의 여지가 없잖아요? '그리고 파멸의 천사들이 지닌 일곱 개의 대접이 열렸도다.' 나한테는 분명히 슈퍼 독감을 의미하는 소리로 들리는걸요.

아, 심란해. 히틀러도 적그리스도였다던데.

만약 저번의 그 꿈들이 다시 돌아온다면, 저는 차라리 자살하고 말겠어요.

꿈속에서 나는 지하철 역에 있었고 그는 표 받는 사람이었는데, 도무지 얼굴을 볼 수가 없었어. 나는 겁에 질렸지. 지하철 터널 속으로 달려갔어. 그러자 '그 남자'가 나를 쫓아 달려오는 소리가 들렸어. 그리고 나를 붙잡는 소리도.

꿈속에서 나는 얇게 썬 수박 절임 한 병을 가지러 지하실로 내려가는 중이었는데 지하실 아궁이 옆에 누가 서 있는 것이 보였어요…… 그냥 윤곽만 보였죠. 그 남자였어요.

귀뚜라미 떼가 울기 시작했다. 별들이 하늘을 가로질러 펼쳐졌다. 때마침 공기 속의 차가운 기운이 화젯거리로 올랐다. 음료수들이 비워졌다. 파이프와 담배가 어둠 속에서 이글거렸다.

내가 듣기엔 전력 위원회 사람들이 열심히 전기 기구들을 끄고 다니는 중이래.

좋은 일 하는 거야. 하루빨리 조명과 난방을 복구하지 않으면 불행의 구렁텅이에 빠질 테니.

낮게 소곤거리는 목소리들. 이제 암흑 속에서 서로의 얼굴이 보이지 않았다.

내 짐작엔 올겨울 동안은 안전해요. 확실해요. 그 남자가 산길을 건너올 방도가 없잖습니까. 뒤엉킨 차량과 눈으로 완전히 꽉 차 있을 텐데. 하지만 봄에는…….

그 남자가 원자 폭탄을 갖고 있진 않을까요?

좆도 원자 폭탄, 혹시라도 더러운 중성자탄을 몇 개 가지고 있으면 어쩌지? 아예 샐리가 말한 일곱 개의 대접 중 나머지 여섯

개를 가지고 있다면?

아니면 비행기를?

무엇에 쓰려고?

나야 모르지.

알아도 골치 아파.

젠장 완전히 오리무중이네.

구멍을 하나 파렴. 그런 다음 그 속으로 뛰어들어서 위를 막으면 돼.

10시경 스튜 레드먼, 글렌 베이트먼, 랠프 브렌트너가 그들 무리에 조용히 찾아와 전단을 나눠 주면서, 오늘 밤 여기에 없는 사람들한테 전단의 내용을 전해 달라고 당부했다. 글렌은 약간 절뚝거리고 있었는데 폭발로 날아든 가스레인지 손잡이가 오른쪽 종아리 살점을 한 덩어리 도려냈기 때문이었다. 등사한 포스터의 내용은 다음과 같았다. '자유 지대 집회 * 문칭거 회관 * 9월 4일 * 오후 8시.'

그것이 그 자리를 떠나는 신호인 듯했다. 사람들은 조용히 어둠속으로 흩어져 갔다. 대개는 전단을 손에 들었지만, 꽤 많은 이들이 구겨서 내버렸다. 그들은 모두 잠을 이루려고 집으로 돌아갔다.

또는 꿈을 꾸려고.

다음 날 밤 스튜가 집회를 열었을 때 회관은 사람들로 포화 상태였지만 극도로 고요했다. 스튜의 뒤편으로 래리, 랠프, 글렌이 앉아 있었다. 프랜은 자리를 털고 일어나려 애썼지만, 등이 여전히 너무나 고통스러웠다. 소름 끼치는 운명의 아이러니에도 아랑곳하지 않고 랠프는 무전기를 이용해 프랜을 집회에 참여시켰다.

"몇 가지 말씀드려야 할 사항이 있습니다."

스튜가 심사숙고하는 듯 조심스러운 어투로 조용히 말했다. 앰프로 아주 살짝만 증폭시켰는데도, 그의 목소리는 조용한 홀 안에 잘 전달되었다.

"여기 모이신 분들 중에서 닉과 수전과 그 외 다른 사람들이 희생되었던 폭발 사건에 관해 모르시는 분은 없으리라고, 그리고 마더 애버게일 님이 다시 돌아오신 것을 모르시는 분도 없으리라고 생각합니다. 우리는 그런 일들에 관해 이야기할 필요가 있습니다. 그런데 여러분께 우선 좋은 소식부터 알려 드리고 싶습니다. 브래드 키치너의 말을 들어 보시겠습니다. 브래드?"

브래드는 연단을 향해 걸으며 그저께 밤처럼 불안정한 모습은 거의 보이지 않았고, 열의 없는 박수를 받았다. 연단에 선 그는 청중을 향해 몸을 돌려 두 손으로 연설대를 붙잡고 간단히 말했다.

"우리는 내일 발전 스위치를 작동시킬 예정입니다."

이번에는 박수갈채가 매우 큰 소리로 나왔다. 브래드가 두 손을 들어 자제를 요청했지만, 박수갈채의 물결이 그를 압도했다. 30초 또는 그 이상 지속되었다. 만약 지난 이틀 동안 아무 일도 없었더라면 아마 브래드는 연단에서 끌려 나와, 마지막 30초를 남기고 결승전에서 승리의 터치다운을 성공시킨 미식축구 선수처럼 청중의 어깨에 태워져 회관 주위를 행진했을 것이라고 나중에 스튜가 프래니한테 이야기했다. 그것은 그 여름의 대미를 장식할 만한 경사였으며, 브래드는 그 경사를 만들어 낸 영웅이었다.

마침내 박수가 가라앉았다.

"정오에 스위치를 켤 예정이니 여러분 모두에게 집에서 준비를 하시라고 당부드리고 싶습니다. 무엇을 준비하느냐? 네 가지입니다. 이제 잘 들어 두세요. 중요한 얘깁니다. 첫째, 댁에서 사용하지 않는 모든 조명 기구와 전기 기구를 꺼 주십시오. 둘째, 여러분의 주변에 있는 빈집들에 대해서도 똑같은 조치를 취해 주십시오. 셋째, 만약 가스 냄새가 나거든, 그 냄새를 추적해서 진원지를 차단해 주십시오. 넷째, 만약 화재 경보가 들리거든, 소리가 나는 곳에 가 주십시오…… 하지만 안전하게 그리고 침착하게 가 보셔야 합니다. 허둥대다 오토바이 사고가 나서 목이 부러지는 일은 없도록 합시다. 자, 질문 있습니까?"

몇 가지 질문이 나왔으며, 모두가 브래드의 원래 요점을 재확인하는 수준이었다. 브래드는 각각의 질문에 느긋하게 답변했다. 불안함을 드러내는 유일한 표시는 작고 까만 공책을 두 손으로 쉴 새 없이 이리저리 구부려 대는 모습이었다.

질문들이 서서히 잦아들자 브래드가 말했다.

"저는 발전소를 다시 움직이게 하느라 등이 터질 만큼 고생했던 분들께 감사드리고 싶습니다. 그리고 전력 위원회는 해산하지 않는다는 점을 그분들께 상기시켜 드리고 싶습니다. 전력선 단절, 정전, 발전용 석유를 덴버에서 찾아내 여기로 끌고 와야 하는 등 여러 가지 수고할 일이 남아 있습니다. 저는 그분들 모두가 앞으로도 전력 위원회에 몸담기를 바랍니다. 글렌 교수님의 말씀대로라면, 눈발이 날릴 때쯤 이곳 인구는 10,000명이 될 수도 있고, 내년 봄에는 더욱 많아질 겁니다. 롱몬트와 덴버에 발전소들이 있으니까 내년이 다 가기 전에 전력망을 연결해야 하고요…….”

“저 너머에 있는 단단한 녀석이 마음먹고 활개 치면, 당신 말이 다 무슨 소용이야!”

누군가가 홀 뒤편에서 쉰 목소리로 고함쳤다.

깊은 침묵이 찾아왔다. 브래드는 필사적으로 연설대를 꽉 움켜잡았고, 얼굴이 하얗게 질렸다. 스튜는 연설을 마무리 짓지 못할 거라고 생각했지만 브래드는 말을 분명히 이어 갔다. 목소리가 놀라울 만큼 태연했다.

“누가 뭐라든 제 업무는 전력입니다. 그런데 저는 저 너머의 사내가 죽어 없어지고 나서도 우리가 오랫동안 여기에 있을 것으로 생각합니다. 만약 그렇게 생각하지 않았다면, 저는 그 남자 편에 붙어서 발전기 모터에 전선을 감고 있었을 테죠. 그따위 녀석이 무슨 큰 대수겠습니까?”

브래드가 연단에서 물러나자 누군가가 고래고래 소리질렀다.

“당신 말이 무지무지 옳소!”

이번에는 박수갈채가 크고, 강하게, 난폭하다 싶을 만큼 쏟아졌지만, 그 소리에는 스튜의 맘에 걸리는 이상한 분위기가 서려 있었다. 그는 집회를 다시 진정시키려고 의사봉을 오랫동안 두들겨야만 했다.

“의사일정의 다음 순서는…….”

“의사일정 따위 좆이나 까시지!”

젊은 여자가 귀에 거슬리는 목소리로 외쳤다.

“다크맨에 관해 이야기합시다! 플래에 관해 이야기합시다! 우린 너무 오랫동안 회피하기만 했어!”

찬성의 함성들. "무례하다!"라는 외침들. 그 젊은 여자의 단어 선택을 못마땅해하는 재잘거림. 여기저기 수군거리는 소리.

스튜가 연단 위에 놓인 받침대를 너무 세게 때린 나머지 의사봉의 나무 대가리가 떨어져 나갔다.

스튜가 소리쳤다.

"지금은 집회를 진행하는 중입니다! 여러분은 이야기하고 싶은 것이 무엇이든 이야기할 기회를 얻을 것입니다. 그러나 제가 이 집회를 주재하는 동안, 제가 바라는 것은…… 여러분께서…… 좀 정숙한 분위기를 지켜 주시는 겁니다!"

스튜가 마지막 말을 너무도 요란하게 고함치는 바람에 마이크가 울리는 굉음이 부메랑처럼 회관 안을 가로질렀고, 비로소 사람들이 조용해졌다.

스튜가 일부러 나지막하고 잔잔한 목소리로 말했다.

"이제, 다음 순서는 9월 2일 밤 랠프 씨의 집에서 무슨 일이 벌어졌는지 여러분께 보고드리는 것이고, 그 보고는 제가 할 일이라고 사료됩니다. 저는 우리 지역에서 선출된 법 집행관이니까요."

또다시 정적에 휩싸였지만, 브래드의 마지막 말에 쏟아져 나왔던 박수갈채처럼, 이것도 스튜의 맘에 걸리는 정적이었다. 사람들은 몸을 앞으로 기울이고 열심히 집중했고, 탐욕스러운 표정들이었다. 그래서 스튜는 불안하고 당혹스러웠다. 마치 자유 지대가 지난 48시간 동안 근본적으로 변해 버렸는데 그것이 무엇인지 전혀 알지 못하는 상황이기라도 한 듯. 그것은 스튜로 하여금 스토빙턴 전염병 연구소에서 빠져나갈 길을 찾느라 기를 쓰던 때의 기분을 다시 느끼게 했다. 파리가 되어 눈에 보이지 않는 거미줄에 붙잡혀 몸부림치는 기분이었다. 연단 너머에는 인사 한번 나눈 적 없는 얼굴이 너무나 많았다. 너무나 많은 낯선 사람들…….

그러나 이제 그런 것을 생각할 시간이 없었다.

폭발로까지 이어진 여러 사건을 짤막하게 설명하면서, 프랜이 느꼈던 마지막 순간의 불길한 예감은 생략했다. 사람들의 분위기를 보아하니 그런 것이 필요치 않았다.

"어제 아침에 브래드와 랠프 씨와 제가 사건 현장으로 올라가 세 시간 남짓 잔해 속을 들춰 보았습니다. 저희는 무전기에 연결된 다이너마이트 폭탄으로 여겨지는 물체를 발견했습니다. 이 폭탄은 거실 벽장 속에 설치되었던 것으로 보입니다. 빌 스캔론 씨와 테드 프램튼 씨가 해돋이 원형 극장에서 또 다른 무전기를 발견했고, 저희는 폭탄이 그곳에서 날아온 신호에 의해 폭발한 것으로 추측합니다. 그것은……"

"추측이라니, 기가 막혀서 원! 로더 그 개자식이랑 그 자식의 비열한 창녀가 벌인 짓이 분명하다고!"

테드 프램튼이 세 번째 줄에서 고함쳤다.

불안한 수군거림이 실내를 맴돌았다.

'이들이 그 선량했던 사람들인가? 닉과 수전과 채드와 나머지 사망자들한테 아무 관심도 없어. 복수에 혈안이 된 폭도나 같아. 오로지 신경 쓰는 것은 해럴드와 네이딘을 붙잡아 목매다는 것뿐…… 참으로 다크맨에 반대하는 선한 세력답구먼.'

스튜가 우연히 글렌의 눈과 마주쳤다. 글렌은 아주 작게, 매우 냉소적으로 어깨를 으쓱했다.

"만약 한 명만 더 발언권을 얻는 절차 없이 청중석에서 소리를 지르면 폐회를 선언할 거고, 그러면 여러분끼리 서로들 실컷 이야기할 수 있을 겁니다. 지금은 난상 토론 시간이 아닙니다. 만약 규칙을 준수하지 않는다면, 우리 배가 어디로 향하겠습니까?"

테드 프램튼이 성난 표정으로 노려보자 스튜도 마주 노려보았다. 금세 테드가 눈을 아래로 깔았다.

"저희는 해럴드 로더와 네이딘 크로스를 의심합니다. 저희는 그럴 만한 상당한 이유들, 매우 설득력 있는 정황 증거를 가지고 있습니다. 그러나 그들에게 불리하게 작용할 만한 구체적이고 실질적인 증거는 하나도 없습니다. 그러므로 여러분께서는 그 점을 유념해 주시기를 바랍니다."

언짢아하는 대화의 소용돌이가 휘몰아쳤다가 사라졌다. 스튜가 말을 이어 갔다.

"그 말씀을 드린 까닭은 이 점을 부탁드리고자 해서입니다. 만약 그 둘이 자유 지대 안으로 다시 흘러 들어오거들랑, 그들을 제게 데리고 오셨으면 좋겠습니다. 저는 그들을 가둘 것이고 앨 번델은 그들이 재판을 받게 준비할 것입니다. 그리고 재판이란 것은 그들이 자신들의 입장을 이야기한다는 뜻입니다. 그들한테 할 말이 있다면요. 우리는…… 우리는 여기에 선량한 사람들이 모여 있다고 생각합니다. 저는 나쁜 사람들이 어디에 모여 있는지 우리가 잘 안다고 생각합니다. 그리고 선량한 사람들이 된다는 것은 곧 이런 일이 있을 때 문명화된 방식을 사용하는 것이라고 생각합니다."

스튜는 희망을 품고 사람들 쪽을 내다보았지만 그저 심란해하는 적개심만을 목격했다. 스튜어트 레드먼의 가장 친한 친구 두 명이 머리끝까지 화가 난 눈빛을 하고 있었다. 그는 그런 사람들의 원성을 한 몸에 받으며 이 자리에 나와 있었던 것이다.

"여러분께 위로가 될 만한 말씀을 드리자면, 저도 그들이 범인이라고 생각합니다. 하지만 심판 절차는 합당하게 진행되어야 합니다. 그리고 그렇게 진행될 것이라고 저는 이 자리에서 여러분께 말씀드리겠습니다."

시선들이 스튜의 몸을 꿰뚫었다. 그는 1,000쌍도 넘는 시선들과 각각의 시선 뒤에서 나오는 생각을 느낄 수 있었다. '도대체 너 말하는 싹수가 그게 뭐니? 그것들은 도망갔어. 서쪽으로 튀었다고. 너는 게네들이 이틀 동안 조류 탐사 여행이라도 떠난 것처럼 말하는구나.'

스튜는 잔에 물을 따라서 조금 마시면서 목 안의 갈증이 가시기를 바랐다. 팔팔 끓여 밍밍해진 물맛에 얼굴이 찌푸려졌다.

"어쨌든, 그것이 저희가 그 사건에 대해 견지하는 입장입니다."

어색하게 말을 이었다.

"다음 순서는, 그러니까, 위원회의 정족수를 다시 채우는 것입니다. 그 안건은 오늘 밤에 다루지 않도록 하겠습니다. 그러니 여러분이 누구를 원하는지 생각해 두고 계시기를 당부드립……"

청중석에서 손 하나가 불쑥 올라오자 스튜가 지목했다.

"발언하세요. 이름을 꼭 밝히셔서 모두들 누구인지 알 수 있게 해 주십시오."

격자무늬 양모 셔츠를 입은 덩치 큰 남자가 말했다.

"저는 셸던 존스입니다. 그냥 안건을 진행해서 오늘 밤 새로운 위원 두 명을 선출해 버리지그래요? 저는 저기 있는 테드 프램튼을 추천합니다."

"여기요, 동의합니다!"

빌 스캔론이 외쳤다.

"얼씨구 좋다!"

테드 프램튼이 두 손을 맞잡아 머리 위로 들어 올리고는 드문드문 나오는 박수갈채를 향해 흔들어 댔고, 스튜는 다시금 갈피를 잡을 수 없는 절망감이 엄습하는 것을 느꼈다. 저들은 닉 앤드로스를 테드 프램튼으로 대체하려는 것인가? 그것은 불쾌하기 짝이 없는 조롱이나 다름없었다. 테드는 전력 위원회를 집적거렸다가 일이 아주 고되다는 것을 알았다. 그래서 매장 위원회로 흘러 들어갔는데 그에게는 잘 어울리는 일인 듯했다. 비록 테드는 커피 한 잔의 휴식 시간을 점심시간으로, 점심시간을 한나절 휴가로 늘려 버릴 농땡이꾼들 중 한 명이라고 채드가 언급한 적이 있기는 했지만. 테드는 해럴드와 네이딘을 쫓는 어제의 수색 활동에 잽싸게 동참했는데, 아마도 기분 전환 삼아 나선 것일 터였다. 테드와 빌 스캔론이 해돋이 원형 극장에서 어쩌다 무전기를 발견한 것은 순전히 운이 좋았던 것인데도(그리고 당연하게도, 그도 운발이라는 것을 인정했다.), 발견 이후로 그는 스튜의 맘에 들지 않는 허세를 부리고 다녔다.

스튜는 또다시 글렌과 눈을 마주쳤다. 눈가에 담긴 빈정대는 표정과 입가를 살짝 삐죽거리는 모습에서 글렌의 생각을 대체로 읽을 수 있었다. '어쩌면 우리는 이 인간을 떨어뜨리는 데에 또 해럴드의 손을 빌릴 수도 있을 게야.'

닉슨 대통령이 수없이 사용했던 단어가 불현듯 스튜의 마음속에 떠올랐다. 그는 문득 자신이 느낀 절망과 방향 감각 상실의 원인을 이해할 수 있었다. 그 단어는 '권위'였다. 저들이 부여했던 권위가 사라져 버렸다. 그것은 이틀 전 밤에 섬광과 포효 속에서 완전히 사라져 버린 것이었다. 스튜가 말했다.

"셸던, 당신은 자신이 원하는 후보를 잘 아는지 모르겠지만, 저는 상당수의 다른 사람들이 곰곰이 생각해 볼 시간을 갖고 싶어 할 것이라 생각합니다. 물어보기로 합시다. 오늘 밤 새 대의원 두 명을 선출하기를 원하는 분들은 찬성이라고 말해 주십시오."

꽤 많은 찬성 소리가 터져 나왔다.

"대의원 후보를 생각할 시간을 일주일 정도 갖고 싶으신 분들, 반대라고 말해 주십시오."

반대 소리가 더 우렁찼지만, 압도적으로 큰 소리는 아니었다. 굉장히 많은 사람이 확실한 의사 표명을 자제했다. 마치 관심사가 아니기라도 한 듯.

"알았습니다. 오늘부터 일주일 뒤 9월 11일에, 여기 문칭거 회관에 모여서, 위원회의 두 자리 공석을 채울 후보자를 추천하고 투표하도록 하겠습니다."

'아주 쓰잘머리 없는 최종 결론이야, 닉. 미안해.'

"리처드슨 박사가 마더 애버게일 님에 대해, 그리고 폭발로 부상당한 사람들에 대해 여러분께 말씀드리려고 이 자리에 나와 있습니다. 박사님?"

우렁찬 박수갈채가 터져 나오자 리처드슨은 앞으로 걸어 나오며 안경을 닦았다. 그는 폭발의 결과로 9명의 사망자가 생겼으며, 부상자 중 3명은 여전히 위독한 상태, 2명은 심한 상태, 8명은 가벼운 상태라고 사람들한테 말했다.

"폭발의 위력을 고려해 보면 그나마 다행이었다고 생각합니다. 이제, 마더 애버게일 님에 관해 말씀드리죠."

사람들이 몸을 앞으로 기울였다.

"아주 짧고 간결한 설명으로 충분할 것 같습니다. 제 소견은 이렇습니다. 제가 그분을 위해 해 드릴 수 있는 조치는 아무것도 없습니다."

웅얼거림이 군중 속으로 퍼지다 가라앉았다. 스튜는 사람들한테서 애석해하는 표정을 보았으나 진정으로 놀라워하는 기색은 아니었다.

"저는 그분이 떠나가시기 전부터 자유 지대 주민들한테서 당신께서 108세라고 주장하셨다는 얘기를 전해들었습니다. 저는 그 점을 정확히 입증할 수는 없지만, 저 자신이 이제껏 진찰하고 치료했던 환자 중 가장 나이 많은 분이라고 말씀드릴 수는 있습니다. 제가 듣기로 할머니께서 2주 동안 떠나가 계셨다던데, 저의 판단으로는, 아니 저의 짐작으로는 그 기간 동안 그분이 드신 것 중 조리된 음식은 하나도 없었습니다. 나무뿌리, 약풀, 들풀 그리고 유사한 종류의 먹을거리로 연명하신 듯합니다. ……돌아오신 후로 한 차례 적은 양의 배변을 하셨습니다. 그 속에는 작은 나무 쪼가리들과 잔가지들이 다수 포함되어 있었습니다."

"맙소사."

누군가가 중얼거렸는데 목소리가 남자였는지 여자였는지 식별하기는 불가능했다.

"한쪽 팔에 옻독이 올라 있습니다. 양쪽 다리는 궤양으로 뒤덮였고 만일 상태가 그리 호전되지 않는다면 온몸에……"

"이봐요, 그만두지 못하겠소?"

잭 잭슨이 일어서며 고함쳤다. 얼굴이 하얘졌고, 분노했고, 비참하게 일그러졌다.

"당신은 품위라는 것도 모르오?"

"품위는 제가 관여할 바가 아닙니다, 잭. 저는 오로지 그분의 상태를 있는 그대로 보고하는 중입니다. 그분은 혼수상태고, 영양실조고 무엇보다도 매우, 매우 고령이십니다. 저는 그분이 돌아가시리라고 생각합니다. 만약 평범한 다른 사람이었다면 저는 확신을 갖고 사망을 단언했을 겁니다. 그러나…… 여러분 모두와 마찬가지로 저도 그분의 꿈을 꿨습니다. 그분과 또 한 사람의 꿈."

또다시 지나가는 산들바람처럼 낮은 웅얼거림이 흘렀다. 스튜는 목덜미 털들이 처음엔 살랑거리더니 그다음엔 차려 자세를 취하는 것을 느꼈다.

조지가 말했다.

"제게는, 그러한 대립적인 구도의 꿈들이 신비롭게 보였습니다. 우리 모두가 꿈을 공유했다는 사실은 적어도 텔레파시 능력을 나타내는 듯합니다. 그러나 저는 품위를 신경 쓰지 않는 것과 마찬가지로 초심리학과 종교 심리학도 신경 쓰지 않는데, 다 똑같은 이유 때문입니다. 그런 것들은 모두 제 분야가 아니니까요. 만약 그 숙녀 분이 하나님한테서 온 분이시라면, 하나님께서 그분의 회복 여부를 결정하실지도 모르죠. 저는 그런 것을 결정할 수 있는 사람이 아닙니다. 저는 할머님이 여전히 살아 계시고, 제게는 그것마저 기적처럼 보일 정도라는 사실만 말씀드리겠습니다. 그것이 제 의견입니다. 질문 있으십니까?"

질문은 없었다. 사람들은 조지를 바라보며 망연자실했고, 그중 일부는 주위 시선도 아랑곳하지 않고 거리낌 없이 눈물을 흘리고 있었다.

"감사합니다."

조지는 말을 마치고 쥐 죽은 듯한 침묵의 바다 속에서 자기 자리로 돌아갔다.

스튜가 글렌한테 속삭였다.

"자, 교수님 차례예요."

소개하는 말도 없이 연단으로 다가간 글렌이 스스럼없이 연설대를 움켜잡았다.

"우리는 모든 것을 다 논의했지만 다크맨은 빼놓았습니다."

또다시 웅성거림. 몇몇 남녀는 본능적으로 성호를 그었다. 왼편 통로에 있던 나이 지긋한 여자는 섬뜩하게도 닉 앤드로스를 흉내 내듯 두 손을 재빨리 눈과 입과 귀에 갖다 댔고 그러고 나서 손을 다시 무릎에 놓인 두툼한 검정 핸드백 위에 포갰다.

"저희는 몇 차례 비공개 회의에서 그 남자에 관해 얼마쯤 논의해 왔습니다."

글렌이 차분한 어조로 유창하게 말을 이어 나갔다.

"그리고 그 현안을 공개적으로 꺼내 놓아야 하는지에 관해 비공개회의에서 의문이 제기되었습니다. 논의 끝에 자유 지대 사람 중 어느 누구도 실제로 그 남자에 관해 이야기하기를 원치 않을 것 같다고, 우리 모두 여기까지 여행해 오는 동안 유령의 집 같은 악몽들을 겪고 난 뒤라 더욱 원치 않을 것 같다고 결론을 내렸습니다. 안정을 되찾을 시기가 필요할 거라고 판단했죠. 제 생각에 이제 그 주제를 꺼내 놓을 시기가 되었습니다. 말하자면 그 남자를 밝은 곳으로 끌고 나오는 것입니다. 경찰 업무에 보면 몽타주 합성 장치라는 편리한 도구가 있는데, 다양한 증인들의 기억을 바탕으로 범인의 얼굴을 그려 내려고 경찰 소속 화가들이 사용하는 것입니다. 우리를 보자면, 얼굴은 보지 못했지만 적어도 상대의 윤곽을 구성할 만한 일련의 기억들을 분명히 가지고 있습니다. 저는 이것에 관해 꽤 많은 수의 사람들과 이야기를 나누어 왔고 여러분께 저만의 범인 몽타주 초안을 알려 드리고 싶습니다.

이 남자의 이름은 랜들 플랙인 듯합니다. 비록 어떤 사람들은 리처드 프라이, 로버트 프리몬트, 리처드 프리맨틀 같은 이름들로 연상하지만 말입니다. R.F.라는 이름 머리글자에 상당한 의미가 있는지는 모르지만, 자유 지대 위원회의 어느 누구도 그 의미가 무엇인지는 모릅니다. 꿈속에서만큼은 그의 존재감이 전율, 불안, 두려움, 공포를 유발합니다. 각각의 사례에서, 그와 연관된 육체적인 느낌은 차가움입니다."

사람들이 고개를 끄덕였다. 흥분해서 와글와글 대화를 나누는 소리가 또다시 터져 나왔다. 스튜는 그들이 이제 막 섹스라는 것을 발견하고 서로 정보를 교환해 보고는, 대체로 똑같은 호기심을 갖고 있다는 것을 알고 흥분해 버린 소년들처럼 보인다고 생각했다. 배시시 나오는 미소를 손으로 가리며 그런 미소는 나중에 프랜을 위해 아껴 두자고 스튜는 다짐했다.

글렌이 말을 이었다.

"이 플랙이란 인물은 서쪽에 있습니다. 상당수의 사람이 라스

베이거스, 로스앤젤레스, 샌프란시스코, 포틀랜드에서 이 인물을 '직접' 목격했습니다. 어떤 사람들은, 마더 애버게일 님도 포함됩니다만, 플래이 자기 방침에 어긋나는 행위를 한 사람들을 십자가에 못 박고 있다고 주장합니다. 그들은 모두 이 남자와 우리 사이에 대결 구도가 형성되고 있다고, 플랙이 아무런 주저 없이 우리를 파멸시키려 들 거라고 믿는 듯합니다. 그리고 아무런 주저가 없다는 말은 매우 많은 뜻을 내포합니다. 기갑 부대. 핵무기. 어쩌면…… 전염병."

"난 그 더러운 개자식을 붙잡고 싶어! 그놈한테 아주 지랄 같은 성병을 전염시킬 테야!"

리치 모팻이 날카로운 소리로 외쳤다.

긴장을 누그러뜨리는 폭소가 터졌고, 리치는 박수갈채를 받았다. 글렌이 편안하게 씩 웃었다. 글렌은 집회가 열리기 30분 전에 미리 임무와 대사를 리치한테 알려 주었고, 리치는 훌륭하게 실행에 옮겼다. 늙은 대머리 아저씨는 한 가지 자산을 순조롭게 활용해 왔다고 스튜는 깨닫는 중이었다. 사회학적 배경 지식이 대형 집회에서 종종 여러모로 편리하게 사용되었던 것이다.

"좋습니다. 저는 제가 그에 관해 아는 바를 대략 설명했습니다. 이 집회를 논의의 장으로 활짝 열어 놓기 전에 제 마지막 의견은 이렇습니다. 만약 해럴드와 네이딘이 잡힌다면 우리가 그들을 문명화된 방식으로 처리해야 한다는 스튜의 말이 옳다고 생각하지만, 그의 말마따나 유죄 확신의 구체적 증거가 부족하다고도 생각합니다. 또한 그의 말마따나 저는 그들이 이 플랙이라는 남자의 명령에 따라 이번 일을 저질렀던 것이라고 믿습니다."

글렌의 목소리가 홀 안에 강하게 울려 퍼졌다.

"이 남자는 반드시 처리되어야 합니다. 조지 리처드슨 박사는 신비주의가 자신의 전문 분야가 아니라고 여러분께 말했지요. 그건 저도 마찬가집니다. 그러나 이것은 말씀드리겠습니다. 저는 어쨌든 죽어 가는 저 할머님이 선한 세력을 대표하는 것처럼 플랙이 사악한 세력을 대표한다고 생각합니다. 할머님을 지배하는 어떠한 힘이 그분을 이용해서 우리를 한데 모이게 했다고 생각합니다. 그 힘이 인제 와서 우리를 저버리려 한다고는 생각하지 않습니다. 어쩌면 우리는 그것에 관해 의논하면서 분위기를 어느 정도 최악의 악몽 속으로 끌고 가 볼 필요가 있습니다. 어쩌면 우리는 무슨 조치를 취할 것인지 마음먹을 필요가 있습니다. 그러나 플랙이 내년 봄에 무턱대고 이 자유 지대 안으로 걸어 들어와서 여기를 접수할 수는 없습니다. 만약 여러분이 경계를 게을리 하지 않는다면 말입니다. 이제 저는 집회를 다시 사회자에게 넘기겠습니다. 스튜가 토론을 진행할 것입니다."

마지막 말이 우레와 같은 박수 속에 묻혔고, 글렌은 만족스러워하며 자리로 돌아갔다. 그는 커다란 막대기로 사람들을 휘저어 놓은 것이다…… 아니면 그의 말솜씨가 그들을 바이올린처럼 연주한 것인가? 그런 건 사실 중요치 않았다. 사람들은 겁에 질려 있기보다는 격분했으며, 도전할 준비가 되어 있었다. 비록 열정이 식을 만큼 긴 겨울을 보내고 나서 내년 4월이 되면 그리 열성적이지 않을지도 모르지만…… 무엇보다도 그들은 의견을 이야기할 준비가 되어 있었다.

그리하여 그들이 내놓은 의견들이 3시간 동안 이어졌다. 자정이 다가오고 또 지나는 동안 소수의 사람이 자리를 떴지만, 많지는 않았다. 래리가 미심쩍어한 바대로 훌륭하고 성실한 조언은 하나도 나오지 않았다. 마구잡이 제안들만 넘쳐 났다. 자유 지대 스스로 폭격기 준비 또는 핵무기 비축, 정상 회담 추진, 훈련받은 암살단 파견. 실질적인 아이디어는 별로 없었다.

마지막에는, 사람들이 차례로 일어나 각자가 꿨던 꿈을 자세히 회상하여 다른 이들을 부단히 매혹시키려는 듯했다. 스튜는 청소년 시절에 참여했던(주로 듣는 쪽이었음) 섹스에 관한 끝없는 난상토론을 또 한 번 떠올리기도 했다.

점차 자진해서 의견을 피력하는 사람들의 태도 때문에, 그리고 집회 시작 때 나타났던 음울한 공허함을 대신해 조성된 강렬한 흥분 분위기 때문에, 글렌은 놀라는 한편으로 동시에 활력이 솟았다. 긴 여운을 남기는 카타르시스가 이어지자 그도 역시 섹스 토론을 연상했는데, 다소 다른 방식이었다. 글렌이 생각하기에 지금 군중은 오랫동안 스스로 뒤죽박죽 쌓아 올린 죄의식과 콤플렉스를 비밀로 간직해 오다가 자기 입으로 털어놓고 있었다. 그러고 나서 비로소 이런 것들이 그저 만만한 크기였을 뿐이라는 사실을 깨달은 것 같았다. 땅에 뿌려진 씨앗처럼 잠자고 있던 내면의 공포를 사람들이 마침내 이 마라톤 공개 토론에서 수확하였을 때, 그 공포는 더욱 다루기 쉬운 것…… 아마도 훨씬 정복하기 쉬운 것이 되었다.

집회는 새벽 1시 30분에 해산되었다. 글렌은 스튜와 함께 집회 현장을 떠나면서 닉의 사망 후 처음으로 유쾌한 기분을 느꼈다. 그들이 스스로 울타리를 벗어나 그들이 있어야 할 전장으로 향하는 어려운 첫걸음을 뗐다고 느끼며 집회 현장을 떠났다.

글렌은 희망을 느꼈다.

전기는 9월 5일 정오에 들어왔다. 브래드가 약속한 대로였다.

카운티 청사 건물 꼭대기에 달린 공습 경보 사이렌이 어마어마한 함성을 울려 댔다. 많은 사람들이 겁에 질려 거리로 쏟아져 나왔고, 다크맨의 공군 부대가 어디 있나 두리번거리느라 죄 없는 파란 하늘을 우왕좌왕하며 올려다보았다. 어떤 이들은 자기 집 지하실로 달아났다가, 브래드가 전기 배선함 스위치를 찾아내 사이렌을 끌 때까지 꼭꼭 숨었다. 나중에 밖으로 나온 그들은 멋쩍은 표정이었다.

월로 스트리트에 전기 화재가 나자 열두 명의 의용 소방대원 무리가 민첩하게 돌진해 불을 껐다. 맨홀 뚜껑 하나가 브로드웨이와 월넛 교차로 공중으로 터져 올라 거의 15미터 높이까지 치솟더니, 녹슨 초대형 원반 장난감 같은 자태로 오즈 장난감 가게 지붕에 떨어져 내렸다.

자유 지대가 전력의 날이라 불렀던 그날에 단 한 명의 사망자가 발생했다. 원인 불명의 이유로 펄 스트리트 외곽의 카센터가 폭발했다. 리치 모팻은 신문 배달 소년의 배달 주머니에 잭대니얼 위스키병을 담아 길 건너편 집 앞에 앉아 있다가, 주름 진 강철판이 날아들어 후려치는 바람에 즉사하고 말았다. 다시는 길거리 유리창을 부수고 돌아다니지 못하는 신세가 되었다.

형광등이 병실 천장에서 웅웅거리며 켜졌을 때 스튜는 프랜과 함께 있었다. 형광등이 깜빡, 깜빡, 깜빡거리다 마침내 예전처럼 친숙한 빛을 내는 광경을 지켜보았다. 형광등이 꾸준하게 지속적으로 빛을 발산하는 것을 확인할 때까지 거의 3분 동안 눈길을 뗄 수가 없었다. 스튜가 돌아보니 그녀의 눈이 눈물로 빛났다.

"프랜? 뭐 잘못됐어? 어디 아파?"

"닉 때문에. 닉이 살아서 이 광경을 못 보다니 너무 애석해. 나 좀 잡아줘, 스튜. 몸을 움직일 수 있으면 닉을 위해 기도하고 싶어. 그렇게 해 보고 싶어."

스튜는 그녀를 붙들어 주었지만 기도하는 건지 아닌지는 알 수 없었다. 그는 갑자기 자신이 닉을 너무나 그리워하고 있음을, 그리고 어느 때보다도 해럴드 로더를 증오하고 있음을 깨달았다. 프랜이 옳았다. 해럴드는 단지 닉과 수전을 살해한 것만은 아니었다. 그들의 빛을 훔친 것이었다.

"진정해. 프래니, 진정해."

그러나 프랜은 오랫동안 울었다. 눈물이 마침내 그쳤을 때, 스튜는 버튼을 눌러 그녀가 누워 있던 침대를 일으키고 작은 탁자 위의 전등을 켜 그녀가 책을 읽을 수 있도록 준비했다.

스튜는 몸이 흔들려서 잠에서 깨었지만 완전히 정신을 차리는 덴 오랜 시간이 걸렸다. 마음속으로 자신의 잠을 약탈하려 시도할 만한 사람들이 열거된 지루하고 끝이 없을 것 같은 목록을 훑었다. 잠을 깨운 사람은 어머니, 일어나서 난로에 불 때고 학교 갈 준비할 때가 되었다고 말한다. 잠을 깨운 사람은 너저분하고 자그마한 누에보 라레도 창녀촌에서 기도로 일하는 마뉴엘, 20달러어치 시간이 다 됐으니 밤새 있고 싶으면 20달러를 더 내라고 말한다. 잠을 깨운 사람은 자신의 혈압을 재고 구강 배양 검사를 하길 원했던 하얀 방호복을 입은 간호사. 잠을 깨운 사람은 프래니.

잠을 깨운 사람은 랜들 플랙.

마지막 사람이 떠오른 순간 얼굴에 찬물을 맞은 듯 벌떡 몸을 일으켰다. 잠을 깨운 사람은 앞서 떠올렸던 어떤 사람도 아니었다. 잠을 깨운 사람은 글렌 베이트먼이었고, 그의 무릎께에 코작이 함께 있었다.

"자넨 참 깨우기 어려운 사람이구먼, 동부 텍사스 양반. 돌기둥 같아."

글렌의 모습은 칠흑 같은 어둠 속에서 그저 희미하기만 했다.

"어휴, 먼저 불부터 켰어야죠."

"아 참, 그 생각을 미처 못 했군."

스튜는 전등을 켰다가 갑작스럽게 밝아진 빛에 눈을 찌푸리고 태엽 알람 시계를 점잖게 응시했다. 새벽 2시 45분이었다.

"여기서 뭐 하고 있는 거예요, 대머리 아저씨? 눈치 못 채셨을까 봐 알려 드리자면 난 자는 중이었어요."

스튜가 탁상시계를 내려놓으며 처음으로 글렌을 자세히 살폈다. 창백해 보였고, 겁에 질려 보였고…… 늙어 보였다. 얼굴에 주름살이 깊이 팼고 초췌해 보였다.

"무슨 일이에요?"

"마더 애버게일 님."

글렌이 조용히 말했다.

"돌아가셨어요?"

"정말이지, 차라리 돌아가셨으면 하고 바랄 지경이야. 의식을 찾으셨어. 우리를 보고 싶어 하셔."

"우리 두 사람을요?"

"우리 다섯 사람을. 그분은……."

글렌의 목소리가 울먹거리다 허스키해졌다.

"닉과 수전이 죽은 걸 아시고, 프랜이 병원에 있는 것도 아셔. 어떻게 아시는지는 모르지만 분명히 알고 계시더라고."

"위원회 사람들을 보고 싶어 하신다고요?"

"위원회의 남아 있는 사람들을. 그분은 죽어 가고 있고 우리한테 뭔가 이야기할 게 있다고 말씀하셔. 그런데 난 내가 그 뭔가를 듣고 싶은 건진 잘 모르겠어."

밤이라 바깥 공기가 차가웠다. 그냥 쌀쌀한 정도가 아니라 추웠다. 스튜가 벽장에서 꺼내 입은 재킷은 착용감이 좋았다. 그는 재킷 지퍼를 목까지 끌어 올렸다. 싸늘한 달이 머리 위에 떠 있는 것을 보니 달이 꽉 차면 돌아와 보고해 달라는 지시를 받고 떠나간 톰이 생각났다. 달은 상현달에서 약간 더 불어난 모양이었다. 저 달이 톰을, 데이나 저겐스를, 패리스 판사를 내려다보고 있는 곳이 어디인지 하나님은 아실 것이다. 저 달이 여기서 벌어지는 이상한 행동들을 내려다보고 있다는 것도 하나님은 아실 것이다.

"랠프를 제일 먼저 깨웠지. 랠프에게 병원으로 찾아가서 프랜을 데려오라고 했다네."

"일어나 돌아다녀도 되는 상태라면, 애초에 의사가 집으로 보냈을 거라고요."

스튜가 화가 나서 말했다.

"이것은 특별한 경우 아닌가, 스튜."

"할머님 이야기를 듣고 싶지 않다던 사람 치고는 너무 서두르는 것 같은데요."

"늦을까 봐 그러지."

3시 10분에 지프차가 래리네 집 앞에 멈췄다. 불빛이 번쩍이고 있었다. 기름 램프가 아니라 멋진 전기 조명이었다. 가로등이 하나 건너 하나씩 켜져 있었다. 여기뿐만이 아니라 도시 전체의 가로등이 켜져서 스튜는 오는 도중에 글렌의 지프차 안에서 그것들을 응시하며 황홀해했다. 마지막 여름 벌레들이 추위로 움직임이 둔해졌는지 가로등의 나트륨 전구에 나른하게 몸을 부딪치고 있었다.

그들이 지프차에서 내리자 전조등 불빛이 모퉁이를 돌아 나왔다. 털털거리는 랠프의 낡은 트럭이 지프차와 마주 보고 정차했다. 랠프가 내린 뒤 스튜가 재빨리 조수석 쪽으로 가 보니, 프래니가 격자무늬 쿠션을 등에 받친 채 앉아 있었다.

"안녕, 아가씨."

스튜가 부드럽게 말했다. 프랜은 그가 내민 손을 붙잡았다. 어둠 속의 그녀 얼굴은 창백한 원반 같았다.

"많이 아파?"

"그리 심하진 않아. 애드빌 진통제를 좀 복용했어. 빨리빨리 움직이라고 재촉하지만 마."

스튜는 그녀가 트럭에서 내리는 것을 도왔고 랠프가 그녀의 다른 팔을 잡아 주었다. 두 사람은 프랜이 좌석에서 발걸음을 내디디면서 주춤거리는 것을 보았다.

"안고 가 줄까?"

"괜찮아. 그냥 부축이나 해 줘, 알았지?"

"물론이지."

"그리고 천천히 걸어. 우리 같은 할머니들은 빨리 걷지 못하는 법이니까."

그들은 걷는 것이 아니라 발을 질질 끌다시피 하며 랠프의 트럭 뒤쪽으로 길을 건넜다. 인도에 이르렀을 때, 스튜는 글렌과 래리가 문간에 서서 지켜보고 있는 것을 보았다. 조명을 등지고 서 있어서 마치 까만 색종이에서 잘라낸 형상들처럼 보였다.

"무슨 일 때문일까?"

프래니가 중얼거렸다.

스튜가 고개를 저었다.

"모르겠어."

보도를 오르는 동안 프래니는 고통스러워하는 기색이 매우 역력했다. 랠프가 스튜를 도와 프래니를 집 안으로 들였다. 글렌처럼 래리도 창백하고 근심스러워 보였다. 래리는 빛바랜 청바지에 셔츠가 바지 밖으로 삐져나온 차림새였다. 셔츠 단추는 밑에서부터 잘못 끼워져 있었고, 맨발에 값비싼 가죽신을 걸치고 있었다.

"오시라고 해서 너무 죄송합니다. 저는 그분과 함께 안에 있었어요, 가끔 졸면서. 계속 지키고 있었다고요. 이해하시죠?"

"예, 물론이죠."

프래니가 말했다. 무슨 이유에선지 '지키고 있었다'라는 표현이 그녀로 하여금 어머니의 응접실을 생각나게 했고…… 그곳은 예전보다 더욱 온화하고, 더욱 너그럽게 느껴졌다.

"루시는 1시간 정도 자고 있었죠. 저는 졸다가 눈을 번쩍 떴어요. 그러니까…… 프랜, 도와줄까요?"

프랜이 고개를 저으며 애써 웃음 지었다.

"아뇨, 괜찮아요. 하던 말 계속 해 봐요."

"……그러니까 그분이 저를 바라보고 계시더라고요. 속삭이는 정도로밖에 말을 못하시지만, 말뜻은 완전히 이해가 됩니다."

래리가 침을 꿀꺽 삼켰다. 그들 다섯 명 모두는 이제 현관 복도에 서 있었다.

"주님께서 동틀 녘에 당신을 영혼의 안식처로 데려가실 거라고 제게 말씀하셨습니다. 그런데 그 전에 우리 중에서 하나님이 데려가지 않은 사람들한테 말을 해야만 한대요. 제가 무슨 뜻이냐고 여쭈었더니 하나님이 이미 닉과 수전을 데려갔다고 말씀하셨어요. 그분은 알고 계시더군요."

래리가 거친 한숨을 내보내며 긴 머릿결을 손으로 훑었다.

복도 끝에서 루시가 나타났다.

"커피를 만들었어요. 원하실 때 드세요."

"고마워, 여보."

루시는 불안해 보였다.

"저도 따라 들어가도 될까요? 아니면 이 만남은 비공개인가요?

위원회처럼?"

래리가 스튜를 돌아보자 스튜가 조용히 말했다.

"같이 들어가요. 이제 그런 형식은 아무 소용 없을 테니까."

그들은 프랜의 속도에 맞춰 천천히 홀에서 침실로 향했다.

랠프가 갑자기 말했다.

"그분께서 말씀해 주시겠지. 마더께서 말씀하실 거예요. 초조해하지 맙시다."

그들은 함께 침실 안으로 들어갔다. 마더 애버게일의 반짝이는, 죽어 가는 시선이 그들한테 떨어졌다.

프랜은 할머니의 신체 상태에 관해 알고 있었지만, 그럼에도 견디기 어려운 충격이었다. 뼈를 졸라매고 있는 힘줄과 말린 쇠고기처럼 질긴 얇은 막을 빼면 할머니한테 남은 것은 아무것도 없었다. 방 안에는 부패와 다가오는 죽음의 냄새조차 남아 있지 않았다. 대신 메마른 다락방 냄새가…… 아니, 응접실 냄새가 났다. 정맥 주사 바늘의 절반이 할머니의 살 밖에 모습을 내밀었다. 바늘이 들어갈 공간이 전혀 없기 때문이었다.

그런데 눈은 변하지 않았다. 따스하고 온화하고 인간적인 눈이었다. 그나마 안심이 되었지만, 프랜은 여전히 공포감 같은 것을 느꼈다…… 전적으로 무섭기만 한 것이 아니라, 아마도 좀 더 신성한 느낌인 것 같았다. 경외심. 경외심이었던가? 금세 무슨 일이 터질 것 같은 감정. 파멸되는 것은 아닐 터였다. 그러나 무언가 무시무시한 책임이 돌덩이처럼 그들 머리 위에 자리 잡고 있는 듯했다.

일은 인간이 계획하지만 성패는 하나님이 가르신다.

"귀여운 아가씨, 앉아요. 아픈 몸이잖아요."

마더 애버게일이 속삭였다.

래리가 안락의자로 인도하자 프랜은 가냘프게 안도의 한숨을 내쉬며 자리에 앉았다. 비록 얼마 후엔 앉아 있는 것조차도 고통을 안겨 줄 거라는 걸 잘 알았지만.

마더 애버게일은 반짝이는 눈으로 계속 프랜을 지켜보았다.

"당신은 아이를 잉태했군요."

애버게일이 속삭였다.

"예…… 어떻게……."

"쉿……."

정적이 실내에 감돌았다. 깊은 정적이. 프랜은 홀린 듯 매혹된 듯, 그들의 실제 인생에 나타나기 전부터 그들의 꿈속에 있어 왔던 죽어 가는 할머니를 바라보았다.

"창밖을 내다봐요, 귀여운 아가씨."

프랜은 창문으로 얼굴을 돌렸다. 이틀 전 래리가 서서 모여든 사람들을 내다보았던 그 창문이었다. 그녀는 몰려오는 어둠이 아니라 고요한 빛을 목격했다. 실내조명이 비친 것이 아니었다. 아침 햇살이었다. 프랜은 주름 진 체크무늬 커튼이 달린 빛나는 아기 방의 모습이 살짝 일그러진 이미지로 유리창에 어렴풋이 비치는 것을 바라보고 있었다. 아기 침대가 있었다. 그러나 텅 비었다. 울타리가 쳐진 아기 놀이터가 있었다. 텅 비었다. 밝은 빛깔의 플라스틱 나비들이 매달린 모빌 장난감이 있었다. 오로지 바람만이 장난감을 움직였다. 불안감이 차가운 두 손으로 프랜의 심장을 살짝 건드렸다. 프랜의 얼굴에 공포감이 드러났지만 다른 사람들은 알아차리지 못했다. 그들은 창문을 통해 아무것도 못 보고 그저 가로등 조명에 환히 드러난 잔디밭 일부만을 보았다.

"아기는 어딨어요?"

프랜이 쉰 목소리로 물었다.

"스튜어트는 그 아기의 아버지가 아니지요, 귀여운 아가씨. 그러나 아기의 목숨은 스튜어트의 손에 달렸어요. 그리고 하나님의 손에. 이 갓난쟁이의 아버지는 네 명이 될 것입니다. 만약 하나님께서 그 아기의 숨을 트이게 하실 거라면."

"만약 아기가 숨을……."

"하나님께선 그 결과를 내 눈에서 감춰 두셨답니다."

마더 애버게일이 속삭였다.

텅 빈 아기 방이 사라졌다. 프랜은 오로지 어둠만을 목격했다. 이제 공포감이 주먹을 쥐고 그녀의 심장을 두들겼다.

마더 애버게일이 속삭였다.

"악마의 자손이 자기 신부를 불러들였고, 이제 그녀한테 아이를 잉태시키려고 해요. 그가 당신의 아이를 살려 두려 할까요?"

"그만 하세요."

프래니가 신음했다. 두 손으로 얼굴을 감쌌다.

정적, 폭설이 쌓인 듯 깊은 정적이 실내에 흘렀다. 글렌 베이트먼의 얼굴이 낡고 무뎌진 탐조등처럼 허옇게 질렸다. 루시는 오른손으로 자신의 실내복 옷깃을 위아래로 천천히 만지작거렸다. 랠프는 손에 든 모자의 띠에서 아무 생각 없이 깃털을 뽑았다. 스튜는 프래니를 바라보았지만, 그녀한테 갈 수가 없었다. 지금은 그럴 수 없었다. 문득 집회에 있었던 여자, 다크맨의 이름이 언급되자 재빨리 두 손으로 눈과 귀와 입을 막았던 여자가 생각났다.

마더 애버게일이 속삭였다.

"어머니, 아버지, 아내, 남편. 그들을 이간질하려 합니다. 높은 곳에 있는 왕자가, 어두운 아침의 군주가. 나는 교만함으로 죄를 지었어요. 여러분도 모두 마찬가지예요. 모두가 교만함으로 죄를 지었습니다. 여러분은 이런 소리 못 들어 보셨나요? 당신의 믿음을 이 세상의 군주들과 왕자들한테 주지 마라."

그들은 마더 애버게일을 지켜보았다.

"스튜 레드먼, 전깃불은 해결책이 아니에요. 랠프 브렌트너, 무선 통신도 해결책이 아니고요. 글렌 베이트먼, 사회학이 파국을 막지는 못할 겁니다. 그리고 래리 언더우드, 오래전에 이미 끝난 일을 가지고 속죄하는 것이 다가올 파국을 막지는 못할 겁니다. 프랜 골드스미스, 당신의 사내아이도 역시 파국을 막지는 못할 거예요. 불길한 달이 떠올랐습니다. 하나님께서 판단하신 바로는 여러분은 아무것도 계획하는 일이 없습니다."

애버게일은 그들 하나하나를 차례로 바라보았다.

"하나님께서 적당하다고 생각하실 때 일의 성패를 가르실 것입니다. 여러분은 옹기장이가 아니라 옹기장이의 찰흙입니다. 어쩌면 서쪽에 있는 그 남자는 여러분을 뭉개 버리고 말 수레바퀴인지도 모르죠. 나는 그 결과를 알도록 허락받지 못했습니다."

저 죽어 가는 사막 속에서, 애버게일의 왼쪽 눈에서 놀랍게도 눈물 한 방울이 스르르 나와 뺨을 타고 흘렀다.

"마더, 저희는 어찌해야만 합니까?"

랠프가 물었다.

"가까이 다가와요, 여러분 모두. 내 시간이 부족해요. 나는 영광스러운 영혼의 안식처로 떠날 것인데 지금의 나보다 승천할 준비가 더 잘된 사람은 결코 없을 거예요. 나한테 가까이 오세요."

랠프가 침대 언저리에 앉았고 글렌은 침대 발치에 섰다. 프랜은 얼굴을 찡그리며 일어났고, 스튜가 랠프 옆으로 의자를 끌어다 놓았다. 프랜은 다시 자리에 앉아 자신의 차가운 손가락으로 스튜의 손을 붙들었다.

"하나님은 위원회나 공동체를 만들려고 여러분을 한데 불러 모으신 것이 아니었습니다. 그분은 오로지 여러분을 더 멀리 보내려고 여기로 데려오셨던 것입니다. 적임자를 탐색하시던 과정에서 말입니다. 그분은 여러분이 도전해서 이 어둠의 왕자, 아득히 먼 곳의 그 남자를 파괴하도록 할 작정이십니다."

피 말리는 침묵. 그 속에서 마더 애버게일이 한숨지었다.

"나는 닉이 여러분을 이끌어 갈 것으로 생각했어요. 그런데 하나님이 닉을 데려가셔서, 비록 아직은 닉의 전부가 떠나간 것은 아니지만요, 내 느낌엔 그래요. 떠난 건 아닙니다. 전부 떠난 건 아닙니다. 그러나 당신이 이끌어 가야 합니다, 스튜어트. 그리고 만약 그분의 의지가 스튜를 데려가는 것이라면, 그때는 래리 당신이 이끌어 가야 합니다. 그리고 만약 그분이 당신도 데려가시면, 책임자의 자리는 랠프한테 떨어집니다."

글렌이 말했다.

"나는 맨 뒤에서 끌려 다니는 팔자인 모양일세. 이 무슨……."

프랜이 차갑게 물었다.

"이끌어요? 이끌다니요? 어디로 이끈다는 건지……?"

"그야 서쪽이지요, 귀여운 아가씨. 서쪽. 당신은 가지 않습니다. 딱 이 네 사람만 갑니다."

"안 돼요!"

통증에도 아랑곳하지 않고 프랜이 일어섰다.

"무슨 말씀을 하시는 거예요? 저 네 사람이 서쪽 남자의 수중에 제 발로 몸을 던지기로 당연히 예정되어 있단 거예요? 자유 지대의 심장과 영혼과 내장을 다 줘 버린다?"

프랜의 눈빛이 타올랐다.

"그래서 그 남자가 저들을 십자가에 매달아 버리고 내년 여름엔 여기로 슬슬 걸어 들어와서 모든 사람들을 죽여 버릴 수 있게 하려고? 나는 내 남자가 할머니의 살인마 하나님한테 제물로 희생되는 꼴 못 봐요. 그런 하나님 따위 없어져 버리라 그래요."

"프래니!"

스튜가 질겁했다.

"살인마 하나님! 살인마 하나님!"

프랜이 침을 뱉었다.

"전염병으로 수백만 명이, 어쩌면 수십억 명이 죽었어요. 그 후로도 수백만 명이 더 죽었고요. 어린아이들이 앞으로 살아갈 수 있을지 어떨지도 몰라요. 그분의 일이 아직도 끝난 게 아니에요? 지구를 쥐와 바퀴벌레가 차지할 때까지 이따위 상황이 계속 또 계속되어야만 하는 거예요? 그분은 절대 하나님이 아니에요. 그분은 악귀예요. 그리고 당신은 그분의 마녀라고요."

"그만해, 프래니."

"아무 상관 없어. 난 할 말 다 했으니까. 여기서 나가고 싶어. 집에 데려다 줘, 스튜. 병원 말고 집으로 돌아가야겠어."

"우리는 할머님 말씀을 들어야 해."

"훌륭하시군요. 그럼 아예 두 사람 몫까지 경청하시든지. 난 갈 테니까."

"귀여운 아가씨."

"날 그렇게 부르지 마요!"

마더의 손이 불쑥 튀어나와 프래니의 손목을 감쌌다. 프랜이 뻣뻣해졌다. 눈이 감겼다. 머리가 뒤로 확 넘어갔다.

"그러지 그, 그, 그러지 마요…… 오 하나님 스튜……."

"이것 보세요! 이것 보세요!"

스튜가 고함질렀다.

"프랜한테 뭐하시는 겁니까?"

마더 애버게일은 대답하지 않았다. 그 순간이 빙글빙글 돌아 나와서 영원의 골짜기로 뻗어 나가는 듯싶더니, 잠시 후 할머니가 손을 풀었다.

프랜은 멍한 상태로 천천히 마더 애버게일한테 잡혔던 손목을 주무르기 시작했다. 하지만 손목 살에는 압력이 가해졌다는 것을 나타내는 빨간 멍 자국이나 움푹 눌린 곳이 하나도 없었다. 프래니의 눈이 갑자기 휘둥그레졌다.

"자기?"

스튜가 걱정스럽게 불렀다.

"없어졌어."

프랜이 중얼거렸다.

"뭐가…… 프랜이 무슨 소리를 하는 거죠?"

스튜가 부들부들 떨며 호소하듯 다른 사람들을 두리번거렸다. 글렌은 그저 고개를 흔들었다. 얼굴이 하얗게 질리고 긴장했지만 눈앞의 광경을 부인하는 표정은 아니었다.

"통증…… 골절. 내 등에 있던 통증. 없어졌어."

프랜이 스튜를 멍하니 바라보았다.

"전부 다 없어졌어. 이것 봐."

프랜이 허리를 굽히고 손을 가볍게 발끝에 갖다 댔다. 한 번, 그러고 나서 또 한 번. 세 번째에는 무릎을 굽히지 않고도 몸을 구부려서 손바닥을 바짝 방바닥에 댔다.

다시 몸을 일으킨 프랜은 마더 애버게일의 시선과 마주쳤다.

"이건 당신의 하나님이 건네는 뇌물인가요? 만약 그렇다면, 그분더러 고쳐 준 것을 다시 취소하라고 그러세요. 스튜 오빠가 뇌물에 팔려 가느니 차라리 내가 아픈 게 낫겠어요."

마더 애버게일이 속삭였다.

"하나님은 뇌물을 쓰지 않는답니다, 아가씨. 그분은 단지 기적을 만드시고 사람들이 자기 주관대로 받아들이게 놔두십니다."

"스튜 오빠는 서쪽으로 안 가요."

프랜이 말했지만, 이제는 겁먹은 것은 물론이고 당황해하는 듯 보였다.

"자리에 앉아. 마더께서 하시는 말씀을 듣자."

프랜이 자리에 앉았다. 충격받은 표정으로, 이 상황이 믿기지가 않는다는 표정으로, 바다 한가운데서 길을 잃은 표정으로. 두 손으로 연방 등허리를 매만졌다.

마더 애버게일이 속삭였다.

"여러분은 서쪽으로 가야 합니다. 음식도, 물도 전혀 챙겨서는 안 됩니다. 바로 오늘 떠나야 합니다. 그리고 바로 지금 그 옷차림으로. 여러분은 두 발로 걸어가야 합니다. 나는 여러분 중 한 명이 목적지에 도착하지 못할 것임을 아는 처지입니다. 그러나 정확히 누가 탈락자가 될지는 알지 못합니다. 나는 나머지 사람들이 사람이 아니라 초자연적인 존재인 플랙이라는 남자 앞으로 끌려갈 것임을 아는 처지입니다. 그러나 여러분이 플랙을 쳐부수는 것이 하나님의 뜻인지는 모릅니다. 여러분이 볼더를 다시 직접 보는 것이 하나님의 뜻인지는 모릅니다. 그런 것들은 내가 인지할 수 있는 사항이 아닙니다. 그러나 그 남자는 라스베이거스에 있고, 여러분은 반드시 그곳으로 가야만 하며 여러분이 그와 맞설 장소는 바로 그곳입니다. 여러분은 전진할 것이고, 비틀거리지 않을 것입니다. 왜냐하면 여러분은 만군의 주 하나님이라는 영원불멸의 병기에 의지할 수 있기 때문입니다. 그래요. 하나님의 도움을 받아 여러분은 적수와 맞설 것입니다."

마더가 고개를 끄덕거렸다.

"그게 다예요. 내 얘기는 다 끝났습니다."

"안 돼요. 그럴 순 없어요."

프랜이 속삭였다.

"마더."

글렌이 갈라지는 목소리로 말했다. 다시 목을 가다듬었다.

"마더, 저희는 '이해할 수 있는 처지'가 못 됩니다. 제 말뜻을 아시겠지요. 저희는…… 저희는 뭔진 몰라도 이 일을 지배하는 힘에 마더처럼 접근할 수 있는 축복을 받지 못했습니다. 저희 능력으로 감당할 수 있는 일이 결코 아니에요. 프랜이 옳습니다. 만약 저희가 저 너머로 간다면 학살당할 겁니다. 아마도 저희가 만나는 첫 번째 경계병들한테요."

"당신은 눈이 없습니까? 하나님께서 나를 통해서, 프랜을 치유하신 것을 방금 목격했잖습니까. 여러분을 선택한 그분의 계획이 고작 어둠의 왕자가 거느린 졸개한테 총 맞아 죽게 하는 것이라고 생각합니까?"

"하지만, 마더……"

"그만."

마더 애버게일이 손을 쳐들고 내저어 글렌의 말을 물리쳤다.

"내 본분은 여러분과 논쟁하거나 여러분을 설득하는 것이 아니라, 오로지 여러분한테 하나님의 계획을 이해할 기회를 주는 것입니다. 잘 들어 봐요, 글렌."

그리고 갑자기, 마더 애버게일의 입에서 글렌 베이트먼의 목소리가 튀어나와 모두를 놀라게 했고, 프랜이 짧게 고함을 질러 스튜의 몸이 움츠러들었다.

"마더 애버게일 님께서는 그를 악마의 자손이라 부르시지."

이 억센 남성적인 목소리가 어쨌거나 할머니의 쇠약한 몸통 속에서 생겨나 할머니의 이 빠진 입으로 새 나오며 말했다.

"어쩌면 그는 우리에게 해가 되는 과학 기술의 도구들이 한데 뭉쳐진, 합리적인 생각이 낳은 마지막 마법사인 것일지도. 어쩌면 그는 더욱 심각한 존재, 더욱 어두운 존재일지도 몰라. 그저 내가 아는 거라곤 그가 존재한다는 것이야. 그리고 나는 사회학이나 심리학이나 그 밖에 무슨 무슨 학이 그를 끝장내리라고는 절대 생각하지 않아. 오로지 백색의 마법만이 그를 끝장내 줄 거야."

글렌의 입이 떡하니 벌어졌다.

"그것은 진심에서 우러나온 말인가요, 아니면 거짓으로 한 말인가요?"

"진심인지 아닌지는 잘 모르겠지만, 제가 했던 말이 맞습니다."

글렌이 떨리는 소리로 말했다.

"믿으세요. 여러분 모두, 믿어야 해요. 래리…… 랠프…… 스튜…… 글렌…… 프래니. 당신이 가장 유념해 둬요, 프래니. 믿으세요…… 그리고 하나님의 말씀에 순종하세요."

"우리한테 선택권이 있기나 한가요?"

래리가 씁쓸히 물었다.

애버게일이 고개를 돌려 래리를 바라보며 놀라워했다.

"선택권? 항상 선택권은 있지요. 그것이 하나님의 방식이며, 언제까지나 그럴 것입니다. 여러분의 의지는 여전히 자유롭습니다. 여러분의 의지대로 결정하세요. 여러분한테 족쇄 같은 건 채워져 있지 않으니까. 하지만…… 이것이 하나님께서 여러분한테 원하시는 것입니다."

또 정적. 폭설이 쌓인 듯 깊은 정적. 마침내 랠프가 정적을 깼다.

"성서를 보면 다윗은 골리앗을 쓰러뜨리는 역사를 행했습니다. 당신께서 옳은 일이라 말씀하신다면 저는 따르겠습니다, 마더."

마더가 랠프의 손을 잡았다.

"저도요. 저도 그렇게 하겠어요."

래리는 한숨을 쉬고 두통이라도 오는 듯 이마를 두 손으로 감쌌다. 글렌이 입을 열어 뭔가 말하려 했다. 그러나 말을 꺼내기도 전에, 방구석에서 무겁고 맥 빠진 한숨 소리와 함께 뭐가 쿵 떨어지는 소리가 났다.

다들 깜빡 잊고 있었던 루시였다. 기절해 버린 것이었다.

새벽이 세상의 가장자리에 닿았다.

사람들은 래리의 집 부엌 탁자에 둘러앉아 커피를 마셨다. 새벽 4시 50분이 되자 프랜이 홀에서 나타나 문간에 섰다. 얼굴은 울어서 퉁퉁 부었지만, 걷는 동안 전혀 절뚝거리지 않았다. 프랜은 실제로 치유되었다.

"할머니께서 저세상으로 가시려나 봐요."

그들은 침실로 들어갔고, 래리는 루시를 팔로 감싸 안았다.

마더 애버게일은 끔찍하게도 슈퍼 독감을 상기시키는 무겁고 힘없는 가래 끓는 소리를 연방 토해 냈다. 그들은 아무 말 없이 침대 주위로 모여들어 깊은 경외감 속에 두려워했다. 랠프는 모두의 앞에서 하나님의 경이로움이 발휘되어 명백한 계시 같은 것이 마지막 순간에 나타날 것이라 확신했다. 마더 애버게일은 눈부신 빛에 감싸인 채 사라져, 하나님께 불려 갈 것이다. 아니면 그들은 아름다운 광채를 발산하는 마더의 혼령이 창문으로 빠져나가 하늘로 승천하는 것을 볼 것이다.

그러나 결국 마더 애버게일은 평범하게 죽음을 맞았다.

단 한 번 최후의 호흡, 수백만 번 중 마지막 호흡이 있었다. 그

숨이 몸 안으로 빨려 들어가 머무르다 마침내 밖으로 흘러나왔다. 가슴이 다시는 올라오지 않았다.

"그분께서 가셨네."

스튜가 중얼거렸다.

"하나님께서 그분의 영혼에 은총을 베풀어 주시길."

랠프가 걱정이 가신 목소리로 말했다. 랠프는 마더의 두 손을 여윈 가슴 위에다 엇갈리게 포개 놓았다. 그의 눈물이 포개진 손 위에 떨어졌다.

글렌이 갑자기 말했다.

"나도 가겠어. 그분이 옳으셨어. 백색의 마법. 남아 있는 해결책은 그게 다야."

"스튜."

프래니가 속삭였다.

"제발, 스튜, 안 가겠다고 말해."

그들은 스튜를 바라보았다. 그들 모두.

'이제는 당신이 이끌어 가야 해, 스튜어트.'

스튜는 아네트 마을을, 찰스 D. 캠피온과 그가 데리고 온 죽음의 화물을 태운 낡은 차량이 사악한 판도라의 상자처럼 빌 햅스콤의 주유기로 우르르 돌진하던 광경을 생각했다. 데닝거와 데이츠에 관해 생각했고, 자신이 그들을 아내의 몸 상태에 대해 거짓말을 하고 또 하며 싱글벙글하던 의사들과 어떻게 연관 짓기 시작했는지 생각했다. 어쩌면 의사들도 그들 자신한테 거짓말을 했으리라. 무엇보다도 프래니에 관해 생각했다. 그리고 마더 애버게일이 하던 말도. '이것이 하나님께서 여러분에게 원하시는 것입니다.'

"프래니. 나는 가야만 해."

"그러면 죽는 거야."

프랜이 비통하게, 거의 증오에 찬 눈길로 스튜를 바라보았다. 그런 다음 마치 지원을 바라듯 루시를 바라보았다. 그러나 루시는 얼이 빠지고 넋이 나가서 아무 도움이 못 됐다.

스튜가 조심스럽게 입을 열었다.

"만약 가지 않으면, 우린 죽을 거야. 할머니께서 옳으셨어. 이대로 기다리면 봄이 오겠지. 그다음엔 뭐겠어? 어떻게 그를 막을까? 몰라. 아무런 대책이 없어. 대책이 있었던 적이 전혀 없었어. 우리는 모래 속에 머리를 처박고 있을 뿐이었어. 그를 막을 길은 오로지 글렌 교수님이 말한 것과 같은 방법뿐이야. 백색의 마법. 또는 하나님의 힘."

프랜은 눈물을 흘리며 비통하게 울었다.

"프래니, 그러지 마."

스튜가 그녀의 손을 잡으려 했다.

"나한테 손대지 마!"

프랜이 스튜를 향해 울부짖었다.

"오빠는 죽은 사람이야, 시체야. 그러니 나한테 손대지 마!"

그들이 그림 속의 인물들처럼 침대 주변에 둘러 서 있는 동안 태양이 떠올랐다.

스튜와 프래니는 11시경에 플랙스태프 산으로 갔다. 산 중턱에 차를 세워 놓고 스튜가 소풍 바구니를 나르는 동안 프랜은 식탁보와 블루넌 포도주를 가져왔다. 소풍은 프랜의 생각이었지만, 그들 사이엔 이상하고 어색한 침묵이 감돌았다.

"이거 펴는 것 좀 도와줘, 오빠. 그리고 바닥에 가시 튀어나온 데 없나 살펴보고."

그들은 해돋이 원형 극장에서 300미터 아래 위치한 작고 경사진 풀밭에 있었다. 파란 아지랑이 속에 아래로 볼더가 펼쳐져 있었다. 다시 완연한 여름 날씨였다. 태양이 힘과 권위를 뽐내며 눈부시게 빛났다. 귀뚜라미 떼가 풀밭에서 울어 댔다. 메뚜기 한 마리가 뛰어오르자 스튜가 오른손을 잽싸게 휘둘러 잡았다. 너무 놀라 간지럽게 꿈틀거리는 녀석의 움직임을 손가락들 사이로 느낄 수 있었다.

"침 뱉으면 보내 줄게."

스튜는 옛날 어린 시절의 주문을 외며 고개를 들었다가 그를 향해 슬프게 웃음 짓는 프래니를 보았다. 프래니는 재빨리, 숙녀다운 점잖은 태도로 고개를 돌려 침을 뱉었다. 보고 있자니 스튜는 마음이 아팠다.

"프랜……."

"아냐, 스튜. 그 일에 관해 말하지 마. 지금은 안 돼."

그들은 프랜이 볼더라도 호텔에서 슬쩍해 온 하얀 야외 식탁보를 펼쳤다. 그녀는 민첩하게 최소한으로 움직이며(마치 목의 통증이나 등의 결림이 전혀 없었다는 듯, 몸을 구부리고 유연하고 우아하게 움직이는 프랜의 모습을 지켜보자니 스튜는 기분이 묘했다.) 이른 점심을 차렸다. 식초를 곁들인 오이와 상추 샐러드. 차가운 햄 샌드위치. 포도주. 디저트는 사과 파이.

"좋은 음식, 좋은 고기, 좋으신 하나님. 식사합시다."

프랜이 말했다. 스튜는 곁에 앉아 샌드위치 한 개와 샐러드를 조금 먹었다. 그는 배고프지 않았다. 속이 아팠다. 그래도 먹었다.

그들이 샌드위치 몇 조각과 샐러드(신선한 채소가 맛있었음) 거의 전부와 작은 은그릇에 담긴 사과 파이를 해치우고 나서 프랜이 말했다.

"언제 떠날 거야?"

"정오에."

스튜는 손을 오므리고 담배에 불을 붙였다.

"그곳까지 도착하는 데 얼마나 오래 걸리려나?"

스튜가 어깨를 으쓱했다.

"걸어서? 모르겠어. 글렌 교수님은 젊지가 않아. 그 점에선 랠프 형님도 마찬가지고. 하루에 50킬로미터씩 걸을 수 있다면, 10월 1일까지는 도달할 수 있을 거야."

"만약 로키 산맥에 이른 눈이 내린다면? 또는 유타 주에서 그러면?"

스튜는 다시 어깨를 으쓱하고 프랜을 차분하게 바라보았다.

"포도주 더 줄까?"

"아니. 포도주는 위산 과다 증상을 일으켜. 난 늘 그랬어."

프랜은 자기 잔에 더 따라 부어 단숨에 들이켰다.

"그 할머니는 하나님의 선지자였던 거야? 그랬던 거야?"

"프래니, 나는 전혀 몰라."

"우리는 그분의 꿈을 꿨고, 그분은 하나님의 목소리였어. 그게 다 이 멍청한 게임의 한 부분인 거야. 알겠어, 오빠? 오빠는 욥기

읽어 본 적 있어?"

"성서를 열심히 읽어 본 적은 한 번도 없었던 것 같아."

"우리 엄마는 열심이셨어. 프레드 오빠랑 내가 종교적 배경 지식을 어느 정도 갖추는 게 매우 중요하다고 생각하셨지. 이유는 결코 말씀 안 하셨고. 내가 아는 한, 성서 공부가 나한테 가장 유익했던 점은 「제퍼디 퀴즈 쇼」에 성서 질문이 나오면 항상 정답을 맞힐 수 있었던 거였어. 「제퍼디 퀴즈 쇼」 기억나, 스튜?"

가볍게 웃음 지으며, 스튜가 말했다.

"다음으로 진행자 알렉스 트레벡 씨를 소개합니다."

"바로 그거야. 그 퀴즈 쇼는 거꾸로 된 형식이었어. 진행자가 퀴즈 쇼 참가자한테 해답을 주고, 참가자가 질문을 내놓았지. 퀴즈에 성서 관련 항목이 나오면 나는 다 알았어. 욥은 하나님과 사탄 사이의 내기 대상이었지. 사탄이 말했어. '확실히 욥은 당신을 숭배해. 너무 순해 빠져서 탈이지. 하지만 당신이 한참 동안 얼굴에 오줌을 갈겨 댄다면 아무리 그라도 당신과 인연을 끊어 버릴 걸.' 그래서 하나님은 그 도박을 받아들였어. 그리고 하나님이 이겼지."

프랜이 맥없이 웃음 지었다.

"하나님은 항상 이겨. 하나님은 막강 보스턴 셀틱스 농구 팀의 팬일 거야. 내기해도 좋아."

"어쩌면 이번 일도 내기일 거야. 하지만 이번에는 저들의 목숨이, 저 아래에 있는 사람들의 목숨이 달려 있어, 프랜. 그리고 자기 몸 안의 사내아이도. 할머니께서 그 애를 뭐라고 부르셨더라? 갓난쟁이?"

"할머니는 아기의 생명에 대해 확답조차 안 해 주시려고 했어. 확답을 해 주셨더라면…… 그랬더라면…… 오빠를 보내기가 그래도 조금은 더 쉬웠을 텐데."

프랜은 할 말이 전혀 생각나지 않았다.

"저런, 벌써 정오가 다 돼 가네. 짐 싸는 것 좀 도와줘, 스튜."

반쯤 먹다 남긴 점심이 식탁보와 남은 포도주와 함께 바구니 속으로 다시 들어갔다. 스튜는 앉았던 자리를 쳐다보고 음식 부스러기를 참 적게도 흘렸다고 생각했다. 저 부스러기들마저 새들이 곧 가져갈 것이었다. 스튜가 고개를 들어 힐끔 쳐다보았을 때, 프래니는 그를 보며 울고 있었다. 그는 일어서서 프래니한테 갔다.

"괜찮아. 임신 중이라서 그런 거야. 난 항상 눈에 눈물 마를 날이 없잖아. 어쩔 도리가 없어."

"알았어."

"오빠, 날 사랑해 줘."

"여기서? 지금?"

프래니가 끄덕거리고 나서 조금 웃었다.

"괜찮을 거야. 땅에 가시 같은 것만 조심하면."

그들은 식탁보를 다시 폈다.

베이스라인 대로의 종점에서, 나흘 전까지 랠프와 닉의 집이 있던 장소 앞에서 프래니는 스튜에게 운전을 멈추라고 했다. 그 집은 뒷면 전체가 날아가 버렸다. 잔해가 뒷마당에 어지럽게 널렸다. 박살 난 디지털시계 라디오가 결딴난 뒷마당 울타리 꼭대기에 놓여 있었다. 근처에는 프래니를 꼼짝 못하게 내리눌렀던 소파가 있었다. 뒤쪽 현관 계단에 말라붙은 핏자국이 남아 있었다. 프래니는 이것을 뚫어지게 바라보았다.

"저게 닉의 피일까? 그럴 가능성이 있을까?"

프래니가 스튜에게 물었다.

"프래니, 왜 그러는데?" 스튜가 불안한 듯 물었다.

"그 피일까?"

"맙소사, 나야 모르지. 그럴 가능성은 있겠지."

"손을 저기다 갖다 대 봐, 스튜."

"프래니, 머리가 어떻게 된 거 아냐?"

프래니의 이마에 찡그린 주름살이 생겼다. 스튜가 뉴햄프셔에서 처음 주목했던 '나는 원한다' 주름살이었다.

"손을 저기다 갖다 대 봐!"

마지못해서, 스튜는 피 얼룩에 손을 갖다 댔다. 닉의 피인지 아닌지는 몰랐지만(실제로 닉의 피는 아닐 거라 믿었다.) 오싹한, 소름 끼치는 느낌이 들었다.

"이제 다시 돌아오겠다고 맹세해."

피로 얼룩진 부분이 왠지 따뜻한 것 같아서 스튜는 손을 떼고 싶었다.

"프랜, 내가 어떻게 그런……"

"하나님이 그런 것까지 전부 보장할 수는 없어!"

프래니가 야단쳤다.

"그런 것까지 전부 다는 아냐. 맹세해, 스튜. 내가 시키는 대로 맹세해!"

"프래니, 노력해 보겠다고 맹세할게."

"그 맹세가 반드시 큰 도움이 될 거야. 안 그래?"

"래리네 집에 가 봐야 돼."

"나도 알아."

그러나 프래니는 스튜를 더욱 힘껏 안았다.

"나를 사랑한다고 말해."

"사랑하는 거 알면서."

"알아. 하지만 말로 표현해 줘. 듣고 싶어."

스튜는 그녀의 어깨를 잡았다.

"프랜, 나는 널 사랑해."

"고마워."

프래니가 뺨을 스튜의 어깨에 기댔다.

"이젠 작별 인사를 할 수 있을 것 같아. 오빠를 떠나 보낼 수 있을 것 같아."

그들은 산산이 부서진 뒷마당에서 포옹을 했다.

제60장

프랜과 루시는 래리의 집 계단에서 모험 여행을 떠나는 남자들의 별로 극적이랄 것도 없는 출발을 지켜보았다. 한동안 인도 위에 우두커니 서 있던 남자 네 명은 짐짝도 없었고, 침낭도 없었고, 특수 장비도 없었다. 지시받은 대로였다. 모두 두툼한 보행용 구두로 갈아 신었다.

"잘 가, 래리."

루시가 말했다. 얼굴에 윤이 날 만큼 핏기가 없었다.

"기억해. 오빠가 했던 맹세 기억해." 프랜이 말했다.

"그래. 기억할게."

글렌이 입에 손가락을 집어넣어 휘파람을 불었다. 하수구 쇠창살을 조사하고 있던 코작이 달려왔다.

"그럼 출발하죠. 제가 용기를 잃기 전에요."

래리가 말했다. 그의 얼굴은 루시만큼이나 핏기가 없었다. 눈이 유별나게 빛나서 눈이 부실 지경이었다.

스튜가 움켜쥔 주먹 속으로 키스를 날렸다. 어머니가 스쿨버스를 타고 떠나는 그를 배웅하던 시절 이래로 해 볼 생각을 못 했던 인사법이었다. 프랜이 손을 흔들어 화답했다. 눈물이 또 뜨겁게 타오르며 솟구쳤지만, 프랜은 눈물을 흘리지 않았다. 일행이 출발했다. 그들은 소박하게 걸어서 떠났다. 이제 반 블록 떨어진 곳을 지나고 있었고, 어디선가 새 한 마리가 울었다. 정오의 태양은 따뜻했고 별로 인상적이지 않았다. 블록의 끝에 이르렀다. 스튜가 뒤로 돌아 또다시 손을 흔들었다. 래리도 손을 흔들었다. 프랜과 루시가 손을 흔들어 인사했다. 사내들이 거리를 건너갔다. 사라져 갔다. 루시는 상실감과 공포로 거의 병이 난 듯싶었다.

"오, 하나님." 루시가 말했다.

"안으로 들어가자. 차 마시고 싶어." 프랜이 말했다.

그들은 안으로 들어갔다. 프랜이 찻주전자를 불에 올려놓았다. 그러고는 기다렸다.

그들 네 사람은 오후 내내 남서쪽으로 천천히 움직였고 별말이 없었다. 골든으로 향하는 중이었고, 그곳에서 처음으로 야영을 할 참이었다. 세 군데로 불어난 매장지들을 지나 4시경, 그림자가 뒤로 길게 늘어지고 오후의 더위가 슬그머니 물러나기 시작할 무렵 그들은 볼더 남쪽 끝 도로 옆에 설치된 마을 이정표에 이르렀다. 한순간 스튜는 모두 다 함께 방향을 돌려 다시 돌아가야 할 듯한 기분을 느꼈다. 그들 앞에는 어둠과 죽음이 있었다. 그들 뒤에는 작은 온정, 작은 사랑이 있었다.

글렌이 뒷주머니에서 큰 손수건을 꺼내 청색 밧줄 모양으로 꼬아 머리 둘레에 묶었다.

"'제43장, 대머리 사회학자가 땀받이 띠를 두르다.'"

그가 맥 빠진 소리로 말했다. 코작이 저만치 앞의 골든으로 넘어가는 경계선 위에서 흐드러지게 핀 야생화 속에 코를 처박고 행복하게 킁킁거리고 있었다.

"아, 이거 참. 이걸로 다 끝장이라는 기분이 드네요."

래리의 목소리는 거의 흐느끼는 듯했다.

"맞아. 정말 그런 기분이 들어."

랠프가 말했다.

"누구 실컷 한숨 쉬고 싶은 사람?"

글렌이 별 호응을 바라지 않고 물었다.

"자 자, 힘냅시다. 우리 군바리들께서 영원히 살고 싶어서 이러시나?"

스튜가 엷게 웃으며 말했다.

그들은 볼더를 뒤로하고 계속 나아갔다. 그날 밤 9시에 골든에서 야영을 했다. 6번 도로가 클리어 하천을 따라 로키 산맥의 심장부로 들어가는 곳에서 1킬로미터 떨어진 지점이었다.

첫날 밤 그들은 모두 쉽게 잠을 이루지 못했다. 벌써 집에서 멀리 떨어졌다고 느꼈고, 죽음의 그늘 아래 있다고 느꼈다.

〈6권에 계속〉

옮긴이 | 조재형

1972년 서울에서 태어났다. 숭실대학교 법학과를 졸업하고 전문 번역가로 활동 중이다. 『미저리』를 우리말로 옮겼고, 그 주인공인 애니 윌크스에 뒤지지 않는 스티븐 킹의 열성 팬이라고 자부한다. 스티븐 킹과 그의 작품에 관한 한 우리나라에서 가장 방대한 자료를 담은 팬 블로그(http://stephen-kingfan.tistory.com)를 운영하고 있다.

스탠드 5

1판 1쇄 펴냄 2007년 12월 28일
1판 5쇄 펴냄 2020년 11월 25일

지은이 | 스티븐 킹
옮긴이 | 조재형
발행인 | 박근섭
편집인 | 김준혁
펴낸곳 | 황금가지

출판등록 | 2009. 10. 8 (제2009-000273호)
주소 | 06027 서울 강남구 도산대로 1길 62 강남출판문화센터 5층
전화 | **영업부** 515-2000 **편집부** 3446-8774 **팩시밀리** 515-2007
홈페이지 | www.goldenbough.co.kr

도서 파본 등의 이유로 반송이 필요할 경우에는 구매처에서 교환하시고
출판사 교환이 필요할 경우에는 아래 주소로 반송 사유를 적어 도서와 함께 보내주세요.
06027 서울 강남구 도산대로 1길 62 강남출판문화센터 6층 민음인 마케팅부

ISBN 978-89-6017-128-2 04840 (5권)
ISBN 978-89-6017-123-7 (set)

㈜민음인은 민음사 출판 그룹의 자회사입니다.
황금가지는 ㈜민음인의 픽션 전문 출간 브랜드입니다.

밀리언셀러 클럽을 펴내면서

지난 수백 년 동안 소설은 기묘하면서도 교양 넘치고, 자유로우면서도 현실에 뿌리박고 있으며, 흥미진진하면서도 감동적인 이야기로 독자들의 사랑을 독차지해 왔다.

민담이나 전설 등에 비해 비교적 최근에 탄생한 이야기 형식인 소설이 순식간에 이야기 왕국의 제왕으로 올라선 것은 현대인들이 살아가면서 느끼는 희망과 절망, 불안과 평화 등 온갖 삶의 양상들을 허구 속에 온전히 녹여 내어 재창조함으로써 이야기를 읽는 기쁨과 더불어 삶을 재발견하는 즐거움을 주어 온 까닭이다.

사실 이야기를 읽음으로써 삶을 다시 생각하고, 삶을 생각함으로써 이야기를 다시 만들어 온 것은 인간이라면 피할 수 없는 숙명이다.

그런데도 최근 이야기의 제왕이라는 소설의 위기를 말하는 목소리가 점점 늘어나고 있다. 만약에 이 말이 사실이라면, 그리하여 사람들이 소설을 점차 외면하고 있다면, 핏속에 스며들어 있으며 뼛속에 틀어박힌 이야기 본능이 무언가 다른 것에 홀려 있음에 틀림없다.

사람들은 이제 이야기를 소설이 아니라 거리에서, 인터넷에서, 영화에서, 드라마에서, 광고에서, 대중가요에서 즐기고 있는 것이다.

'밀리언셀러 클럽' 은 이러한 소설의 위기를 넘어서려는 마음에서 기획되었다. 국내뿐만 아니라 전 세계 각국에서 독자들의 사랑을 한껏 받은 작품들을 가려 뽑아 사람들 마음을 다시 소설로 되돌리고 이야기를 한껏 즐길 수 있도록 배려하였다.

'밀리언셀러' 라는 이름을 단 것은 소설이 다시 사람들의 마음을 끌어 널리 읽히기를 바라기 때문이고, '클럽' 이라는 이름을 단 것은 소설을 사랑하는 독자들이 이 작품들을 가운데 놓고 오랫동안 이야기를 나누기를 바라기 때문이다.

앞으로 '밀리언셀러 클럽' 에는 예로부터 오늘날까지, 동양에서 서양까지 시대와 장소를 가리지 않고 널리 독자들의 사랑을 받아 온 작품들 중에서 이야기로서 재미에 충실할 뿐만 아니라 인간 본연의 모습을 확인시켜 줄 수 있는 소설들이 엄선되어 수록될 것이다.

이 작품들이 부디 독자들을 소설의 바다로 끌어들여 읽기의 즐거움을 극대화함으로써 이야기 본능을 되살려 주어 새로운 독서 세대를 창출하기를 바라는 마음 간절하다.